KB141879

죽을 이유를 찾아

살아간다

일러두기

1. 이 작품은 픽션으로 실재하는 개인, 단체 등과는 관계가 없음을 밝힙니다.
2. 본문 안에 표기된 기호(*)와 설명은 옮긴이 주입니다.

죽을 이유를 찾아 살아간다

아사이 료 지음 | 곽세라 옮김

비에이블
B.able

작가의 말

소설가 아사이 료입니다. 먼저 제 작품을 읽어주셔서 감사합니다. 이 책이 탄생한 배경에는 작지만 특별한 사정이 있습니다. 한국 독자분들이 여기서 그 배경정보를 채워가셨으면 합니다. 하지만 어떤 정보든 간에 사전에 접하고 싶지 않으신 분은 페이지를 넘겨주시면 되겠습니다. 다만 일본의 독자적인 문화도 관련이 있기 때문에 읽으시는 편이 이야기를 즐기실 수 있다고 생각합니다.

이 책은 '나선 프로젝트'라는 기획에서 탄생했습니다. 해당 프로젝트에는 SF, 역사, 미스터리, 순문학, 엔터테인먼트 등 각 장르에서 활약하는 소설가들이 참여하고 있습니다. 그렇게 총 여덟 권의 장편소설이 출판되고 있는 셈입니다.
프로젝트에는 크게 두 가지 룰이 있습니다. 첫 번째 룰은 작품 테마가 '대립'이라는 점입니다. 나선 프로젝트에서 비롯된 모든 작품에는 산족과 바다족이라는 부족이 등장합니다. 두 부족에는 저마다의 신체적 특징이 있습니다. 바다족은 '눈이 파랗다', 산족은 '귀가 크다' 등이 그러합니다. 이들 부족의 역사가 전 작품에 걸쳐 그려지고 있는 것입니다. 이 책은 그 가운데 한 권에 들어가는 소설입니다.
두 번째 룰은 모든 작품이 다른 시대를 무대로 삼고 있습니다. 일본에는 서력과 함께 '원호'라는 문화가 있습니다. 간단히 말하면 새로운 천황이 즉위한 날부터 퇴위하기까지의 기간을 이르는 명칭입니다. 예를 들자면 서력 1868년부터 1989년까지를 '쇼와 시대'라고 부르는 식인데 특유의 시대 감각이 살아 있습니다. 이처럼 나선 프로젝트에서는 고대부터 미래까지 8개의 소설을 글로 연결하기 위해 서로 다른 시대를 무대로 하고 있습니다. 즉, 이 소설은 일본의 '헤이세이 시대(서력 1989년~2019년)'만이 갖는 대립을 산족과 바다족이라는 모티브를 이용해 집필했다는 뜻입니다.

일본에서 '개원'(연호를 바꾸는 일)은 대대적인 사건이라 사람들의 관심이 강하게 쏠리는 경향이 있습니다. 동시에 이 타이밍에는 시대의 공기를 바꿀 수 있도록 나쁜 습관은 이전 시대로 끝내자는 분위기도 강해집니다. 2019년에 원호가 '레이와'로 바뀌었습니다. 그러면 헤이세이가 어떠한 시대였는지를 놓고 사람들이 무수한 논고를 발표하기 시작합니다. 이 책은 그러한 사회적 사건의 한가운데서 출간되었습니다. 헤이세이가 시작되는 해에 탄생한 필자로서는 나름대로 한 시대를 고민한 이야기인 것입니다.
또한 이 시대를 상징하는 키워드로 '유토리 교육'이라는 것이 있습니다. 일본 사람이라면 누구나 알고 있는 단어입니다. 이는 한 시대 이전인 쇼와의 '주입식 교육'을 시정해 배움의 양을 감축한 여유 있는 교육방침입니다. 헤이세이 시대를 산 젊은이들은 '경쟁'이 아닌 '공생', '넘버원'이 아닌 '온리원'을 꿈꾸는 풍조 속에 자랐습니다. 가네코 미스즈라는 시인의 유명한 구절, "모두 달라서, 모두 좋아"를 너나없이 입에 달고 살았던 세대입니다. 소위 말하는 지금의 "Love Myself"에 가깝습니다. 즉, 헤이세이란 사회가 대립의 요소를 제거하는 시대였던 것입니다. 그런데 왜일까요. 살기 좋아졌다는 감각을 느낄 수 없습니다. 그것이 사실일까요. 우리는 모든 경쟁을 멈추고 존재 자체로 살아갈 수 있을까요.

맨 뒷장에 기재된 QR코드에서 한층 더 자세한 해설을 읽으실 수 있습니다. 배경을 더 깊이 알고 싶으신 분은 이곳을 보시면 되겠습니다. 단, 내용에 대한 언급이 있기 때문에 책을 다 읽으신 후 보시기를 권장합니다. 끝으로 타이틀에 사용된 '죽을 이유'는 '사는 이유'라는 단어의 반의어로 만든 조어입니다. 또한 목차는 한국어판에 해당되는 오리지널 버전이니 이 점 참고 바랍니다. 그럼 마음껏 즐겨주세요.

차 례

프롤로그

소년이 가쁜 숨을 몰아쉬며 산을 올라온다.

한 여인이 그를 맞이하며 무슨 일인지 묻는다.

"이거, 뭐야? 저 아래서 발견했는데…. 달팽이 껍질인가?"

소년은 묻는다.

여인은 그것을 마디진 손가락으로 받아들더니 비춰본다. 해가 비친다.

"이건 아마도 조개껍질일 거야."

"조개가 뭐야?"

"조개는 바다에 사는 거야."

그 순간 옆에 누워 있던 검은 개가 발딱 머리를 든다.

소년은 겁먹은 기색을 하고 손으로 얼굴을 감싸고 있다.

"바다에 사는 게 왜 산에 있지? 바다랑 산은 섞여선 안 되는 거잖아?"

"섞이고 안 섞이고의 문제가 아니야. 그 둘은 부딪친단다. 우리는 바다 인간들과 만나면 충돌하게끔 돼 있어."

바다에 있어야 하는 조개가 왜 산에 있는 걸까. 혹시 바다 인간이 근처에 와 있는 건 아닐까? 확실한 건, 그곳에 크든 작든 분쟁이 일어났다는 사실이다. 산 인간과 바다 인간의 대립은 태곳적부터 미래까지 거듭된 것으로 그 하나하나가 이야기를 품고 있다.

산과 바다를 자유자재로 넘나드는 유일한 사람, 모든 다툼을 지켜보고 있는 사람이 언젠가 그렇게 말했다고 한다.

"사이좋게 지내면 좋을 텐데."

소년이 이렇게 말하던 순간이었다. 바닷마을에서도 한 아이가 어른에게 같은 말을 하고 있었다.

"사이좋게 지내면 좋을 텐데."

"만나면 안 돼!"

양쪽 마을의 어른들은 그렇게 대답할 수밖에 없다.

산과 바다의 전설 '나선'에서

1

시곗바늘 올라서기

저절로 실려 간다….

'전철에 타고 있잖아. 그렇게 느끼는 게 당연해.'

유리코는 빈 좌석에 앉아 종아리를 의자에서 멀찍이 떨어뜨린다. 겨울의 전철, 특히 의자부터 발밑까지 난방이 되는 좌석은 따뜻함을 넘어 뜨겁다.

생각해보면 그때도 내 삶이 크게 바뀌던 해였다. 유리코는 그런 생각을 하며 벗어놓은 장갑을 가방에 넣는다. 코트 역시 벗고 싶지만 양옆으로 사람이 앉아 있기 때문에 그만두기로 한다.

고등학교에 들어간 지 3년째 되던 무렵이었다. 반 친구들과 책상을 붙여놓고 도시락을 먹고 있었다. 그중 한 명이 밥을 먹다 말고 심드렁하게 내뱉었다.

"다음 수업이 뭐였더라?"

유리코는 스티커 사진이 붙어 있는 필통을 열고 네 번 접힌 종잇조각을 꺼냈다. 수업시간표다.

"영어야! 오후 첫 시간부터 영어라니… 너무 싫다."

유리코의 말에 아이들은 저마다 한마디씩 투덜댔다.

"내 말이 그 말이야", "아, 김빠져."

그건 언제나처럼 반복되는 변함없는 일상이었다.

전철은 다음 역에 멈춰 선다. 평일 오후 5시 무렵이어서일까. 전철이 꽉 차는 일은 없다. 몇몇 사람들이 내리고 몇몇 사람들이 탄다. 그리고 다시 움직이기 시작한다. 또다시 저절로 실려 간다….

일주일 단위로 반복되는 수업시간표를 보고 있노라면 그 시간표가 마치 공장 컨테이너 벨트처럼 느껴졌다. 오늘의 내가 아무리 오후의 영어 쪽지시험이 싫어도, 아무리 내일 체육시간의 오래달리기가 못마땅해도 상관없다. 이 컨테이너 벨트 위에 올라앉아 있기만 하면 모레의 나는 무사히 두 과목을 통과하게 될 테니까. 그건 '스스로의 힘으로 울퉁불퉁한 난관들을 헤쳐나가고 있어'라는 느낌과는 다르다. 아주, 많이 다르다.

동경해왔던 간호학과가 있는 고등학교에 합격했을 때 느꼈던 커다란 환희도 3년쯤 지나자 멀리서 반짝이는 알전구만 한 부피로 줄어들었다. 그리고 한 달 후에도, 반년 뒤에도 목요일 점심시간에는 여전히 반 아이들과 책상을 맞붙이고 있었다. 먹기 싫은 토마토를 남긴 채 도시락을 덮고, 초콜릿이나 캐러멜을 아이들과 주고받고, 오후 영어수업에 불평을 터뜨리고, 다음 날 체육시간을 귀찮아하면서. 그런 것들을 생각하면 살짝 두렵기도 하고 어이없기도 하다.

유리코는 창밖을 본다. 그 시절 반 아이들과는 이제 만나는 일이 거의 없다. 간호학과가 있는 고등학교를 졸업하면 보통 일반고교를 졸업한 아이들에 비해 1, 2년 빨리 정간호사가 될 수 있었다. 그때는 그런 사실에 '난 선택받은 간호사야'라고까지 생각했다. 하지만 사회에 나온 지 3년이 되는 지금 생각해보면 조금 돌아서 갔어도 좋았을 거란 생각이 든다.

작년 중학교 연말 동창회에 갔을 때의 일이었다. 4년제 대학에 진학한 친구들은 막 취업 시즌을 맞아 기대와 불안으로 팽팽하게 부풀어 있었다. 아니, 고향을 떠나 인생의 변화를 맞기 직전인 아이들은 특유의 생명력으로 빛나고 있었다.

전철이 뿜어내는 열기를 말끔히 씻어낼 정도로 굵은 눈발이 흩날리고 있다. 홋카이도의 겨울은 길다. 하지만 빙판길과 달력 위를 번갈아 걷고 있으면 이 나라에서 가장 길고 매서운 겨울도 어느 틈엔가 뚫고 지나갈 수 있다.

전 남자친구에게서 받은 휴대폰 케이스 안에서 폰 화면이 번쩍인다. 스팸메일이다. 요즘 오는 메일이란 게, 스팸 아니면 한 번도 읽은 적 없는 메일 매거진 정도다.

하품을 입안에서 씹어 삼킨다. 오늘은 심야 근무조라서 저녁을 먹은 뒤에 곧바로 자둬야 한다. 유리코는 의자 등받이에 체중을 싣고 눈을 지그시 감았다. 그러면서도 이 소중한 졸음을 전차 안에서 허비해버리지 않으려고 애쓴다.

간호사가 된 지 3년째. 스물두 살이 된 지금도 문득문득 고등학교 3학년 점심시간으로 돌아간 것 같은 기분이 들 때가 있다. 그럴 때마다 과거의 자신이 넌 열일곱 살 때부터 조금도 성장하지 않았다고 말하는 것만 같아 숨 쉬기가 힘들다.

TV 앞에 아무도 없다.

"쇼타는?"

부엌에 선 엄마는 유리코의 목소리가 들리지 않는지 별다른 대답 없이 손을 놀리고 있다. 유리코는 난방이 되지 않는 복도를 잰걸음으로 달려 코트를 옷장에 걸었다. 몇 시간 후면 그 코트를 다시 입고 집을 나서야 하지만 깔끔한 엄마는 단 몇 시간이라도 코트가 거실에 널브러져 있는 꼴을 못 견딘다.

"쇼타는?"

거실로 돌아온 유리코는 까맣게 꺼진 TV 화면을 보며 한 번 더 물었다.

"응? 어어… 다녀왔니?"

엄마의 느릿하고 맥없는 목소리가 난방으로 따뜻해진 공기 속에 녹아든다. 다른 지역에 사는 사람들은 홋카이도의 겨울이 정말 추워 죽을 것 같다며 호들갑을 떤다. 하지만 집 밖이 추운 대신 집 안을 살 만하게 만드는 지혜와 기술이 그만큼 뛰어나다는 사실을 모르고 하는 말이다.

"웬일이야? 쇼타가 이 시간에 TV를 안 보다니…."

유리코가 리모컨의 전원 버튼을 누르며 말한다. 쇼타가 매주 손꼽아 기다리는 만화 채널에 맞추니 이미 엔딩 테마가 흐르고 있다.

"끝나버렸네…."

유리코는 엄마에게 다시 물었다.

"애가 집에 들어오긴 했어? 친구 집에 간 건 아니고?"

스물두 살의 유리코에겐 나이 차가 많이 나는 남동생이 있다. 12살 어린 남동생이 있다고 말하면 사람들의 반응은 한결같다. "그거, 사자에상*네 집이랑 똑같네." 하지만 농담처럼 말하면서도 속으로는 그런 가정이 가질 만한 여러 문제를 외면하려 애쓰는 게 보여서 민망하다.

"들어오긴 했는데 방에서 안 나오네."

"이제 곧 저녁 먹을 시간인데." 엄마가 말하며 주방 수건에 손을 닦는다.

스물한 살에 나를 낳은 엄마는 올해 마흔세 살이 된다. 중학생 때만 해도 수업 참관을 온 엄마를 보고는 반 친구들이 언니 같다며 놀렸다. 나는 그게 내심 자랑스러웠다. 하지만 쇼타를 낳은 뒤 엄마는 결국 세월에 굴복하고 말았다. 엄마의 모습을 이루는 조각들이 하나둘 나이에 걸맞게 시들고 처지기 시작한 것이다.

"왜 안 나오는데?"

"물어도 암말도 않는다."

---

* 일본의 국민만화. 작품 주인공인 24세 여성 사자에는 가쓰오라는 초등학교 5학년 남동생이 있다.

"그래?"

6시다. 쇼타가 좋아하는 만화가 끝나고 제2의 인생을 다루는 프로그램이 나오고 있다.

낮 근무를 마치고 병원을 나서면 귀가 시간은 오후 6시 전후다. 규정대로라면 낮 근무는 5시까지이고, 정확히 집 앞까지 오는 데 걸리는 시간은 40분 정도. 하지만 환자를 상대하다 보면 퇴근 시간은 그날그날 다를 수밖에 없다.

"쇼오타아, 밥 먹어어라아…."

엄마가 2층 방을 향해 목청을 높였지만 대답은 들리지 않는다.

"아까부터 쭉 저런다니까."

"내가 좀 가볼게."

유리코는 층계를 올라 남동생 방문 앞에 섰다. 난방이 잘된 집이라고 해도 2층 복도는 역시 춥다.

"쇼타?"

문을 노크한다. 반응이 없다.

"들어간다?"

초등학교 4학년인 쇼타의 방문엔 아직 잠금장치가 달려 있지 않다. 유리코는 천천히 문을 열며 자신의 모습이 사촌 언니 나오의 그것으로 변하는 느낌에 빠진다. 소아과 간호사였던 나오는 어린아이들을 굉장히 좋아하고 잘 다뤘다.

유리코는 초등학교 때 몇 번이나 영문도 모른 채 따돌림을 당한 적이 있었다. 그때마다 10살 넘게 나이가 많았던 나오가 곁에서 이야기를 들어주었다. 그래서일까. 쇼타와 이야기할 때면 언제나 머릿속에 나오의 목소리가 울려 퍼진다.

나오. 소녀 시절 선망의 대상이었던 상냥하고 예뻤던 나오. 그녀가 우울증으로 간호사를 그만두던 해 유리코는 간호사 국가고시에 합격했다.

쇼타는 불 꺼진 방에서 구깃구깃한 이불 위에 엎드려 뒹굴고 있었다. 침대를 감싸고 있던 이불이라는 껍질을, 그 조그만 몸으로 벗겨내느라 진이 빠진 것처럼 보인다.

"왜 그래? 만화 다 끝났다, 너?"

유리코가 말을 걸자 견갑골이 드러난 얄팍한 등이 꿈틀거렸다. 나이 차가 이렇게까지 많이 나면 동생이라는 느낌은 희미해진다. 또 그렇다고 아들 같은 느낌도 아닌 게, 그저 사랑스러운 녀석 정도가 가장 가까울지도 모르겠다.

유리코는 침대 곁에 쪼그리고 앉는다.

"밥 안 먹을 거야? 엄마가 맛있는 반찬 하셨던데."

"응."

"안 먹는다는 뜻이야?"

"몰라."

쇼타가 몸을 또 꿈틀거린다. 침대를 덮은 껍질이 조금 더 벗겨진다.

유리코는 살그머니 일어나 소리 나지 않게 방을 나온다. "몰라"가 나왔다는 건 장기전이 시작되었다는 뜻이다. 쇼타가 방에서 나올 때까지 기다리는 수밖엔 없다. 이전에도 몇 번이나 그런 일이 있었다.

쇼타는 초등학교 4학년 남자아이치고 몸집이 작은 편이다. 그리고 그 무렵의 남자아이들은 몸집 크기가 마음의 강도와 비례하는 것 같다. 몸을 빼고 나면 아직 가진 것이 없어서일까. 어른들에 비해 아이들 세계의 룰은 심플하다.

엄마는 유리코에게 물었다.

“어쩌고 있어?”

“또 그러고 있지 뭐. 학교에서 뭔가 안 좋은 일이 있었나 봐. 내일 학교 안 간다고 할 것 같은데….”

“어쩌면 좋니.”

엄마는 걱정스럽게 중얼거리며 저녁 식사를 쟁반에 담아 식탁까지 날라준다. 밥, 된장국, 차가운 토마토, 무말랭이와 고등어 된장조림. 집에서 출퇴근할 수 있다는 게 얼마나 행복한 일인지 마음 깊이 느끼는 순간이다.

쇼타가 이지메를 당하고 있는 것 같지는 않다. 하지만 친구가 많은 것도 분명 아니다. 그런 거라면 몇 년 전만 해도 학생이었던 유리코가 부모보다 훨씬 민감하게 느낄 수 있다. 쇼타가 곧잘 집에 데려오는 친구도 쇼타처럼 몸집이 작고 도수가 높은 안경을 쓰고 있다. 둘 다 운동장에서 공을 갖고 놀 것 같은 스타일은 아니다.

“먹고 나서 목욕할래? 목욕물 받을까?”

엄마는 벌써 욕실의 온수 버튼을 누르고 있다.

“목욕할래.”

“약은?”

"음… 먹어야지."

엄마는 서랍에서 약을 꺼내 쟁반 바로 옆에 놓아준다.

토마토를 입에 넣는다. 싱싱하고 새콤한 맛이 군침을 돌게 한다.

낮 근무, 심야 근무, 준야근, 휴일. 유리코의 나날들은 이 4일을 한 묶음으로 줄줄이 엮여 있다. 이 묶음의 줄 위에 매달려 있기만 하면 계절은 빙글빙글 저절로 돌아간다.

이번엔 무말랭이를 입에 넣는다. 얼른 흰밥을 먹고 싶지만 유리코는 무말랭이만 씹는다.

처음 간호사를 시작했을 땐 아침 8시 반부터 오후 5시까지 근무를 하고, 밤 12시 반부터 아침 9시까지 근무를 한다는 게 말이 안 되는 일 같았다. 게다가 그런 날엔 집에 와 저녁을 먹고 조금이라도 자둬야 한다는 강박감에 더욱 초조해졌다. 조금 후 심야 근무를 해야 한다는 긴장감으로 뇌가 흥분해서인지 좀처럼 잠이 오지 않았다. 그렇다고 수면제를 먹을 수도 없는 일이 잠이 들어 근무시간을 놓칠까 봐 두려워서다.

무말랭이를 된장국에 말아 입안으로 흘려 넣는다. 헛헛하던 속이 조금 따뜻하게 가라앉는 것 같다. '먼저 토마토부터 먹어 치우자.' 유리코는 달그락달그락 부지런히 나무젓가락을 놀린다. 오늘처럼 먹고 바로 자야 하는 날이면 특히 야채를 먼저 먹어야 한다.

"쇼타, 밥 먹으래도?"

이제 슬슬 엄마의 목소리에 가시가 돋치기 시작한다. 쇼타가 등에 힘을 주고서 가시를 받아낼 태세를 취하는 모습이 눈에 선하다. 분명 배에서 꼬르륵 소리가 날 텐데…. 그래도 저러고 있다가 금방 내려오는 것도 좀 머쓱할 테지.

드디어 토마토와 무말랭이 그릇이 비었다. 이젠 밥이랑 고등어를 먹을 수 있다.

“밥 먹을 때 야채를 먼저 먹으면 그 뒤에 탄수화물을 먹어도 살이 안 찐대.”

고등학교 3학년 때 같이 도시락을 먹던 패거리 중 한 명이 이런 말을 했다. 그 아이는 항상 도시락을 열면 반찬부터 모조리 먹어치웠다. 그 말을 처음 들었을 때 우리는 깔깔 웃으며 놀렸다. “그럼 맨밥 지옥에 떨어지겠네? 우웩, 너무 맛없겠다”라는 둥, “그러고 너 과자 먹을 거잖아. 그럼 말짱 도루묵이야”라는 둥. 하지만 원래 토실토실한 데다 살찌기 쉬운 체질이었던 아이는 우리가 아무리 놀려도 결코 먹는 순서를 바꾸지 않았다.

“무슨 일이 있어도 살 뺄 거야. 그래서 꼭 남자친구 만들 거야.”

그 아이의 단순하고도 똑 부러지던 꿈은 크리스마스 직전에 열매를 맺는가 싶더니 졸업식도 하기 전에 흐지부지 시들어버리고 말았다. 이후 우리는 그 아이에게 남자친구가 생겼을 때 노래를 부르며 축하해줬지만 헤어졌을 땐 그냥 별일 없이 덤덤하게 넘어갔다.

된장은 달콤하고 흰밥은 포슬포슬하다. 유리코는 따뜻한 차로 배 속을 살살 달래가며 탄수화물을 넣는다. 심야 근무를 버틸 힘의 원천이 되는 소중한 탄수화물을.

먹고 바로 자야 하는 날이면 왠지 그 아이가 했던 말을 따라 하게 된다. 무슨 일이 있어도 남자친구를 만들기 위해 도시락 반찬부터 죄다 먹어치우던 아이의 말대로.

'무슨 일이 있어도 살 뺄 거야. 그래서 꼭 남자친구 만들 거야.'

"내가 좀 올라가봐야지, 안 되겠다."

탕 탕 탕. 엄마가 듣기 좋은 발소리를 내며 계단을 올라가고 있다. 쇼타도 틀림없이 이 소리를 듣고 있을 것이다.

오늘은 전철에 치여 꼭두새벽부터 긴급 이송된 대학생이 죽었다. 계속 병세가 악화되어가던 208호실의 아라키 씨도 숨을 거뒀다. 식물인간 상태로 지내는 305호실의 미나미 씨는 일주일에 두 번 운동 프로그램을 받는데도 아직 움직이지 못하고 있다.

"쇼타?"

엄마의 목소리가 2층에서 들려온다. 뒤이어 나무문을 두드리는 소리가 뒤따른다. 똑똑.

'왜 나는 토마토랑 무말랭이를 먼저 먹는 걸까? 누구를 위해서? 뭘 위해서? 분명 살찌는 게 싫은 거겠지.'

4일을 한 묶음으로 돌아가는 시간 속을 떠돌다 보면 문득 이런 생각이 스치는 순간이 있다. 언젠가 내게 무슨 일이 있어도, 무슨 대가를 치르더라도, 살을 빼서 만나고 싶은 사람이 생길까? 간호학교를 다니던 시절에는 잘생긴 의사와 사귀는 꿈을 곧잘 꾸기도 했다. 하지만 병원에서 일하고 나서부터 그런 환상은 말끔히 깨지고 말았다. 현실이란 강풍에 촛불 100개가 한꺼번에 꺼지듯이 그렇게.

'나오가 간호사 생활 몇 년 만에 우울증에 걸렸지?' 머릿속에 이런 생각이 떠오르자마자 유리코는 황급히 뇌에 뚜껑을 덮어버린다.

"쇼타, 냉큼 밥 먹으러 못 내려와?"

쇼타를 설득하다 지친 엄마가 내려올 무렵 유리코는 밥을 다 먹고 옷방으로 향한다. 옷방엔 난방이 들어오지 않아 춥다. 그래도 브래지어 훅을 푸는 순간의 해방감은 여전히 행복하다.

시계를 보니 오후 6시 27분이다. 5시간 뒤엔 또 집을 나서야 한다.

'또 저절로 실려 가겠지. 오늘과 똑같은 그 어딘가로….'

4일 전에도 완벽하게 똑같은 시간에 똑같은 장소에서 똑같은 생각을 하고 있었다. 유리코는 자신과 순환근무를 돌고 있는 속옷을 드럼 세탁기에 던져 넣고 오른쪽 발끝부터 욕조 안으로 들어갔다.

"또 왔네…."

유리코는 익숙한 뒷모습에 안도감마저 느끼며 말을 건넨다.

"호리키타 유스케 씨."

"아, 안녕하세요."

유스케는 유리코를 향해 고개를 꾸벅 숙인다.

"의자에 앉아계시지 그랬어요."

"아닙니다. 전 괜찮아요"

유리코가 의자를 권하지만 그는 애써 거절한다.

언제부터 저렇게 서 있었던 걸까. 유스케는 침대에 누워 움직이지 않는 청년의 사지를 물끄러미 바라보고 있다.

305호실, 미나미 도모야. 몸뚱어리만 보면 그저 잠들어 있는 듯이 보이지만 여러 개의 튜브관들이 그 같은 상황이 아님을 몇 번이고 확인시켜준다.

"정말 자주 오시네요."

"그런가요…."

유리코의 말이 비난하는 투로 들렸던 걸까. 유스케가 대답하기까지 시간이 조금 걸린다. 회진 중에는 한 곳에서 시간을 오래 끌어서는 안 되지만 유리코는 왠지 이 방에만 오면 발이 움직이지 않는다.

처음 미나미 도모야가 긴급 이송된 곳은 도내 병원이었다. 그 후 집에서 가까운 삿포로 시내의 이 병원으로 옮겨졌다. 도쿄 시내에 위치한 지인의 아파트에서 넘어졌다고 했다. 넘어지면서 치명적인 머리 부위를 다쳤고, 병원에 실려 올 때 이미 의식이 없었다고 한다. 그 이후로 지금까지 심각한 뇌좌상에 의한 식물인간 상태로 지내고 있다.

"오늘은 표정이 조금 밝아 보이는데요?"

"그래 보입니까?"

솔직히 환자의 표정 변화 같은 건 없다. 그저 어제와 똑같아 보일 뿐이고 분명 내일도 똑같을 거란 사실을 안다. 그래도 차라리 기도에 가까운 유스케의 희망을 꺾을 수는 없다.

도모야가 이 병원으로 온 지 며칠 되지도 않았는데 유스케가 어찌나 자주 병문안을 왔는지 셀 수조차 없을 정도다. 대학 4학년의 일상이 얼마나 바쁜지 유리코는 잘 모른다. 하지만 매주 정해진 요일과 시간에 나타나는 것을 보면 틀림없이 비는 시간을 모조리 병문안에 쏟고 있는 듯하다. 평일 밤이나 주말에는 친척이 나 여자친구로 보이는 사람이 오기도 하지만 그 이외의 시간은 거의 유스케가 곁을 지킨다고 봐도 좋다. 평일 낮 시간의 병원, 그 적막함 속에 유스케의 모습은 도드라진다.

도모야는 혈종제거술을 받은 뒤에도 의식이 돌아오지 않고 있다. 시각과 청각을 모두 잃어버린 상태라 튜브관을 통해 영양을 주입받는다. 최근에는 자율신경계 향상을 위한 운동 프로그램을 시작했지만 아직 이렇다 할 결과는 보이지 않는다. 그 옆에서 유스케는 도모야의 목욕을 도와주고 병실 청소를 하기도 한다.

눈 감은 도모야가 무언가 부탁해오기를 간절히 바라면서 지금 자신이 해줄 수 있는 일을 찾아 하고 있는 듯이 보인다. 이토록 헌신적인 유스케는 간호사들 사이에서 점점 유명해지고 있었다. 아름다운 우정이라고 생각하는 사람도 있지만 단순한 우정이 아닐 수 있다고 의심하는 사람도 있었다. 유리코는 그런 소문엔 말을 섞지 않으려고 했다. 하지만 몸과 마음을 바치는 유스케의 정성이 어찌나 지극한지 어느 날 자신도 모르게 묻고 말았다.

"정말 소중한 분이신가 봐요."

몸을 돌려 바라보는 유스케의 얼굴엔 갑자기 말을 걸었을 때 보이는 놀라움과 당혹감이 서려 있었다. 하지만 그도 분명 누군가에게 이야기하고 싶었던 것이리라. 유리코가 좀처럼 병실에서 나갈 기미를 보이지 않자 유스케는 띄엄띄엄 도모야와의 관계를 이야기하기 시작했다.

"남자 녀석들끼리 이런 말은 잘 쓰지 않지만, 저는 항상 도모야를 제 '단짝친구'로 생각해왔어요. 집도 가깝고, 유치원 때부터 쭉 붙어 지냈거든요. 그냥 가족 같다고나 할까. 아니, 아마 가족들보다 도모야랑 함께한 일이 더 많을 거예요."

유스케는 여기까지 말한 뒤 눈길을 떨구고 나지막이 중얼거렸다.

"그런데… 그날만은… 바로 제가 옆에 있었는데도… 도모야를 구해주지 못했어요…. 어릴 때부터 항상 둘이 붙어 다니고, 무엇이든 서로 도우며 지내왔는데…. 그 순간만은, 그 순간만은 도와주질 못했어요. 20년이란 시간을 함께하면서 그 한순간만은… 제가 어떤 것도 해줄 수가 없었어요. 그 사실을 절대 용서할 수가 없어요. 아니, 스스로를 용서할 수가 없어요. 이 녀석의 인생이 멈춰버린 순간 아무것도 해주지 못했으니까. 대신, 이 친구의 삶이 다시 시작되는 순간만큼은 꼭 곁에서 지켜주고 싶어요."

그의 말을 들으며 유리코는 두 사람 사이에 흐르는 역사를 아주 조금이나마 알게 된 것 같았다. 하지만 간호사로서 환자의 삶에 개입하는 질문은 애당초 던지는 게 아니라는 사실을 더 잘 알고 있었다.

'도대체 왜 그런 소릴 한 거야? 캐묻는 것보다 더 자세히 말해달라고 조르는 게 뻔한 말투잖아. 정말 왜 그런 거야?'

앉지도 않은 채 친구를 지켜보고 있는 유스케의 모습을 보며 유리코는 스스로를 꾸짖었다.

'환자 개개인의 인생에 가까이 다가서면 뭔가 터져버린다는 걸 잘 알잖아. 나오 언니가 그랬던 것처럼.'

"창문 좀 열어도 될까요?"

유스케가 묻는다.

"그럼요."

유리코가 답한다.

"이 녀석, 겨울을 좋아했거든요. 분명 찬바람을 쐬고 싶을 거예요."

유스케가 병실 창문 쪽으로 다가간다. 접어 올린 소매 아래로 힘줄 돋은 팔이 드러난다.

병실 안에 있는 남자의 건강한 육체는 그 자체만으로도 눈에 띈다. 지금 유스케의 삶에서 최우선 순위는 도모야의 병실에 오는 것이리라. 친구들과 논다거나 여자친구와 데이트를 한다거나 꿈을 좇아 달린다거나…. 몸으로 즐길 수 있는 모든 것을 제쳐둔 채 유스케는 의식불명의 친구 곁을 지키고 있다.

열린 창문으로 바람이 들어와 좀 전에 유스케가 했던 말들이 공기 속에 흩날린다.

'대신, 이 친구의 삶이 다시 시작되는 순간만큼은 꼭 곁에서 지켜주고 싶어요.'

무슨 일이 있어도 지켜주고 싶다. 무슨 일이 있어도.

"오늘도 그 노래에요?"

유리코가 도모야의 머리맡에 놓인 휴대폰을 보고 묻는다.

"네. 부질없는 짓인지도 모르지만…. 그래도 이 녀석 의식이 돌아오는 데 조금이라도 도움이 될까 해서요."

그의 말이 끝나자마자 휴대폰에선 이국적인 느낌의 멜로디가 흘러나온다. 도모야가 어린 시절 좋아했다는 노래 음표들이 계절의 바람 속에 담긴 채로.

'전신마비 상태라 식물인간으로 분류되긴 하지만 환자에 따라 오감이 살아 있는 경우도 있습니다.'

담당 의사의 말을 들은 뒤로 유스케는 도모야와 함께 불렀던 노래를 매일 귓전에 재생시키고 있다. 초등학교 때 삼총사로 지냈던 반 친구들과 푹 빠져 들었던 외국 만화 주제곡이라고 한다.

"저도 같은 또래일 텐데…. 그 만화 주제가는 처음 들어봐요."

유리코의 말에 유스케는 평소보다 황급히 답한다.

"지역 방송국마다 다르니까요. 특히 만화 같은 건…."

쇼타는 그때부터 학교에 가지 않고 있다. 누가 말을 걸어도 침울하게 가라앉아 있을 뿐이다.

"실은, 제 동생도…."

만화를 좋아한다고 말하려다가 유리코는 자신도 모르게 뒷말을 삼킨다. 간호사로서 환자의 이야기를 들어줄 수 있을지 몰라도 그 반대의 일은 절대 일어나선 안 된다.

"동생이 있으세요?"

"아, 아니에요. 신경 쓰지 마세요."

유리코는 태연한 척 시간을 확인한다. 병실 한 곳에 이렇게 시간을 많이 할애해서는 안 된다. 머리로는 알고 있으면서도 발이 좀처럼 움직이질 않는다.

"도모야, 이 노래 생각나지?"

둘이서 듣던 그리운 멜로디 한편에 서서 유스케가 걷어 올렸던 소매를 풀어 내린다.

그날은 낮 근무가 제시간에 끝나는 듯했다. 아주 드문 일이라 횡재를 한 것 같은 기분에 유니폼을 벗고 있는데 누군가의 목소리가 들렸다.

"아, 여기 있었네."

함께 낮 근무를 했던 선배가 탈의실로 들어온다.

"수고하셨습니다." 유리코가 인사한다.

"있잖아, 지금 간호사실에 아라키 씨 부부가 와 있어."

"아라키 씨요?"

유리코는 사복으로 갈아입은 자신의 모습을 본다. 아무리 환자 호출이라도 그렇다. 또다시 유니폼으로 갈아입는 건 귀찮은 일이다.

"아라키 씨 생각 안 나? 지지난 주였지 아마…. 암으로 돌아가신 208호 환자. 그 부모님들이 오셨다고."

"아아!"

208호 아라키 씨…. 머릿속으로 한 번 더 말을 곱씹으며 기억을 더듬는다. 일주일이 조금 더 지난 일이었다. 그는 유리코의 낮 근무가 시작되기 직전에 사망한 환자였다. 아침 조회 때 들은 전달사항에 의하면 한밤중에 병세가 악화되었다고 한다. 그리고 빈 침대엔 바로 다른 환자가 들어올 예정이었다.

"신세 진 분들께 인사하러 오신 거니까 그냥 사복 입고 나가도 될 것 같은데?"

선배가 유리코의 마음을 꿰뚫어 보듯 말한다.

"일일이 인사까지 하러 오시다니, 정말 좋은 분들이야."

유리코는 적당히 맞장구를 치며 간호사의 모습을 벗어둔 채 탈의실을 나섰다.

간호사실 입구에 자그마한 체구의 부부가 무언가를 들고 서 있다. 유리코가 오는 것을 보자 둘의 얼굴이 확 밝아진다.

"이렇게 오지 않으셔도 되는데…. 제가 지금 막 옷을 갈아입어서 이대로 나왔네요. 죄송합니다."

"무슨 말씀을요. 간호복 입었을 때랑 또 다른 느낌이신데요?"

'아라키 씨 부모님이 이렇게 나이가 많았던가?'

마스크를 턱밑으로 내리는 어머니를 보고 유리코는 생각한다.

"정말 여러모로 신세를…."

"아, 아닙니다. 그런 말씀 하지 않으셔도…"

유리코는 공손한 얼굴로 답하고, 아라키 부인은 시원시원하게 말을 이어간다.

"정말 여러모로 신세를 많이 졌습니다. 우리 아이를 돌봐주신 분들께 제대로 감사 인사를 전하고 싶어서요."

종이 가방을 내민다. 틀림없이 과자 꾸러미가 들어 있을 것이다. 하지만 병원 규정상 이런 선물은 받을 수 없다.

"정말 죄송합니다만, 마음만 받을게요."

앵무새처럼 반복하는 것은 괴롭지만 어쩔 수 없는 일이다.

'이곳에서 생기는 모든 일은 내가 어쩔 수 없는 일이야.'

유리코는 간호사가 되고 난 뒤, 환자가 죽을 때마다 이 말을 스스로에게 들려주고 있다.

"입원 중에 정말 신세 많이 졌습니다. 좀 전에 뵀던 선생님께도 말씀드렸지만 아들도 요코우치 선생님과 시라이 씨가 담당해주셔서 분명 행운이었다고 생각할 겁니다."

아라키 부모님의 꿋꿋한 모습에 유리코는 점점 마음이 놓인다. 20대 외아들을 잃는다는 것이 얼마나 큰 충격일지 상상조차 되지 않는다. 부모의 충격을 헤아리려고조차 하지 않는 일말의 죄책감은 예의 바른 몇 마디 말들로 가벼워진다.

'아니에요', '별말씀을', '아, 그렇군요', '정말 감사합니다.' 이 네 마디 말로 점철된 마라톤이 끝나갈 무렵, 아라키의 어머니가 "오늘 일은 이제 끝나신 거죠?"라며 미소 짓는다.

순간, 유리코는 온몸이 굳어지는 것을 느낀다. '행여 저녁 식사라도 함께하자는 건 아닐 테지. 조금이라도 일찍 집에 가서 심야 근무 전에 쉬고 싶은데….' 이런 생각이 겨울 물웅덩이처럼 마음에 살얼음을 덮는다.

"네. 오늘은 일단 퇴근이에요. 좀 있다 심야 근무가 있지만요."

유리코는 무심한 척 '시간이 없다'는 메시지를 전달한다. 이때 아라키의 아버지가 눈치 빠르게 대화에 끼어든다.

"이 시간에 퇴근한다는 건, 바로 야근이라는 뜻이잖아."

그리고 유리코를 향해 말한다.

"저희는 여기서 잠깐 이야기 나눈 걸로 충분합니다. 신경 쓰지 마세요."

"아, 마음 써주셔서 감사합니다."

속내를 훤히 들켜버린 것 같아 유리코는 간신히 대답한다. 아라키의 부모는 잦은 병원 출입으로 어느 틈엔가 간호사들의 근무 체계에 빠삭해진 듯했다.

"아들에게 온몸으로 암이 퍼졌다는 사실을 알았을 때 유리코 씨가 몇 번이고 말해줬잖아요. '최선을 다하고 있으니 걱정 마세요. 분명 괜찮아질 거예요.' 그 말이 우리에게 얼마나 용기를 줬는지 몰라요."

"그렇지?" 여기까지 말하고 그가 아내에게 묻는다. 고개를 끄덕이는 아내의 눈엔 눈물이 맺혀 있다.

'괜찮아질 거라고? 내가 그런 말을 했던가? 정말 내가?'

순간, 퍼뜩 당시의 일들이 기억났다. 입원과 퇴원을 반복하며 길고 긴 투병 생활 끝에 결국 숨을 거두었던 아라키. 그는 출산 휴가를 앞둔 선배로부터 인수인계된 환자였다. 당시 유리코는 간호사 생활을 시작한 지 갓 1년을 넘긴 신참이었고, 비슷한 또래 환자가 병으로 쇠약해지는 모습에 가슴 아파하고 있었다. 아라키는 유리코보다 다섯 살 연상이었다. 그리고 이따금 부모님 말고도 학창 시절 축구부원들과 회사 동료들이 문병을 왔다.

"나, 벌써 슬슬 아버지를 닮아가는 것 같은데 어쩌지?"

항암치료 부작용으로 빠진 머리카락을 보고 그가 웃으며 말했다. 아라키는 그런 사람이었다.

"유리코 씨, 정말 감사했습니다."

아라키의 부모가 유리코를 향해 고개 숙인다. 아버지의 정수리엔 머리카락이 거의 남아 있지 않다.

'최선을 다하고 있으니 걱정 마세요. 분명 괜찮아질 거예요.'

분명… 그 시절의 나는 그렇게 믿고 있었다. 갓 1년을 넘긴 간호사 시절, 4일 단위로 돌아가는 쳇바퀴 속에 삼켜져버리기 전의 나는.

'맞아. 심장이 불타올라 갈비뼈에 눌어붙을 정도로 환자 한 사람 한 사람을 향해 괜찮다고 외쳤지. 나오 언니처럼.'

나오는 누구에게나 넘치도록 상냥했다. 그게 누구든 그 사람이 가득 찰 때까지 친절을 쏟아부어야 직성이 풀렸다. 그러니 간호사라는 직업은 그녀에게 너무나 잘 어울렸다. 하지만 바로 그 상냥함 때문에 누군가 죽으면 지켜주지 못했다는 괴로움에 병을 얻고 말았다.

어느 결엔가 죽음에 무덤덤해져버린 나는, 그저 시곗바늘 위에 올라타 실려 다닐 뿐인 나는, 사실 간호사가 되기엔 역부족인 인간이었다. 하지만 또 바로 그 무감각함 때문에 지금까지 간호사로 멀쩡히 남아 있는 것이다. 내가 분명 진심을 담아 외쳤던 "괜찮아질 거예요"가 거듭거듭 헛된 약속이 되어버렸을지라도.

마지막으로 고개를 조아리는 아라키의 부모님 뒤로 문병을 마친 사람들이 출구를 향해 걸어오는 것이 보인다. 그 속에 유스케의 모습도 섞여 있다.

돼지고기 생강조림, 채 썬 양배추, 닭고기찜, 된장국, 밥. 심야 근무 전에 간단히 저녁 식사를 하고 있을 때였다.

"다카노리가 전학 간다나 봐."

저녁때가 되어도 좀체 방에서 내려올 생각을 않는 쇼타를 걱정하면서 엄마가 중얼거렸다.

"다카노리?"

"그래, 쇼타 친구 다카노리. 왜 우리 집에도 몇 번 놀러 왔잖아."

"아, 그 조그맣고 안경 쓴 애?"

"응, 맞아."

유리코는 머릿속으로 다카노리의 모습을 떠올린다. 만약 쇼타의 반 아이들을 키순대로 세운다면 쇼타 아니면 다카노리가 허리에 손*을 할 것이 분명하다.

"그 아이가 곧 전학 가버린다지 뭐니."

엄마는 이 말을 마치고 2층을 향해 다시 목청을 돋운다.

"밥 먹어라아!"

"알았어" 하는 쇼타의 대답이 들려오지만 좀처럼 내려올 기미가 보이지 않는다.

"부모님 일 때문에?"

유리코가 '전근 발령 날 시기가 아닌데'라고 생각하며 닭고기찜에 손을 뻗는다.

"그런가 봐. 슈퍼마켓에서 만난 그 애 엄마가 그러더라. 예고도 없이 갑자기 발령 나서 정신이 하나도 없다고. 이사한다는 게 정말 큰일 아니니? 그 애 엄마는 이제 전근 같은 건 안 다녀도 될 거라고 생각한 모양이던데."

"그래서 말인데, 쇼타가 학교 가기 싫어하는 이유가 바로 그거

---

* 일본에서는 초등학생들을 일렬로 세울 때 맨 앞에 선 아이만 예외적으로 허리에 손을 올린다.

때문인 것 같아."

이사, 출산, 퇴직, 사망. 어른이 되면 매일 보며 지내던 사람들이 갑자기 사라지는 일이 늘어난다. 그래서 어린아이에게 누군가를 잃는다는 상실감이 얼마나 큰 것인지 곧잘 잊어버린다.

"그 정도로 충격이었구나."

유리코는 닭고기찜을 된장국과 삼킨 뒤 채 썬 양배추에 손을 뻗는다. 텅 비어 있던 위 속에 잘게 으깨진 야채가 쿠션처럼 깔린다.

"충격이랄까, 글쎄다…."

엄마는 이리저리 신중하게 말을 고르는 눈치다. 상대방에게는 제대로 의미 전달을 하면서도 스스로에겐 상처가 되지 않는 그런 말을.

"재, 학교에서 사이좋은 친구는 다카노리밖에 없는 것 같더라. 원래 밖에서 노는 걸 별로 안 좋아하잖아. 그렇다고 딱히 이지메 당하는 것 같진 않고…."

유리코는 엄마가 골라 버린 말들까지 들릴 것 같아 일부러 소리 내 양배추를 씹는다.

"중학교에 가면 무조건 다카노리랑 미술부에 들어갈 거라고 했는데…. 다카노리네 엄마가 그러는데 둘이 좋아하던 만화도 곧잘 그렸다고 하더라. 그래서 이제 그 만화가 보기 싫어졌는지도 몰라."

무슨 일이 있어도 다카노리와 미술부에 들어갈 거라고. 무슨 일이 있어도.

"쇼타, 밥 먹으라니까!"

엄마가 한 번 더 2층을 향해 소리 지른다. 영원히 밥을 안 먹을 수도 없는 노릇이었는지 가벼운 몸이 하나씩 계단을 밟는 소리가 들린다. 오늘도 학교에 가지 않았던 걸까. 쇼타는 회색 잠옷을 휘감고 나타났다. 유리코가 있는 것을 보고 잠시 멈칫하는 기색이었지만 별말 없이 옆자리에 앉는다.

"잤니?"

"응."

"학교는?"

"응."

유리코가 말을 걸어봤지만 쇼타는 애매한 답변만 되풀이할 뿐이다. 열 살 남자아이치고는 조그마했던 몸이 몇 번을 쥐어짠 걸레처럼 쪼그라들어 있었다. 수분이랄까, 생명력이랄까. 뭐 그런 것들이 모두 말라버린 느낌이었다. 쇼타 몫의 저녁 식사가 유리코의 옆자리에 차려졌다. 아무리 꼭꼭 씹어도 저 가느다란 목으로 어떻게 음식들이 들어갈까. 유리코는 상상이 되지 않는다.

"쇼타, 친구 전학 가니?"

"응."

유리코가 묻자 쇼타는 돼지고기를 오물거리며 대답한다. 고기와 밥. 배고픈 남자아이가 제일 먼저 입에 넣는 음식들이다.

"그래서 학교 가기 싫어진 거야?"

부엌에서 엄마가 둘의 대화에 귀를 세우고 있다.

"몰라."

쇼타는 나지막이 중얼거리고는 된장국을 그릇째 마신다. 손에 쥔 국그릇이 무척 커 보인다. 쇼타가 모른다고 말한다는 건 더 이상 대화하기 싫다는 뜻이다. 말하기 싫은 일, 생각하기 싫은 일이 생기면 쇼타는 곧바로 그 일과 마주하길 거부해버린다.

그러고 보면 쇼타에게 친구가 별로 없는 이유가 꼭 체구가 작다거나 밖에서 놀기를 싫어하기 때문만은 아닐 것이다.

"그래도 계속 학교 안 가면 점점 더 가기 싫어진다, 너?"

"그런 거 난 몰라."

엄마는 그쯤에서 포기했는지 다시 그릇을 씻는다. 쇼타는 가냘프고 작은 턱으로 있는 힘껏 에너지 덩어리를 씹고 있다. 분명 엄마보다는 유리코 쪽이 쇼타의 마음을 이해하기 쉬울 터였다. 양배추를 다 먹고 난 뒤에야 유리코는 돼지고기 생강조림을 입에 넣는다.

분명 쇼타에겐 지금껏 다카노리 때문에 극복할 수 있었던 일들이 많았을 것이다. 유리코는 초등학교 시절에 몇 번이고 따돌림당했던 기억을 떠올린다. 하지만 여자아이들 세계의 따돌림이란 누구나 한 번쯤 겪는 통과의례 같은 것. 유일한 친구, 그것도 둘도 없는 단짝이 갑자기 사라지는 일은 없었다.

"잘 먹었어요, 엄마."

유리코는 이렇다 할 대화도 나누지 못한 채 자리에서 일어났다. 목욕하기 전에 조금이라도 잠을 더 자두어야 한다. 쇼타는 닭고기찜에 들어 있는 표고버섯을 젓가락으로 쿡쿡 찌르고 있다.

유리코는 옷방으로 가 옷을 벗는다. 내부는 춥지만 브래지어를 푸는 순간의 해방감은 여전하다. 속옷을 벗어 세탁기에 넣은 뒤 확인한 시간은 오후 6시 27분. 5시간 후면 다시 집을 나서야 한다.

그런 생각을 하다가 멈칫 움직임을 멈춘다. 4일 전에도 똑같은 시간에 정확히 똑같은 장소에서 똑같은 생각을 하고 있었다. 그냥 애매하게 그랬던 느낌이 드는 정도가 아니었다. 실감 날 만큼 아주 확실히 똑같다.

저절로 실려 간다. 떠내려간다. 찬 공기에 드러난 양쪽 가슴이 딱딱하게 굳어간다. 그저 시간표 위를 걷기만 하면 되던 시절이었다. 실려 가면 실려 가는 대로 좋았던 고등학교 3학년 시절엔 그래도 목표가 있었다. 빙글빙글 돌아가는 시간표 끝에 졸업이라는 마침표가 있었기 때문이다.

그런데 지금은 다르다. 저절로 실려 가고 있는 이 길 끝에 무엇이 있는지 알 수 없다. 아니, 무엇이 있는지 모르고 싶다. 그저 그곳에 굴러떨어졌을 때 미지의 자신이 기다리고 있을 거라 믿고 싶다. 계속 야채를 먼저 먹어 살을 빼기만 하면 근사한 남자친구가 생길 거라 기대하고 싶다. 아니, 그런 변화를 믿어 의심치 않는 사람이고 싶다.

'무슨 일이 있어도 살 뺄 거야. 그래서 꼭 남자친구 만들 거야.'

'최선을 다하고 있으니 걱정 마세요. 분명 괜찮아질 거예요.'

'중학교에 가면 무조건 다카노리랑 미술부에 들어갈 거야.'

무슨 일이 있어도, 무슨 일이 있어도, 무슨 일이 있어도.

조그만 발이 계단을 올라가는 소리가 들린다. 틀림없이 쇼타다. 표고버섯은 먹은 걸까. 그때 유리코의 머릿속에 하나가 떠오른다. 어쩌면 틀린 생각일지 모른다. 두 사람을 만나게 해봤자 별 소용없을지도. 유리코는 이런 생각들 속에 발끝으로 욕실 바닥을 디딘다. 그 발끝의 온도가 4일 전과 아주 조금이지만 달라진 느낌이다.

학교는 싫어도 밖에 나가고 싶었던 게 틀림없다. 쇼타는 어딘가 가자는 말에 스스럼없이 유리코를 따라나섰다.

"어디 가는데?"

"다 와가. 이제 금방이야."

오늘은 주간 근무, 심야 근무, 준야근을 거쳐 쉬는 날이다. 그런데 유리코는 지난 3일간과 다름없이 병원 복도를 걷고 있다. 다른 게 있다면 사복을 입고 있다는 점과 쇼타를 데리고 있다는 점.

"쇼타에게 소개해주고 싶은 사람이 있어."

단 하나뿐인 친구의 전학 소식에 의기소침해 있는 쇼타. 그 아이에게 엄마도, 유리코도, 매일 늦게 들어오는 아빠도 어떤 말을 해주어야 할지 갈피를 잡지 못했다. 무슨 말을 해도 그 또래 사내아이의 가슴을 메워주진 못할 테니까. 가족 모두 그렇게 생각하고 있다는 것을 유리코는 느낄 수 있었다.

유리코가 방문 앞에 멈춰 선다. 305호다.

"여기야?"

"응."

똑똑. 두 번 문을 두드린다. 미닫이문에 손을 대자 몇 번을 들어도 낯선 노래가 유리코와 쇼타의 발치까지 흘러나온다.

"휴우, 다행이다. 오늘도 있어서."

유리코는 안도의 숨을 내쉬었다.

"유스케 씨."

"아, 안녕하세… 엇? 사복 입으셨네요?"

그가 돌아보다 말고 눈을 휘둥그레 떴다. 간호복을 입지 않은 유리코와 그녀 뒤에 숨어 있는 쇼타의 존재에 적잖이 당황한 듯했다.

"동생분이시죠? 안녕하세요?" 그가 쇼타를 향해 고개 숙였다.

"어머, 제게 동생이 있다는 걸 알고 계셨나요?"

유리코가 묻자 그는 아무렇지 않다는 듯 도모야의 머리맡에 흐르는 음악을 껐다.

"전에 얼핏 말씀하셨던 적이 있거든요. 그래도 이렇게 나이 차가 많이 나는 줄은 몰랐네요."

근무 중이 아니라는 사실 하나만으로도 대화가 한결 매끄럽다. 게다가 평상복을 입고 마주하니 유스케가 동갑이라는 사실이 더 와닿는다.

"그런데 오늘 무슨 날인 거예요?"

상황 파악이 어려운 듯 유스케의 눈동자가 흔들린다.

"죄송해요, 불쑥 찾아와서. 제 동생에게 유스케 씨를 만나게 해 주고 싶어서요. 정말 죄송해요."

등 뒤에서 쇼타가 끙끙거리며 카디건 자락을 잡아당긴다.

"쇼타…."

유리코는 쇼타의 조그만 등을 밀어낸다. 그것도 유스케, 아니 도모야가 누워 있는 침대 쪽으로.

"이 사람은 유스케 형이야. 누나 친구."

유리코가 친구라고 소개하자 유스케도 반갑다는 식으로 받아준다. 유리코는 마음속으로 가만히 감사를 보낸다.

"그리고 여기 잠든 사람은 도모야 형. 유스케 형의 둘도 없이 소중한 친구야."

"둘도 없이 소중한 친구?"

쇼타의 목소리가 조금 커진다. 식물인간에 대한 두려움보다도 다카노리에 대한 생각이 간절했던 것 같다.

"도모야 형은 말 못 할 사정 때문에 오랫동안 이렇게 잠들어 있어야 해. 그래서 말이야. 유스케 형은 둘도 없이 소중한 친구랑 함께 놀 수 없게 돼버렸어, 쇼타처럼."

쇼타는 아무 말 없이 발치에서 도모야를 바라보며 서 있다.

"그래도 있잖아. 유스케 형은 쇼타처럼 우울하게 틀어박혀 있지 않아. 매일같이 이렇게 활기차게 지내는걸."

쇼타는 천천히 눈길을 떨군다. 유리코가 무슨 말을 하려는지 눈치챈 듯하다.

"그러니까 쇼타도 틀림없이 괜찮을 거야. 그리고 학교도 언제까지 빼먹을 순 없잖아. 이 형처럼 쇼타도 다시 잘 지내게 될 거야, 꼭…."

쇼타를 타이르는 동안 유리코는 몇 번이고 스스로에게 말해야

했다. 오늘은 쉬는 날이니까, 오늘은 간호사가 아니니까, 오늘은 평상복을 입고 있으니까. 담당 환자의 병실에서 간호사라는 사람이 집안 사정을 드러내서는 안 된다는 것쯤은 알고 있었다. 하지만 하나뿐인 친구와 헤어져야 하는 쇼타에게 힘을 북돋아줄 수 있는 사람은 똑같이 친구를 잃은 채 지내고 있는 유스케밖에 없었다.

"형은…."

쇼타가 침대의 철제 난간을 응시한 채 입을 열었다.

"둘도 없이 소중한 친구랑 놀 수 없는데… 외롭지 않아?"

쇼타의 조그만 입에서 나온 목소리가 톡 하고 떨어진다.

"슬프지 않아?"

쇼타의 머리 위에 유스케가 손을 얹는다. 그리고 쇼타의 가느다란 머리카락을 다정하게 헝클어뜨리며 말한다.

"물론, 외롭지."

쇼타가 콧물을 삼키는 소리가 들린다.

"그런데 어떻게 잘 지내는 거야?"

유리코는 떨리고 있는 작은 등을 바라본다.

"난 어떻게 해야 할지 모르겠어, 형."

유리코는 쏟아질 것만 같은 눈물을 꾹 참는다.

"다카노리가 없으면 난 어떻게 지내지? 살아가는 이유가 뭐지? 난 모르겠단 말이야…."

"살아가는 이유"라고 누군가 한 번 더 말하는 소리가 들린다. 그리고 그 목소리에 유리코는 소스라친다. 쇼타도 유스케도 아닌

바로 자신의 목소리였기 때문이다.

"유스케 씨, 가끔 끔찍하단 생각 들지 않아요?"

유리코는 자신의 목소리가 들리기 전에 스스로 이야기하는지도 모르고 있었다. 나도 모르게 이야기하고 있는 나 자신이라니. 이런 일은 처음이라 당황스러웠지만 정작 말하고 있는 자신은 차분해 보인다.

"그런 생각 들 때 없어요? 매일매일 판에 박은 듯 똑같이 돌아가는구나. 나도 세상도 무엇 하나 변하지 않는구나 싶은 생각…."

유스케가 유리코 쪽으로 시선을 옮긴다.

"이대로 눈 감으면 영영 못 뜰지도 모르는데 내가 지금 뭐 하고 있는 거지? 뭐 그런 생각 말이에요."

여기까지 말하고 나서 생각하는 유리코는 이야기하는 유리코의 입을 봉해버렸다. 아무리 간호복을 벗고 있어도 할 소리가 아니었다.

유리코는 몇 번이고 외워버린 문장을 훑어 내려가듯 생각한다. '나, 어쩌면 쇼타를 유스케에게 소개해주고 싶었던 게 아니야. 실은 내가 그에게 물어보고 싶었던 거야. 쇼타를 여기 데려온 건 단지 구실에 불과해.'

주간 근무, 심야 근무, 준야근, 휴일. 매일 누군가 실려 오고, 누군가 죽어 나가고. 분명 괜찮아질 거라고 장담했던 환자의 죽음조차 잊어버리게 되는 상황이 벌어지고 있었다. 동경의 대상이었던 누군가는 이 일을 하다 마음의 병을 얻고, 죽고 사는 일에 냉담해질 수 있는 자신은 시간의 쳇바퀴에 실려 직무를 수행하고 있다. 그저 모든 것이 반복, 반복될 뿐인 날들 속에 도대체 무엇이 살아가는 이유가 될까.

매일 잠들어 있는 친구를 지켜볼 뿐인 유스케의 나날들. 분명 자신보다 단조로운 일상을 보내고 있을 그에게 무엇이 살아가는 이유를 만들어주는지 물어보고 싶었다. 간호사가 아닌 동년배의 한 인간으로서. 여기 온 건, 바로 그 때문이었다. 유스케에게 물어보기 위해서.

"판에 박은 듯 똑같다고는 생각하지 않아요."

유스케는 쇼타의 머리 위에서 손을 떼었다.

"나는 늘 오늘이 친구가 다시 눈뜨기 전날이라고 생각하니까요."

이렇게 말하고 난 유스케는 침대 난간을 살짝 어루만진다.

알몸을 드러낸 연약한 생명을 어루만지듯이 아주 섬세한 손길로.

"쇼타, 언젠가 또 둘도 없이 소중한 친구를 만날 거야. 지금은 '언젠가'란 말이 너무 멀게 느껴져서 믿을 수 없겠지만 말이야."

유스케의 손이 다시 쇼타의 머리 위에 얹힌다.

"그럼 이건 어때? 오늘이 뭔가 달라지기 하루 전날이라고 생각하는 거야."

"달라지기 하루 전날?"

쇼타가 얼굴을 조금 들어 올린다.

"'내일은 반드시 소중한 친구를 만날 거야' 생각하는 거지. 그리고 또 다음 날이 되면 생각하는 거야. 내일은 꼭 만나게 될 거라고. 쿠키 반죽을 눌러 펴는 것처럼 조금씩 시간을 늘려가면 돼. 그렇게 한 번에 하루씩 살아내는 거야."

유스케는 말을 잇는다.

"그렇게 지내다 보면 말이야. 설령 매일매일이 힘들다 해도 의미 없는 반복일 뿐이라는 생각은 들지 않아. 대신 '아아, 바로 이 순간을 위해서였구나!' 하면서 웃을 날을 위해 시간이 쌓여간다는 생각이 들지."

내일은 반드시. 내일은 반드시 만나게 된다.

유리코는 손바닥 아래서 끄덕이는 쇼타를 보며 생각했다. '난 사실 부러웠던 거야. 누가 죽은 것도 아닌데, 그냥 친구가 전학 가는 것뿐인데, 밥도 못 먹을 만큼 우울해질 수 있는 쇼타가. 모든 걸 내동댕이치면서까지 돌보고 싶은 친구를 가진 유스케가.'

담당 환자가 죽어도 무덤덤한 자신을 생각하자 우울증으로 집 밖조차 나올 수 없게 된 나오마저 부러워졌다.

'무슨 일이 있어도 살 뺄 거야. 그래서 꼭 남자친구 만들 거야.'

'최선을 다하고 있으니까 걱정 마세요. 분명 괜찮아질 거예요.'

'중학교에 가면 무조건 다카노리랑 미술부에 들어갈 거야.'

'삶이 다시 시작되는 순간만큼은 꼭 곁에서 지켜주고 싶어요.'

무슨 일이 있어도 꼭 그렇게 된다고 미래의 일들을 자신 있게 말하고 싶었다. 스스로에게 그런 변화를 끌어올 수 있는 힘이 있다고 말이다. 아니, 그런 용기를 갖고 있던 지난날들로 다시 한번 돌아가고 싶었는지도 모른다.

큰소리쳤던 일들이 이루어지지 않으면 쇼크로 앓아눕고 싶었고, 그 바람들이 이루어졌을 땐 넋이 나갈 정도로 기뻐 날뛰고 싶었다. 스스로의 인생이 4일 단위로 떠밀려가는 것을 부정하며 심장 한복판에 흔들리지 않는 절대치를 갖고 싶었다.

"한 번에 하루씩…."

쇼타의 입술이 달싹인다.

"그래."

유스케가 쇼타의 머리를 다독거린다.

"그렇게 하면, 꼭 만날 수 있어?"

"만날 수 있어, 꼭."

"다카노리 같은 친구를? 꼭?"

"그럼 꼭."

'꼭'이란 건 없다는 사실을 유리코는 알고 있다. 쇼타도 분명 알고 있을 것이다. 그래도 상관없다. 그저 다시 한번 아무 생각 없이 장담해보고 싶다. 그런 순간을 아주 많이 갖고 싶다.

형제처럼 나란히 붙어 이야기하는 두 사람을 보며 유리코는 생각했다. 쇼타만큼이나 가냘픈 등을 하고 있는 동갑내기 유스케가 잡으려 해도 닿을 수 없을 만큼 위대해 보이는 건 왜일까.

2

‘나’라는 친밀한 외부인 I

왼쪽에는 수업 시간에 쓰는 큰 칠판, 오른쪽에는 시간표를 적어놓는 작은 칠판. ‘학교가 바뀌어도 저런 건 똑같네.’ 가즈히로는 멀거니 생각한다.

그전 학교에도 칠판은 이렇게 2개가 있었다. 오른쪽 칠판에는 당번이 종례 전까지 다음 날 시간표를 적어두어야 한다. 노트 필기를 할 땐 그렇게까지 서툴지 않은데 칠판에 글씨를 쓰기만 하면 글자들이 뒤죽박죽이다. 그런 가즈히로를 놀려대던 반 아이를 떠올리는 순간 마음이 어딘가로 멀리 날아가버린다.

실없는 생각을 하고 있을 때가 아니라는 건 지금 스스로가 제일 잘 알고 있다. 가즈히로는 얼굴을 고정한 채 주위를 둘러본다. 이제부터 뭘 해야 할지 누군가에게 물어봐야 할 텐데…. 방금 전학 왔으니까 누가 좀 가르쳐줬으면 좋겠는데…. 머릿속에선 재잘재잘 잘도 떠드는데 막상 현실에선 혀를 묶어놓은 것처럼 입이 달싹도 않는다.

"아."

그때 바로 뒤에서 누군가 말을 흘렸다.

"체육시간 처음인 거야?"

아무래도 자신에게 말을 하고 있는 것 같다. 가즈히로는 살짝 경계하며 대답한다.

"어, 응…."

얘 이름이 뭐였더라, 뭐였더라…. 방긋방긋 웃고 있는 남자아이를 보며 가즈히로는 열심히 머리를 굴린다. 이름표를 확인하고 싶은데 점퍼를 입고 있어서 그럴 수도 없다.

어느 틈엔가 반 아이들이 모두 이 아이처럼 빵빵하게 부푼 점퍼를 갈아입고 있다. 교복도 체육복도 아닌 옷은 마치 우주복 같았다. 따뜻해 보이긴 했다. 하지만 가즈히로는 그런 옷을 가져오지도 않았거니와 집에 갖고 있지도 않다.

"스키, 갖고 왔어?"

남자아이가 또 빙긋 웃으며 묻는다.

스키. 그 단어는 오른쪽 칠판에도 그대로 적혀 있다.

4교시/체육/스키.

체육시간에, 스키를? 이전 학교 아이들에게 이야기한다면 모두들 놀라 자빠질 것이다. 그런데 이 학교 아이들은 별로 들뜬 기색조차 없다.

"안 갖고 왔어."

"그렇구나. 그럼 스키복이나 고글 같은 건?"

"안 갖고 왔어."

그러고는 '갖고 있지도 않아'라고 속으로 덧붙인다.

"그럴 줄 알았어."

남자아이는 훌쩍 복도로 나간다.

"저, 선생님! 선생님! 체육 시간에 쓸 스키랑 스키복 빌릴 수 있죠?"

그는 소매 속에 파묻힌 팔을 흔들며 가즈히로를 위해 선생님을 불러준다.

"방금 전학 온 앤데요. 스키도, 스키복도 없대요. 그거 빌릴 수 있는 거죠, 그렇죠?"

가즈히로도 남자아이를 따라 복도로 나온다. 체육복 차림의 선생님을 불러준 남자아이 뒤로 창문이 보인다. 그리고 그 창 너머로 펼쳐진 설경이 아직도 낯설다.

전학을 온 게 처음은 아니다. 히로시마에서 학교를 다닌 적도 있고, 여기 오기 전에는 가나가와에서 학교를 다녔다. 초등학교를 졸업할 때까진 가나가와에서 학교를 다니게 될 거라는 아빠의 말에 안심하고 있었는데. 그 말을 하고 얼마 지나지 않아 전학을 가게 되었다. 뭐 그전에도 항상 이런 식이었으니까 그렇게까지 충격받지 않았지만.

하지만 몇 번을 전학해봐도 익숙해지지 않는 건 전학 첫날의 느낌, 자신이 존재하지 않았던 교실에 갑자기 툭 던져진 느낌이다. 가즈히로는 생각했던 것보다 훨씬 따뜻한 복도에 서서 생각했던 것보다 훨씬 추운 설경을 바라본다.

'아직 3교시밖에 되지 않았네….' 막 흘러내리는 한숨을 간신히 참는다. 갓 전학 온 무렵엔 청소 구역도, 급식 정리도, 환복이며 준비물도 누군가가 가르쳐주기 전엔 모른다. 혼자 할 수 있는 일이 별로 없는 곳에서 지내는 시간은 1분 1초가 끔찍하다.

"가즈히로."

남자아이가 뒤돌아보며 말한다. 가즈히로는 자신만 상대의 이름을 모르고 있다는 사실에 바짝 약이 오른다.

"스키랑 스키복, 오늘은 빌릴 수 있대. 교무실에 예비용으로 준비해둔 게 있다니까 같이 가자."

"고, 고마워."

선생님과 남자아이의 뒤를 따라 복도를 걸어간다. 앞서 걸어가고 있는 남자아이의 커다란 점퍼가 부스럭거린다. 이 학교에서의 첫 체육시간을 위해 가즈히로는 체육복에 오리털 재킷을 입고, 머플러와 장갑까지 끼고 등교했다. 그런데 반 아이들은 미리 짠 것처럼 우주복 같은 점퍼 차림으로 학교에 와 있었다. 장갑도 복슬복슬한 장갑이 아니라 빳빳한 재질로 된 장갑을 끼고 있다. 그런데 이상한 건, 가즈히로의 장갑이 훨씬 따뜻해 보여야 하는데 다른 아이들이 낀 장갑이 추위를 제대로 막아줄 것처럼 보인다.

앞장서 있는 남자아이를 보면 볼수록 "겨울엔 뭐니 뭐니 해도 오리털이지"라고 자신만만해하던 엄마의 말이 의심스러워진다. 이 아이가 입은 점퍼가 더 컬러풀하고 멋있는 데다 무엇보다 훨씬 따뜻해 보인다.

'미안, 네 이름이 뭐였더라?' 가즈히로가 이 말을 꺼내려던 순간, "도모야!" 하고 복도 저편에서 누군가 큰 소리로 달려온다. 그 목소리와 경쟁이라도 하듯 점퍼 스치는 소리와 실내화 신은 소리가 들이닥친다.

"도모야, 어디 가는 거야. 다음 시간 체육인데!"

도모야, 맞다. 이 아이의 이름은 미나미 도모야였지. 집에서 들여다보았던 학급 명부 속 아이들의 이름이 비로소 반짝 떠오른다. 전학생이 가장 먼저 할 일은 반 아이들의 이름을 외우는 것. 전학을 거듭하면서 습득한 귀중한 지식이다.

"그렇게 뛰다가 구르겠다."

"가즈히로 스키복을 빌리러 가는 거야." 놀라고 어이없다는 듯 도모야가 중얼거린다.

"아, 선생님. 스키 장갑 같은 것도 있죠? 저 장갑 끼고 타면 금방 젖어버릴 것 같은데…."

가즈히로는 엄마가 몇 번이고 "어쩜 그렇게 귀엽니"라고 했던 자신의 복슬복슬한 장갑을 말없이 내려다본다.

"가즈히로? 아… 전학생인가 보네."

갑자기 등장한 남자아이가 가즈히로를 흘낏 본다. 이 아이 쪽이 도모야보다 키도 크고 눈썹도 진하다. 이름도 확실히 생각난다. 호리키타 유스케. 활발하고 목소리가 커서 왠지 이름을 빨리 외워두는 게 좋을 것 같다는 느낌이 드는 아이였다.

"자, 그럼 나도 따라가볼까나?"

함께 걷기 시작한 유스케에게서도 도모야와 같이 바스락거리는 소리가 난다. 설경을 배경으로 성큼성큼 걸어가는 두 아이의 모습은 마치 비밀 동굴로 떠나는 탐험대처럼 보였다.

'둘이 친하구나.' 가즈히로는 이렇게 생각하면서도 조금 의외라는 느낌을 지울 수 없다. 숙련된 전학생의 감각으로 이제 반 아이들을 보기만 해도 알게 되는 것들이 있다. 최소한 좋든 싫든 이름을 알아두는 게 좋은 아이와 되도록 적으로 만들지 말아야 할 아이쯤은 쉽게 판단이 선다.

도모야는 그 둘 중 어느 쪽도 아니었다. 그런데 유스케는 양쪽 다에 해당한다. 보통은 그런 유의 아이들과 그렇지 않은 유의 아이들끼리 친한 경우가 많은데 드물게 이 두 아이들은 그런 것과는 상관없이 친한 것 같다.

"늘 생각하는 거지만 학교에서 타는 스키만으로는 성이 차질 않아."

"맞아, 유스케의 성에는 안 찰 거야. 나는 뭐 이걸로도 충분하지만."

"스키 합숙은 언제 시작되는 거야! 좀 빨리했으면."

앞서 있는 둘의 대화를 듣고 있는데 도모야가 갑자기 몸을 돌려 묻는다.

"가즈히로, 스키 타본 적 있어?"

"없지, 아마?"

"정말? 한 번도?"

가즈히로가 대답하자 유스케가 우스꽝스러우리만큼 놀란 시늉을 한다. 그 모습을 보면서 가즈히로는 이 아이는 스키뿐만 아니라 다른 운동도 다 잘하는 게 틀림없다고 생각한다.

"그런데 그 옷, 너희 거니?"

겨우 대화에 올라탄 가즈히로는 흐름에서 벗어나지 않으려 일단 어떻게든 말을 던진다.

"응. 스키 타는 날은 아예 집에서부터 스키복을 입고 와버리는 게 편해."

"난 스키도 내 걸로 갖고 오는걸. 학교 건 별로라서 말이야."

가즈히로는 기뻤다. 새 학교에서 만난 아이들과 자연스럽게 대화가 되면서 어느덧 평소대로 시간이 돌아가는 느낌에 가슴이 뛰기 시작한다.

전학 직후 느껴지는 느린 시간 감각이 언제부터 정상으로 돌아가는지 잘 알고 있다. 이전 학교 친구들과 그랬던 것처럼 새로운 친구들과 스스럼없이 이야기하게 되는 순간부터다. 그래서 몸이 예전과 같은 리듬으로 움직이기 시작했을 때 비로소 시간도 자연스럽게 흐르기 시작한다.

1층으로 내려오자 바로 교무실이 있었다.

"깜박 잊어버리고 온 학생들을 위해 준비해둔 거라서 말이야. 매번 너에게 빌려줄 수는 없어. 이번 주말에 어머니께 말씀드려서 스키랑 스키복을 준비하도록 해."

선생님의 말에 가즈히로는 순순히 고개를 끄덕인다. 이사 직후라서인지 엄마는 정신없이 바쁘다. 그런 엄마에게 사고 싶은 게 있다고 말하긴 그렇지만 어쩔 수 없다. 학교 준비물은 되도록 빨리 다른 아이들과 맞추는 게 좋으니까.

"됐다. 자, 가자!"

"우와, 재미있겠다!"

도모야는 선생님이 빌려준 장비 가운데 스키를 들어준다.

"오늘은 기필코 내가 1등으로 내려올 거야!"

갑자기 펄쩍펄쩍 뛰며 외치는 유스케. 그런 유스케를 말리는 도모야. 가즈히로는 생각한다. '나 혼자 왔다면 이걸 다 들고 갈 수 없었을 거야.'

이전 학교에서는 그다지 놀랄 일이 없었는데 이번 학교에서는 놀랄 일투성이다. 일단 홋카이도의 초등학교는 겨울방학이 길다. 지금까지는 1월 6, 7일쯤에 학교가 시작되었지만 이곳은 1월 17일이나 되어서야 개학식을 한다.

겨울방학 동안 이사하기로 결정이 났을 때 가즈히로는 적잖이 낙담했다. '그럼 섣달 그믐날도 설날도 느긋하게 놀 수 없잖아.' 그래서 방학이 이만큼 길어졌다는 사실을 알았을 때 기뻤다. 이전 학교 개학식 날에도 가즈히로는 집에서 빈둥거리며 즐거워하다 문득 견딜 수 없는 외로움을 느꼈다. 이젠 옛날 친구들과는 전혀 다른 세상을 살아가고 있다는 사실이 피부로 와닿았기 때문이다.

그 밖에도 지금까지의 생활과 달라진 점은 아주 많다. 예를 들어 저녁 뉴스 아나운서가 바뀌고, 즐겨 보는 만화 방영 시간대가 달라졌다. 하지만 그중에서도 가즈히로를 가장 놀라게 한 것은 학교 교정에 눈 덮인 산이 몇 개나 있다는 점이었다.

학교에 가던 첫날, 전학생 특유의 긴장감과 추위 때문에 가즈히로의 몸은 딱딱하게 굳어 있었다. 하지만 눈 덮인 산들을 바라보던 순간만큼은 옛날 친구들과 놀던 때처럼 몸도 마음도 녹아내렸다. 학교가 전부 눈으로 덮여 있는 것도 놀랄 일인데 그 새하얀 교정에 울룩불룩 부풀어 오른 곳이 있다니. 직경이 20미터쯤 될 테니까 산이라기보다 언덕에 가까울지도 몰랐다. 아니, 교정 여기저기 남아 있는 눈들을 하느님이 커다란 손으로 뭉쳐놓은 것만 같았다.

"체육시간에 스키 타는 건 3월까지야. 묵은눈은 골든위크*까지 남아 있긴 하지만."

체육시간이 시작되기 전, 도모야는 가즈히로의 이런저런 질문에 답해준다. 그의 말 중에 가끔 모르는 단어가 섞여 있었지만 일일이 묻진 않는다. 유스케는 가즈히로의 질문을 듣는 둥 마는 둥 하더니 승강구에 도착하기가 무섭게 미끄러져 내려간다.

"일단 스키로 A자를 만들어봐. 그렇지, 그렇지."

가즈히로는 선생님 말대로 발바닥에 붙어 있는 스키를 움직여 어떻게든 A자를 만들어본다. 하지만 오른발이 제대로 될 땐 왼발이 말을 안 듣고, 어떨 땐 스키가 눈에 박혀 꼼짝도 하지 않는다.

---

* 4월 말부터 5월 초까지 이어지는 일본의 황금연휴.

마치 발바닥이 자신의 의사로는 통제 불가능한 지경까지 늘어나버린 것 같다. 무엇보다 짜증스럽다. 조금이라도 스피드가 붙으면 기쁘기는커녕 공포가 피어올라 일부러 엉덩방아를 찧는다.

"다시 일어설 때는 스키 날을 옆으로 세우면 쉬워."

넘어지면 일어나고, 다시 타다, 금방 또 넘어지고. 그 세 가지를 끝없이 반복하고 있을 때 도모야가 말해주었다.

"고마워."

일단은 예의 바르게 말했지만 그의 말대로 해봐도 나아지는 것은 없다. 도모야도 다른 사람을 걱정하고 있을 처지는 아닌 듯 말을 마치기가 무섭게 엉덩방아를 찧는다.

체육수업이 시작된 지 30분 만에 한여름처럼 온몸이 땀으로 젖었다. 여름에 수영장에서 수업을 할 때 느껴졌던 추위와 비슷했다.

스키수업은 처음부터 학생들을 세 개의 그룹으로 나누어 가르친다. 특히 잘 타는 아이들, 보통인 아이들, 못 타는 아이들로. 홋카이도의 아이들은 모두 스키를 잘 타고 좋아할 거라 생각했는데 꼭 그렇지도 않은 모양이었다. 물론 가즈히로가 제일 서툴기는 했지만 생각보다 스키를 못 타는 아이들이 많다는 사실이 놀라웠다. 그리고 도모야도 그중 한 명이었다.

"스키 날 옆으로 세우는 거, 어려워."

"그대로 일어서면 또 미끄러져버리니까, 눈 속에 스키 날을 박는다는 느낌으로 이렇게…."

몇 번의 시도 끝에 겨우 일어서게 되었을 때, 가장 큰 산 쪽에서 유스케의 목소리가 들렸다.

“야호, 1등!”

유스케가 움직이는 모습을 보면 마치 스키판까지 신경이 뻗쳐 한 몸이 된 것 같다. 제일 잘 타는 아이들만 모아놓은 그룹 안에서도 유스케의 스피드는 차원이 다르다.

“굉장하다.”

가즈히로는 장갑과 손목 사이의 눈을 털며 중얼거린다. 춥게 느껴지는 곳은 손목과 얼굴, 귀 정도뿐이다.

“쟤는 운동신경 하나는 타고났어. 옛날부터 저랬으니까.”

도모야가 말하고는 스키를 기울여 경사면을 올라간다. 잘 타는 그룹 아이들은 남자도 여자도 활달한 아이들이 많다. 첫눈에 적으로 만들지 않는 게 좋겠다고 생각했던 아이 대부분이 저 그룹이다. 이들은 기다란 스키가 자신의 발인 것처럼 자유자재로 눈 속을 누비고 다닌다.

가즈히로는 발을 멈춘다. 하얀 눈이 눈앞을 스치고 지나간다. 유스케가 있는 높은 산 쪽에서 반 아이들이 지르는 즐거운 소리가 들린다. 몇 번이고 눈밭에 넘어지는 바람에 엉덩이가 욱신욱신 아파온다.

‘정말로 전학 왔구나.’

마음속으로 훅 이런 생각이 날아든다. 그리고 쿠키를 먹은 뒤 푸석푸석해진 입안에 우유 한 모금을 머금었을 때의 느낌이 전해져온다. 가즈히로는 전학 온 순간부터 쭉 마음속에 머물러 있던 위화감이 비로소 녹아내리는 것을 느낀다.

전학을 하면 이런 순간이 반드시 오게 되어 있다. 단, 조건이 있다. 한꺼번에 두 가지 감각이 만족되어야 한다. 예를 들어, 시야가 확 트인 장소에서 낯선 아이들이 즐겁게 놀고 있는 모습을 보고 있는데 이전 학교보다 짧아진 교복 위로 드러난 허벅지가 선득하게 느껴진다거나 하는 순간 말이다. 두 눈에 담긴 새로운 세상의 모습, 그리고 몸으로 느껴지는 작은 변화. 그 두 가지가 만족되고 나서야 가즈히로는 자신의 삶에 일어난 변화를 받아들일 수 있게 된다.

'이곳으로 난 전학 온 거야.'

"좋아, 이번엔 넘어지지 않고 아래까지 내려가는 걸 목표로 해 보자."

선생님 말에 가즈히로는 "네!" 하고 대답한다. 스키를 잘 못 타는 그룹은 유스케가 속한 그룹에 비해 조용하다. 조심조심 스키를 타고 있는 도모야의 등 뒤에서 다시 목청껏 외치는 유스케의 목소리가 들린다.

"또 1등이다!"

체육관에 난방이 된다는 사실을 알게 된 것은 금요일 마지막 시간에 있는 전교생 조회 때였다.

"3학기가 시작된 지 일주일이 지났습니다. 여러분, 누구 감기 걸린 사람 없겠지요?"

단상에 올라선 교장 선생님이 묻지만 누구 하나 대답하는 기색은 없다. 체육관에 출석번호 순으로 줄지어 앉은 학생들은 어떻게든 말을 듣지 않고 시간을 보낼 방법을 찾고 있다.

"에… 얼마 전 한 학생이 복도에서 뛰다가 넘어진 적이 있어요. 크게 다치진 않았습니다만 굉장히 위험해 보였습니다. 물론 뛰어서도 안 되겠지만 눈이 녹아서 더 위험해요."

난방이 된다고는 해도 체육관이 넓어서 따뜻해지는 데 시간이 걸리는 것 같다. 가즈히로는 스웨터 소매를 끌어내려 손등을 덮는다.

"밖에 나가 노는 건 문제가 되지 않아요. 아니, 교실에만 있는 것보다 훨씬 건강하고 좋은 일이지요. 하지만 눈 때문에 축축하게 젖은 복도를 보면 교장 선생님은 안타깝습니다. 여러분의 친구가 다칠 수도 있는 문제예요."

가즈히로의 앞에 유스케가 앉아 있다. 초등학교 4학년치고는 키가 커서 몸을 접듯이 웅크린 상태다. 등이 꼼지락꼼지락하는 것으로 봐서 교장 선생님의 일장 연설에 질린 듯하다. 자세히 보니 체육관 바닥에 붙어 있는 색 테이프를 손톱으로 벗겨내고 있다.

"여러분, 실내로 눈을 묻힌 채 들어오는 건 금지입니다. 들어오기 전에 옷과 신발에 묻은 눈을 확실히 털어내도록 합시다."

"네네… 그럽시다아…."

유스케가 뒤쪽을 보고 흉내 내다 "앗!" 하고 놀란다. 가즈히로보다 더 놀란 기색이다. 순간, 주위 아이들의 눈길이 두 사람에게로 쏠린다. 선생님에게 들킬까 봐 가즈히로는 눈을 내리깐다.

"아, 맞다. 이젠 내 뒷 번호가 너구나."

몇 초 후 고개를 들어보니 유스케가 여전히 이쪽을 보고 있다. 그는 선생님에게 혼날지도 모른다거나, 다른 아이들이 보는 일에 전혀 신경 쓰지 않는 것 같다. 목소리를 조금도 줄이지 않은 채 말하는 것을 보면.

"내 뒤엔 늘 도모야가 앉았거든. 그래서 나도 모르게…."

호리키타 유스케, 마에다 가즈히로, 미나미 도모야. 출석번호 순으로 서면 가즈히로가 유스케와 도모야 사이에 끼게 된다. 그러니까 가즈히로가 전학 오기 전까지는 유스케와 도모야가 항상 앞뒤로 섰을 것이다.

'아, 그런 거였구나. 그래서 전혀 다른 두 사람이 친해진 건지도 몰라.' 가즈히로가 조용히 속으로 고개를 끄덕이는데 "도모야! 도모야!" 하고 부르는 유스케의 목소리가 들린다. 그는 여전히 목소리를 낮추지 않은 채 가즈히로 뒤에 있는 도모야에게 말을 걸기 시작한다. 도모야는 가즈히로처럼 선생님을 의식하고 있는 게 분명하다.

"목소리 너무 크대도…."

도모야가 소곤소곤 답한다.

"에잇, 알았어. 그럼 말 전달시킬게."

유스케는 가즈히로를 향해 잠깐 이리 와보라는 손짓을 한다. 꼼짝도 하지 않고 가즈히로를 통역으로 쓰려는 속셈이 분명하다.

"나, 오늘 봉지 갖고 왔다고 좀 전해줘라."

"봉지?"

"응, 봉지. 말하면 알아."

이렇게 말하고 유스케가 몸을 돌려버린다. 그러고는 바닥에 붙어 있는 색 테이프를 손톱으로 긁어내는 작업에 다시 돌입한다.

가즈히로는 선생님에게 들키지 않도록 천천히 뒤를 돌아본다.

"뭐래?"

말로는 하지 않았지만 도모야의 머리 위에 이 말이 물음표처럼 떠 있다.

"전달. 봉지 갖고 왔대."

"뭐?"

도모야가 얼굴을 바짝 들이밀며 묻는다.

"봉지…."

말하면 안다고 했는데 갑자기 되물으니 불안해진다. 하지만 조금 뒤 도모야가 "아…" 하고 고개를 끄덕여서 가즈히로는 마음이 놓인다.

"가고말고! 고마워."

고개를 끄덕인 뒤 그 말을 유스케에게 전하려는데 도모야가 몸을 돌리려는 가즈히로를 붙잡고 덧붙였다.

"같이 갈래?"

그것도 전달할 말인가 싶어 고개를 갸웃했다. 하지만 그가 한 번 더 물었을 때 비로소 그것이 자신에게 한 말임을 깨달았다.

"다 왔다아!"

도모야와 유스케는 하천부지에 도착하자마자 메고 있던 배낭을 내동댕이친다. 눈 위에 배낭을 놓아두면 젖어버릴지도 모르는데. 저렇게 난폭하게 던지면 안에 든 것들이 엉망이 되어버릴 텐데. 그 둘은 그런 것엔 전혀 신경을 쓰지 않는 것 같다. 가즈히로도 그들을 따라 두툼한 옷에 파묻혀 좀처럼 떨어지지 않는 란도셀*을 벗어버린다.

방과 후 오후 3시. 두 아이들을 따라 도착한 곳은 학교에서 조금 떨어져 있는 제방이었다. 통학로에서 하천부지로 내려가는 경사면은 잔디밭이었지만 지금은 깔끔하게 눈으로 덮여 있다. 1월의 태양은 가즈히로의 눈높이에 맞춰 낮게 떠 있다. 눈이 그친 오후 3시의 햇빛은 마을 전체를 녹여버릴 듯 강렬한데 정작 마을을 덮고 있는 눈은 빛을 빨아들여 하얗게 부푼 모양새다. 그래서 얼음결정체라기보다는 햇빛에 잘 말려진 이불처럼 보인다.

"너, 아직도 란도셀 같은 거 메고 다니냐?"

유스케가 이렇게 말하며 도로 위에 주저앉는다. 스키수업 때 입었던 빳빳한 바지는 눈 위에서도 젖지 않는 것 같았다.

"응. 난 항상 이거 메는데…."

"여기선 아무도 그런 거 안 메고 다녀."

유스케가 말하며 자신의 배낭을 뒤지기 시작한다. 이번에도 배낭을 걱정한다거나 차를 조심한다거나 하는 기색은 없다.

"겨울엔 스키복을 입으니까 말이야. 그 위에 란도셀을 메면 너무 꽉 끼거든."

도모야도 동조하며 똑같이 주저앉아 배낭 속을 휘젓고 있다.

듣고 보니 교실 사물함에서도 란도셀은 못 본 것 같다. 가즈히로는 두 아이들의 배낭을 보고 있자니 자신의 까만색 란도셀이

* 일본 초등학생들이 메는 사각형의 책가방.

촌스럽게 보이기 시작한다. 전학을 가면 가장 먼저 학교 소지품부터 맞춰야 하는데 자신만 뒤처진 것 같다. 이 학교는 체육복도 자유, 가방도 자유. 처음에 언뜻 들었을 땐 기뻤는데….

"찾았다!"

도모야와 유스케는 나란히 소리 지르더니 각자 배낭 안에 넣고 있던 오른손을 끄집어냈다. 그 안에 얼핏 보아서는 알 수 없는 하얀 무언가를 뭉쳐 쥐고 있다.

"그게 봉지야?"

머플러를 코밑까지 끌어올리며 가즈히로가 묻는다. 전교생 조회 때 둘이 봉지 봉지 했으니까. 유스케는 가즈히로의 말 따위는 들리지 않는 모양이다. 그러더니 슈퍼마켓 같은 데서 주는 비닐봉지를 평평하게 펴고 있다가 "에잇, 도모야 게 더 좋아 보이잖아? 내 거랑 바꾸자!" 하더니 멋대로 봉지를 빼앗아버린다.

"좋았어, 오랜만에 한번 타볼까!"

"간다아!"

유스케는 봉지 위에 앉아 외치며 두 발로 땅을 힘껏 찬다. '썰매다.' 가즈히로가 생각하던 순간 도모야가 똑같이 말한다.

"봉지로 썰매를 타는 거야."

유스케는 벌써 저 아래까지 미끄러져 내려가고 있다.

"야아, 이 봉지 끝내준다!"

그러다 무언가에 걸렸는지 '으아아악!' 하는 괴성과 함께 구른다.

"비닐봉지는 미끌미끌해서 썰매보다 더 재밌어."

"자" 하고 도모야가 가즈히로에게 봉지를 하나 내민다. 집에서 늘 보던 슈퍼마켓 봉지가 바람에 펄럭이며 손짓한다.

"고마워."

비닐봉지는 아무리 타도 질리지 않았다. 눈이 올 무렵이면 슈퍼마켓 봉지들을 이렇게 타고 노는 모양이었다. 경사진 비탈길을 타고 내려오면 다시 눈 속을 걸어 올라간다. 그러고는 평범하게 탔다가, 양반다리로 탔다가, 스노보드처럼 탔다가…. 운동신경이 발달한 유스케가 여러 가지 테크닉을 보이는 동안 가즈히로는 도모야와 이런저런 이야기를 나눌 수 있었다.

"가즈히로, 전학 여러 번 다녔어?"

"응. 히로시마로 간 적도 있고, 여기 오기 전에는 가나가와."

"가나가와? 그게 어디 있는 거야?"

"도쿄 근처야. 난 지금까지 눈이 많이 오는 곳에 살아본 적이 없어. 그래서 좀 놀랐어. 이렇게 눈장난하며 놀 수 있다니. 여기 아이들은 다 겨울을 좋아하니?"

"그렇지도 않아. 나도 눈장난은 좋아하지만 겨울은 싫거든. 추위도 약하고 스키도 못 타고."

"맞아. 스키, 잘 타고 싶어."

가즈히로의 장갑과 신발은 도모야나 유스케가 착용한 것과는 달라 방수가 잘되지 않는다. 그래서 썰매를 탈 때마다 냉기가 스며들지만 언제부턴가 그런 것에 신경을 쓰지 않게 되었다. 체육 시간에 하도 엉덩방아를 찧어서 아프고, 몸은 후끈후끈한데 손발은 젖어 차갑다. 그래도 재미있으니 된 거다. 재미있으면 그걸로 좋은 거다.

이곳에 와 처음 눈을 보았던 순간부터 쭉 이렇게 놀고 싶었다. 엄마 아빠는 "춥다, 추워"만 연발할 뿐 함께 눈을 갖고 놀아주지 않았다. 가즈히로에겐 형제자매도 없다.

스키가 서툴러 엉덩이를 찧는 것과 비닐봉지를 타다 굴러 엉덩이를 찧는 것. 둘 다 아프지만 그 아픔의 종류가 다르다.

"우웩, 너 무슨 잠방이* 같은 걸 입고 있냐? 촌스럽게…."

유스케는 썰매를 타다 심심해지면 가즈히로를 놀린다. 말이나 행동이 좀 거친 면이 있는 아이다. 그래도 가즈히로는 오히려 기뻤다. 짓궂게 군다는 건 진짜 친구라는 뜻이니까.

"잠방이 아니야. 엄마가 타이즈랬어."

"여기선 어쨌든 그런 거 아무도 안 입거든?"

"으응…. 그래도 추운걸."

"그걸 참는 게 멋이야, 멋."

아직 낯선 것들이 많다. 하지만 가즈히로는 눈썰매를 타며 몸과 마음이 원래대로 되살아나는 것을 느낀다.

"아, 피곤해. 그리고 엉덩이 아파!"

"땀난다, 그치?"

정신없이 썰매를 타고 있으면 피곤한 줄도 모른다. 그러다 한 번 쉬어보면 얼마나 지쳐 있었는지 알게 된다. 어떻게 앉아 있어도 엉덩이가 아프다.

"엉덩이가 얼얼해."

---

* 남자가 입는 통이 좁은 작업복 바지.

"나도."

가즈히로의 말에 도모야가 대답하며 웃는다. 그 뒤에서 유스케가 자신의 엉덩이를 누르며 "아야야야야" 소리를 내고 있다.

'지금일지도 몰라.'

가즈히로는 생각한다. 지금이 사는 곳이 바뀌었다는 사실을 실감하는 순간일지 모른다고. 전학이란 건, 학교만 바뀌는 것이 아니다. 학교를 가지 않는 시간에 지내는 장소도 바뀐다. 어쩌면 당연한 일이지만 처음엔 잘 이해되지 않는다. 학교가 바뀌는 일을 실감하는 순간은 많을지 몰라도 살아가는 장소가 바뀌는 순간을 실감하기란 의외로 쉽지 않다.

유스케가 또다시 가즈히로를 놀려먹기 시작한다.

"너, 스키 탈 때 엄청 넘어졌잖아. 우리 중에 제일 엉덩이 아플 것 같은데?"

가즈히로도 지지 않고 되받아친다.

"시끄러워!"

유스케가 가즈히로의 엉덩이를 만지는 시늉을 한다.

"하지 말라니까!"

가즈히로는 그에게 눈을 던져 응징한다.

낯선 반 아이들, 처음 하는 스키수업, 전에 없던 엉덩이 통증. 학교가 바뀌었다는 걸 실감했던 순간은 전학 온 첫날부터 몇 번이고 있었다. 하지만 가즈히로는 지금에서야 비로소 '정말 내가 사는 장소가 바뀌었구나. 그리고 이곳에서 계속 살아가겠구나' 하는 사실을 받아들일 수 있을 것 같다.

지금 이곳에서만 할 수 있는 놀이. 그 놀이 때문에 욱신대는 엉덩이를 느끼고 있다. 그것도 혼자가 아니라 누군가와 함께.

"토요일에 스키복 사러 갈 거니?"

경사면을 오르면서 다시 도모야가 묻는다.

어느 틈엔가 태양색이 바뀌었다. 그저 새하얗기만 하던 눈송이 위에 노을색이 몇 방울 떨어지는 것이 보인다.

"응. 엄마가 사러 가자고 하면."

"그렇구나. 갈 수 있었으면 좋겠다."

유스케가 불쑥 끼어든다.

"사는 김에 말이야. 배낭도 하나 사달라지 그래? 란도셀은 암만해도 너무 촌스러우니까 말이야."

비탈길을 다 올라가니 1시간쯤 전에 벗어던진 가방 3개가 뒹굴고 있다. 배낭, 또 배낭, 그리고 란도셀.

"이 둘, 똑같은 배낭인데 색깔만 다르네."

가즈히로는 란도셀을 들어 올리며 중얼거린다.

체육복도 자유, 가방도 자유. '자유'라는 말, 정말 기분 좋은 말이다.

"가즈히로도 이 배낭으로 사면 어때?"

도모야가 말하면서 "영차" 하고 자신의 배낭을 들어 올린다.

"이거 방수되거든. 그래서 눈이 와도 안 젖어."

"그런데 이걸 어디서 샀더라…. 잊어버렸네…."

"집에 가자, 집에!"

유스케가 빠른 걸음으로 걷기 시작한다.

"봉지 갖고 가야지."

도모야가 남은 봉지들을 손에 쥔 채 유스케를 뒤쫓는다. 가즈히로는 두 사람 뒤에서 색깔만 다른 배낭이 흔들리는 것을 바라보고 있다.

자유라는 말이 기뻤던 이유는 체육복도 가방도 제멋대로 고를 수 있어서가 아니었다. 똑같은 것으로 맞춰 들고 싶은 친구가 있기 때문이었다. 무슨 색으로 할까 생각하고 있는데 가즈히로의 배에서 꼬르륵 소리가 난다.

얼마 지나지 않아 가즈히로도 눈놀이에 질리고 말았다. 막상 눈이 흔한 곳에서 살아보니 도모야가 눈장난은 좋지만 겨울은 싫다고 했던 말이 무슨 뜻인지 알 것 같았다.

"앗, 비겁하게 이런 식으로 하기야?"

"헷헤헤…."

가즈히로는 웃으며 노련하게 도모야를 공격한다. 이건 전학 오기 전부터 많이 했던 게임이라서 자신만만하다.

"아, 아앗! 또 졌다!"

도모야는 제대로 약이 오른 모양이다. 자신의 게임기까지 던져 버린다. 가즈히로는 그의 그런 모습을 보는 게 좋다.

집이 둑 너머에 있는 아이들은 반에서 몇 명 되지 않는다. 그중에 가즈히로, 도모야, 유스케가 끼어 있다. 이유는 알 수 없지만 학교에서 집이 먼 아이들은 묘하게도 서로 가깝게 지낸다. 히로시마나 가나가와에서도 그랬는데 홋카이도도 예외는 아닌 것 같다. 학교가 파하면 집으로 돌아가 게임기를 가지고 누군가의 집에 모여 논다. 그렇게 노는 것이 어느 틈엔가 일상이 되었다.

"너 게임 진짜 잘한다."

"도모야가 못하는 거야."

"뭐?"

도모야가 약이 올라 발로 가즈히로를 밀어낸다. 침대 위에 남자아이 셋이 올라앉아 있으니 상당히 비좁다.

"너, 내가 못한다고 했겠다!"

자기 집이라서 그럴까. 오늘 도모야는 평소보다 더 편하게 군다.

"가즈히로. 한 번 더 해, 한 번 더."

다시 도전하는 도모야를 가즈히로가 느긋하게 놀린다.

"흐음… 해줄까 말까."

가즈히로는 잦은 전학으로 게임기를 일찍 사준 부모님 덕분에 게임 하나만큼은 자신이 있다.

"스키도 못 타는 주제에."

옆에서 만화책을 읽고 있던 유스케가 일어선다. 난데없이 서툰 분야가 튀어나오자 가즈히로의 가슴 밑바닥이 무거워진다.

"그, 그건… 도모야도 스키 잘 못 타잖아."

"아무리 못 타도 가즈히로보다야 낫지."

유스케는 두 사람을 건너뛰더니 "나 화장실 좀…" 하고는 사라져버린다.

도모야에 의하면 유스케는 스키뿐만 아니라 운동은 뭐든지 잘한다. 그래서 반 아이들 모두 유스케가 있는 팀에 가길 원한다고 한다. 딱 한 가지, 수영만 빼고. 유스케가 수영을 잘 못한다는 소리는 스키수업 때 반 아이로부터 들은 적이 있었다. 스키며, 축구, 농구까지 못하는 게 없는 유스케가 수영만은 25미터도 못 간다고 했다.

반대로 도모야는 수영만은 빼어나게 잘하는 듯하다. 하지만 가즈히로에겐 홋카이도에도 수영수업이 있다는 사실이 더 놀라웠다.

"좀 쉬었다 할래."

가즈히로는 도모야의 침대 위에 드러눕는다. 조그만 화면에 신경을 집중해서 그런지 눈 안쪽이 뻐근하다. 엄마가 게임은 하루 한 시간만이라고 다짐을 시켰지만 친구 집에서 놀다 보면 금세 약속은 잊어버린다.

"그럼 나도 좀 쉴까?"

도모야가 침대 위로 뒹구는 바람에 가즈히로의 몸이 살짝 떠올랐다 가라앉는다. 창밖으로는 민들레 솜털 같은 눈이 흩날리고 있다. 그 풍경 사이로 유스케가 살고 있는 외딴집의 파란 지붕과 가즈히로가 살고 있는 아파트의 벽이 보인다.

"그래서 둘이 그렇게 사이가 좋은 거구나."

"응?"

잘 들리지 않았는지 도모야가 누운 채로 되묻는다.

"아니야. 그냥 전학 온 지 얼마 안 됐을 때 너희 둘이 왜 친할까 생각했던 적이 있거든."

단지 출석번호가 앞뒤라는 사실만으로는 설명되지 않을 만큼 둘은 달랐다. 학급위원 스타일의 도모야, 제멋대로에 문제아인 유스케. 스키만 해도 유스케는 위에서 1등, 도모야는 밑에서부터 1등이었다.

"집이 가까워서였구나."

가즈히로는 침대 위에서 기지개를 켠다. 게임에 집중하다 보면 관절 마디마디가 오그라드는 느낌이다. 두둑 하고 뼈마디 꺾이는 소리가 들린다. 도모야는 아무 말이 없다. 뒹굴고 있어서 얼굴 표정이 보이지 않는다.

그때, 가즈히로가 일어나려던 순간이었다.

"똥 나왔다!"

방문이 벌컥 열리면서 화장실에 갔던 유스케가 들어왔다.

"어이, 도모야, 뭐 간식거리 없어? 과자 같은 거 말이야."

"간식?"

도모야는 귀찮은 목소리로 침대에서 몸을 일으킨다. 하긴 슬슬 배가 고파지던 참이긴 했다. 가즈히로는 흘낏 벽에 걸린 시계를 본다. 4시가 조금 넘었다. 여기서 5시쯤 나가면 엄마한테 혼나지는 않을 것이다.

"도모야. 간식, 간식!"

"알았어, 알았어…."

유스케는 떼를 쓰고 도모야는 받아준다. 그런 패턴은 이미 질리도록 보아왔다. 유스케가 카레를 더 먹고 싶다고 말하면 도모야가 자신의 몫을 덜어준다든지, 청소하기 싫다는 유스케를 위해 도모야가 대신 당번을 맡아준다든지. 도모야가 반대하는 모습을 별로 본 적이 없다.

"빨리, 빨리이…."

"뭐가 있나 찾아보고 올게. 기다려."

그러면 그렇지. 지금도 유스케가 원하는 대로 상황이 흘러가고 있다. 가즈히로는 예의 바르게 "고마워"라고 했지만 나라면 남의 집에 가서 그러지 못 하겠다는 생각을 떨쳐버릴 수 없었다.

'뭐 어때.' 가즈히로는 하품을 하며 생각한다. 그런 것쯤은 상관 안 해도 좋을 만큼 친한가 보다.

도모야가 방에서 나가고 나자 유스케와 단둘이 남게 되었다. 유스케는 도모야에게 고맙다는 말도 하지 않은 채 아까 읽던 만화책에 다시 열중하고 있다. 벽시계의 초침소리가 들려온다. 마치 날카로운 칼로 무언가를 깎아내는 소리다.

가끔은 도모야가 유스케에게 화를 내도 좋겠다는 생각이 든다. 도모야도 카레를 먹고 싶었을 테고 청소를 하는 것도 분명 싫었을 텐데. 일전에 비닐봉지로 썰매를 타던 날만 해도 그렇다. 유스케는 더 좋아 보인다며 멋대로 도모야의 봉지를 자기 것과 바꿔 버렸다.

그때도 도모야는 화내지 않았다. 아니, 저항조차 하지 않았다. 지금도 유스케가 말한 대로 고분고분 간식을 가지러 가고 있다.

"게임 안 해?"

드디어 가즈히로가 유스케에게 말을 걸었다. 도모야랑 둘이 있을 때는 아무렇지 않은데, 유스케와 있게 되면 왠지 긴장감이 돈다.

"아…."

"뭐 읽어?"

아까부터 유스케는 게임기를 놓아둔 채 만화책만 읽고 있다.

"《제국의 법칙》."

"앗, 나 그거 무지무지 좋아하는데."

가즈히로는 자신도 모르게 유스케가 읽고 있는 만화를 넘겨다본다. 역시 그 만화다. 갑자기 가슴속에 옛날 생각이 퍼진다.

"우와, 여기 전학 오고 나서 한 번도 못 읽었는데. 신간 나왔구나!"

《제국의 법칙》은 주간지에 연재 중인 소년 만화이다. 현대가 아닌 시대, 즉 일본이 아닌 나라를 배경으로 이야기가 펼쳐진다. 아마도 공상의 나라겠지만 가즈히로도 그 이상은 잘 모른다. 단지 차례차례 등장하는 적국을 교묘한 전략을 써서 무찌른 뒤 점점 자신들의 영역을 넓혀가는 주인공들의 모습이 넋을 잃을 만큼 멋있다. 읽고 있노라면 한 사람의 전사가 된 기분이 들어 손에 땀이 난다. 전학 오기 전에도 친구들과 함께 돌려 읽곤 했다. 그 책이 만화영화로 만들어진다는 소식에 난리법석을 피우며 좋아했는데. 전학을 오는 바람에 이것저것 신경 쓰다 보니 까맣게 잊고 있었다.

"맞다. 사령관은 결국 어떻게 됐어? 지난 호 마지막에 적의 공격에 휘말렸잖아."

"인마, 나 아직 12권 보는 중이야. 더 말하지 마!"

유스케가 얼굴을 확 찡그린다. 가즈히로는 분명히 기억하고 있다. 최근 읽었던 15권은 주인공의 아버지 격인 윈클러 사령관이 적국의 폭격 속으로 휘말려가는 장면에서 끝이 났다. 가즈히로는 다음 이야기가 어떻게 되었는지 궁금해서 견딜 수 없다.

"윈클러 사령관, 진짜 멋있지?"

가즈히로는 유스케의 만화책을 보며 혼잣말한다. 그가 지금 읽는 부분은 윈클러 사령관이 다음 전략에 대해 주인공들에게 설명하는 장면이다.

"최소한의 리스크로 최대한의 리턴을!"

"깜짝이야! 귀에 대고 그렇게 큰 소리로 말하지 마."

윈클러 사령관이 전략을 설명할 때 항상 하는 말이었다.

'최소한의 리스크로 최대한의 리턴을!' 그게 무슨 뜻인지도 잘 모르면서 왠지 멋있다는 이유로 예전 친구들과 자주 들먹거리곤 했다.

"너, 윈클러 사령관 좋아해?"

유스케가 잠깐 만화에서 눈을 떼더니 묻는다.

"그야, 물론 좋아하지. 뭐… 윈클러 사령관은 모두가 좋아하잖아?"

윈클러 사령관은 주인공이 소속된 군 총괄부의 리더로 전사들 사이에서 제국의 수뇌라 불리는 인물이다. 항상 냉정과 침착을 잃지 않으며 머리가 잘 돌아가는 캐릭터이기도 하다. 그래서 군 전략은 항상 그가 짠다. 막힘없이 척척 계획을 세우는 모습이 너무나 근사하다. 그뿐 아니다. 부모 잃은 주인공을 군에 입대시켜 돌봐주는 자상한 면모도 있으니 좋아하지 않을 수 없다.

지령을 내릴 때는 가차 없기 때문에 '냉혈한'이라고도 불린다.

하지만 적군의 작전표를 꿰뚫어 보고 반전에 반전을 거듭해 승리를 거두는 그의 모습에 반한 사람들은 한둘이 아니었다. 잡지 공식 홈페이지에서 열린 인기투표에서도 윈클러 사령관이 주인공들을 제치고 1위를 차지할 정도였다.

"호오! 너도 사령관을 좋아한단 말이지."

유스케는 만화책을 내려놓고 바지 주머니에서 찍찍이 지갑을 연다.

"자, 봐."

유스케가 지갑에서 꺼낸 것은 작고 네모난 종잇조각이었다.

"이게 뭔데?"

"우리 아빠 명함이야. 여기, 여길 잘 보라고."

유스케가 명함 오른쪽 위를 가리킨다. 그곳에는 '리스크 총괄실장'이라는 말이 적혀 있다.

"앗, 이건…."

할 말을 잃은 가즈히로를 보며 유스케가 만족스러운 웃음을 흘린다.

"이게 우리 아빠가 하는 일이야. 윈클러 사령관이랑 같은 거지."

"우와, 정말 그렇네!"

"보여줘, 보여줘."

가즈히로가 명함에 달려든다. '총괄'이라는 말. 그 의미는 대충밖에 알지 못하지만 만화에서 처음 배운 말이라 은근히 매혹적이다. 리스크 총괄실장, 그리고 군의 총괄부 리더. 최소한의 리스크로 최대한의 리턴을!

"굉장하다, 너희 아빠 멋지구나."

리스크 총괄실장. 가즈히로는 다시 한번 그 말을 입속에서 소중히 굴린다. 만난 적도 없지만 이미 유스케의 아빠가 눈앞에 그려진다. 전투복처럼 보이는 슈트를 차려입고, 수많은 부하를 거느리고 있는 모습.

"부러울 거다."

유스케는 으스대며 명함을 다시 지갑에 넣는다. 언제 누구에게라도 보여줄 수 있도록 항상 갖고 다니는 게 분명하다.

"좋겠다아!"

가즈히로는 자신의 아빠를 떠올린다. 윈클러 사령관과는 생긴 것부터 말하는 것까지 모든 것이 판이하게 다른 아빠. 하는 일도 리스크 총괄실장 같은 멋진 직함이 아니다. 이곳으로 전근 와서부터는 가나가와에 있을 때보다 퇴근이 더 늦어지는 것 같다.

"그 만화 잡지, 다 어디 있는지 알아?"

"저기 전부 있을걸, 아마."

유스케가 방 한구석을 턱으로 가리킨다. 항상 게임만 했기 때문에 이 방에 만화책이 이렇게나 많은 줄 몰랐다.

가즈히로는 일어나 책장 쪽으로 다가간다.

"진짜로 다 있네!"

최신판인 16권이 눈에 들어오자마자 흥분한 나머지 힘차게 뽑아 들었다. 그 바람에 책장이 흔들리면서 무언가 떨어졌다.

"앗!"

가즈히로는 반사적으로 몸을 피했다. 책장 위에 있던 책 한 권이 발밑에 떨어진 것이었다. 만화책이나 보통 책으로는 보이지 않는다. 아니, 그보다 훨씬 크고 훨씬 얇다.

표지에 박힌 《아이 엠 마이마이I am Mai Mai》라는 제목이 가즈히로를 빤히 바라보고 있다. 마치 거울 같다.

"왜 그래?"

별 관심 없이 유스케가 묻는다.

"아니야, 아무 일도. 책이 한 권 떨어져서."

가즈히로는 떨어진 책을 주워 올린다. 아무리 봐도 그림책 같다. 망토를 펄럭이면서 달팽이 한 마리가 강렬한 눈빛으로 가즈히로를 보고 있다. '이거, 어렸을 때 읽던 책인가?' 가즈히로는 먼지 하나 없는 책을 다시 올려놓으려고 책장 위를 바라본다. 그 위에는 책이 몇 권 더 있다.

'저건 무슨 책이지?' 힐끗 유스케 쪽을 본다. 그는 여전히 만화책에 푹 빠져 있다. 가즈히로는 책장 위로 손을 뻗는다. 그리고 그때, 방문이 열렸다.

"뭐 하는 거야?"

양손에 포테이토칩과 주스를 든 도모야가 가즈히로를 보고 서 있다.

"앗, 미안. 뭔가를 떨어뜨려서 올려놓으려던 참이었어. 그런데 말이야. 너, 유스케네 아빠 직업이 뭔지 알아? 윈클러 사령관이랑 진짜 비슷해."

도모야는 아무 말 없이 간식을 책상 위에 놓고 다가온다.

"그래서 말인데, 도모야. 너네 아빠는 어떤 일 하셔? 오늘 일요일인데도 집에 안 계시네?"

이번에도 도모야는 대답 대신 가즈히로가 들고 있는 그림책을 움켜쥔다.

"그거, 돌려줘."

도모야가 그림책을 확 잡아당긴다. 그것도 생각보다 강한 힘으로.

"미, 미안해."

힘 크기에 놀란 가즈히로는 자신도 모르게 사과하고 만다.

"아빠, 오늘 어디 좀 가셨어."

이렇게 말하는 도모야의 눈빛은 아까 보았던 달팽이의 눈빛보다 훨씬 더 강렬하고 날카로웠다.

3

'나'라는 친밀한 외부인 II

극장에서 나온 뒤에도 좀처럼 흥분이 가라앉지 않는다. 가즈히로는 입구에 놓인 영화 전단지를 다시 한 장 뽑아 든다. 방금 전까지 집어삼킬 듯이 읽었지만 혹시라도 놓친 정보가 있을지 몰랐다. 아직도 가슴이 쿵쾅거린다.

"이야, 굉장했어!"

"진짜 최고 아니냐?"

도모야와 유스케는 아직도 몽롱한 눈빛으로 어딘가를 보고 있다. 셋이 보러 가기로 약속했던 '극장판 제국의 법칙'이 개봉되어 전국에서 히트를 치는 중이다. 쇼핑몰에 아이들끼리 가는 것은 처음이었지만 도모야를 따라가니 지하철도 별로 어렵지 않았다.

"정말 기막히게 재미있었어. 너무 멋있더라."

"한 번 더 보고 싶어!"

만화영화에 흠뻑 젖었는지 셋 다 걸음걸이가 제멋대로다.

영화가 끝난 지금은 오후 3시. 엄마에겐 6시까지 가겠다고 했으니 아직 시간이 좀 있다. 게다가 오늘은 잔소리할 어른이 아무도 없다. 친구들끼리 좋아하는 영화를 보고 놀 수 있다는 사실이 환상적인 나머지 아직 머리로 잘 이해가 되지 않을 지경이다.

"일단 푸드코트에 갈래?"

"좋지! 맥도날드, 맥도날드."

의기충천한 6개의 발이 가지런히 한 방향으로 행군하기 시작한다. 영화관과 오락실, 거기다 햄버거 세트를 먹을 수 있는 공간이 모두 한 층에 있다. 오감을 만족시킨다는 말로는 그 설레임이 다 표현이 안 된다. 여기엔 그 이상의 무언가가 있다. 훨씬 더 멋진 느낌이.

친구들과 이런 곳에 오니 비로소 최고 학년이 된 실감이 난다. 가즈히로는 아까 집어 든 전단지로 빈 구석 자리를 잽싸게 확보한다. 봄방학의 마지막 주말, 푸드코트 안에선 여기저기 타이머 소리가 울려 퍼진다.

"아, 목말라."

"맥도날드 가자니까."

영화관에서는 팝콘과 음료수가 너무 비싸 아무것도 사지 않았다. 집에서 점심을 먹고 왔는데도 영화 보는 데 체력을 다 써버렸는지 배에서 소리가 난다.

가위바위보에서 진 도모야가 자리를 지키고, 가즈히로와 유스케가 맥도날드에 줄을 선다. 세 사람이 시킨 메뉴가 나왔을 무렵에 가즈히로는 더 이상 배고픔을 참을 수 없는 지경이었다.

"그 장면 진짜 멋있었지, 응?"

유스케가 데리야키버거를 베어 물며 말한다. 입가에 소스가 잔뜩 묻어 있지만 누구도 신경 쓰는 사람은 없다.

"그 장면?"

"왜, 후반부에 윈클러 사령관이 정부 관료 놈들에게 호통치는 장면 말이야. 거기서부터 반격이 시작되잖아."

"아아, 진짜 멋있었지, 그 부분."

아직 흥분 상태에서 벗어나지 못한 가즈히로가 운동화를 테이블에 부딪히는 바람에 콜라가 쏟아질 뻔한다. 허겁지겁 컵을 움켜쥔 손 위로 콜라 몇 방울이 떨어진다.

'극장판 제국의 법칙'에서도 윈클러 사령관은 대활약을 펼쳤다. 원작자가 감수했다는 오리지널판에서 주인공들은 전에 없던 위기를 맞는다. 전쟁 물자가 없는 상황에서 어떻게 싸워야 할지 모르는 순간, 윙클런 사령관은 군 물자와 식량을 숨겨놓은 정부 고위관료들에게 일갈한다.

"미래의 자신이 아니라 지금의 백성을 위해 움직여라!"

갑자기 유스케가 오른손을 들더니 영화에 나왔던 대사를 읊기 시작한다. 옆자리에 있던 커플이 힐끗 쳐다볼 만큼 우렁차다.

"좀 조용히 말해."

도모야가 주의를 준다.

"그 장면, 죽여줬지."

"진짜 끝내줬지, 안 그래?"

가즈히로와 유스케는 아랑곳없이 떠들어댄다. 테이블 위에 펼쳐진 영화 전단지를 보고 있는 것만으로도 흥분이 되살아난다.

"도모야, 너 그거 알아? 유스케네 아빠도 윈클러 사령관이랑 비슷한 일 하신다?"

"뭐?"

도모야가 물고 있던 빨대에서 꼬르륵하는 소리가 난다.

"보여줘, 유스케. 오늘은 그 명함 안 갖고 왔어?"

"아, 그거?"

가즈히로의 말에 유스케는 거드름을 피우며 주머니에서 지갑을 꺼낸다. 그러고는 찍찍이를 뜯어 모서리가 닳아버린 명함을 꺼내 보여준다.

리스크 총괄실장. 윈클러 사령관의 직함을 빼다 박은 단어가 오늘도 그곳에 있다. 변함없이.

"정말이네. 비슷하다."

"그치? 정말 굉장하지?"

"굉장하지, 굉장하지."

몇 번이고 되물으며 수선을 피우던 가즈히로는 그다지 반응 없는 도모야의 모습에 머쓱해졌다. '아, 맞다. 이 둘은 내가 전학 오기 전부터 친했지. 당연히 나보다 유스케에 관해 더 잘 알고 있을 텐데, 내가 괜히….'

눈 깜짝할 사이에 제 몫을 해치운 유스케가 성이 차지 않았던지 가즈히로의 감자튀김에 손을 뻗는다.

"하지 마, 너."

'에이 괜찮잖아, 그까짓 거. 좀 나눠 먹으면 좋잖아. 조금만.'

어떻게든 감자튀김을 지켜보지만 결국은 언제나처럼 유스케의 넉살에 넘어가버린다. 가즈히로는 싫어하는 토마토를 뺀 자신의 햄버거를 아직 반도 먹지 못하고 있다.

5학년 말에 유스케는 이미 키가 160cm를 넘었다. 키순으로 서면 맨 뒤에서 두 번째였다. 가즈히로도 도모야도 키가 150cm를 조금 넘는 수준이라 둘 다 그 줄 앞에 서게 된다. 유스케는 운동복과 신발도 도모야보다 한 사이즈 크게 입는다. 좀 헐렁해 보이기도 하지만 아이들보다 한 사이즈 크게 입는 것을 좋아하는 눈치다.

"맞다, 그러고 보니…."

가즈히로는 문득 날짜를 떠올리고 좋은 생각이 났다.

"이거 먹고 책방 안 갈래? 영화관 옆에 책방 있잖아."

"좋은데? 우리 또 '서서 읽기' 내기할까?"

"또 내기를 하자고?"

가즈히로는 웃는다. 셋이서 책방에 가면 늘 누가 더 빨리 만화책을 읽어치우나 경주가 시작된다. 물론 그 경주의 시작을 알리는 인물은 언제나 유스케다.

"그것도 좋지만, 실은 전학 오기 전에 TV에서 보던 만화영화가 지금쯤 책으로 나왔을 것 같아서 말이야. 그걸 사고 싶어서 그래."

"아, 그 주제곡부터 이상한 만화 말이구나."

유스케가 미간을 찡그린다. 가즈히로는 가나가와에 살 때 케이블TV로 방송되던 외국 만화영화에 푹 빠져 있었다. 그 만화는 어느 것 하나 일본 만화랑 비슷한 구석이 없었다. 바로 그 부분이 좋았다. 그래서 유스케와 도모야에게도 보여주었지만 그 둘은 그냥 심드렁했다.

“역시 도시 남자는 만화도 세련된 걸 보시는군요.”

유스케에게 두고두고 놀릴 구실만 준 셈이다.

“나도, 도모야도 그 만화는 영 별로라서 말이야. 아, 그래도 《제국의 법칙》 최신판이 나왔을지도 몰라. 좋아, 좋아. 그거라면 금방 서서 읽을 수 있을 거야, 가자!”

유스케가 주먹을 불끈 쥐며 말했을 때였다.

“책방은 관두자.”

돌연 도모야가 잘라 말한다.

“응? 왜 그래?”

가즈히로가 미련을 버리지 못하고 매달리듯 묻는다.

“그냥. 돈을 너무 쓰면 혼나기도 하고, 그냥 거긴 가지 말자.”

“에이, 가자 가자. 응? 가자.”

가즈히로의 목소리를 제압하듯 옆 테이블에서 쿵 하는 소리가 난다. 좀 전에 앉아 있던 커플이 떠나자 자리를 맡은 중학생 무리가 테이블 위로 가방을 팽개치는 소리였다.

그들이 이야기했다.

“아, 배고파….”

“인마! 너 아까 그랬으니까 우리한테 뭐 좀 사야 하는 거 아냐?!”

‘중학생은 역시 뭔가 다르구나.’ 가즈히로는 생각한다. 개중에는 유스케보다 작은 형도 있었지만 그 다름은 키가 크고 작고의 문제가 아니었다.

가즈히로는 중학생들을 볼 때마다 왠지 온몸이 조여오는 느낌이다. 마치 젖은 빨래를 쥐어짜는 것만 같다. 그들이 딱히 해코지할 리 없다는 사실을 잘 알지만 그런 느낌이 드는 것은 어쩔 수 없다. 앞으로 1년간은 초등학생으로 있을 수 있지만 그 뒤론 저런 사람들과 어울려 중학교에 다녀야 하는 것이다. 가즈히로는 벌써부터 불안해 견딜 수가 없다.

“우리가 곧 6학년이란 말이지….”

유스케가 의자 등받이에 기대 삐걱삐걱 소리를 내며 중얼거린다. 그의 눈도 중학생들에게 쏠려 있지만 가즈히로 같은 불안감은 없다.

“6학년 때도 우리 셋, 같은 반이 되면 좋을 텐데.”

가즈히로의 말에 기름기 묻은 손을 닦으며 도모야가 답한다.

“맞다, 곧 반 배정이지.”

4학년부터 줄곧 같은 반이었는데 마지막 학년에 와서 뿔뿔이 흩어지고 싶지 않다.

“우리, 다른 반이 되면….”

마지막 남은 감자칩을 날름 입안에 넣으며 유스케가 말한다.

“장대눕히기*에서 서로 싸우게 되겠네.”

---

* 운동회나 축제에서 주로 젊고 힘이 센 남자들이 겨루는 경기.

"아, 또 그 얘기야?"

도모야가 질렸다는 표정으로 웃는다.

"또 하면 좀 안 되냐?"

유스케는 태평스러운 얼굴로 팔짱을 낀다. 가즈히로도 최근 유스케의 장대 타령에 슬슬 진력이 나던 참이다.

장대넘히기. 6학년 남자아이들만 참가하는 이 경기는 가히 운동회의 꽃이라 할 수 있었다. 홋카이도에서는 학년이 올라가고 반 배정이 끝나면 곧바로 운동회 연습이 시작된다. 예전에 다니던 학교들은 대부분 2학기 때 운동회를 했는데 이곳은 2학기가 한겨울이라 5월에 열 수밖에 없다.

"어쨌든, 올해는 장대넘히기에 목숨 걸어야 돼."

유스케가 빨대 끝을 잘근잘근 씹으며 말한다.

"단체체조, 이젠 못 하니까 말이지."

가즈히로가 중얼거리자 유스케는 땅이 꺼지게 한숨을 쉰다. 도모야도 왠지 슬픈 얼굴을 하고 있다.

남자아이들의 장대넘히기, 여자아이들의 장대잡기, 그리고 6학년 남녀 모두 참여하는 단체체조. 이 세 가지가 운동회를 장식하는 마지막 꽃이었는데…. 동년배 아이들의 열정은 상상했던 것보다 훨씬 뜨거웠다. 가즈히로는 그 열기를 느낄 때마다 자신이 전학생이라는 사실을 다시 인식하곤 했다.

지금까지 역대 6학년들이 단체체조, 장대넘히기, 장대잡기하는 것을 보아왔다. 그래서일까. 그 경기들을 해야만 비로소 6학년이 되었다고 느끼는 것 같다. 그런데 그중 하나인 단체체조가 사라져버리다니. 새로운 6학년들에게는 크나큰 충격이었다.

"이건 말도 안 돼! 피라미드 쌓기 신기록을 세울 꿈에 부풀어 있었는데…."

유스케는 콜라 뚜껑을 열어 남아 있는 얼음을 입안에 쏟아 넣는다. 가즈히로는 전단지의 윈클러 사령관을 바라보면서 오늘 아침에 보았던 뉴스를 떠올렸다. 정장을 입은 아나운서가 전국 운동회에서 단체체조가 중단되었다는 소식을 전하고 있었다. 특히 클라이맥스라 불리는 피라미드쌓기에서 심각한 부상을 입는 학생들이 속출한다는 내용이었다. 가즈히로는 식탁에 차려진 토마토를 찌르며 피라미드쌓기를 다른 학교에서도 하는구나 생각했다.

6학년들이 쌓는 피라미드는 지역신문은 물론, 졸업앨범에도 빠지지 않고 실린다. 운동회 날에도 6단 피라미드가 세워지는 순간에 가장 많은 플래시 세례가 쏟아진다. 이번에 6학년이 되는 아이들은 운동신경들이 좋으니 올해는 7단 피라미드에 도전할지 모른다는 소문이 한참 전부터 돌았다. 물론 유스케도 그 소문에 잔뜩 들떠 있는 참이었다.

그러다 갑자기 봄방학이 시작되기 직전, 단체체조를 더 이상 하지 못하게 되었다는 소식을 들었다. 가즈히로는 깜짝 놀랐지만 주위를 둘러보니 놀란 표정은 자신뿐이라는 사실에 더욱 놀랐다. 아이들은 엄청난 충격에 빠져 있거나 크게 안도하고 있거나 둘 중 하나였다.

"뭐 사실 위험하긴 했잖아, 그거."

도모야가 테이블 위의 전단지를 바라보며 중얼거린다.

"지금 무슨 소리 하는 거야. 도모야, 너 혹시 중지 찬성파냐?"

"찬성한다기보다 다치는 거 좋아하는 사람이 어디 있어?"

"약해빠진 소리 하지 마!"

유스케가 어금니로 얼음을 씹어댄다.

'유스케, 넌 덩치가 크니까 그렇게 말할 수 있는 거야. 피라미드 아래쪽에 서니까 떨어질 일이 없잖아.'

가즈히로는 입안에서 이 말을 우물우물 씹어 삼킨다.

"올해야말로 7단 신기록을 세울 기회였는데 말이야. 아아, 생각만 해도 김빠져."

유스케는 입안에 다시 얼음을 한가득 쏟아붓는다. 얼음 씹는 소리가 한층 더 요란해진다. 유스케처럼 활달한 아이들 사이에서는 지금까지의 기록을 마침내 깰 수 있으리란 기대감이 퍼지고 있던 참이었다. 체육 선생님마저 피라미드쌓기는 6단이라는 상식을 이번 학년들이 엎어주길 바라고 있는 눈치였다.

"그러니까, 바로 그 점이 위험하다는 거야. 작년보다 더 높이 쌓고 싶어지는 심리 말이야."

도모야의 목소리가 조금 작아진다.

"무의미한 대립이랄까, 경쟁이랄까 하는 것들이…."

대립, 경쟁, 무의미한. 가즈히로는 이 낱말들에 다시 아나운서의 목소리가 들리는 것 같다. 포장지 위에 빼놓은 얇은 햄버거 토마토는 오늘 아침 집에서 남겼던 토마토를 다시 떠올리게 한다.

"올해는 오로지 장대넘히기를 낙으로 살 수밖에 없는 거야?"

유스케의 말에 가즈히로는 혼잣말하듯 중얼거린다.

"장대눕히기도 꽤 많이들 다치던데."

백군과 홍군으로 나뉘어 장대에 매달린 깃발을 뽑는 게임은 운동회 경기 중에서도 몸싸움이 가장 격렬하다. 그래서 6학년 남학생들만 할 수 있는데도 매년 많은 아이들이 부상을 당한다.

"다 먹었으면 나가자. 너무 붐비니까."

바닥에 시선을 떨구며 도모야가 전단지를 뒤집는다. 전단지 뒷면에는 새로운 등장인물들의 소개가 실려 있고, 그 아래에는 이번 회의 축을 이루는 윈클러 사령관의 전략들이 알기 쉽게 설명되어 있다.

가즈히로가 아직 쉽게 읽을 수 없는 '유격'이나 '참모국장' 같은 낱말들도 많이 보인다. 흔히 쓰거나 읽을 일 없는 말들이 일러스트 아래 빼곡히 적혀 있는 것이다. 가즈히로는 멍하니 그림과 글자들을 바라본다.

유격, 참모국장, 대립, 공격국, 경쟁, 무의미, 대립.

가즈히로는 눈을 꾸욱 감았다. 왜일까. 전단지에 쓰여 있지 않은 말들까지 섞여 보이는 것 같다.

"가즈히로!"

갑자기 이름이 불리는 바람에 몸이 움찔한다.

"뭐, 뭐야?"

얼굴을 들자 유스케가 가즈히로 쪽을 보며 웃고 있다.

"이거 나 가져도 돼?"

유스케가 전단지 모서리를 들어 올리며 묻는다. 좀 전에 가즈히로의 감자튀김을 집던 2개의 손가락으로. 이번에도 가즈히로의 것이었던 무언가를 가로채고 있다.

"그래. 너 가져."

속마음을 숨긴 채 가즈히로는 고개를 끄덕인다. 책방도 가고 싶었는데 도모야는 그럴 맘이 전혀 없는 것 같다.

"남자들 중에 빠진 사람 없지?"

교탁에 두 손을 짚은 채 유스케가 반 아이들을 바라본다. 막 급식을 먹고 난 참이어서 음식 냄새가 뒤섞인 교실은 거대한 도시락통 같다.

"지금부터 장대눕히기 작전 회의를 시작한다. 빠진 놈 손들어봐."

칠판에는 공격국, 방어국, 참모국이라는 한자가 적혀 있다. 유스케도 생전 처음 써보는 글자인지 삐뚤빼뚤 영 엉망이다.

"빠진 놈이 손을 어떻게 드냐?"

"엇, 후지타 없다!"

"있어, 나 여기 있어!"

갑자기 소집당한 반 아이들도 칠판에 적힌 한자만큼이나 중구난방이다. 점심시간인데 나가지도 못하고 교실에 붙잡혀 있으니 심술이 날 만도 하다.

6학년에 올라가자 유스케가 반에서 제일 큰 남학생이 되었다. 유일하게 키가 컸던 아이와 반이 갈렸던 것이다. 가즈히로는 자신과 유스케는 1반, 도모야만 2반이 되었다는 사실에 왠지 선이 잘못 그어진 느낌이 들었다.

"그런데 말이야."

남자아이들 중 한 명이 귀찮은 듯한 목소리로 말한다.

"장대넘히기 연습이라면 다음 체육시간에 할 거잖아. 작전 회의 같은 거, 그때 하면 안 되는 거야?"

"찬성!"

그 뒤로도 몇몇 아이들이 맞장구를 치며 동참한다.

"맞아, 그러면 되는걸."

이렇게 구시렁거리면서도 모여 있는 이유는 이 회의를 유스케가 소집했기 때문이다. 누가 뭐래도 이 반의 리더는 유스케인 것이다.

"조용히들 해."

유스케가 짝짝 두 번 크게 손뼉을 친다. 가즈히로는 순간 이상한 느낌에 휩싸인다. 그 몸짓, 그 대사. 그리고 칠판에 적혀 있는 글자까지도 어디선가 본 느낌이다.

"지금 정해놓으면 이따 체육시간에 백군보다 더 많이 연습할 수 있잖아."

진지함이 가득한 유스케에게 아무도 반론을 제기하지 못한다. 유스케는 반 배정이 끝나기가 무섭게 홍군의 응원단장으로 뽑혔다. 애초에 그 자리에 지원한 사람도 유스케뿐이었다.

"먼저 공격수를 정한다."

유스케는 이렇게 말하며 교탁 위에 놓아둔 메모지를 본다.

"공격수란, 적군의 장대를 쓰러뜨리러 가는 사람들을 말한다."

반 아이들 중 활달한 타입의 몇몇이 나선다.

"내가 그거 할래", "나도!"

유스케는 까불거리는 아이들을 지그시 바라보며 못 박는다.

"공격국장은 나야."

그 한마디에 누구도 더 이상 목소리를 내지 않는다.

유스케에게는 그런 카리스마가 있었다. 응원단장으로 뽑혔을 때도 그랬지만 한순간에 교실 안을 평정해버리는 힘이. 가즈히로는 아직 담임선생님이 긴장이 되는데 유스케는 마치 친구처럼 편하게 이야기를 나눈다. 더 알 수 없는 건, 선생님도 그런 그를 친구처럼 대한다는 점이다. 어쨌든 그 이유가 반에서 제일 키가 크기 때문만은 아니라는 사실을 가즈히로도 어렴풋이 알고 있었다.

"물론 너희들도 공격국의 일원이다."

까불거리던 남자아이들을 향해 유스케가 말한다.

"공격국 안에서도 역할은 3가지로 나뉜다. 지지대, 특공대, 유격대."

"뭐? 유우격?"

누군가 묻자 유스케는 칠판에 한자로 쓴다. 이번에도 '유격'의 '격' 자가 심하게 삐뚤어져 있다. 오늘 처음 써보는 글자임이 분명하다.

"이 셋은 각자 역할이 다르다. 적진에 진입하는 순서로 보면 유격대, 지지대, 특공대 순이다. 맨 먼저 유격대가 적의 진영에 진입해 적군을 교란시키는 것이다. 뒤따라오는 우리 편들의 길을 터주는 느낌이다. 그러니까 이 중에서…, 하라다나 하세가와처럼 깐깐하고 공격적인 사람들에게 적합하다."

이름이 불린 두 아이가 서로 하이파이브를 한다. '유격대'라는 생소한 단어에 자신들이 적합하다는 사실이 못내 기쁜 듯하다.

"지지대는 유격대가 터놓은 길을 통해 재빨리 적진에 침투하는 역할이다. 하지만 바로 장대에 올라가는 것은 아니다. 모두 함께 장대를 쓰러뜨리며 뒤따라오는 특공대가 올라갈 수 있도록 토대를 만들어주는 것이다. 그러니까 오오키나 요짱, 시치 등이 이 역할에 어울린다."

이번에 유스케가 지목한 것은 덩치는 크지만 얌전한 아이들이다. 아까 두 사람처럼 하이파이브를 하지는 않았지만 역시 이름을 불린 아이들은 얼굴이 발그레하게 물들어 있다.

"자, 마지막으로 특공대다. 특공대는 스크럼을 짠 지지대의 등을 밟고 올라 장대 꼭대기로 진격한다. 그래서 실제로 깃발을 뽑는 것이다."

"어?"

유격대로 지목되었던 하라다와 하세가와가 떠들기 시작한다.

"그럼 유격대는 깃발을 뽑지 못한다는 소리네?"

"말도 안 돼. 그럼 난 특공대 할 거야."

"조용히들 해!"

유스케가 다시 두 번 손뼉을 친다. 그 바람에 손 아래 있던 종이가 펄럭 하고 휘날린다. 전단지였다. 셋이 만화영화를 보러 가던 날, 가즈히로가 극장에서 가져온 그 전단지. 가즈히로는 비로소 유스케의 몸짓, 대사, 단어들을 어디서 봤는지 기억해낸다. 그리고 살짝 오싹해진다.

"물론 공격국이 중요하지만 그만큼 방어국도 중요하니까. 지금부터 그에 대해 설명하겠다. 방어국에는 장대잡이, 벽, 킬러라는 세 분야가 있다."

유스케는《제국의 법칙》의 윈클러 사령관을 흉내 냈다. 하지만 아무리 노력해도 흉내 낼 수 없는 부분이 있다고 가즈히로는 생각한다.

"장대잡이는 말 그대로 장대를 잡고 버티는 역할이다. 적군이 아무리 공격해도 장대가 쓰러지지 않도록 버틸 수 있는 힘센 녀석들이 필요하다. 벽은 그 장대잡이들의 바로 옆에 대기하면서 적군이 장대를 타고 올라가지 못하도록 막는 역할이다."

반 아이들을 굽어보는 유스케의 얼굴은《제국의 법칙》을 이야기할 때처럼 흥분으로 빛난다.

"킬러는 자유롭게 움직이며 적군의 지지대나 유격대를 방해하는 역할이다. 적군이 장대에 올라가지 못하도록 벽과 힘을 합해 싸우는 것도 방법이 될 수 있다. 킬러들은 빠릿빠릿하게 움직여야 하는 포지션이기 때문에…."

흥분해서 벌렁거리는 콧구멍, 발갛게 달아오른 두 뺨. 가즈히로는 반 아이들이 경청하고 있다는 사실에 좋아 어쩔 줄 모르는 유스케를 보며 생각한다.

'저게 다른 점이야.'

윈클러 사령관은 전략을 설명할 때 저렇게 기분 좋은 표정을 짓지 않는다. 사실 전쟁 따위는 하고 싶지 않은 것이다. 그래도 싸울 수밖에 없기에 전략을 세울 뿐이다. 윈클러 사령관은 언제나 그런 모순 속에 갈등한다. 국가 간의 무의미한 대립을 없애고 싶어 하는 자신과 그 대립 덕에 직함을 얻고 살아가는 자신 사이에서 말이다. 이상과 현실 가운데서 몸과 마음이 갈기갈기 찢겨 싸우고 있는 것이다.

한 집단의 우두머리라는 것. 쓰고 있는 말과 동작에 확실히 비슷한 점이 있다. 하지만 단 하나의 차이가 너무나 명확해 나머지 것들을 무의미하게 만든다.

"음…, 후지야나 가즈히로가 킬러에 딱이다."

갑자기 이름이 불리자 가즈히로는 깜짝 놀란다.

'딱이라니, 어디가? 나랑 맞는 게 하나도 없잖아. 역시 너는 윈클러 사령관이랑 달라.'

마음속으로 생각한 말들은 단 한 자도 입 밖으로 흘러나오지 않는다. 그저 고분고분 "어, 응…" 하고 대답할 뿐이다. 가즈히로는 지금 이런 자신이 싫어 견딜 수 없다.

"자, 이젠 참모국에 대해 설명하겠다."

마침내 칠판에 쓰여 있는 세 번째 단어로 주제가 옮겨간다. 반 아이들은 모두가 하나같이 집중해 상체를 유스케 쪽으로 기울이고 있다. 점심시간을 빼앗겼다는 짜증은 이제 어디에도 찾아볼 수 없다.

가즈히로는 시계를 본다. 앞으로 10분 남았다. '점심시간이 빨리 끝났으면…' 하고 바랐던 적은 전학 온 이후로 오늘이 처음이다.

활짝 갠 4월의 하늘. 운동장 구석에는 아직 눈이 조금 남아 있다. 이렇게 쨍한 햇빛과 눈이 있는 풍경은 아직 가즈히로에게 낯설다.

체육시간은 1반과 2반이 함께한다. 오늘은 여학생들이 체육관 수업이고 남학생들이 운동장 수업이다.

"선생님은?"

"늦으시네."

가즈히로는 반 친구와 두리번거리며 선생님을 찾는다. 체육 선생님은 수업 시작 5분 전에 모여 있지 않으면 화를 낸다. 그런데 오늘은 수업이 시작된 지 5분이 지나가는데도 선생님의 모습이 이 보이지 않는다.

"오늘부터 운동회 연습인데…."

중얼거리는 가즈히로의 목소리는 유스케 패거리들에게 묻혀버린다. 점심시간 이후로 대화의 주도권을 점령한 아이들은 체육시간에 응당 있어야 할 선생님이 없는데도 전혀 불안해하지 않는다.

'유스케 패거리'. 가즈히로는 비록 마음속이긴 하지만 그런 식으로 부르고 있는 자신에게 소스라치게 놀란다. 하지만 최근 자신과 유스케 사이에 우정이 있었던가 싶은 의문이 드는 것도 사실이다. 자신과 도모야와 유스케. 셋은 분명 친한 친구였다. 하지만 자신과 유스케는 정말 친했던 것일까?

"앗!"

그때, 강한 바람이 불어 빨강과 하양이 섞인 가즈히로의 모자가 날아가버린다.

"어, 어어…."

바람을 머금은 모자는 공처럼 부풀어 올라 운동장 위로 굴러간다.

"어이, 뭐 하는 거야."

반 아이들의 웃음 섞인 목소리 속에 가즈히로는 열심히 모자를 쫓아 달린다. 모래투성이가 된 모자는 누군가의 발에 걸려서야 겨우 멈춘다.

"저, 미안한데 발밑에 모자 좀…."

"모자?"

돌아본 것은 도모야였다. 도모야는 곧바로 몸을 숙여 발아래 부딪힌 보드라운 물체를 주워준다. 그와 함께 있던 2반 아이들은 특별히 신경 쓰는 기색 없이 계속 이야기하고 있다. 차임벨이 울린다.

"자."

도모야가 모자를 쥔 오른손을 내민다. 그건, 정말 한순간의 일이었다.

가즈히로는 지금 자신이 누구와 마주 서 있는지 알 수 없었다. 눈앞에 있는 도모야는 지금까지 알던 도모야와 똑같은 모습이다. 전학 온 첫날 말을 걸어주었던, 봉지를 타고 함께 썰매를 탔던, 봄방학에 함께 영화를 보러 갔던 그 아이.

하지만 그의 등 뒤엔 지금껏 가즈히로가 이야기 나눠본 적 없는 2반 남자아이들이 있다. 개중에는 도모야보다 큰 아이도 있고, 더 작은 아이도 있고, 활달한 아이가 있는가 하면 얌전한 아이도 있다. 그들의 공통점은 가즈히로가 잘 모르는 아이들이라는 점이다.

"가즈히로?"

도모야가 모자를 쥔 손을 내민 채 불쑥 다가온다. 잘 모르는 아이들 틈에 있다는 이유만으로 지금까지 사이좋게 지내던 도모야가 낯설게 느껴진다. 그저 둘러싼 장소가 바뀐 것뿐인데, 그 아이마저 바뀐 것처럼 보이다니.

"미안, 미안! 늦어서 미안하다."

그때, 교직원 현관 쪽에서 체육 선생님의 목소리가 들린다. 발소리를 내며 걸을 때마다 목에 걸린 호루라기가 튀어 오른다.

"야, 선생님 지각이다!"

"5분 전 집합 아니었어요?"

유스케 패거리들은 마치 친구를 대하듯 선생님을 놀렸다. 평소 수업 5분 전 집합을 강조했던 선생님의 표정에 겸연쩍은 기색이 역력하다.

"아, 고마워."

가즈히로가 모자를 받아 든다. 도모야는 언제나처럼 고개를 까딱이고는 2반 아이들 속으로 들어가버린다.

아까 그 기분은 무엇이었을까. 배경이 바뀌어도 도모야는 내가 알던 도모야일 텐데.

"회의가 종 칠 때까지 길어져서 말이야. 미안, 미안. 어쨌든 모두들 집합! 두 줄씩 네 줄로 정렬!"

선생님이 우렁찬 목소리로 외치자 특유의 나른한 분위기가 사라져버린다. 언제나처럼 출석번호 순으로 반끼리 줄을 선다. 1반은 오른쪽으로 두 줄, 2반은 왼쪽으로 두 줄. 옆에서 보면 유스케, 가즈히로, 도모야가 나란히 서게 된다.

"무슨 말부터 하는 게 좋을까."

선생님은 학생들을 바라보며 조심스럽게 말을 고른다. 가즈히로는 선생님이 좀처럼 이야기를 꺼내지 않자 답답해진다. 옆에 있는 유스케가 몸이 근질거려 하는 게 느껴져서다.

"에… 오늘은 원래 운동회 연습, 그러니까 장대넘히기 선수들을 정할 계획이었는데 말이다. 그게, 못하게 됐다."

네 줄로 늘어선 아이들의 입에서 이런저런 소리가 새어 나온다. 그중에서도 단연 큰 소리는 유스케가 내뱉은 "뭐?"라는 한 글자였다.

"못하게 됐다는 게, 무슨 소린가요?"

과연 무리를 대표하는 리더답게 유스케가 묻는다. 변성기를 지난 그의 목소리는 이미 어른처럼 저음이다.

"PTA*의 요청으로 지금 운동회 프로그램을 전면 재검토하는 중이다. 그게 다 결정날 때까지 운동회 연습은 미룬다."

"재검토라니?"

"PTA 까다롭게 구네."

"어떻게 될까? 또 뭔가 바뀌는 거야?"

"혹시 단체체조 부활시키는 거 아냐?"

줄을 맞춰 서 있는 건 몸뚱아리뿐, 아이들의 생각은 이리저리

---

* 일본의 학부모교사연합회.

날아다니느라 바쁘다. 가즈히로는 옆줄에 있는 도모야와 이야기하려다 그가 이미 자기 반 아이와 있는 모습을 본다.

"선생님!"

유스케가 다시 손을 든다.

"설마 장대눕히기는 없어지지 않겠죠?"

유스케가 들어 올린 손은 마치 깃발 같다. 그것도 《제국의 법칙》에서 승자가 패전국 영토에 꽂는 깃발.

"그건 알 수 없다."

선생님이 고개를 젓는다.

"단체체조가 없어진 건 다들 알고 있겠지? 그건 연습이나 실전에서 부상을 막기 위한 조치다. 물론 단체체조는 친구들과 함께 일을 해냄으로써 단결력과 협동심을 길러주는 훌륭한 활동이다. 하지만 분명 큰 부상으로 이어질 염려도 있는 게 사실이다."

선생님은 이미 유스케를 향하고 있지 않다. 하지만 유스케의 손은 내려가지 않는다.

"만약 단체체조가 위험하다면, 장대눕히기나 장대잡기도 위험하지 않을까. 사실 그것도 중지시키자는 의견들이 지금 상당한 힘을 받고 있다. 특히 장대눕히기는 서로 붙잡거나 팔다리로 공격하는 위험요소들이 많다. 실제로 작년에도 몇몇 남학생들이 무릎이 까지는 부상을…."

"말도 안 돼!"

유스케가 벌떡 일어서며 외친다.

"장대눕히기도 없어진다는 건 있을 수 없어!"

"호리키타 유스케, 앉아!"

선생님의 호령에도 유스케는 멈추지 않는다.

"우린 벌써 싸울 준비가 돼 있다고! 작전도 이미 다 세웠고. 그런데 누구 맘대로 취소한다는 거야! 난 그런 거 용납 못 해!"

모두들 숨을 죽인 채 분노하는 유스케를 올려다보고 있다. 옆에 있는 도모야도 마찬가지다. 하지만 그의 눈빛은 다른 아이들과 달랐다. 파랗다. 그럴 리가 없는데도 가즈히로에겐 그렇게 보였다.

"호리키타 유스케, 앉아!"

선생님의 두 번째 호령은 좀 더 위압적이다. 하지만 유스케는 일어선 채 꼼짝도 하지 않는다.

"어찌 될지는 선생님도 아직 모른다. 지금 PTA 쪽이랑 선생님들이 이야기하는 중이다. 결정 나는 대로 확실하게 전달할 테니 기다려주길 바란다. 알겠지? 자, 그러니까 오늘 운동회 연습은 일단 없는 걸로."

선생님은 밝게 말한 뒤 팔에 끼고 있던 축구공을 던져놓는다.

"남학생들은 오늘 축구다. 일단 준비운동부터. 자, 넓게 서라. 더 넓게."

선생님의 지시에 따라 아이들은 꾸물대며 일어서기 시작한다.

"장대눕히기도 없어지면 우리 운동회 때 뭐 하는 거야?"

"난들 아냐?"

아이들의 대화에 불만이 섞여 있지만 그 누구도 유스케만큼은 아니다.

"유스케, 넓게 서!"

선생님의 말에 모든 시선이 유스케에게 쏠린다. 그의 발은 땅에 꽂힌 깃발처럼 움직이지 않는다.

1반과 2반의 남학생 수는 각각 15에서 16명이다. 그래서 축구 시합을 하면 네댓 명 정도가 남는다. 가즈히로는 준비운동을 마치고 나면 자발적으로 남는 쪽을 택한다. 어차피 유스케가 선수로 뛸 11명을 선발할 테고, 운동신경이 없는 가즈히로는 뽑히지 못할 터였다.

"패스, 패스!"

"이쪽으로, 이쪽으로!"

운동장에선 선수로 뽑힌 아이들이 하나의 공을 둘러싸고 모여 있다.

"야, 이쪽이라니까. 패스, 패스!"

유달리 큰 목소리로 말하는 것은 역시 유스케다. 하지만 수십 개의 다리에 사방팔방 둘러싸여 있는 공은 좀처럼 움직이지 않는다. 공을 따라온 팀이 한꺼번에 움직이는 꼴이다. 가즈히로를 포함해 선수로 뛰지 않는 아이들은 모두 운동장을 둘러싸 대기하고 있다. 공이 운동장 밖으로 튀어나가지 않도록 벽을 만드는 것이다.

공을 에워싼 선수들이 조금씩 가즈히로가 있는 쪽으로 다가온다. 아이들의 발놀림이 워낙 어수선해서 지금 어느 반이 공을 가졌는지 모를 지경이다.

그 무리들 속에 유스케와 도모야도 섞여 있다. 바로 봄방학 때까지만 해도 함께 영화를 보러 갔던 두 아이. 지금은 백군과 홍군이 되어 상대 팀으로 공을 갖고 싸우는 두 아이. 그 아이들 너머로 운동장 한편에 남아 있는 눈이 보인다.

"앗!"

가즈히로가 놀라 외쳤을 땐 이미 선생님이 호루라기를 불고 있었다. 삐이익! 선을 긋는 듯한 소리가 고막 속에 울려 퍼진다.

운동장에 유스케가 쓰러져 있다. 오른쪽 발목을 누른 채 얼굴을 찌푸리면서.

"호리키타 유스케, 괜찮아?"

멍하니 서 있는 가즈히로의 뒤로 선생님이 뛰어온다. 그때 경기를 뛰지 않은 학생들 가운데 공과 가장 가까이 있었던 사람은 가즈히로다. 가즈히로는 아주 짧은 순간이었지만 유스케가 공 위에 발을 올린 것을 보았다. 그리고 그대로 발목이 비틀리면서 쓰러지는 장면을 목격했다.

"발목이 삔 것 같으니까 양호실로 가자."

선생님이 유스케를 일으키기 위해 손을 내민다. 하지만 유스케는 그 손을 빌리지 않고 어떻게든 혼자 일어서려 한다.

"아, 아얏!"

유스케는 오른발이 닿지 않게 일어서면서 물감을 쥐어짜는 소리를 내뱉는다.

"누가 내 발을 걸었어."

그러고는 공을 둘러싸고 있던 아이들을 노려본다.

"뭐?"

선생님이 당황스러운 표정을 짓자 유스케의 눈빛에 날카로움이 더해진다.

"누구야, 내 발을 건 놈이!"

'아니잖아.'

가즈히로는 그렇게 말하고 싶었다. 하지만 입술은 달싹도 하지 않는다. 분명히 보았다. 유스케의 오른발이 공 위에 올라가 있었다. 그저 균형을 잃고 발목을 삔 것이다.

"너냐?"

가장 가까이서 볼을 주고받던 상대 팀 선수다. 도모야에게 유스케가 한 걸음 다가선다.

"아니야."

"네가 일부러 발을 걸었잖아!"

도모야가 아무리 아니라고 해도 유스케에겐 통하지 않는다.

"이제 반이 갈렸다고 일부러 그런 거 아냐?"

"무슨 소리야, 호리키타 유스케."

선생님이 유스케를 도모야로부터 떼어놓는다. 하지만 유스케는 다치지 않은 왼발로 도모야에게 다가간다.

"장대높히기에서 이기려고 다치게 한 거지, 그렇지?"

'도모야가 그런 짓을 할 리 없잖아!' 이번엔 정말 큰 소리로 외칠 작정이었다. 하지만 현실에선 외치기는커녕 숨 쉬기조차 힘이 든다. 운동장 구석에 작은, 아주 작은 눈덩이가 남아 있다.

"네가 그랬지!"

가즈히로는 유스케의 성난 목소리를 들으며 봄 속에 남아 있는 눈을 바라본다. 도모야는 천성이 누군가의 다리를 걸어 넘어뜨릴 아이가 아니다. 반 친구들이 바뀌거나 다른 팀이 되었다고 지금껏 알아왔던 도모야가 다른 사람이 되는 것은 아니다. 그런 것쯤은 어릴 때부터 친하게 지내온 유스케가 누구보다 잘 알고 있을 텐데. 그런데, 도대체 왜….

"내가 안 그랬어, 유스케."

도모야가 유스케를 응시하며 말한다.

운동장 구석에 있는 눈을 둘러싼 배경은 봄이다. 하지만 그 눈을 만져보면 분명 놀랄 만큼 차가울 것이다.

4

손쉽게 무너지는 법 I

아야나는 무심코 게시판 앞에 멈춰 선다.

“있잖아, 그래서 내가 그때 도저히 웃음을 참을 수 없어서 말이야. 엉겁결에 소리 내서 웃어버렸지 뭐야. 앗, 나 지금 완전 혼자 떠들어댔던 거야?”

열심히 이야기하며 앞서가던 레이카가 얼굴이 새빨개져 돌아온다. 레이카는 목소리가 커서 주위 사람들이 분명 떠들어대는 모습을 보았을 것이다.

“아, 미안, 미안.”

“그렇게 갑자기 혼자 멈춰버리면 어떡해? 나 지금 진짜 이상한 사람 됐잖아.”

“넌 원래 항상 이상했으니까 괜찮아.”

아야나가 가볍게 놀린다.

"에잇, 복수다!"

레이카가 아야나의 스커트를 뒤집어버린다.

"하지맛!"

아야나는 황급히 주위를 둘러본다. 다행히 근처에 남학생은 없는 것 같다. 어쨌든 레이카는 이런 데 아주 약삭빠르다. 여름 교복은 겨울 교복보다 재질이 얇다. 그것에 대해 같은 반 남자아이가 이러쿵저러쿵하는 소리를 들은 적이 있다. 하지만 방과 후 거의 수영복 차림으로 지내는 아야나로서는 겨우 스커트 옷감 가지고 떠들어대는 남자아이들이 귀여울 뿐이다.

"아, 이제 좀 속이 후련하다."

아야나가 레이카와 함께 게시판을 바라본다. 예전 같으면 시험이 끝나고 답안지가 돌아오는 이맘때에 과목별 등수가 빼곡하게 붙을 터였다. 1등부터 30등까지 학년별로 게시되기 때문에 이곳은 늘 왁자지껄 아이들로 붐볐다. 둘 다 이름이 오를 일은 거의 없었지만 그래도 게시판 보는 순간을 즐겼다. 등수표 속에 이따금 뜻밖의 이름을 발견하는 것이 재미있었기 때문이다.

"나, 그래도 딱 한 번 여기 이름 올라간 적 있어."

"정말이야? 무슨 과목?"

"보건 체육."

"어련하시겠어."

등수 제도 폐지에 대해서는 딱히 찬성도 반대도 하지 않는다. 그래도 아야나는 없어지니까 왠지 섭섭하다고 생각한다.

1학기 기말고사가 끝날 무렵, 담임선생님으로부터 이제 등수 게시를 하지 않는다는 말을 들었다. 학부모들의 요청으로 결정되었다는 선생님의 눈빛이 낯설게 느껴졌다.

눈빛. 아야나는 몰래 레이카의 눈을 바라본다. 그러데이션이 없는 까만 눈.

'그 게시판에 이름이 없는 아이들 기분을 생각해본 적 있나요? 공부란 게 원래 등수 올린다는 마음으로 하면 안 되는 거잖아요. 그리고 이름 있는 아이들을 시샘한 나머지 왕따시킬 수도 있고요.'

학부모들이 이런 식으로 항의해서 등수 게시를 하지 않게 되었다는 소문이다. 최근 들어 부쩍 학교 활동이나 행사에서 등수 매기는 일이 줄어들고 있다. 체육대회에서 승패를 결정짓지 않게 되었고, 합창대회에서 그랑프리 투표가 없어졌다. 아무래도 상관없었지만 합창대회의 승자 투표가 없어진 일만큼은 슬펐다.

"이대로 가다간 동아리 활동도 없어져버릴지 몰라." 레이카가 농담으로 말했지만 아야카는 도저히 웃을 수 없었다.

반 아이들은 '또 하나 없어지는구나' 싶은 표정으로 담임선생님의 말을 듣고 있었다. 아야나도 속으로는 누굴 왕따시킬 정도로 유치하진 않다고 말을 하고 있었지만 입 밖으로 내진 않았다. 다른 반 아이들도 무언가 말하고 싶은 표정이 역력했지만 모두들 아야나처럼 삭이는 것이 보였다. 한 남자아이만 빼고는.

"우와, 진짜네."

게시판 뒤에서 남자아이의 목소리가 들린다. 아야나는 자신도 모르게 아까 레이카가 들춘 스커트 자락을 손으로 누른다.

"진짜 등수표 안 붙였어. 세상에 믿을 수 없어."

"정말이네."

아야나는 뒤에 있는 두 남자아이를 본다.

호리키타 유스케, 그리고 미나미 도모야.

그때 반에서 유일하게 담임선생님에게 입을 열었던 아이가 바로 유스케였다.

"등수표를 안 붙이니까 진짜 공부할 맛 떨어진다."

"그래?"

"이제 내 성적 떨어지면 다 PTA 탓이니까 알아서들 해."

유스케의 말을 참을 수 없었던지 레이카가 쏘아붙인다.

"그거랑 그거랑은 상관없는 거 아냐?"

그러고는 킥킥 웃는다.

"야, 깜짝 놀랐잖아!"

레이카는 유스케의 반응이 재미있는지 계속한다.

"너, 전에 담임선생님이 등수 게시 안 한다고 했을 때도 화냈잖아. 꼭 애들처럼."

"내가 언제 화냈다고 그래?"

유스케와 레이카가 이야기를 시작하면 아야나는 도무지 대화에 끼어들 수 없다. 왠지 몸이 알아서 한 발 뒤로 물러서는 느낌이랄까.

아야나에겐 두 종류의 남자가 있다. 무서운 남자와 무섭지 않은 남자. 그중 유스케는 무서운 남자다. 낮은 목소리, 튀어나온 울대뼈, 셔츠 밖으로 드러난 무성한 털, 그림자가 질 정도로 선명한

근육, 항상 땀에 젖은 듯한 느낌, 큰 발소리와 거친 말투….

반에서도 그는 유독 남자다운 행동을 많이 하는 스타일이라 아야나는 되도록 멀찍이 떨어져 앉고 싶었다.

"그러는 너야말로 여기서 뭐하는 거야? 네 이름이 여기 붙을 일은 전혀 없을 텐데?"

"시끄러워. 나도 여기 이름 한 번 올려봤다고."

"그러셔? 물론 주요 과목은 아니었겠지? 어디 총점 등수로 말씀해보시지."

"자꾸 까불래?"

레이카는 남자아이들을 무서워하지 않는 것 같다. 특히 유스케처럼 남자다운 아이들을 대할 때도 다른 여자아이들을 대할 때처럼 거리낌이 없다. 아니, 그러기는커녕 상대가 남자다울수록 레이카는 더 편하게 느끼는지도 모른다.

반대로 아야나와 비슷하게 느끼는 여자아이들도 있다. 그 아이들에게도 무서운 남자, 무섭지 않은 남자가 있다. 그리고 거의 대부분이 유스케를 무서운 남자로 분류한다. 아예 유스케가 속해 있는 축구부 전원을 무서운 남자로 싸잡아버리는 아이가 있을 정도다.

하지만 아야나는 축구부가 아니라 유스케가 무서운 것이다. 아니, 무섭다기보다는 가까이 있으면 몸이 굳어지는 느낌이다.

"뭐, 유스케가 머리 좋은 거는 인정해. 수업시간에 만화책만 보는 학생치고는 말이야. 《제국의 법칙》이었던가? 재미는 있지만 표지는 영 촌스러운…."

"표지가 촌스럽다니, 너 말 조심해! 그리고 머리만 좋다는 건 무슨 뜻이야? 머리만 좋다니?"

"내 말 못 알아들어? 머리만 좋다고."

"네 얼굴 굉장히 짜증 나게 생긴 거 알지?"

유스케를 건드리는 레이카의 얼굴은 심술궂은 웃음을 짓고 있다. 스티커 사진을 찍을 때 짓는 여자아이들의 뻔한 표정보다는 귀엽게 보이니 알다가도 모를 일이다. 아야나는 굳어가는 허벅지를 짐짓 아무렇지 않게 쓰다듬는다.

겁이 많은 여자아이들끼리 대화를 나눌 때면 으레 누군가가 묻곤 한다.

"아야나, 넌 남자아이들이 무섭다며 어떻게 수영부에 들어갔어? 매일 그 앞에서 수영복 차림으로 돌아다니는 거, 난 죽어도 못 해!"

"아야나."

"어? 응."

갑자기 이름이 불려서 이상한 목소리가 튀어나온다. 하지만 정작 이름을 부른 도모야는 신경 쓰지 않는 눈치다.

"듣고 있어? 오늘은 오후 4시까지밖에 풀장을 쓸 수 없대."

"어, 정말? 오늘 릴레이 선수 정한다고 타임어택*하기로 한 날 아니었어?"

"응. 그렇긴 한데…."

도모야는 옆에서 떠드는 유스케와 레이카의 목소리에 익사해

* 레이싱 경주에서 자주 쓰이는 말로 정해진 시간 내에 일정한 거리를 완주하는 것.

버릴 것 같다.

미나미 도모야. 올여름 3학년들이 은퇴하고 나면 수영부 부장으로 확실시되고 있는 아이.

"그래서 수영 대신 달리기를 하자는 말이 나오고 있는데… 다들 체육복 안 갖고 왔겠지?"

"응. 안 갖고 왔을 거야."

"그러게."

'대회가 코앞인데 어떡하지.'

중얼거리는 도모야의 목울대가 오르락내리락한다. 똑같은 남자인데 왜 도모야는 무섭지 않은 걸까.

"얘 상대하기 짜증 나니까, 가자. 도모야."

유스케가 어깨동무하듯 도모야의 목에 팔을 감는다. 아야나는 긴장감이 사그라들며 한숨이 새어 나온다. 남자들 세계에서 일어나는 또 하나의 불가사의는 이런 식으로 덥석 몸을 붙이고 싶어 한다는 점이다.

"이 몸은 너랑 노닥거릴 시간 없어."

실내화를 밟는 시늉을 하며 유스케가 등을 돌린다. 여름 체육복 바지가 뒤쪽만 삐져나와 불량스러워 보인다. 분명 일부러 그렇게 내려 입었을 것이다.

"유스케, 진짜 말버릇 고약해. 쟤만 보면 넘어가는 1학년들한테 저 모습을 보여줘야 하는데 말이야."

말은 그렇게 하고 있지만 레이카의 뺨은 아까보다 부풀어 온기를 띠고 있다. 다른 아이들에게 저 모습을 보여주고 싶다면서도 실은 그 모습을 독차지하고 싶어 하는 마음이 너무 빤하다. 레이카는 남자아이들과 얘기할 때면 늘 즐거워 보이지만 특히 유스케를 포함한 축구부 아이들과 이야기할 때 더 흥분해 보인다.

“저런 애가 왜 그렇게 머리가 좋은 거야. 진짜 수수께끼라니까.”

휑한 게시판에서 눈을 떼더니 레이카가 실내화를 끌며 걷기 시작한다.

“우리도 교실로 돌아가자.”

호리키타 유스케. 미나미 도모야. 이 두 사람의 이름은 게시판에서 자주 접해왔다. 둘 다 운동부 소속인 데다 머리가 좋아서 2학년들 사이에서는 꽤 유명한 편이다.

거울처럼 반짝이는 복도 위를 도모야와 유스케가 걸어간다.

“저 두 사람 말이야.”

레이카는 앞을 똑바로 보며 중얼거린다.

“도대체 왜 친한 걸까?”

앞에서 걸어가고 있는 두 사람의 뒷모습. 한 명은 바지를 엉덩이에 걸쳐서 체육복이 나와 있다. 다른 한 명은 상하의 모두 단정하게 입고 있다. 똑같은 옷을 걸치고 있는데도 그 느낌이 이렇게나 다를 수 있다니 놀랍다.

“초등학교 같이 다녔다고 하지 않았어?”

“응, 뭐. 그것도 이유가 되긴 하겠지만….”

그다지 이해되지 않는다는 표정으로 레이카가 실내화를 끌며 걷는다. 레이카가 무슨 말을 하고 싶어 하는지 알고 있다. 중학생이 되면 초등학생 때와 달리 분위기가 비슷한 아이들끼리 어울리는 법이니까. 어릴 때는 집 방향이나 반이 같다는 외적 요인으로 친해지는 경우가 많았다면 나이가 들수록 마음이 맞다는 것 말고는 친해질 만한 이유가 거의 없게 된다.

걸을 때마다 여름 교복 치마가 무릎을 스친다.

'저 둘은 왜 친한 걸까? 왜 유스케는 무서운데 도모야는 무섭지 않은 걸까? 남자아이들이 무서운데도 왜 나는 수영부에 들어간 걸까? 왜 레이카는 나 말고는 여자 친구가 없는 걸까? 왜 도모야 곁에만 가면 몸속이 뜨거워지는 걸까?'

열네 살이라고 하는 계절은 매일 왜라는 물음이 차곡차곡 쌓여 간다. 이제 학교는 눈을 감고도 다닐 만큼 훤하게 아는데, 그 안에는 알 수 없는 것들이 자꾸만 쌓인다. 아야나는 그런 모순의 계절 한가운데서 서성이는 것이 아프면서도 좋다.

"있잖아, 있잖아. 유스케 명찰 봤어?"

"명찰?"

"그래, 명찰!" 레이카가 입가를 실룩거린다.

"걔, 명찰 거꾸로 달았잖아. 그거 '여자친구 모집 중'이란 뜻이야."

"어머, 그런 거야?"

자기도 모르게 큰 소리가 나왔지만 앞서가는 두 사람은 별 신경 쓰지 않는 눈치다.

"그렇다니까? 요시미 부장한테 들었어."

"그냥 실수로 그런 게 아닐까?"

"뭐, 그럴 수도 있겠지만…."

요시미 부장은 왠지 그런 데 빠삭할 것 같다. 아야나는 그런 생각을 하며 자기 가슴께에 달린 명찰을 본다. '사카모토'라는 글자가 똑바로 적혀 있다.

"유스케, 좋아하는 사람 있을까?"

중얼거리는 레이카의 가슴엔 거꾸로 달린 명찰이 반짝이고 있다.

가끔 물이 받아주지 않는 날이 있다. 아야나는 가끔 수영을 하다 그런 생각을 한다. 보통 준비운동을 하고 나면 워밍업으로 100미터를 헤엄친다. 그때는 타이밍이라든가 폼이라든가 세세한 것에 신경을 쓰지 않는다. 단지 그날의 몸과 물이 얼마나 매끄럽게 섞이는지를 탐색하는 시간이다.

그때 '오늘은 좋지 않은데'라고 느끼면 정말 그날은 별로 좋지가 않다. 의욕이 없는 것도 아니고 컨디션이 나쁜 것도 아닌데. 그저 물과 물 사이를 헤쳐나가기가 힘든 것이다. 그렇게 되면 레인을 바꿔봐도 소용이 없다. 물이 몸을 받아주지 않는다. 그것은 수영이 잘되지 않는다는 것과는 또 다른 느낌이다. 수억 수조의 물 분자 속으로 미끄러져 들어가야 하는데 그게 되지 않는 느낌이랄까. 물을 밀어내며 생기는 힘이 그 물에 다시 방해받는 느낌은 이루 말할 수 없이 답답하다.

턴을 하고 벽을 발로 찬다. 그 동작으로 얻은 에너지를 타고 물 틈새를 매끄럽게 지나간다. '오늘은 느낌이 좋은데?' 아야나는 기분 좋은 감촉에 몸을 맡긴다. 풀장 안을 빈틈없이 채우고 있는 물 알갱이들이 딱 자신의 몸만큼 공간을 터주고 있는 느낌이다.

어릴 때부터 신기하게도 수영만은 자신이 있었다. 원래 운동신경이 없는 편이라 공을 던지고 받는 것이 형편없었는데 수영만큼은 누가 가르쳐주지 않아도 남들보다 뛰어났다.

"특별활동이야 아무래도 상관없지만, 수영하면 몸매가 좋아진대."

처음 특별활동을 고를 때 레이카가 말했지만, 아야나에겐 정말 수영부 말고 들 수 있는 부서가 없었다.

현재 우리 학교는 시설이 없기 때문에 시립 수영장의 레인을 2개 빌려 쓰고 있다. 그래서 마음껏 평영이라도 할라치면 옆 사람을 발로 찰 때가 있어 가끔 아찔하다.

"집합!"

워밍업으로 100미터 헤엄치기가 끝나자 가사하라 남자 부장이 부원들을 모았다. 그 옆에는 여자 부장인 요시미가 서 있다.

"오늘은 4시까지밖에 풀을 쓸 수 없으니까 타임어택은 내일로 연기한다. 지금부터 각자 10바퀴씩, 풀킥 5번 실시!"

시립 수영장을 사용할 때는 부장의 지시에 소리 내 답할 수 없다. 수영부는 전 학년이 11명밖에 되지 않는 집단이지만 한꺼번에 목소리를 내면 꽤 시끄러운 모양이다. 가사하라 부장은 평영이 주특기라 그런지 어깨가 떡 벌어진 모습이 멋지다. 요시미 부장도 여자치고는 다부진 체격이지만 가사하라 부장 옆에 서면 왜소해 보인다.

레이카와 눈이 살짝 마주친다.

'가사하라 부장이랑 요시미 부장, 사귀고 있대.' 언젠가 레이카가 속삭였던 말이 젖은 귓속에서 살아난다. 그땐 믿을 수 없었는데 막상 이렇게 나란히 선 모습을 보니 잘 어울리는 커플 같다. 아야나는 웃고 있는 레이카에게서 눈을 돌린다. 지금은 일단 수영에 집중하기로 한다.

둘이 사귄다는 소문을 처음 들었을 때 아야나는 솔직히 잔소리 심한 엄마 같다는 생각이 들었다. '3학년이 그래도 되나? 최종대회를 앞두고 있고 더군다나 수험생인데….' 하지만 다시 생각해보니 그들처럼 되고 싶은 마음에 스스로 브레이크를 걸었던 게 아닌가 싶다.

조금만 방심하면 어김없이 드는 생각. '내가 좋아하는 사람이랑 서로 좋아하게 되면 어떤 기분일까?'

"자, 4종 10바퀴!"

삐익! 바로 고막 위를 두드리는 호루라기가 울린다. 줄 맨 앞에 있던 3학년이 힘차게 나아간다. 일정한 간격으로 울리는 호루라기 소리에 밀려가듯 똑같은 복장을 한 사람들이 똑같은 움직임을 시작한다.

아야나는 벽을 발로 찬다. 물이 스윽 하고 몸을 받아준다. '서로 사귄다는 게 뭘까? 요시미 부장은 가사하라 부장이랑 손도 잡고 키스도 하는 걸까?' 수영을 하고 있을 땐 생각들이 토막토막 끊어진다. 무언가 한 가지 생각을 계속할 수가 없다. 하지만 그렇다고 해서 머릿속이 텅 비는 것도 아니다. 한창 부풀어진 핫케이크처럼 이런저런 감정들이 솟아올랐다 꺼져버린다.

'두 사람이 사귀면 무슨 일이 생기는 걸까? 좋아하는 사람에게 널 좋아한다는 말을 듣는다는 건 대체 어떤 기분일까?'

25미터를 헤엄치는 건 순식간이다. 턴을 하면서 왼쪽 레인으로 바꿔야 한다. 두 레인은 각각 일방통행이다. 이렇게 두 개의 레인을 돌아야 비로소 50미터가 채워진다. 그렇게 10번을 도는 동안 옆 레인과 몇 번이고 스치게 된다. 그리고 그 부원들 중에는 당연히 남자아이들도 있다.

머리, 목, 가슴, 두 개의 팔, 두 개의 다리, 엇비슷한 고글, 엇비슷한 수영복. 그 아이들이 같은 종목을 같은 레인에서 똑같이 헤엄치고 있다.

수영복을 입혀놓으면 인간은 똑같은 존재라는 사실이 와닿는다. 그중 개성이라 할 만한 머리카락까지 수영모 속에 감춰버리면 모두가 거기서 거기인 실루엣이 된다. 하지만 그럼에도 불구하고 그중 누가 도모야인지는 금방 알 수 있다. 아야나는 그런 생각을 끊어내려고 애쓴다. 하지만 도모야에 대한 생각만큼은 쉽게 끊어지지 않는다.

'지금이야.'

도모야의 몸과 자신의 몸이 스쳐 지나갔다. 한순간 몸이 확 달아오른다. 10바퀴를 도는 동안 몇 번이고 옆 레인에서 헤엄치고 있는 도모야와 스친다. 레이카도, 가사하라 부장도, 요시미 부장도, 다른 부원들과 똑같은 빈도로 아야나를 스치고 지나간다.

'단 한 번이라도 더 도모야와 스쳐 지나가면 좋을 텐데….'

연습 중에 그런 생각에 골몰하는 스스로가 조금 어이없게 느껴진다.

“어머. 어떡해, 어떡해.”

자판기 코너에 주스를 사러 갔던 레이카가 흥분해서 돌아온다.

“뭔데 그래?”

“유스케 말이야, 진짜 웃겨.”

‘웃겨’라고 말은 하고 있지만 레이카는 누가 봐도 행복한 얼굴이다.

“내가 있잖아, 이걸 사려고 기다리고 있는데 바로 뒤에 걔가 딱 서 있는 거야. 걔도 이걸 사려고 와 있었나 봐. 그런데 말이야, 내가 사자마자 이 주스가 딱 매진된 거야. 진짜 신이 내린 타이밍 아니니?”

흥분한 나머지 커다란 목소리로 속사포 랩을 하는 바람에 다른 아이들이 쳐다본다.

“레이카, 목소리 좀 줄여.”

“걔도 이 학원 다니는 줄 몰랐어. 혼자 다니는 걸까?”

레이카는 주위 시선에 아랑곳하지 않고 토트백에서 도시락을 꺼낸다. 오렌지색 끈으로 묶인 도시락은 아주 조그맣다. 돌아서면 다시 배가 고플 것 같다.

레이카는 1학기 말 시험에서 성적이 뚝 떨어진 모양이다.

“스마트폰이 생겼는데 공부를 어떻게 해?”

레이카는 대수롭지 않게 웃으며 말했지만 그녀의 부모님은 상상 이상으로 걱정하는 게 틀림없다. 성적 올려주기로 유명한 동네 학원에 여름방학만이라도 다니라고 명령을 했을 정도니까.

"유스케 말이야, 원래 까맸던 애가 더 탔더라고. 축구부 애들, 하나같이 다 새카맣잖아. 멀리서 보면 무슨 시커먼 덩어리 같아."

"잘 먹겠습니다."

레이카가 말하며 살짝 손을 모은다. 아야나도 가방에서 도시락을 꺼낸다. 뚜껑을 열자 온통 좋아하는 반찬이라 기쁘지만 아직도 몸이 조금 뻣뻣한 느낌이다. 아야나는 레이카가 징징대는 바람에 같은 학원에 다니기로 했다. 물론 아야나도 성적이 좋진 않았기 때문에 마침 좋은 기회인지도 몰랐다.

'그러니까 나는 이 학원에 와 있어. 여기 다녀야만 하는 확실한 이유가 있어.'

"아야나?"

레이카가 부른다.

"뭘 멍하니 있는 거야? 빨리 먹지 않으면 점심시간 끝나버리는데."

학원 아이들은 모두 교실에서 제각기 점심을 먹고 있다. 아야나나 레이카처럼 도시락을 싸 온 아이들도 있고, 근처 편의점에서 무언가를 사 와 먹는 아이들도 있다. 교실에 있는 아이들은 모두 같은 나이지만 다른 학교 아이들, 특히 혼자 당당하게 점심을 먹는 아이들을 보니 자신보다 어른스럽게 느껴진다.

"잘 먹겠습니다."

학교에서는 급식을 먹으니까 가끔 엄마가 싸준 도시락도 맛있다. 하지만 저기 있는 아이들이 편의점에서 사 왔을 샌드위치나 단팥빵이 더 맛있어 보이는 건 왜일까?

"그런데 말이야, 우리가 듣는 거 복습 코스잖아. 그래도 모르는 게 너무 많더라. 이거 좀 심각한 거 아니니?"

"레이카 너, 수업시간에 맨날 잤으니까 그렇지."

"어떻게 알았어?"

아야나는 교실 안을 둘러본다. 역시 모르는 아이들뿐이다. 좀 전에 레이카가 봤다고 하는 유스케의 모습은 보이지 않는다. 레이카가 그런 아야나의 생각에 대답이라도 하듯 양손에 젓가락과 휴대폰을 쥔 채 말한다.

"걔는 아마 머리 좋은 애들 반에 있을 거야. 주스를 사서 저쪽 교실로 들어갔으니까."

옆 교실에서는 중학교 2학년을 위한 2학기 선행학습이 열리고 있다. 그건 총복습 코스를 듣는 아이들보다 훨씬 공부 잘하는 아이들을 위한 프로그램이다. 학원 팸플렛에도 그 코스를 들으려면 일단 시험을 통과해야 한다고 적혀 있었다. '상위 고교 진학 예비자들을 위한 코스라….' 그 문구를 읽는 순간, 아야나는 자신과 상관없는 세계임을 확신할 수 있었다.

"유스케는 저쪽 반에 들어가는 시험에 붙은 거구나…."

"걔는 진짜 왜 그렇게 머리가 좋은 거야? 안 어울리게."

이렇게 불평하면서도 레이카는 역시 행복한 얼굴이다. 어떤 내용이건 유스케에 관한 이야기만 나오면 레이카의 얼굴은 핑크빛으로 물든다.

"걔가 머리가 좋은 건 확실해."

아야나는 중얼거리면서도 머릿속에 희미하게 의문이 떠오른다.

유스케는 머리가 좋다. 시험을 보는 족족 상위권이라 등수표가 게시되면 언제나 이름이 있었다. 한편 아야나와 레이카는 등수표와 전혀 관계가 없는 학생들이다. 게다가 성적은 자꾸만 떨어지고 있다. 그래서 여름방학에도 학원에 다니고 있는 것이다.

"유스케 말이야."

아야나는 그 의문을 소리로 말해본다.

"학원 같은 거 안 다녀도 될 것 같은데…."

"응? 뭐라고?"

아야나의 목소리가 작았는지 레이카가 얼굴을 바싹 갖다 댄다. 자세히 보니 눈가에 아이라인을 칠한 것 같다. 눈썹도 방학 전보다 가늘게 다듬은 느낌이다.

"응, 아무것도 아니야."

"앗! 그나저나 직업 체험 뭘로 할지 정했어? 어디로 가서 체험할 거야?"

"아직…."

"나도 아직이야. 그거 빨리 정하지 않으면 안 되는데. 그렇지?"

2학년에게는 직업 체험이라는 방학 숙제가 있다. 부모님 직장도 좋고, 지인 아르바이트처도 좋다. 어디라도 좋으니 반나절 동안 업무를 경험하고 리포트를 제출하는 것이다. 그렇게 하면 여름방학 숙제 중에 제일 골치 아픈 연구과제를 안 해도 된다. 그래서 대부분의 2학년은 필사적으로 체험 직장을 찾는다.

"체험시켜주겠다는 곳 찾기가 진짜 힘들어."

"나도. 아빠에게 물어봤지만 안 된다고 하네."

"우리 아빠도. 이제 와 연구과제하기는 죽기보다 싫은데 말이야."

특별활동, 숙제, 학원. 아직 수험생도 아닌데 여름방학은 이래저래 바쁘다. 수험생에다가 남자친구까지 있는 요시미 부장은 얼마나 바쁠까?

남자친구. 아야나는 스스로의 생각에 덜컥 발이 걸려 넘어진다. 유스케가 여기 있다는 건, 어쩌면 도모야도 여기 있다는 뜻일지 모른다.

"아항."

레이카가 다 먹은 도시락을 치우고 의자 등받이에 기대 힘껏 기지개를 켠다.

"어디 축제나 불꽃놀이 같은 데 가고 싶다. 우리 진짜 이렇게 하나도 못 놀아도 되는 거야?"

레이카는 양 팔꿈치를 책상 위에 올려놓고 턱을 괸다. 그러고 있으니 헐렁해진 티셔츠 사이로 금방이라도 브래지어가 보일 것 같다.

"유스케 말이야. 여자친구 있을까?"

"응?"

아야나는 화들짝 놀라 레이카의 가슴께에서 시선을 옮긴다.

"없는 거 아니야? 잘은 모르지만."

그런 소문은 들은 적이 없다. 만약 그에게 여자친구가 있다면 틀림없이 소문이 났을 텐데. 누가 누굴 좋아한다는 소문은 학교 안에서 가장 빨리 번지는 법이니까.

"다음에 네가 꼬마 부장한테 물어볼래?"

"내가?"

레이카는 도모야를 꼬마 부장이라고 부른다. 다음번 수영부 부장을 맡게 될 사람이니까 그렇게 부르는 모양이다.

"아야나 너, 꼬마 부장이랑 친하잖아."

"전혀!"

느닷없이 그런 말을 들으니 어쩔 줄 모르겠다. 아야나는 더더욱 레이카의 눈을 피한다.

"우리 별로 친하거나 하지 않아. 그냥 특별활동을 같이하는 것뿐이야."

"아, 그러셔? 그런데 왜 둘이 좋아하는 느낌이 솔솔 풍기는 걸까?"

"뭐? 무슨 소릴 하는 거야, 너…."

아야나는 당황하며 엄마가 싸준 도시락에 든 사과를 베어 문다. 그러고는 입을 움직여 자꾸만 느슨해지려는 입매를 감춘다.

'좋아하는 느낌이 풍긴다고?'

착각이겠지만 가끔 스스로도 그렇게 느낄 때가 있다. 도모야와 자연스럽게 눈이 마주치는 일이 잦다. 그럴 때면 도모야도 깜짝 놀란 얼굴을 한다. 단지 그렇게 생각하기 때문에 의식적으로 느끼는지도 모른다. 하지만 도모야에게 물어보고 싶다. 그리고 확인하고 싶다. 너도 나와 이어진 신비로운 끈을 느끼고 있냐고. 하지만 사실을 알고 싶은 마음보다 지금 이대로, 아무것도 모르는 이 기분 그대로 있고 싶은 마음이 더 크다.

"너희 둘, 교실에서 얼굴 마주 보고 있는 거 봤어."

교실에서 둘이 얼굴 마주 보고 있는 거. 레이카의 말속에 어느 한순간의 기억이 또렷하게 떠오른다.

"그게 언제였더라? 맞다, 담임선생님이 이야기하고 있을 때였던 것 같은데. 너희 둘이서 의미심장하게 바라보던 그때가."

"미안, 나 화장실 좀…."

아야나가 자리에서 일어서자 레이카가 빈 페트병을 내민다.

"그럼 가는 길에 이것 좀 버려주라."

그걸 내미는 손목에는 가느다란 체인 팔찌가 채워져 있다.

"하는 수 없지."

아야나는 웃으며 병을 받아 들고는 도망치듯 교실을 빠져나온다.

흰 폴로셔츠에 밑단을 접은 청바지, 작년부터 신고 있는 스니커즈. 아야나는 복도를 걷는 자신의 모습을 내려다본 뒤 겨우 숨을 내쉰다.

레이카가 말하던 건, 아마도 그때의 일일 것이다.

"아."

딱히 가고 싶었던 건 아니지만 그래도 일단은 화장실 쪽으로 방향을 트는데 복도 모퉁이에 붙은 종이가 눈에 띈다.

등수표다. 아야나는 모르는 이름투성이를 바라본다. 틀림없이 2학기 선행학습을 듣는 아이들의 등수표일 것이다. 총복습 코스를 듣는 아이들과 달리 선행학습반 아이들은 매일 쪽지 시험을 치고 등수가 게시되는 모양이다.

'총복습 반이라 다행이야.' 아야나는 진심으로 생각한다.

8등 호리키타 유스케.

두 눈에 그 이름이 들어왔을 때 퍽 하는 소리가 들렸다. 소리 난 쪽을 보니 오른손에 쥐고 있던 빈 페트병이 어느 틈엔가 찌그러져 있다.

지금부터 성적 우수자를 공개하지 않겠다고 담임선생님이 말하던 바로 그때였다. 1학기 기말고사가 끝나던 날, 등수 공개를 그만두기로 한 이유를 설명하던 목소리가 떠오른다. 그리고 그 이후로 들려오던 소리들. 점점 크게, 차례차례, 레이카의 기억 속으로 되돌아온다. 반 아이들 중 유일하게 자리를 박차고 일어나던 유스케의 목소리.

"등수표는 공개되어야 한다고 생각합니다. 경쟁 상대가 있어야 공부할 의욕이 생기는 사람도 있지 않겠습니까?"

그때 가슴 속에서 격렬하게 뛰던 심장박동 소리. 왜일까. 아야냐의 심장은 뛰쳐나갈 기세로 거세게 날뛰고 있었다.

쿵 쿵 쿵.

'이건 뭐지? 괴로워. 누군가 도와줘!' 아야나는 자신도 모르게 누군가를 찾아 교실을 둘러보았다. 그때였다.

도모야와 눈이 마주쳤다. 유스케의 목소리를 듣고 있는 귀와 도모야의 눈빛을 바라보고 있는 눈. 그 둘 사이의 크나큰 괴리에 아야나는 놀라고 말았다. 귀와 눈이 같은 얼굴 안에 달려 있다는 사실을 믿을 수 없을 만큼…. 그리고 도모야와 눈이 마주치자마자 날뛰던 심장이 가라앉았던 것도 기억하고 있다.

"아얏!"

눈에 티끌이 들어간 모양이었다. 갑자기 왼쪽 눈에 통증이 번진다. 아야나는 서둘러 여자 화장실로 들어간다. 레이카가 옆에 없어 다행이다. 수도꼭지를 틀어 오목하게 만든 손바닥에 물을 채운다. 그 안에 왼쪽 눈을 담그고 깜빡깜빡 티끌을 씻어낸다. 아직도 아프다. 티끌이 아니라 속눈썹같이 뭔가 큰 게 들어간 것 같다. 아야나는 오른쪽 가운뎃손가락을 광대뼈 위에 놓고 왼쪽 가운뎃손가락을 눈꺼풀 위에 올린다. 오른쪽 집게손가락으로 콘택트렌즈를 살살 만진다. 그리고 조금만 렌즈를 움직여본다.

정말이지 레이카가 없어서 다행이다. 아야나는 가슴을 쓸어내린다. 만약 컬러렌즈를 끼고 있다는 사실을 알면 늘 아야나보다 멋부리고 싶어 하는 레이카가 기분 나빠할 게 틀림없다.

통증은 금방 사라졌다. 옆에 있는 휴지통에 빈 병을 버리고 여자 화장실을 나선다. 하지만 금방 다시 발걸음이 멈춘다. 유스케가 등수표 앞에 있다.

'유스케도 이 학원 다니는구나. 아까 레이카가 너 만났다고 했어. 그쪽 반 수업 역시 어렵니?' 머릿속으로는 당장 던져야 할 말들이 어지러이 떠다닌다. 하지만 아야나는 아무런 말도 하지 못한 채 유스케의 옆모습만 빤히 응시한다.

유스케의 눈매가 가늘어진다. 입매는 부드럽게 풀어진다. 그것도 달콤하고 차갑게.

"아야나, 뭐하고 있는 거야! 곧 수업 시작… 어머, 유스케!"

레이카의 목소리가 들린다. 그러자 유스케의 옆모습이 평소와 다름없는 장난꾸러기 중학생으로 돌아온다.

"우리, 좀 너무 자주 마주치는 거 아니니?"

레이카는 아야나가 아닌 유스케 쪽으로 다가간다.

"네가 날 쫓아다니니까 그런 거 아냐! 이 스토커 같으니."

"뭐라고? 말이 되는 소리 좀 하시지."

움켜쥐고 있던 오른손에 힘이 풀린다. 언제나처럼 서로 장난치기 시작한 두 사람. 그 둘이 바로 옆에 있는데도 멀게만 느껴져서 풍경을 바라보는 것 같다.

오후 6시가 되면 태양의 위치가 눈에 띄게 낮아진다. 유리문으로 들어오는 햇살은 정의의 사도가 쏘아대는 빔처럼 강렬하다. 그래서 스포츠센터의 유리문 입구 부분만 환하게 빛나고 있다. 여름의 한가운데를 도려내어 그곳에 세워놓은 것 같다.

"우와, 눈부셔…. 아야나 선배님 수고하셨습니다."

함께 탈의실에서 나온 후배들이 스포츠센터를 나서고 있다. 그들이 걷고 있는 뒷모습은 뛰어오르듯 발랄하다. '아, 귀여워.'

"아, 도모야 선배, 아니 부장. 수고하셨습니다."

"그렇게 굳이 고쳐 부르지 않아도 돼."

입구 벤치에 앉아 있던 도모야가 후배 목소리에 고개를 든다.

마시고 있던 음료수병을 입에서 떼어 손에 쥔다. 그의 손안에 갇힌 음료수 표면이 찰랑거린다. 아야나는 2인용 벤치에 앉은 도모야를 향해 손을 든다.

"수고했어."

"으응, 너도."

아야나는 그냥 제자리에 서 있다. 탈의실에 있는 레이카를 기다려야 하는데 그렇다고 도모야의 옆에 있기엔 어쩐지 서먹하다. 도모야는 여름 교복 단추를 두 개 열어 야윈 가슴팍으로 바람을 불어넣는다.

"아직 안 갔어?"

결국 아야나가 선 채로 비닐 백을 고쳐 멘다. 오늘 여자 부원들은 요시미 부장 은퇴 기념으로 질문 공세를 펼치느라 남자 부원들보다 늦게 나왔다.

'가사하라 부장, 어디가 좋았어요?', '누가 먼저 고백한 거예요?', '벌써 키스했어요?', '같은 고등학교 가실 거에요?', '그러니까 키스 말고 그보다 더한 것도 했어요?' 등등….

"응. 남자아이들은 벌써 돌아갔는데 나는 엄마가 근처에 와 있대서. 데리러 온다고 해서 기다리고 있어."

"그렇구나."

잠시 아무 말 없던 도모야가 묻는다.

"너는?"

"레이카, 기다려. 걔 드라이하는 데 시간 오래 걸리니까."

"그래, 오래 걸릴 것 같다."

도모야는 웃으며 말한다. 그리고 하늘색 물병 뚜껑을 닫더니 벤치 가장자리로 옮겨 앉는다. 한 사람 더 앉을 수 있는 공간이 생긴다. 아야나는 말없이 그 공간에 들어가 앉는다.

"가사하라 부장, 오늘에서야 제대로 실력 발휘하던데."

"그러니까. 재미있는 일이야."

이 학교에는 홋카이도 중학부 대회가 끝나면 수영 부원들의 은퇴를 기념하는 타임어택 전통이 있다. 마지막 대회를 마치고 부담감을 벗어버린 탓인지, 3학년들은 이 타임어택에서 종종 개인 최고 기록을 세우곤 한다. 1, 2학년들은 가볍게 타임어택을 즐기면서도 그 후 발표될 차기 부장이 궁금해 안달이 난 눈치다.

"참, 부장 되신 거 축하드려요."

아야나가 장난스럽게 고개를 숙인다.

"축하는 무슨…."

도모야는 수줍은 얼굴로 이마를 긁적인다. 모두가 예상했던 대로 그가 남자 부장으로 임명되었다. 여자 부장에는 아야나와 레이카가 아닌 다른 2학년 여자아이가 결정되었다. 레이카는 발표가 있기 전날 호들갑을 떨었다.

"혹시 내가 되면 어떡하지…."

그리고 후배들로부터 그런 일 없을 테니 절대 안심하라는 일침을 들었다.

"이제 우리가 최고 학년이네, 벌써."

"그러게. 잘해야 될 텐데."

올해 열린 대회는 남자 중에선 가사하라 부장과 도모야, 여자

중에선 요시미 부장이 지역 예선을 통과했다. 그중 아무도 전국 대회 티켓을 따지 못했지만 다른 학교 선수들과 경쟁하는 모습은 마치 다른 사람처럼 멋있었다.

'경쟁하고 있는 모습….' 그 말이 떠오르는 순간 쾅 하고 머릿속을 두드리는 소리가 들린다. 아야나는 땀 한 방울이 가슴골로 흘러내리는 것을 느낀다.

'사람은 경쟁을 통해서 자신의 능력을 키울 수 있다. 이기고 지는 경험을 반복함으로써 그 이상의 것을 발휘할 수도 있는 것이다.'

그럴지도 모른다. 하지만….

"유스케, 학원에서 봤어."

정신을 차리고 보니 이렇게 중얼거리고 있다.

"응? 학원?"

"레이카랑 여름방학 때 학원 다녔거든."

누군가 스포츠센터를 나간다. 자동 유리문이 갑자기 스윽 하고 열린다.

"그 학원 상위권반에 유스케가 있었어."

문틈으로 쏟아진 매미 울음소리가 두 사람의 발치까지 흘러든다.

"성적 등수표 붙이는 반 있잖아. 거기 다니는 거 같더라."

'등수표는 공개되어야 한다고 생각합니다. 경쟁 상대가 있어야 공부할 의욕이 생기는 사람도 있지 않겠습니까?'

"그랬구나."

"응."

아야나는 자신이 무슨 말을 하고 싶은 건지, 왜 도모야에게 이런 말을 하고 있는 건지, 왜 유스케가 담임에게 했던 말이 되살아나고 있는 건지 알 수 없었다. 하지만 어쩌면 '지금은 알아야 할 때가 아니야. 모르고 지내야 하는 시기야'라고 자신의 뇌가 말하고 있는지도 몰랐다.

또 누군가가 나간다. 유리문이 열리고 바깥세상에서 매미 소리가 흘러든다. 도모야의 옆얼굴이 바로 곁에 있다. 머리, 눈, 코, 입, 턱. 그 모습은 학원 복도에서 본 유스케의 옆얼굴과 똑같은 것들로 이루어져 있다. 하지만 모든 것이 하나하나 다르게 느껴지니 알 수 없는 일이다.

"명찰."

눈을 떠보니 도모야가 이쪽을 보고 있다.

"응?"

"아까부터 좀 신경 쓰여서. 너 명찰 거꾸로 달고 있어."

아야나는 자신의 가슴께로 시선을 떨군다. 포켓 위에 달린 명찰이 거꾸로 되어 있다.

"어? 정말이네. 언제부터 이랬지?"

"셔츠 바꿔 입으면 가끔 그럴 때 있어."

명찰 뒷면에 있는 옷핀으로 엄지손가락을 갖다 댄다. 살갗의 통통한 부분으로 차가운 핀을 누른다.

'차라리 말해버릴까?' 아야나는 뭔가에 홀린 듯 생각한다. 도모야에게 진짜 전하고 싶었던 것은 유스케를 학원에서 봤다는 말이 아니었다. 안전핀을 계속 누르다 보면 도모야에게 오래전부터 묻고 싶었던 말이 가슴속에서 밀려 나올 것만 같다.

"있잖아, 도모야. 너…."

"아야나, 기다리게 해서 미안해! 어머, 내가 바쁜데 방해한 거니?"

긴 머리카락을 흔들며 나온 레이카가 입을 가리고 놀란 시늉을 한다. 레이카는 요새 머리에 굵직한 웨이브를 넣는 데 심혈을 기울이고 있다.

"그런 거 아니야."

도모야는 레이카와 교대라도 하듯 자리에서 일어나 휴대폰을 확인하러 나간다. 엄마가 온 것일까. 아야나는 옷핀을 누르고 있던 엄지손가락을 뗀다. 참고 있었던 숨이 일제히 터져 나온다.

"꼬마 부장. 아니, 이젠 부장님이지. 아무튼, 직업 체험 어디서 할지 정했어?"

"응. 정했어."

도모야가 자동문 한가운데 서서 이쪽을 돌아본다.

"어머, 정말? 어딘데? 우리도 거기 좀 끼워주면 안 될까? 그거 정하기 진짜 어렵단 말이야."

레이카가 샌들을 바닥에 구른다. 아야나는 왠지 도모야가 저만치 서서 자신을 보고 있는 것 같다. 자신이 끼고 있는 콘택트렌즈를 넘어 진짜 눈빛을 꿰뚫어 보는 느낌이다.

5

손쉽게 무너지는 법 II

"유스케, 너 너무 빨리 걷는 거 아니야? 항상 이렇게 걷니?"

"네가 느려빠진 게 아니고?"

"어쩜, 말 한마디를 해도 그렇게 열받게 하실까?"

레이카의 즐거운 목소리가 갓 짜낸 레몬즙처럼 흩날린다. 직업 체험은 말하자면 학교 행사이기 때문에 교복을 입어야 한다. 하지만 레이카는 선생님이 없는 틈을 타 메이크업을 하고 있다.

교복과 메이크업. 이 둘을 합쳐놓으니 교복은 교복대로, 메이크업은 메이크업대로 존재감이 더 강하게 살아난다.

"나, 회사 안에 들어가보는 거 처음이야. 긴장돼 죽겠어."

"전혀 긴장하는 것 같지 않은데?"

"진짜라니까!"

유스케와 레이카는 이런 말을 주고받으며 교복을 제멋대로 고쳐 입고 있다. 바지 밑단을 접거나 치마를 짧게 올리거나. 선생님 눈에 띄면 지적받을 것이 뻔한데도 말이다. 그 뒤를 따라 걷고 있는 아야나와 도모야는 두 사람과 아주 대조적이다. 오히려 학교에 갈 때보다 더 단정하게 교복을 차려입고 있다.

"억지로 우리도 끼워달라고 해서 미안."

아야나는 휴대폰의 지도 앱을 확인하면서 도모야에게 말한다. 유스케는 지도도 보지 않은 채 앞장서 길을 걷고 있다. 그래도 방향은 제대로 잡은 것 같다. 비슷한 건물들 사이를 거침없이 걷고 있는 유스케의 뒷모습에서 자신감과 흥분이 느껴진다.

"전혀 미안해할 거 없어. 유스케는 직장 체험이라는 숙제를 안 순간부터 여기저기 들쑤시고 다녔는걸. 반 아이들한테 우리 아빠 일하는 데 가자고. 물론 우리 빼곤 아무도 안 왔지만 말이야."

도모야가 걸음을 조금 늦추며 말한다. 걷고 있는 레이카와 부딪치지 않기 위해 거리를 두고 있는 것이리라.

레이카는 직업 체험 장소를 찾지 못하고 있다가 유스케와 함께 갈 수 있게 되었을 때 복권이라도 당첨된 듯 소리를 질렀다.

"꺄아, 너무 좋아! 아야나, 실은 너도 같은 기분이지?"

레이카가 수상쩍은 미소를 흘렸다.

"그게 무슨 소리야?"

"나는 유스케랑 너는 꼬마 부장이랑 하루 종일 같이 있을 수 있잖아."

"나, 난 별로…."

"아, 정말 생각만 해도 짜릿하지 않니?"

아야나는 필사적으로 부인했지만 귓등으로도 듣지 않는 레이카 때문에 곧 갈피를 잃고 말았다. 정말 도모야를 좋아하는 것일까? 그건 아직 잘 모른다. 하지만 좀 더 함께 있고 싶다.

"아야나."

이름이 불려 정신을 차리고 보니 혼자 엉뚱한 방향으로 걷고 있다.

"너 뭐 하고 있는 거야, 아야나."

레이카가 핑크색 립라이너가 그려진 입술을 벌리며 말한다.

"미안, 미안."

아야나는 허겁지겁 다른 아이들 곁으로 돌아와 주위에 우뚝 솟은 고층 빌딩들을 올려다본다. 몸속부터 녹아드는 듯 목 언저리에 땀이 배어난다.

"유스케네 아빠, 이렇게 큰 빌딩에서 일하시는구나."

"그런데 말이야. 너네 아빠, 어떤 일 하시는데? 무슨 회사에 다니셔?"

앞서 걷던 레이카가 색깔이 다른 양쪽 구두끈을 흔들며 묻는다. 그것도 선생님이 보면 혼날 게 뻔한 복장이다.

"회사 이름은 잘 모르는데. 우리 아빠 직급은 리스크 총괄실장이야."

"리스크… 뭐?"

"리스크 총괄실장이라고!"

"리스크 돈까스?"

레이카는 일부러 유스케가 하는 말을 바꿔 따라 하고 있다. 잘 안 들리는 척하면 계속 이렇게 장난칠 수 있다고 생각한 모양이다.

'조금 이상한데.' 아야나는 속으로 생각한다. '보통은 그 반대 아닌가? 부모님 회사가 어디인지는 알아도 직급은 잘 모르는 게 보통이잖아.'

"도모야는 아빠 직급 알아?"

"응?"

아야나의 물음에 도모야가 한순간 발걸음을 멈춘다.

"아니, 그냥. 다들 아빠 직함 아나 싶어서. 난 우리 아빠가 일하는 회사 이름도 잘 모르거든. 도모야는 알아?"

"아니, 나도 몰라."

"저기, 꼬마 부장! 혹시 너희 아빠 유명한 사람이야?"

앞서 걸어가던 레이카가 갑자기 뒤를 돌아본다.

"그냥 전에 책방 갔을 때 어려워 보이는 책 뒤에 성이 '미나미' 라고 적힌 저자 이름을 봤거든. 홋카이도의 무슨 대학 교수라나. 그게 흔한 성도 아니고 혹시나 해서 물어본 거야."

"유스케!"

도모야가 유스케의 이름을 부른다. 나불나불 떠들어대는 레이카를 차단하려는 듯이.

"너, 아빠 명함 갖고 다니지? 회사 도착하기 전에 애들한테 한 번 보여주는 게 좋겠어."

도모야의 말에 레이카는 다시 유스케 쪽으로 몸을 돌린다.

"어머, 명함? 보고 싶어!"

"휴우."

작게 한숨을 내쉰 도모야가 아야나에게 묻는다.

"너, 《제국의 법칙》이라는 만화 알아?"

"응. 그냥 그런 게 있다는 건 알아."

아야나는 그 만화를 읽은 적이 없지만 굉장히 인기 있다는 사실은 알고 있다. 소년 만화이지만 최근에는 오히려 여자아이들 사이에서 불이 붙는 모양이다. 그 만화에 등장하는 멋진 남자들의 굿즈가 날개 돋친 듯이 팔리고, 주인공들끼리 사랑에 빠지는 책들까지 인기를 끌고 있다.

"저 녀석, 거기 나오는 윈클러 사령관이라는 캐릭터를 엄청 좋아하거든. 그런데 그 캐릭터의 직책이랑 걔네 아빠 직책이랑 이름이 비슷한 거야. 그래서 말이야. 어릴 때부터 아빠 명함을 항상 갖고 다녀. 보여주면서 자랑하려고."

레이카도 유스케에게 같은 설명을 들었는지 큰 소리로 호들갑을 떤다.

"어머나, 정말이네! 진짜 《제국의 법칙》에 나오는 직함이잖아. 나도 거기서 윈클러 사령관을 제일 좋아하는데…."

"진짜야? 야, 너도 의외로 보는 눈이 있구나."

"윈클러 사령관이 입은 제복에 반한 여자애들이 얼마나 많은데! 그나저나 어제 TV에 그 만화영화 나왔잖아. 뭐였더라? 그, 윈클러 사령관의 유명한 대사…."

"'미래의 자신이 아니라 지금의 백성을 위해 움직여라!' 그거 말이지?"

"아, 그거야 그거! 그런데 그걸 외우고 다녀? 웃긴다, 너."

만화를 좋아하는 레이카가 유스케에게 가까이 다가간다. 지도에 의하면 거의 다 와가는 것 같다. 이 블록 어딘가에 그 회사의 사무실이 있다. 성큼성큼 보폭을 키워나가던 유스케가 누구에게랄 것도 없이 말한다.

"나 말이야. 윈클러 사령관처럼 일하는 아빠의 모습, 오래전부터 보고 싶었어."

모퉁이를 돌자 빌딩 숲 사이로 태양이 음흉하게 나타난다. 정수리에 인두로 낙인을 찍은 것처럼 갑자기 뜨거움이 느껴진다.

화이트보드가 걸려 있는 회의실로 안내된다. 종이컵에 담겨 나온 얼음물과 에어컨이 반갑기 짝이 없다.

"날도 더운데 오느라 고생 많으셨습니다. 오늘 하루 짧은 시간이나마 잘 부탁드리겠습니다."

파란색 셔츠를 입은 아저씨가 의자에 앉아 말한다. 넥타이는 매지 않았고, 얼핏 봐도 배가 나와 있다. 그 둥그런 배가 그리는 곡선. 언젠가 아야나가 본 적 있는 윈클러 사령관의 몸매와는 상당히 다르다.

"저는 이 회사 총무부에서 리스크 총괄실장으로 일하고 있는 호리키타라고 합니다. 뭐, 여러분은 알고 계시겠지만 우리 유스케의 아빠입니다."

이 말에 모두가 수줍게 웃는다.

"재미있는 경험을 드릴 수 있을지 모르겠지만… 그래도 뭐, 잘 부탁드리겠습니다."

"저는 홍보실의 요네하라입니다. 잘 부탁드립니다."

안경을 쓴 날씬한 여자가 유스케의 아빠 옆자리에 앉으며 말한다. 총무부라든가, 홍보실이라든가. 아직 듣기만 해서는 뜻을 알 수 없는 단어들이다. 총무부, 리스크 총괄실, 리스크 총괄실장. 유스케의 아빠 이름 오른쪽 상단에 적혀 있는 세 개의 직함도 마찬가지다.

"이건 직업 체험이기 때문에 우선 홍보부에서 나오신 분께 회사 설명을 듣도록 하겠습니다. 그 뒤에 제가 하는 일을 도우면서 업무를 체험하게 될 것입니다. 유스케에게서 오늘 체험을 바탕으로 리포트를 써야 한다고 들었습니다만?"

"어떤 일을 해봤는지, 그 일을 해봄으로써 어떤 생각을 갖게 되었는지 제출하는 숙제입니다."

도모야가 대표로 대답한다.

"아, 그렇군…."

유스케의 아빠가 곤란한 표정으로 웃는다.

"그다지 재미있는 체험을 시켜줄 수 없을 것 같은데 어쩌나? 그래도 별수 없지."

"사내 회의에 참가시킬 수도 없고 말이죠."

요네하라가 웃으며 말한다.

여기는 경치도 분위기도 교무실과 사뭇 다르다. 똑같은 어른들이 있는 곳인데도. 어른이 되면 매일 이런 곳에서 지내야 하나?

상상하는 것만으로도 아야나는 지쳐버린다.

"자, 그럼 일단 회사 설명부터 드릴게요."

요네하라는 이 회사에 대한 전체적인 설명을 시작한다. 아무리 들어도 내용을 잘 알 순 없지만 여러 제품을 만드는 데 필요한 소재를 개발해 국내외에 제공하는 것 같다.

"저어…."

요네하라의 설명이 일단락되는 타이밍에 유스케가 손을 든다.

"아빠가 있는 리스크 총괄실에는 모두 몇 명이 있나요?"

"네?"

"실장이라는 건, 우리 아빠가 리더라는 뜻이잖아요. 그렇죠?"

레이카는 대답을 기다리는 유스케를 보며 히죽거린다. 유스케는 새로 받은 명함을 손에 꼭 움켜쥐고 있다. 윈클러 사령관을 떠올리게 하는 아버지의 직함이 저렇게도 좋은 것일까? 아야나는 자신의 얼굴에까지 미소가 번지는 것을 느낀다.

"아."

요네하라는 누가 있는지 보려고 문을 힐끗 돌아본다. 아무도 들어오려는 기미가 보이지 않는다.

"역시 그 직함이 사람을 좀 헷갈리게 하죠? 리스크 총괄실이라고 쓰여 있긴 합니다만 거기서 근무하는 사람은 호리키타 씨뿐이에요."

"네엣?"

유스케의 섬세한 어깨가 솟아오른다.

"호리키타 씨가 팀장이자 팀원이라고나 할까. 회사 입장에서 보면 그 업무에 그다지 인원을 할애할 수 없다는 것을 알지만서도… 그래도 한 명쯤은 더 있어도 좋을 텐데….”

“그게 뭐야, 하하하.”

손뼉을 치며 웃는 레이카에게 요네하라가 작은 목소리로 대답한다.

“회사 조직이란게, 때때로 그렇거든요. 사람 번거롭게 만드는 구석이 있죠.”

그런데 그녀의 얼굴도 어딘지 모르게 레이카처럼 웃고 있는 듯하다.

“한 명밖에 없는데 총괄실장이라니. 사기 아냐? 안 그래?”

레이카가 유스케에게 동의를 구한다. 유스케는 아무 말도 하지 않는다. 그가 어디를 보는지조차 알 수 없다.

“그럼 실장님 불러올 테니까 여기서 조금만 기다려요.”

요네하라는 들고 있던 서류들을 정리하더니 회의실을 나가버린다.

“에어컨 너무 세지 않아?”

레이카가 일어서더니 멋대로 에어컨의 온도를 높인다. 그런데 명함을 쥔 유스케의 손이 내내 허공에서 미동도 하지 않는다.

“여기가 창고야. 그런데 좀 덥네.”

유스케의 아빠가 에어컨의 스위치를 켠다. 그러자 잠들어 있던 생물체가 눈을 뜨듯 공간이 서서히 움직이기 시작한다.

“내가 속한 부서는 사내 방재업무를 도맡고 있단다.”

옆에 있는 도모야가 일단 메모를 한다. 레이카는 필기구도 꺼내지 않은 채 넓은 창고 안을 둘러보며 묻는다.

"'바앙재'요?"

"유스케가 리스크 총괄실을 체험할 수 있다고 했는데…. 바앙재라는 거, 혹시 그런 건가요? 대피 훈련할 때 하는 그 방재?"

"응, 바로 그거야."

유스케의 아빠가 대답과 동시에 가슴을 편다. 하지만 레이카에게서 돌아오는 것은 "아하…"라는 맥 빠진 반응뿐이다.

"단어만 들어서는 이해하기 어렵겠지만, 리스크라는 것은 회사 업무가 추진될 수 없는 상황을 일컫는다. 큰 지진이 일어나 공장이 멈춰버린다거나, 사원들이 귀가할 수 없는 상황에 놓인다거나, 어딘가로 몸을 피신하지 않으면 안 된다거나…. 그런 상황을 대비해놓지 않으면 모든 업무가 정지돼버리니까 말이야. 위험을 최소화하기 위해 움직이고 있는 팀이 바로 내가 속한 리스크 총괄실인 것이다."

요네하라가 나가고 난 뒤 유스케의 아빠가 데리고 간 곳은 사무실 뒤쪽에 있는 창고였다. 넓은 공간에는 여러 개의 골판지가 가지런히 정돈되어 있었다. 자세히 보면 그 위에 날짜가 적힌 스티커가 붙어 있다. 재해를 대비한 비축 식량의 유통기한이 분명하다.

"여러분들이 비축 식량의 교체와 방재용품의 준비를 도와주었으면 한다. 업무를 원활히 진행하기 위해서는 이런 일도 해야 한다는 것을 알아주었으면 하고."

아야나는 이어지는 설명을 어떻게든 받아 적으려고 애를 쓴다.

어차피 레이카가 보여달라고 할 게 뻔하고, 메모를 해두어서 손해 볼 일은 없으니까. 레이카는 이미 흥미를 완전히 잃었는지 아야나 뒤에 숨어 손톱을 만지작거린다.

"일단 비축 식량이다. 유통기한이 지난 것들이 잔뜩 있어서 말인데, 마침 어제 주문한 것들도 도착했겠다 교체 작업이 필요하다. 그리고 될 수 있으면 입구 쪽에 새로운 음식이 오게끔 정렬하도록. 이건 두 남학생에게 부탁해도 될까? 힘을 쓰는 일이니까."

"네" 하고 도모야만 대답한다.

"자, 그리고 데스크마다 하나씩 방재 세트를 구비해두었지만 이동이나 분실 같은 여러 가지 요인으로 누락된 부분이 있다. 여학생 팀이 그 부분을 보충해줄 수 있을까?"

"네" 하고 아야나만 대답한다.

그 소리에 레이카가 조그맣게 중얼거린다.

"바앙재…."

"자, 일단 여학생 팀 업무를 설명해볼까? 남학생 팀은 조금 기다리도록."

유스케의 아빠가 맡긴 일은 필수용품들을 봉투에 담는 것뿐이다.

"넣지 않은 물건이 있을지 모르니까 둘이서 잘 확인하도록. 더블 체크는 사회인의 기본이다!"

유스케의 아빠는 득의양양하게 남자아이들 쪽으로 향한다.

아야나와 레이카는 남자들 작업에 방해가 되지 않도록 창고 구석에 쪼그려 앉는다. 헬멧, 건빵 통조림, 생수 페트병, 미니 손전등, 비상용 화장실. 오로지 이 다섯 가지를 지정된 봉투 안에 반복해 넣을 뿐이다.

"이제 다들 좀 익숙해졌나?"

일장 연설을 끝낸 유스케의 아빠가 조금 뒤 모두를 향해 묻는다.

"난 일이 좀 있어서 사무실로 돌아가겠다. 의문점이 있으면 아까 왔던 회의실 옆으로 뭐든 문의하러 와도 좋다."

"네에!" 이번에는 레이나가 크게 대답한다. "맡겨주세요"라고 덧붙이는 말투는 학교에서 선생님에게 까불 때와 비슷하다.

"있잖아, 있잖아."

유스케의 아빠가 나가기가 무섭게 레이카가 잡담을 늘어놓기 시작한다.

"여름방학 마지막 주말에 마을 축제 열리잖아!"

"아, 그렇지."

아야나가 고개를 끄덕이자 레이카는 비밀 이야기라도 하듯이 얼굴을 바싹 붙여온다.

"거기 말이야. 이렇게 넷이 가는 거 어때?"

"뭐?"

아야나는 귓전에서 울리는 소리에 당황한다.

"이따 집 가는 길에 쟤네한테 물어보자, 응? 너도 옆에서 거들어야 돼."

"어, 응. 그러지 뭐."

"좋아, 그러기로 한 거다!"

아야나가 레이카에게 휘둘리는 일이 한두 번은 아니다. 하지만 이번만큼은 아야나도 기쁘다. 도모야와 함께 여름 축제에 갈 수 있다는 것이. '작년에 할머니가 주신 파란색 유카타를 어디 뒀더라?' 아야나는 재빠르게 머릿속 기억을 더듬고 있는 자신을 발견한다.

레이카는 물품들을 봉투에 챙겨 넣고, 아야나는 그 항목들을 체크한다. 이런 단순 작업을 얼마간 하다 보면 점점 대화도 끊기게 된다. 리스크 총괄실장, 제국의 법칙, 윈클러 사령관…. 회사에 도착하기 전까지 주고받았던 단어들이 점점 먼 곳으로 사라져간다.

그 순간 레이카가 입을 연다.

"그 아저씨, 이런 일을 매일 하는 걸까?"

그 아저씨란 유스케의 아빠를 가리키는 게 틀림없다.

"잘은 모르겠지만, 아마 그렇겠지?"

"분명 그럴 거야."

누구에게도 들리지 않을 만큼 작은 목소리로 아야나가 중얼거린다.

"큰 지진이 일어날 때까지 계속 이러고 있다는 거 아냐."

"아마도."

'이것 말고도 여러 가지 다른 일이 있을 거야'라고 덧붙이고 싶지만 딱히 다른 예가 떠오르지 않는다.

"왠지 그런 느낌 안 들어?"

레이카가 목소리의 볼륨을 한껏 낮춘 채 말한다.

"뭔가 끔찍한 재앙이 일어나길 고대하고 있는 느낌."

"그럴 리가. 재앙이 일어나길 기다리는 사람이 어디 있어?"

"그렇게 생각해? 하지만 아무 일도 없으면 아저씨는 존재 의미가 없는 거잖아."

지익, 지익. 직 직 직.

"이것도 말이야. 실은 쓸 일 없는 게 좋은 거구."

레이카가 커다랗게 하품하며 말한다.

"도대체 무슨 보람으로 이 일을 하는 걸까?"

지익. 골판지 상자가 움직임을 멈춘다.

"아웅, 이제 졸린다."

레이카의 명랑한 목소리가 창고 벽에 부딪힌다.

"생각보다 일이 빨리 끝나서 일찍 회사에서 나올 수 있었다. 여러분이 도와줘서 정말 기쁘다."

창고로 돌아온 유스케의 아빠는 변함없이 만족스러운 표정을 짓는다. 혼자 하기에는 귀찮은 작업을 중학생들이 해주었으니 당연한 일인지도 모른다.

"저희야말로 견학하게 해주셔서 감사합니다."

모두가 고개를 숙여 인사하고 있을 때였다. 유스케의 아빠가 무언가 생각난 듯 "아!" 소리를 냈다.

"일찍 끝났으니까 최근 도입된 비상용 사내 전달 시스템을 보여줄까? 아까 한 작업만으로는 숙제하기도 부족할 것 같아서 말이야."

넷 중 딱히 내켜 하는 사람은 없었지만 거절할 수도 없는 노릇이었다. 그래서 도모야가 대표로 예의 바르게 대답한다.

"그럼, 부탁드리겠습니다."

사무실로 돌아오자 요네하라가 수화기를 내려놓고 손을 흔든다.

"어머, 벌써 끝난 거야?"

시곗바늘이 오후 3시를 넘어가고 있다. 일정한 온도와 고요함을 유지하고 있는 사무실은 시간과 상관없이 언제나 같은 표정이다. 하지만 유스케의 아빠와 요네하라가 있는 귀퉁이는 왠지 아야나에게만큼은 친근하게 느껴졌다.

아야나가 '이건 뭘까' 생각하는 순간 퍼뜩 한 가지가 눈에 들어온다.

'유스케의 아빠만 빼고 모두 다 여자야.'

"여기 램프가 있지?"

유스케의 아빠가 자랑스럽게 설명을 시작한다.

"이것은 최신형 긴급 지진 경보기다. 사장실과 임원실에도 연동되어 있어 본격적인 흔들림이 시작되기 전에 알려주는 장치이지."

유스케의 아빠는 책상으로 이동하며 계속 설명을 이어간다.

"그리고 실제로 큰 흔들림이 발생했을 땐…."

그는 컴퓨터 바탕화면에 떠 있는 빨간 아이콘을 클릭한다.

"이 사내 전달 시스템을 통해 사원들 PC에 각 층의 대피 경로가 뜨게 되어 있어."

유스케의 아빠는 '공유하기' 버튼에 커서를 옮긴다.

"지금은 누르면 안 되지."

"그렇군요." 도모야가 예의 바르게 말을 받는다.

"이 시스템을 도입하는 것도 쉽지 않았어."

유스케의 아빠가 눈썹을 누그러뜨리던 순간 램프에 빨갛게 불이 들어온다.

"앗!"

"지진이 오고 있습니다."

"지진이 오고 있습니다."

메마른 기계 음성이 울려 퍼진다.

"책상 밑으로 숨어!"

유스케의 아빠가 마우스를 움켜쥐며 외친다. 아야나는 책상 밑으로 미끄러져 들어가 딸각거리는 클릭 소리를 듣는다. 그리고 유스케의 아빠 눈이 수만 번 닦은 수정처럼 반짝이는 것을 본다.

요네하라를 비롯한 다른 직원들도 모두 책상 아래 몸을 웅크리고 있다. 긴급 지진 경보기가 작동하고 실제 진동이 오기까지는 잠시 시간이 걸릴 것이다. 아야나는 접은 몸이 풀릴세라 필사적으로 힘을 준다.

"그대로 책상 밑에 있도록! 머리를 보호해!"

책상 밑에 웅크린 지 얼마나 시간이 지난 걸까. 아야나는 질끈 감고 있던 눈을 살며시 뜬다. 황급히 몸을 숨기느라 몰랐다. 유스케와 같은 책상 밑에 있었다는걸. 조그맣게 접은 몸 바로 옆에 유스케의 몸이 있다. 아야나는 당장 이곳에서 뛰쳐나가고 싶은 기분에 휩싸인다. 멋대로 움직이지 않도록 다리를 감싼 팔에 힘을 준다.

"저어…"

긴박한 공기 속으로 나른한 목소리가 툭 떨어진다.

"이거 혹시 그냥 잘못 울린 거 아니에요?"

레이카다.

“어머, 치마가 엉망이 됐어.”

레이카는 벌써 책상 밑에서 나와 있다.

“휴대폰으로 들어온 지진 속보도 없고, 일단 전혀 흔들리지 않았잖아요. 오보 같은 거 전에도 있었죠, 그렇죠?”

땅이 전혀 흔들리는 기색이 없자 다른 책상에서도 사람들이 나온다.

“맞아. 내 폰에서도 알람 울린 적 없어.”

“내 것도.”

많은 사람이 만일을 대비해 지진 알림 앱을 설치해두었다. 아야나도 그중 한 명이었다.

“오보?”

유스케의 아빠가 중얼거린다. 움켜쥐고 있던 무언가를 툭 떨구듯이. 이미 사무실의 공기가 경보기가 울리기 전으로 돌아간 것을 책상 밑에서도 느낄 수 있다.

“저기요, 호리키타 실장님.”

다른 부서 사람의 가시 돋친 목소리가 들린다.

“컴퓨터 화면에 피난 경로 뜨는 것 좀 빨리 풀어주시면 안 돼요? 업무 방해도 유분수지, 도대체 일을 할 수가 없잖아요!”

그와 동시에 총무부의 전화가 울리기 시작한다. 분명 다른 부서에서 빗발치는 항의 전화일 것이다.

“아, 죄송합니다. 이것 참, 정말 오보였던 모양이네.”

유스케의 아빠 목소리가 원래대로 되돌아온다.

"최신형이라고 들었는데 이건 어떻게 해제하나. 끄응…."

'나도 나가야겠어.' 아야나는 접었던 다리를 움직여본다. 그때였다.

"지금을… 위해서…."

바로 옆에 있는 유스케가 기도하듯 무언가를 중얼거린다.

"미래의 자신이… 가 아니라… 백성을… 움직여라."

협소한 책상 아래에선 아무리 작은 목소리도 들릴 수밖에 없다.

"네, 호리키타입니다. 피난 경로 뜨는 것 때문에 그러시죠? 지금 해제하려고 애쓰는 중입니다. 잠시만 기다려주십시오. 네네, 업무에 방해되시죠. 그게 몇 번이고 시뮬레이션을 했습니다만, 조금 더 기다려주실 수 없으신지…."

서로 닮은 목소리가 겹쳤다 떨어졌다를 반복하며 전혀 다른 문장을 이야기하고 있다.

"미래의 자신이 아니라 지금의 백성을 위해 움직여라."

양쪽 귀로 흘러드는 두 개의 목소리가 머릿속에서 뒤섞인다. 아야나는 좀처럼 자리에서 일어설 수 없다. 눈앞에는 책상 주인이 몇 번을 밟았는지 엉망으로 더럽혀진 방재 세트가 뒹굴고 있다.

어젯밤 레이카에게서 문자를 받았다.

'나, 이번 축제 때 유스케한테 고백할 거야. 그러니까 언제 틈 봐서 우리 둘만 좀 있게 해줄래?'

그때 아야나는 헛간 선반에서 축제 때 들 복주머니를 꺼내던 참이었다. 좀 더 일찍 말해줬으면 좋았겠다고 생각하면서도 아야나는 드디어 하는구나 싶은 생각에 가슴이 두근거렸다. 솔직히 고백한다고 해서 잘될지 알 수 없지만 레이카의 그런 행동력이 자신에겐 눈부실 따름이었다.

“드디어! 아무렴 도와야지.”

문자를 보내자 레이카에게서 답이 돌아왔다.

‘그러지 말고 아야나도 이참에 고백해버리는 게 어때? 유스케가 그러던걸. 도모야가 여자애랑 그렇게 사이좋게 이야기하는 일 드물다고.’

이야나는 다시 한번 문자 내용을 곱씹는다. ‘여자애랑 그렇게 사이좋게 이야기하는 일….’

그렇게 용케 둘이서 떨어져 나올 수 있었다.

“미안해. 갑자기….”

아야나가 사과한다.

“아니, 난 신경 쓰지 않아도 돼.”

도모야는 발치에 놓인 자갈을 굴리며 대답한다. 반바지 차림에 샌들을 신은 도모야는 여름 축제 무리들 속에 너무도 자연스럽게 섞인다. 눈 깜짝할 사이에 군중 속으로 녹아들 것만 같다. 하지만 아야나는 생각한다. 어디 있어도 도모야만큼은 단번에 알아볼 수 있다고.

“축제에서 둘만 떨어져 나오다니, 만화 같아서 좀 놀랐어.”

“그렇지? 나도 그래.”

어떻게 해야 둘만 남겨놓을 수 있을까. 어젯밤 아야나는 온통 그 생각뿐이었다. 축제라고는 하지만 작은 동네 규모이기 때문에 자연스럽게 무리에서 떨어져 나올 만큼 붐비지도 않는다. 대충 사과 사탕을 먹고, 금붕어 건지기를 하고, 사격 게임을 하며 여름 축제 기분을 맛보았다. 그리고 때마침 유스케가 화장실에 가고 싶다고 말했을 때 무심결에 레이카와 아야나의 눈이 마주쳤다.

'지금이 유일한 기회야.'

그들은 눈빛으로 말하고 있었다. 유스케를 따라가려는 도모야의 팔을 아야나가 자신도 모르게 잡아당겼다.

"자세한 건 나중에 설명할 테니까. 도모야, 나랑 어디 좀 가줄래?"

도모야의 손을 끌고 도망친 곳은 축제에서 조금 떨어져 있는 신사였다. 여기라면 연락이 왔을 때 곧바로 합류할 수 있고, 두 사람의 눈에 띌 염려도 없을 것이다.

"좀 앉을래? 다리 아프잖아."

도모야가 신사 툇마루에 걸터앉는다. 만화나 드라마를 보면 이럴 때 남자애가 손수건을 깔아주지만 현실에서는 일어나지 않는다. 아야나는 '에잇!' 하는 심정으로 도모야의 곁에 앉는다. '이런 데 앉으면 유카타가 더러워질지도 몰라', '도모야에게 너무 바싹 붙어 앉는 건 아닐까?' 혹시나 싶은 아야나의 불안감이 비눗방울처럼 터져 어딘가로 사라져버린다.

멀리서 아이들의 웃음소리와 포장마차의 호객 소리가 퍼진다. 하지만 그 모든 소리 위로 도모야가 생생히 살아 있음을 드러내는 소리가 들려온다. 아야나는 내내 레이카와 유스케를 둘만 남겨놓는 일에 정신이 팔려 있었다. 하지만 그건 자신과 도모야가 둘만 남겨지는 상황을 뜻하기도 했다. 아야나는 그 부분을 미처 생각하지 못했다.

"그 둘, 잘되고 있을까?"

"그러게 말이야."

중학교 1학년 봄. 처음 수영장에서 봤을 때에 비해 도모야의 목과 어깨는 굵어져 있다. 좁은 이마에 맺힌 땀방울이 신사에 걸린 외등에 비친다.

좋아하는 사람에게 좋아한다고 말하는 것. 지금 레이카가 하고 있을 그것. 상상만으로도 심장이 코르크 마개처럼 튀어나갈 것 같다. 아야나는 지금 굉장한 일을 하려는 것이다. 갑자기 옆에 있는 도모야의 얼굴을 똑바로 볼 수 없다. 도모야의 윤곽선만이 반짝반짝 빛난다. 축제에서 만났을 때부터, 아니 처음 만났을 때부터 그랬다.

"아!"

그때 이쪽으로 다가오고 있는 방울 소리가 들린다.

"남자 미코시*다."

신사 안에 보이는 도로 위를 금색 가마가 가로지른다. 남자들이 짊어진 미코시가 마을을 한 바퀴 돌고 오면 여름이 끝났다는 것을 의미했다. 벌써 시간이 그렇게 되었나? 아야나는 흐르는 시간이 야속했다. 이대로 미코시가 돌아오지 않았으면 좋겠다. 레이카의 고백이 끝나지 않았으면 좋겠다. 유카타가 더러워져도 좋으니 이대로, 둘이서 계속 있었으면….

---

* 조상의 혼백이나 마을 정령을 모시고 가는 가마.

"남자 미코시, 멋지다."

아야나가 중얼거리자 도모야가 맞장구를 친다. 언젠가 도모야가 어른이 되어 가마를 맨 남자들 틈에 섞여 있는 모습을 상상한다. 상상만으로도 아야나는 가슴을 쥐어짜는 느낌이 든다. 그때까지 흐르는 시간들을 남김없이 모두 알고 싶다. 도모야가 자라 어떻게 변하고 어떤 남자가 되는지를 바로 옆에서 지켜보고 싶다.

마을 어른들은 몇 달 전부터 이 축제를 위해 부산히 움직인다. 남자들은 가마를 준비하고, 여자들은 특산품으로 음식을 만든다. 축제에는 포장마차들도 나오지만 동네 사람들이 차려주는 무료 가정식도 빼놓을 수 없다.

미코시가 천천히 신사의 건너편을 가로지른다. 이제 곧 축제장으로 들어갈 것이다.

"왜 그렇게 정해져 있는 거지?"

옆에서 도모야가 중얼거린다.

"응? 뭐라고?"

아야나의 물음에 도모야가 말한다.

"미코시는 남자, 요리는 여자. 왜 그렇게 정해져 있는 걸까?"

아야나는 도모야가 무슨 이야기를 하는지 알 수 없다. 그건 오래전부터 마을에 전해 내려오는 관습이니까. 여름 축제의 미코시를 짊어지는 것은 오직 남자만이 할 수 있는 일이다. 그리고 여자들이 요리를 준비하는 것에 대해서도 의문을 가져본 적이 없다.

"왜냐니. 그냥 그렇게 하는 거니까 그런 거 아냐?"

방울 소리가 조금씩 멀어진다.

"그냥 그렇게 하는 거… 구나."

가마를 메거나 올라탄 사람들의 목소리가 우렁차다.

"유스케는 저런 거 진짜 좋아해."

도모야가 발끝으로 자갈을 굴리며 말한다.

"옛날부터 장대높이기 같은 거에 진심이었거든. 어른이 되면 저 가마 위에 올라타겠다고 큰 소리를 쳤지."

"유스케, 왠지 그런 타입이야."

그건 유스케의 평소 모습을 봐도 쉽게 상상이 간다. 그리고 지금 유스케에게 고백하려는 레이카는 분명 그런 그의 모습을 좋아하는 것이다.

여름의 끝자락을 알리는 바람이 분다. 가을이 시작되려 하고 있었다.

"직업 체험에서 돌아오는 길에 유스케가 이렇게 말했지."

도모야의 발끝은 여름과 가을 사이에서 제자리걸음을 하고 있다.

"아빠가 하는 일도 창피했지만 여자밖에 없는 부서에서 일하는 게 더 창피했다고."

'창피했다….'

그 말이 멀리서 들려오는 가마꾼들의 목소리에 섞여 든다.

"사람을 성별로 나눈다는 거 말이야. 그냥 그렇게 하는 거라고 쉽게들 말하지만…."

가마꾼들이 목표 지점에 도달한 모양이다. "우와!" 하는 외침 소리가 불꽃처럼 울려 퍼진다.

“전혀 다른 기준으로 인간을 나눠버려도 다들 그렇게 간단히 체념해버릴까? 그냥 그렇게 하는 거라고?”

아야나는 여기까지 말하고 입을 다문 그를 보며 생각한다. ‘도모야는 무슨 말이 하고 싶은 걸까? 어떻게 대답해주어야 하지? 대체 지금 어떤 말이 듣고 싶은 건데?’

“우리 아빠가 하는 일은 말이야.”

도모야가 다시 입을 연다. 그때였다.

“아얏!”

하필이면 콘택트렌즈가 어긋난다.

“왜 그래? 괜찮아?”

도모야가 눈을 만지는 아야나의 얼굴을 들여다본다.

“콘택트렌즈가 어긋났어…. 요새 가끔 이럴 때가 있어. 새걸 사야 하나 봐. 아프니까 빼버릴래.”

“빼버려도 돼?”

걱정하는 도모야의 얼굴이 바로 곁에 있다.

“괜찮아, 정말 괜찮아. 눈이 나빠서 끼는 게 아니니까.”

아야나는 양쪽 눈에서 렌즈를 뺀다. 실은 먼저 손을 씻고 싶었지만 그런 말은 할 수가 없다. 그리고 아야나에겐 알 수 없는 확신이 있었다. 이 아이라면 자신의 맨눈을 본다고 이상하게 생각하지 않으리라는 확신이.

“나, 태어날 때부터 눈 색깔이 좀 특이해서 말이야. 초등학교 때 남자아이들이 그걸 갖고 놀렸어. 그게 싫어서 중학교 가면서부터 까만색 컬러렌즈를 끼기 시작한 거야.”

렌즈를 뺀 아야나가 고개를 든다. 도모야와 눈이 마주친다. 아야나의 푸른 눈이 도모야의 모습을 비춘다. 도모야의 표정은 움직임이 없다. 웃지도 않고 장난치지도 않고 놀리지도 않는다. 진지한 표정으로 아야나를 바라보고 있을 뿐이다.

'레이카와 유스케는 지금쯤 연인 사이가 됐을지도 몰라.'

아야나는 문득 부러워진다. 그리고 그 느낌이 심장을 관통하는 순간 온몸의 세포들이 일제히 고개를 끄덕인다. '나, 도모야에게 이렇게까지 끌리고 있구나. 그러니까 나도….'

"저어, 도모야, 나 있잖아…."

"잠깐만."

자박 하는 소리와 함께 도모야가 일어선다.

"그거, 사랑이 아닐 거야."

아야나는 방금 들은 말을 한 글자씩 떼어 조심스럽게 여러 각도에서 바라본다. 지금 자신이 도대체 무슨 말을 들은 것일까. 아야나는 알 수가 없다.

"아, 여기 있다!"

신사 입구 쪽에서 이곳을 향해 달려오는 그림자가 보인다.

"유스케! 이쪽, 이쪽!"

"역시 여기 있을 줄 알았다니까. 아야나, 전화를 하면 좀 받아. 응?"

유카타 차림의 레이카를 따라 반바지를 입은 유스케가 뛰어온다. 레이카를 따라잡은 유스케는 자연스레 그녀의 손을 잡는다.

"아야냐, 들어봐! 아까 말이야. 가마꾼 아저씨들이 유스케에게 잠깐 가마를 메게 해줬어. 얼마나 멋있었는지 몰라!"

"정말? 굉장하다."

맞장구를 치며 아야나는 생각했다. '저 두 사람, 잘됐구나.' 그런 두 사람을 보는 아야나와 도모야의 거리는 아까보다 멀찍이 떨어져 있다.

6

그냥 관심받고 싶은 건데요?I

음악, 그리고 목소리. 화면 속에 보이는 자신들의 모습은 상상했던 것보다 더 어린애들처럼 보인다.

“음악 소리 좀 더 키워줘.”

방송 디렉터라고 밝힌 니시가 다나하시에게 지시한다.

“네!”

휴대폰을 손에 쥔 다나하시가 동영상 볼륨을 최대한으로 높인다. 다나하시가 삿포로의 TV 방송국에서 아르바이트하고 있다는 사실은 전부터 알고 있었다. 하지만 직접 일을 하는 모습을 보는 건 오늘이 처음이다. 요시키는 시키는 대로 움직이고 있는 다나하시의 모습을 응시한다. 학교에서 볼 때는 대학 2년 선배답게 행동하던 그가 여기선 평소 짊어지고 다니던 무게를 모조리 털어낸 것 같다. 요시키는 '이 선배가 이렇게 생겼었구나' 생각하면서도 그 사실을 전부터 알고 있었던 듯한 기분이 든다.

"이건 대학 교정인가? 축제 같은 거였나 본데?"

얼굴을 든 니시는 학창 시절 운동부에서 활동했을 법한 모습이다. 굵직한 목에 체격도 다부지다. 30대 후반쯤 되었을까. 왼손 약지엔 심플한 반지가 끼워져 있다. 양옆을 짧게 깎은 헤어스타일은 검은 뿔테 안경이 잘 어울린다. 본인은 의식하지 못하겠지만 그에게선 강한 존재감이 느껴진다. 지금껏 수차례의 경쟁에서 이겨왔다는 자신감이 온몸에서 풍겨 나온다.

요시키는 손바닥을 허벅지 아래 끼워 넣고 좀처럼 진정되지 않는 몸을 조금이라도 지탱하려 한다.

"학교 축제 땐 이것보다 훨씬 더 정신없죠. 이건 최근에… 10월 13일이었나? 도마리 원전 재가동 반대 시위 때예요. 오오토리 공원에서 했던 건데 모르세요? 1만 명쯤 모였던 진짜 큰 시위였는데. 이건 대학에서 좀 해보자고 시도했던 거였어요. 길거리에서 시위하던 녀석들도 있었는데, 한번 보실래요?"

"일단 볼까?"

방송은 안 될지도 모른다며 니시가 얼굴을 찡그린다. '방송심의규정 준수'라는 단어는 이미 방송가뿐 아니라 요시키 같은 사람에게도 흔히 쓰는 말이 되었다. 하지만 그럼에도 불구하고 보고 싶어 한다는 건, 이 사람이 우리 '레이브'에 순수하게 흥미를 느낀다는 뜻인지도 모른다. 그런 생각이 들자 누군가 뇌를 간지럽힌 것처럼 흥분이 된다.

"오오, 역시 길거리에서 하는 게 눈에 띄긴 하네! 저거, 거긴 가?"

"다누키코지 상점가예요."

"맞아. 나도 자주 갔어, 거기."

"생간이 먹고 싶어, 생간이 먹고 싶어, 온몸이 떨려오네."

익숙한 멜로디를 타고 고래고래 외치는 노랫소리가 흘러나온다. 그건 6월에 열리던 축제가 끝나고 약 한 달 뒤에 만든 레이브였다. 생간을 팔던 상가에 판매 규제 조치가 들어왔을 때 생간을 향한 애끓는 그리움을 표현한 노래이기도 했다.

"고마워. 동영상은 이제 됐어."

니시는 지시하고 다나하시는 따른다. 방송국 회의실은 언제나 소란스러울 거라고 생각했는데 동영상이 사라지자 다른 건물과 마찬가지로 조용하다.

"그러니까, 음악에 맞춰 주장하는 바를 나타내는 걸 레이브라 한다 이거지?"

"그렇죠. 사운드 데모라고 하는 사람들도 있지만 아무래도 레이브 쪽이 더 친근하지 않나 싶어요."

"음. 그렇긴 하네. 확실히 쉬운 느낌은 있어."

니시가 말을 마치고는 자료 위에 사운드 데모라고 적는다.

"요시키 군은 왜 '레이버즈Ravers'를 시작하게 된 거지? 아니, 그보다 애초에 왜 레이브라는 걸 하기로 한 거지?"

디렉터 모드로 바뀐 니시가 묻는다. 그러자 회의실 분위기가 조금 달라진다. 요시키는 다나하시가 내준 차를 한 모금 마시며 손에 쥔 자료를 힐끗 들여다본다. 자료의 첫머리에 "청춘의 최북단(가제)"이라는 방송 제목이 진하게 인쇄되어 있다. 바로 그 밑에는 "반경 5미터의 세상을 바꾸기 위한 홋카이도 젊은이들의 스페셜 프로그램"이라는 문구가 보인다. 그리고 출연자란에 자신을 포함한 예닐곱 명의 직함과 이름이 더 추가된 상태다.

최소한 홋카이도의 추위로부터는 구해드리고 싶습니다/하타노 메구미(NPO단체 제로웜리스 대표, 24세)
중요한 것은 국가 대 국가가 아닌 개인 대 개인/이민준(정치학을 전공하는 한국인 유학생, 21세)
홋카이도대학의 전통인 징파*를 우리 손으로 부활시키자!/호리키타 유스케(홋카이도대학 2학년생, 20세)
다리 없는 내가 겨울스포츠의 매력을 전파하는 이유/가시와 후미카(프리스타일스키 전 일본선수권 챔피언, 23세)
레이브를 합시다! 음악과 이야기로 정치를 친근하게/안도 요시키(레이버즈 대표이자 홋카이도대학 2학년생, 21세)

"처음 대학에 들어갔을 땐 특별히 하는 일이 없었어요. 재수를 해서 그런 것도 있겠지만 동급생들과 잘 섞일 수 없었거든요. 홋

* '징기스칸 파티'의 약자. 홋카이도대학에서 캠퍼스 잔디밭에 모여 양고기를 먹는 문화를 일컫는다.

카이도대학은 입학과 동시에 '클래스 매치'라는 걸 하게 돼 있어요. 남학생들은 장대넘히기를 하는데 진짜 무슨 운동회 같은 느낌이죠. 저는 그런 걸 잘 못하거든요. 그래서 적당히 아무 서클이나 하나 골라 들어갔는데 그게 또 꽝이었어요. 재미도 없고."

이 말에 해당 서클에서 만난 다나하시가 웃는다.

"지금 그 서클 꽝이라고 했냐?"

하지만 다나하시도 방송국 아르바이트 연출 잡기가 무섭게 서클 활동을 접었다고 들었다. 방송연구회라는 이름만 요란할 뿐 실제로는 뭘 하는지도 모르는 그런 서클이었다.

"그런데 거기서 음악을 좋아하는 친구를 만나고 모든 것이 달라졌어요. 처음엔 둘이서 추천곡을 주고받는 정도였는데 시간이 지나면서 대학 교정의 '론'이라든가. 아, 잔디밭을 론이라고 부르거든요. 아까 보여드렸던 다누키코지 상점가에서 술을 마시며 음악을 듣기 시작한 거죠."

"오, 좋은데."

니시가 맞장구를 친다. 요시키는 어느 틈엔가 자신이 허벅지 아래 깔고 있던 손을 빼냈다는 사실을 알아차린다. 니시가 자신의 이야기에 흥미를 갖는 게 기쁜 나머지 말수가 많아진다.

"그러다 보니까 알게 모르게 합류하는 무리들이 늘어나서…. 그런데 모이는 녀석들이란 게, 역시 좀 이상한 애들이 많아요. 이상하달까, 재미있달까. 아무튼 평범한 학생은 아닌 녀석들이 대부분이죠. 그래서 맨날 모여 놀아도 질리지가 않는 거예요. 뭐라고 해야 하나. 좀 맛이 간 녀석들이라…. 고등학교 시절 동급생들이랑은 전혀 다른 느낌이었어요."

요시키는 그게 너무 좋았다며 휴대폰 사진들을 차례로 보여준다. 좀 더 확실하게 이야기하고 싶은데 머릿속이 정리되질 않아 입에서 나오지 않는다. 자신의 친구들이 얼마나 특이한지, 그들과 함께하는 시간이 얼마나 즐거운지 말이다. 자유로워진 두 손을 움직이면서도 요시키는 답답함을 느낀다.

"그렇게 어울리기를 반복하던 어느 날이었죠. 누군가 이런 걸 영국에서는 레이브라 부른다고 말을 꺼낸 거예요. 80년대 영국에서 생겨난 문화라는데 야외에서 하는 무료 음악 파티 같은 거라고…. 영국에서는 그게 반사회적 모임같이 흘러버려서 결국 금지당했다는데. '이거, 우리 지금 일본판 레이브하고 있는 거 아냐?' 뭐 이런 말이 나오게 되고 그러다 우리끼리 레이버즈라고 부르기 시작해서 오늘의 서클 이름으로 굳어진 거 아닐까요?"

요시키는 휴대폰을 쥐고 있는 자신의 손등 위로 시선을 떨군다. '괜찮아. 침 튀기지 않았어.' 사진 속의 요시키는 그룹 선두에 서서 스피커를 실은 리어카를 끌고 있다. 그 뒤를 따라 걷는 레이버즈의 고정 멤버들은 페인트칠한 얼굴에 웃통을 벗고 있어 어쨌든 눈에 띈다.

"아하, 그러니까 처음엔 영상에 음악을 입히지 않고 그냥 순수하게 즐기던 거였군."

"그렇죠. 음악을 들으러 클럽에 가는 게 아니라 우리 스스로가 클럽이 되는 그런 느낌."

'내가 이렇게 멋진 말을 하다니….' 요시키는 생각한다.

"흐음…. 그럼 클럽이라기보단 데모 집단처럼 변질돼버린 이유는?"

사진 스크롤을 내리던 니시가 묻는다. 때마침 올해 축제 사진이 화면에 올라와 있다. 벌써 5달 전의 일인가. 요시키는 남몰래 그리움에 젖는다.

"올해 축제에서도 레이브를 했어요. 대학 캠퍼스에 '멘스트'라고 하는 큰길이 있는데…. 아, 그게 '메인스트리트'를 짧게 줄여서 부르는 말이거든요. 아무튼 그 길을 다 같이 행진했어요. 그런데 실행요원이 소음은 금지라고 해서 캠퍼스 남쪽으로 다시 이동할 수밖에 없었죠."

"남쪽?"

"캠퍼스 남쪽은 유학생 존으로 불리는데 아시아계 학생들이 많은 캠퍼스예요. 거긴 순찰을 돌지 않기 때문에 딱이라고 생각했죠. 아니, 아침까지 떠들고 마실 수 있어요. 그래서 그쪽으로 옮겨 레이브를 했더니 유학생들이 섞여 들기 시작한 거예요."

요시키는 지금 생각해도 두근두근하다며 제멋대로 추억에 잠긴다.

"녀석들 어지간히 소란 좀 피웠겠구나."

하지만 다나하시의 일침에 현실로 돌아온다. 그는 그때의 일을 자세히 알 턱이 없다.

"그때부터 중국인 녀석은 센카쿠 제도를 노래 부르기 시작하고, 한국인 녀석은 독도와 위안부 문제를 랩으로 외치기 시작하고. 한순간 분위기가 굳어지기도 했지만 얼마 지나지 않아 금방

'아, 저렇게 할 수도 있구나' 싶은 쪽으로 흘러서…. 우리도 레이브를 하면서 일상의 불만들을 외쳐왔으니까요. 랩에서 말하는 암호 같은 거랄까. 그러다 그게, 정치 이야기야말로 음악에 실으면 전달이 훨씬 수월해지지 않을까 생각이 든 거죠. 일본인들은 정치 얘기 잘 안 하잖아요. 음악도 바보 같은 러브송만 좋아하고. 이렇게 쉽게 원하는 말을 얹어 부를 수 있는데…."

요시키는 니시를 향하고 있는 휴대폰 화면으로 시선을 떨군다. 축제 때 찍은 사진을 보면 그때의 기분을 다시 생생하게 느낄 수 있다. 인생의 황금기가 찾아올 것 같은 예감이 몸 안쪽부터 전체를 채우던 순간이.

"그때부턴 개인적인 푸념보다는, 매주 전하고 싶은 테마라든가 사회에 던지고 싶은 질문들로 활동하게 됐어요. 역시 원전 재가동 같은 테마가 제일 열띤 토론을 이끌어내더군요. 찬성파와 반대파로 나눠 랩배틀 같은 것도 열고… 점점 더 주목을 받게 되었습니다. 한 가지 주제로 레이브를 만들고 나면 거기서부터 또 다른 문제점들이 보이기 시작하고, 뭐랄까…. 사회와 세계는 모든 것이 다 연결돼 있다는 느낌이 들거든요. 그리고 그 고리 안에 나 자신도 포함돼 있다는 느낌이 좋았어요. 그런 식으로 활동하면서부터 사람들이 말을 걸어주고 대화가 꽃피는 일도 많아졌구요."

"대화라…."

니시가 고개를 끄덕이며 답하자 요시키는 더욱 빠르게 말을 한다. 생존경쟁에서 늘 승리해온 듯한 오라를 풍기는 니시의 긍정은 보통 인간에게서 얻는 찬성과 그 급이 다르다.

지금의 레이버즈는 고정 멤버만 20명이 넘는 단체로 성장했다. 술, 안주, 그리고 친구. 그것들로만 꽉꽉 채워진 비좁은 아파트. 고교 3년간 한 번도 느껴본 적 없는, 포기하고 있었던 모든 것이 여기에 있다.

"흐음…, 그렇군."

니시가 탁 하는 소리와 함께 쥐고 있던 펜을 내려놓는다. 요시키는 문득 정신을 차린다.

"'원자력 발전에 대해 물으면 쭈뼛거리던 사람도 레이브로 해달라고 하면 쉽게 이야기할 수 있을지 모르겠네."

니시는 혼잣말처럼 중얼거린 뒤 왼쪽 팔을 뻗는다. 셔츠 소매에 가려져 있던 손목시계의 원판이 드러난다.

"자, 마지막으로 한마디만 더. 지금의 안도 요시키 군에게 레이브란 뭘 의미하지?"

"음… 그건…."

요시키는 아까의 긴장감을 되찾고 미간을 찌푸린다. 갑자기 이런 질문을 하다니. 그야말로 TV에나 나올 법한 질문이라 뭔가 느낌이 이상하다.

"레이브를 하기 전과 후, 전혀 다른 사람이 되었다고 할까요? 세상을 보는 관점이 확 바뀐 느낌이에요. 함께 거대한 무언가에 맞서고 있다는 느낌이 짜릿하기도 하고. 으음, 뭐라고 해야 하나…."

니시의 털북숭이 팔을 덮고 있는 고급 손목시계의 굵직한 벨트. 그 시계 안의 바늘이 똑딱하며 움직인다.

"살아가는 이유라고 할까요?"

살아가는 이유. 니시가 고개를 끄덕이며 그 말을 따라 한다. 하지만 그 말을 메모하진 않는다. 슬슬 다음 출연자를 인터뷰할 시간이다.

"자아, 녹화 건은 나중에 연락할게. 그리고 출입증은 아까 들어온 곳에다 반납하면 돼. 다나하시, 좀 바래다줄래? 다음 사람도 도착한 것 같으니까 가는 김에 걔도 데려오고."

니시는 빠르게 부탁하며 고개를 숙인다. '그럼 난 이대로 출연하게 되는 건가?' 요시키는 땀이 배어난 손으로 우글쭈글해진 방송 자료를 모은다.

"이야, 널 방송국에 부를 날이 오다니."

다나하시는 자신의 방송국도 아니면서 요시키를 반보 앞질러 걷는다. 그 뒷모습은 '나, 방송국 복도 걷는데 익숙한 사람이야'라고 말하고 싶은 모양새다.

'이게 전국 방송이면 좋을 텐데.' 요시키는 니시와의 대화를 떠올린다. '레이브가, 레이버즈가, 아니 많은 이에게 주목받고 있는 내가 TV에 소개되면 좋을 텐데. 고등학교 시절 반 아이들의 눈앞에 그 영상을 들이대주고 싶은데.'

현관에는 요시키와 키가 비슷해 보이는 남자가 벽에 붙은 게시물을 바라보고 있다. '저 녀석이 다음 출연자 후보인가' 생각하고 있는데 아니나 다를까. 다나하시가 그 남자에게로 달려간다.

"호리키타 유스케 군?"

포스터를 바라보고 있던 옆얼굴이 이쪽을 향한다.

"네!"

'이 녀석, 본 적 있어.' 요시키는 직감적으로 그를 알아본다. 언제 어디서였는지 생각나지 않지만 지금과는 전혀 다른 모습의 그를 본 기억이 있다.

"녹화 벌써 했던가?"

아오야마가 빈 맥주 캔에 담뱃재를 떤다.

"아, 맞다. 아까 대본 왔지. 모레 녹화라고 했나?"

아오야마는 후드티에 달린 모자를 머리에 뒤집어쓰며 말한다.

"그 방송국 사람도 참, 용케 잘 찾아냈어."

11월 말. 고향 미야자키는 더위가 가시지 않았을 텐데 이곳은 벌써 한겨울이다.

"토론 프로그램이지 아마?"

"토론이랄까…."

요시키가 담배 연기를 내뿜는다. 이제 겨우 익숙해지기 시작한 풍경이 베란다 밖으로 펼쳐지고 있다. 아직 시들지 않은 담배 연기가 그 속으로 한순간에 녹아든다.

"이런저런 활동을 하는 학생들 중 몇 명이 나오는 거지 뭐. TV에 나온 적 없는 사람들로 골라서 한 7, 8명 정도?"

"호오!"

"유명해진 사람들 말고 그냥 우리 정도, 이제 시작한다는 느낌의 사람들이 딱 좋대. 시청자들에게 딴 세상 사람이라는 위화감을 주면 안 된다고 하더라고."

다나하시에게서 처음 출연 의뢰가 들어왔을 때 요시키는 아오야마에게 바로 보고했다. 마구 흥분해서 이야기하는 요시키에 비해 아오야마의 반응은 미지근했다. 도쿄에서 홋카이도로 진학한 아오야마에겐 TV라는 매체가 주는 느낌이 다른 걸까? 하지만 시간이 지나면서 요시키도 자연스럽게 아오야마에게 동화되어 덤덤해졌다.

"어휴, 추워! 뭔 연기가 들어오고…."

방 안에서 거울을 보고 있던 미호가 베란다를 향해 소리친다.

"시끄럽게 구네…."

미호를 돌아보는 아오야마의 옆모습은 지겹다는 느낌을 살짝 풍긴다. 하지만 여자친구가 있어 본 적 없는 요시키로선 그게 어떤 느낌인지 잘 알지 못한다.

아오야마의 아파트는 역 근처에 있어서 레이버즈의 멤버들이 모이기에 안성맞춤이다. 학교에서 가까울 뿐 아니라 자전거 보관소가 있어 레이브에 사용하는 리어카를 둘 수도 있다. 관리실 사람들에게 혼날지도 모른다고 겁먹었던 기억이 이제는 추억으로 느껴질 만큼 아득해진다. 그렇게 리어카는 자전거 보관소의 일부가 되었다.

"춥다니까? 베란다 문 닫고 나가든지 들어오든지 해!"

"알았어, 알았어."

아오야마는 아직 남아 있는 담배를 깡통 속에 쑤셔 넣는다. 요시키도 그를 따라 한다. 아오야마를 따라 피우게 된 담배는 아직도 그 맛을 잘 모르겠다.

'생간', '먹게 해줘'. 미호의 양쪽 볼에 쓰여 있던 글자는 이제 거의 지워졌다. 온몸이 떨리도록 간이 먹고 싶다고 노래하던 레이브는 이제 레이버즈의 대표작이 되었다. 언제부터인가 레이브의 동영상들을 유튜브에 올리게 되었는데, 멤버 중 하나가 생간 레이브를 글과 올린 것이 입소문을 탔다. 그리고 그때부터 거리에서 레이브를 하고 있으면 사람들의 시선을 쏠쏠하게 느끼게 된다.

"아, 저거 본 적 있어."

오늘의 레이브에서도 몇 명인가 이야기를 걸어왔다. 그런 사람들과 이야기를 나누는 것이 미호 같은 여학생들의 몫이고, 사람들이 질리지 않도록 곡을 바꾸는 것이 아오야마의 몫이다.

스피커를 실은 리어카를 끌면서 요시키는 몇 번이나 돌아보고 싶은 충동을 느꼈다. 자신이 지나온 길 위에 사람들의 이야기가 피어난다. 모두가 자신의 등을 바라보고 있다. '틀림없이 더 큰 이슈를 내걸수록 더 많은 주목을 받게 되겠지.' 요시키는 달콤한 흥분으로 떨려오는 몸을 추스른다. 자신을 향해 시선을 던지는 수많은 사람 중엔 분명 중학생 시절의 자신도 섞여 있다.

"우리 이제 슬슬 다음 테마 생각해야지?"

"사회 문제 쪽으로 방향을 잡아보나?"

"생간 얘기 또 하면 안 돼? 나 진짜 생간 먹고 싶단 말이야. 아, 그런데 지금은 '라면대장'에서 제육볶음밥 먹고 싶다아."

미호가 이야기하며 얼굴 앞에서 손을 젓는다. 밖에서 피우고 들어오긴 했지만 옷에 담배 냄새가 배어 있었나 보다.

"생간이 먹고 싶어. 생간이 먹고 싶어. 온몸이 떨려오네"라는 가사를 생각해낸 건 미호였다. 외국 유학생들과 어울렸던 축제 레이브에서 일본인들은 호소하고 싶은 말이 없냐고 누군가 물었을 때 돌발적으로 튀어나온 노래였다. 모두가 웃음을 터뜨렸다. 그때까지 사회문제에 관해 호소를 이어가던 유학생들도 역시 일본인답다며 함께 웃었다. 요시키는 그 말에 살짝 분개했지만 그런 상황에서도 경쟁하려 들지 않는 미호의 천진난만함에 감탄했다.

코타츠 속에 발을 집어넣지만 이미 네 개의 발이 가득해 좀처럼 편한 자세를 찾기 힘들다. 좌식 의자에는 집주인인 아오야마가, 그 맞은편에 미호가, 그 사이 어딘가에 요시키가 앉아 있다. 이 구도는 1년 내내 코타츠가 나와 있는 집에선 이미 암묵적으로 정해진 룰이다.

"엇, 《제국의 법칙》이다."

미호가 들여다보고 있는 만화책에 요시키가 손을 뻗는다.

"어머, 요시키. 너 저거 전부 읽었어? 마키세 진 이야기 알겠네?"

"당연하지."

"정말? 너무 좋다!"

요시키는 책장을 훌훌 넘긴다. 표지에 '59번째 전투'라고 쓰여 있다. 벌써 59권째라는 놀라움과 변함없이 지속되는 안정감이 묘하게 뒤섞인다. 《제국의 법칙》. 좋은 기억과 나쁜 기억들이 함께 되살아난다. 많은 시간을 혼자 보낼 수밖에 없었던 고교 시절의 기억. 이제는 일부러 떠올리지 않으려 애를 쓰고 있다.

"혹시 그 책 읽은 동지를 찾고 있었던 거야?"

"맞아, 맞아!"

만화책을 넘기는 동안 무수한 그림들 속에 '벽'이라는 한 글자가 눈에 띈다. 최신판에는 사람들 사이에 일어나는 분쟁을 없애기 위해 만들었다는 거대한 벽에 관한 이야기가 등장한다. '장로가 남긴 글은 역시 진실일지도 몰라.' 요시키는 혼자 생각한다.

"이 남자, 기껏 빌려줬더니 '섬 편'부터 전혀 읽지를 않는 거야. 자기가 빌려달라 해놓고는…."

미호가 "에잇, 에잇" 하며 코타츠 안에 있는 아오야마의 발을 걷어찬다. 아오야마는 전혀 괘념치 않는 듯 컴퓨터만 만지고 있다. '곡을 고르는 중에는 저 녀석에게 말 걸어봤자 소용없어.' 요시키가 이렇게 말해주려던 순간, 아오야마가 마우스를 클릭한다. 익숙한 멜로디가 흘러나온다.

"새로 나온 앨범, 들었어?"

아오야마가 컴퓨터 화면에 시선을 고정한 채 묻는다.

"아니, 아직."

"그래?"

아오야마가 곡을 바꾼다. 요시키는 습관적으로 "미안"이라고 덧붙이려다가 좀 이상할 것 같아 그만둔다.

"미호는 마키세 진을 좋아하는구나?"

요시키가 화제를 바꾼다. 그건 《제국의 법칙》 50권부터 등장하는 인물로 호불호가 갈린다. 그때부터 떨어져나간 팬들이 꽤 되는 모양이다. 이야기 속 전설의 섬에 주인공들이 상륙하게 되는

데 그곳에 전례 없던 규모의 전쟁이 일어난다는 스토리다. 그래서 독자들은 그걸 섬 편이라고 부른다. 그 섬은 아직도 수수께끼에 싸여 있어 정체를 정확히 알 수 없지만 그곳에서 일어나는 대립은 인류의 역사와 미래에 깊이 뿌리를 두고 있는 게 틀림없다.

섬 편부터는 독보적인 인기를 누리던 윈클러 사령관이라는 캐릭터 이외에 마키세 진이라는 첫 일본인 캐릭터가 등장해 인기몰이를 한다. 윈클러 사령관의 과거를 알고 있는 인물인 듯 오랜 관계에서나 가능한 의미심장한 대화가 여성 독자들의 마음을 사로잡은 것 같다.

"마키세 진, 정말 끝내주지? 사령관이랑 단둘이 있는 신이라든가, 너무 멋있어서 감당이 안 돼."

"레이버즈에 여군 대장 나셨네."

요시키가 농담을 던지자 미호는 일부러 더 크게 외친다.

"아, 마키세 진 멋져! 끝내줘!"

무심한 남자친구가 질투라도 해주길 바라는 것일까. 미호는 괜스레 배 속부터 깊은 소리를 내고 있다.

"다음 레이브 말인데."

요시키가 책상다리를 하고 앉아 손으로 바닥을 지탱한다.

"역시 지금 제일 관심 끌 수 있는 테마는 센카쿠가 아닐까?"

두 달 전쯤, 중국에서 일본의 센카쿠 열도 국유화에 반대하는 데모가 전국적으로 일어났다. 그 이후로도 센카쿠 주변에 중국 해양감시선들이 빈번하게 출몰해 대립이 격화되고 있는 중이다.

"그러니까 우리가 이쯤에서 원전이라든가 센카쿠라든가 뭐 그런 묵직한 사회문제를 테마로 삼아야 한다고 생각하거든. 인터넷 뉴스를 봐도 순 그런 이야기들뿐이잖아. 그럼 주목을 받게 될 거야. 틀림없어. 내가 방송에 나가게 되면 레이버즈의 인지도도 올라갈 거고. 지금 해야 하는 건 생간 얘기 따위가 아니라….”

“해야 하는 것?”

컴퓨터를 향해 있던 아오야마의 시선이 요시키의 두 눈으로 옮겨온다.

“하고 싶은 것이 아니고?”

돌연 침묵이 흐른다. 그 침묵 속으로 음악이 나온다. 둘이 친해진 계기가 아닌, 전혀 모르는 낯선 음악이다.

“앗, 이럴수가!”

미호가 상체를 발딱 일으킨다. 손에는 《제국의 법칙》 59권이 들려 있다.

“저기, 있잖아. ‘산과 바다의 전설’ 아는 사람?”

“응. 나 알아. 그냥 아는 정도가 아니라 잘 알아.”

요시키는 젖히고 있던 몸을 앞으로 당겨온다. 아오야마는 컴퓨터로 이미 시선을 돌리고 있다.

“어머, 너 그거 믿어? 사실은 말이야. 나도 그거 꽤 믿는 편이거든.”

“그거, 진짜 신기하지 않아? 알면 알수록 믿지 않을 수 없다고나 할까.”

요시키의 목소리가 점점 커진다.

"맞아! 그렇게밖엔 생각할 수 없는 일들이 너무 많이 일어나."

얼마 전부터 산과 바다의 전설이 인터넷상에서 화제가 되고 있다. 인류는 처음부터 '산족'과 '바다족'으로 나뉘어 있고, 지금 일어나는 모든 분쟁의 원인이 실은 그 두 부족 간의 대립에 있다는 설이다.

처음 읽었을 땐 웃음이 나올 만큼 현실감이 없어서 인터넷에 등장하는 도시 괴담 같은 이야기라고 생각했다. 하지만 자세히 알아보니 소문의 발단은 대학교수들이 공저한 《산족과 바다족의 일본사》였다. 그 책이 출판사로부터 상을 받은 계기로 이상야릇한 내용에 찬반양론까지 불거져 판매부수가 오르고 있는 모양이다. 지금은 그 설을 지지하는 역사학자들까지 등장하고 있어 언젠가 야마대국*처럼 정설이 되어 교과서에 실릴지 모른다는 뉴스를 보았다.

"들어봐, 들어봐! 그 인류를 둘로 나누는 벽 말이야. 진짜 여기 59권에 나와 있어! 소름 돋지 않아? 그런데 이거, 인터넷에선 훨씬 전부터 예견되어 있던 거지?"

"아하, 만화 좋아하는 분들은 이제서야 놀라시는군요!"

"뭐야, 지금 사람 우습게 보는 거야?"

미호가 코타츠 안에서 발을 찬다.

"저는 원문으로 읽는 사람이라서요."

"약 올릴래?"

---

* 3세기경 히미코 여왕이 통치하던 나라.

산과 바다의 전설이 화제가 된 것은 《산족과 바다족의 일본사》 때문만은 아니다. 만화 《제국의 법칙》이 실은 이 전설을 그린 이야기가 아닐까 하는 설이 삽시간에 인터넷상으로 퍼진 탓도 크다.

학술적으로 근거가 있는 자료인지, 그냥 재미로 만들어낸 소문인지는 알 수 없다. 하지만 만화에 그려진 수많은 전투가 전설을 따르고 있다는 트윗이 정말 눈 깜짝할 사이에 퍼졌다. 그 뒤를 따라 전설과 만화의 공통 장면을 비교하는 투고와 기사가 쏟아졌고, 한때 시들해졌던 《제국의 법칙》은 컬트문화에 가까운 인기를 다시 얻고 있다.

"장로가 그 벽이 등장할 거라고 예견한 게 석 달 전이던가?"

"그땐 별로 믿지 않았는데 실제로 만화에서 그러니까 좀 섬뜩하다."

산과 바다의 전설은 최근 TV에서 다루어질 정도로 화제가 되고 있다. 그래서 책을 집필한 교수 중 하나가 그 내용에 대해 설명하는 방송을 요시키도 본 적이 있다. 방송에서는 오컬트를 다루는 전문가들이 앉아 있었기 때문에 스튜디오 패널로 나온 연예인들은 하나같이 어정쩡한 웃음을 짓고 있었다. 하지만 그는 스튜디오에 설치된 어떤 조명보다도 번쩍이던 교수의 눈빛을 아직 기억하고 있다.

그 전설에서 가장 논란이 되는 것은 장로라고 불리는 인물의 존재. 나이도 성별도 알 수 없지만 예언자로 어느 시대에나 존재한다고 한다. 지금까지는 그가 미래에서 온 사람이라는 둥, 지구를 지켜보는 우주인이라는 둥, 양쪽 눈 색깔과 귀 크기가 다르다는 둥 이런 밑도 끝도 없는 추측들만 무성할 뿐이었다.

하지만 최근 스스로를 장로라고 부르는 인물이 등장했다. 처음에는 비웃음을 샀지만 그가 웹상에 뿌리는 암호 같은 말들이 점차 현실 사건들과 맞아떨어지며 전설을 지지하는 층이 두터워졌다.

요시키도 한발 물러서 경계하고 있었지만 최근 그의 태도를 바꿔버릴 만한 일이 일어났다. 전설이 대립하는 인간들을 갈라놓을 거대한 벽을 낳는다는 장로의 예언이 퍼지고 난 바로 이틀 뒤. 만화 《제국의 법칙》 최신판에 '벽' 이야기가 등장한 것이다. 요시키는 벽에 대한 묘사 부분을 읽는 동안 심장이 쿵쾅거리는 것을 느꼈다. 마치 바깥세상을 향해 노크를 하는 소리 같다.

소용돌이에 휘말려 외딴 섬에 도착한 주인공들. 새로운 등장인물인 마키세 진이 말한다.

"지금 우리들이 있는 섬은 원래 섬이 아니었을지도 모른다. 오래전 대립하는 인간들을 갈라놓기 위해 제국이 건설하고자 했던 거대한 벽이 떠 있는 것일 수도 있다."

"요시키는 그 만화랑 전설이 같은 이야기를 한다고 믿는 부류야?"

아이라인에 둘러싸인 미호의 눈이 형형한 빛을 뿜는다. 미호가 이런 유의 이야기를 좋아하는 줄은 몰랐다. 요시키는 코타츠의 테이블 위에 몸을 기대고 자세를 고쳐 앉는다.

"터무니없는 말은 아니라고 생각해."

"그렇지? 그래도 만약에 맞다면 좀 무섭지 않아? 너무 어마어마해지잖아, 얘기가…."

"아니, 그렇다기보다는 이야기가 더 웅장해지는 거지."

요시키는 말이 빨라지는 것을 느끼면서도 멈출 수 없다. 문득 자신의 손등을 본다. '괜찮아. 침 튀기지 않았어.'

"그게 무슨 뜻이야?"

"처음부터 《제국의 법칙》이 우리를 세뇌하기 위해 만들어진 것일지도 모른다는 뜻이야. 만화를 통해서 우리 세대에게 '산과 바다의 전설', '인간들의 대립' 같은 개념들을 박아 넣으려는 거지. 그, 그러면 나라가 헌법을 바꾸거나 전쟁을 하기가 쉬워지니까."

"역시! 음모설 같은 거구나?"

《제국의 법칙》이 음모라는 설은 만화가 전설과 연관되어 있다는 사실이 검증될 무렵부터 쏟아져 나왔다. 애초에 이렇게까지 띄워주고 인기를 누린다는 것 자체가 수상쩍다는 지적이 SNS상에 속속 등장했던 것이다.

"세뇌라는 둥, 음모라는 둥."

요시키는 침을 꿀꺽 삼킨다.

"음, 잘은 모르겠지만 말이야…."

미호가 허공을 멍하니 바라본다.

"《제국의 법칙》을 읽고 나서부턴 왠지 정치나 전쟁 뉴스에 좀 더 관심이 많아진 건 확실해."

요시키가 고개를 끄덕인다. 분명 그 만화를 읽기 전과 후로 세계 각지의 대립이나 분쟁들을 바라보는 시각이 달라졌다. 오래전부터 존재했다는 산족과 바다족. 실이 한 오라기씩 짜여 천을 만들듯이 그 후손들이 점점 퍼뜨려나가는 역사.

"말도 안 되는 소리! 그런 바보 같은 일이 있을 리 없잖아."

아오야마가 컴퓨터를 닫는다.

"내일은 아르바이트하러 일찍 가야 되니까 너희들 못 재워줘."

"에이." 미호가 불만스럽게 몸을 흔든다. 요시키는 역 근처에 살고 있기 때문에 걸어갈 수 있지만 미호는 부모님 집까지 가려면 한참을 돌아가야 한다. 시계를 보니 슬슬 나가야 할 시간이다.

"오늘은 좀 푹 자고 싶으니까 돌아가."

"네네, 알겠습니다."

아오야마의 말에 마지못한 미호가 밑창에 붙은 껌처럼 일어선다.

"우릴 바보 취급하는 너야말로 벌써 세뇌당한 건지도 모르겠다. 아 참, 바보라는 말이 나온 김에 하는 소린데 말이야…."

코트 소매에 팔을 끼우면서 미호가 즐겁게 조잘대기 시작한다.

"얼마 전 학교에서 레이브를 하려다 혜적기숙사 애들한테 방해받았던 적 있잖아? 오늘 말이야. 그 기숙사 1학년 애가 빨간 훈도시* 차림으로 메인 스트리트에 간판을 들고 서 있었어. 혜적기숙사를 위해 서명을 부탁드린다고 외치는데 새파랗게 질려 있는 모습을 보니 마냥 웃을 수만은 없더라고."

"그랬구나."

---

* 일본의 성인 남성이 면으로 된 헝겊을 접어 입던 전통 속옷.

요시키는 맞장구를 치며 다운 재킷을 입는다.

혜적기숙사는 홋카이도대학 캠퍼스 북단에 위치한 100년 이상의 역사를 지닌 학생 기숙사다. 기숙사비가 월 1만 엔 정도로 저렴하고 지방에서 진학한 학생들만 입소 가능한 곳이다. 총 500명 정도가 이 기숙사에서 생활하고 있는데 '100년이 넘는 일본 최북단의 자치 기숙사'라는 낭만적인 별칭 덕분인지 전국적으로 유명하다. 언론에서는 제멋대로 사는 학생들의 낙원으로 보도되는 경우가 많다. 하지만 기숙사 안을 들여다보면 상하 관계가 엄격할 뿐 아니라 봉건적이고 특이한 규칙들이 많다. 좋게 말하면 치외법권이 적용되는 장소이고, 나쁘게 말하면 붕 떠서 겉도는 공간이다.

"학생 자치를 유지하고 싶은 마음은 알겠는데, 그 방식이 좀 잘못된 것 같다고나 할까."

"생간이 먹고 싶다고 온몸이 떨리는 건 잘된 방식일까?"

아오야마가 그렇게 말하고 다시 베란다로 나가버린다.

"재수 없어."

미호는 그다지 크게 신경 쓰지 않는 듯 돌아갈 채비를 한다. 닫힌 유리문 너머로 아오야마의 등이 보인다.

혜적기숙사는 지금 가장 큰 특징이었던 자치 존속의 기로에 서 있다. 대학 측에서 고용한 청소부들조차 혜적기숙사에 손을 대지 않고 있기 때문에 그 주위만 쓰레기로 뒤덮인다던지 하는 문제가 끊임없이 불거졌던 것이다. 대학 측도 적지 않은 학생들이 독특한 기숙사 규칙을 견디지 못하고 퇴실을 선택하자 슬슬 관리해야 한다는 목소리를 높여가게 되었다.

그때부터 기숙사생들이 교내에서 학생자치운동을 하기 시작했다. 요시키도 그 현장을 몇 번인가 목격한 적이 있다. 한편으로 기숙사생들은 좋든 싫든 늘 주목을 받기 때문에 노골적으로 언짢은 표정을 짓는 학생들도 늘어나고 있었다.

“뭐, 난 레이브할 장소만 안 뺏기면 되는데 말이야.”

미호가 베란다를 향해 묻는다.

“만화책 갖고 가도 돼?”

아오야마가 등을 돌린 채 오른손을 든다. 유리문 너머로 보이는 아오야마의 등. 그 등 너머로 퍼져나가는 하얀 연기. 그 연기가 퍼져나가는 것을 보면서 요시키는 미묘한 느낌에 사로잡힌다. 실은 자신이 생간을 먹어본 적이 없다는 사실, 그리고 먹어볼 마음도 전혀 없다는 사실. 그러면서도 부활시키라고 외치고 있다는 사실과 지금껏 내걸었던 주제들이 모두 그런 방식이었다는 사실. 누구에게도 말하지 않았던 비밀이 홋카이도의 대지 구석구석으로 퍼져나가는 느낌이다.

“요시키, 가자.”

“어, 응. 아오야마한테 인사 안 해도 돼?”

미호가 가방을 들고 현관 쪽으로 가자, 요시키가 베란다 쪽을 가리키며 묻는다.

“괜찮아, 신경 쓰지 마. 쟤, 요새 항상 저러는걸.”

현관 앞에 쪼그려 앉은 미호가 신발 끈을 묶으며 말한다. 가슴께로 하얀 브래지어가 보인다. 요시키는 몇 초간 그곳을 확실히 바라본 뒤, 여자 가슴에는 무관심한 원래의 자신으로 되돌아온다.

"신세 지고 갑니다."

일단 현관에서 인사치레를 한다.

"으응."

아오야마의 모습은 없고 목소리만 돌아온다. 하지만 이미 방 안으로 들어와 있는 것 같다.

"그러고 보니 요즘, 징파부활운동도 한창이지 않아?"

징파. 미호의 입에서 나온 말이 요시키의 기억을 자극한다.

"그쪽 운동은 나도 찬성이야. 나, 한 번도 학교에서 징파 해본 적 없거든. 그래서 해보고 싶기도 하고. 라면대장에 전단지 놓여 있는 거 봤어. 그 운동, 막 퍼지고 있는 것 같더라."

아파트를 나서자 미호가 마스크를 쓰고 뛰듯이 걷는다. '지금이 여름이었다면 저 큰 가슴이 흔들리는 걸 볼 수 있었을 텐데.' 요시키는 남몰래 생각한다.

"아아, 징파."

TV 방송국 회의실에서 보았던 문구가 떠오른다.

"그 징파부활운동의 리더, 내가 아는 사람이야."

"어머, 그래? 역시 레이버즈 리더는 뭔가 다르구나."

앞서 걷던 미호가 뒤를 돌아본다. 온몸을 꽁꽁 가린 두꺼운 코트를 보고 있자니 아까 눈에 들어왔던 브래지어 색깔이 선명하게 떠오른다.

"응. 레이브에서 징파부활운동 다루는 것도 좋을 것 같은데?

센카쿠 문제를 다루기 전에 가벼운 애피타이저로 말이야."

요시키는 그렇게 말하면서 생각한다. 모레 녹화 때 무슨 일이 있어도 호리키타 유스케와 친해져야겠다고.

녹화는 요시키의 유창한 언변 덕분에 매끄럽게 진행되었다. 그런데 신기하게도 다른 토론 멤버들과 달리 요시키와 유스케는 의견이 갈리는 일이 없었다. 오히려 둘의 의견이 딱 맞아떨어지는 경우가 많았다. 게다가 둘이 똑같은 용어를 쓰는 일도 몇 번 있었고, 격해지면 말소리가 빨라지는 것까지 닮아 있었다. 그래서 녹화가 끝날 무렵엔 멤버들로부터 둘이 원래 친구였냐는 말을 들을 정도였다. 그리고 지금, 정말 원래부터 친구였던 것처럼 함께 방송을 보고 있다.

"다들 이거 보고 있나 봐. 라인 메시지 들어왔어."

녹화가 끝난 후에는 묘한 일체감이 생겨나 유스케를 중심으로 라인 그룹이 만들어졌다. 그룹의 이름은 '신생 혁명가들'.

"무엇보다 우리 시대의 젊은이들은 세상에서 일어나는 일들을 자신에게 일어나는 일로 여기지 않으면 안된다고 생각합니다. 그렇게 하지 않으면 지금 내가 움직여야 한다는 마음이 들지 않기 때문이죠. 저는 지금 징파부활운동을 하고 있는데 주위의 많은 분이 참여해주고 계세요. 홋카이도대 학생들에게 징파가 얼마나 소중한지 알기 때문에 자신의 일처럼 동참하고 있는 것입니다."

열변을 토하는 유스케의 얼굴이 클로즈업된다. 화면 하단에는 유스케의 이름과 리더라는 설명이 자막으로 흘러간다. 징파부활운동은 독자적인 학교 문화로 뿌리내리고 있었으나 1년 전 학내 화기 사용이 금지되면서부터 할 수 없게 되었다.

"어쨌거나 우선은 자신과 관계있는 일이라고 생각하는 게 중요해요. '언제'가 아니라 '지금' 움직이는 거죠. 조금 억지스럽더라도 그 문제를 가까이 끌어안고 생각하지 않으면 행동으로 이어지지 않으니까요."

유스케의 말을 화면 속의 요시키가 이어받는다.

"그 말엔 저도 찬성이에요. 우리도 원전이라든가 센카쿠라든가 좀 멀게 느껴지는 주제로 레이브를 하면 그다지 반응이 시원치 않거든요. 하지만 생간이나 취업 같은 친근한 주제를 다루면 가볍게 말을 걸어오는 사람들도 많아요. 그런 느낌을 좀 더 굵직한 주제에서 불러일으킬 수 있다면 좋겠다고 생각해요. 예를 들면…."

요시키는 화면 속에서 점점 말이 빨라진다. 그 속도를 혀가 따라잡지 못해 군데군데 뭉개지는 발음이 들린다. 이상한 일이다. 기억 속의 자신은 전교 투표에서 1등을 했던 그때처럼 유창하게 말을 하고 있었는데….

겨드랑이에서 땀이 흥건히 배어난다. 그리고 악에 받친 목소리들이 되살아난다.

'침 튀기기 괴물! 오늘도 엄청 튀기던데? 제발 그것 좀 어떻게 해봐.'

"엇, 해시태그도 있네? 생방송도 아닌데…."

유스케가 TV 화면 아래쪽을 가리킨다. 거기엔 프로그램의 해시

태그가 표시되어 있다. 그 말에 요시키는 현실로 되돌아온다.

"시청자 의견을 모집한다고 해도 우리가 거기 반응할 순 없는 거잖아."

간신히 웃으며 대답한다.

"시청자들의 반응을 수치화할 수 있는 무언가가 필요했던 거겠지. 매스컴이란 게 말이야. 시청률이라는 근거 없는 수치에 묶여 있는 신세잖아. 정말 딱한 노릇이지. '3천 세대에 기계를 설치했다고 말은 하지만 그것도 다 작위적으로 뽑아낸 거잖아? 매스컴은 매스컴이야. 썩었다구. 그것 좀 줘봐."

유스케는 요시키가 보고 있던 노트북을 돌려 같이 볼 수 있는 방향으로 옮긴다. 그리고 검색창에 실시간 검색이라고 입력한 뒤 엔터키를 힘주어 친다.

"해시태그로 뭐라고들 하는지 한번 보자."

"에이, 그런 건 안 보는 게 좋을 것 같은데."

요시키는 자신이 말려도 검색할 녀석이라는 것을 알고 있다. 직접 대면하는 일은 겨우 두 번째이지만 유스케에게는 그런 인상을 심어주는 무언가가 있다.

청춘의 최북단: "다들 말이 왜 이렇게 빠른 거야? 특히 남자들, 혹시 동정 아냐?"

청춘의 최북단: "새벽에 TV 켰더니 뭔가 재미있는 걸 하네. 패널이 다 풋내기들뿐이라 유치한 소리만 하고 있어. 뭐, 그래도 시시한 버라이어티쇼보다는 봐줄 만하네."

청춘의 최북단: "이거 생방송 아니잖아? 생방인 줄 알고 열심히 댓글 달았더니, 젠장."

청춘의 최북단: "재 예쁜데?"

요시키의 눈길이 TV로 향한다. 거기엔 하타노 메구미가 나오고 있다. 어깨까지 기른 윤기 나는 머리카락이 차콜그레이색 니트에 살짝 닿는다. 넉넉하게 파인 브이넥 덕분에 손가락으로 집어 올린 듯한 선명한 쇄골이 도드라진다. 침착하게 이야기하는 메구미의 모습 아래로 "NPO단체 제로웜리스 대표"라는 자막이 흐른다.

"제가 이해할 수 없는 것은 눈앞에 문제가 보이는데도 태연하게 살아가고 있는 동시대 젊은이들이 많다는 사실입니다. 어려움에 처한 사람들이 있는데 그들을 돕지 않아요. 모두가 자신들만을 위해 살아가고 있어요. 저는 지금 노숙자분들의 지원 활동을 돕고 있습니다만, 곧 겨울이 오기 때문에 점점 더 바빠지고 있습니다."

메구미는 오른쪽 머리카락을 귀 뒤로 넘기고 있다. 흘러내린 머리카락을 넘길 때면 니트가 조금 늘어나 가슴 크기가 강조된다.

"왜냐면요. 우리가 움직이지 않으면 동사하는 사람들이 있기 때문이에요. 홋카이도에는 노숙자 문제 말고도 여러 가지 문제들이 있어요. 살다 보면 그런 문제들이 눈에 띌 수밖에 없는데 어떠한 행동도 하지 않은 채 자신만을 위해 살아간다는 건 저로서는 상상할 수도 없는 일입니다. 스스로 움직임을 만들어내지 않으면 아무것도 변하지 않아요."

메구미의 부드러운 목소리를 유스케의 흥분에 찬 목소리가 덮는다.

"제 말이 바로 그것입니다! 징파부활운동도 바로 그런 의미에요."

주위 출연자들이 유스케를 진정시킨다.

"너, 좀 오바하는 것 같다."

청춘의 최북단: "NPO녀, 미모 레벨이 너무 달라서 다른 여자 출연자들이 불쌍해."

청춘의 최북단: "징파부활운동이랑 노숙자 구제는 차원이 다른데…. ㅎㅎ"

청춘의 최북단: "나는 못 속여. 저 여자, 청순 요부야. 수수해 보이지만 실제로는 색마."

화면엔 열변을 토하고 있는 유스케의 모습이 클로즈업된다.

"그런데 나…."

메구미에게 넋이 빠진 순간을 들키지 않도록 요시키가 서둘러 입을 연다.

"사실 징파 한 번도 해본 적 없어. 기껏 홋카이도대학에 들어와서 말이야. 서클 활동도 제대로 해본 적 없고 왠지 타이밍을 놓쳐버려서…. 유스케는 징파 몇 번이나 해봤어?"

"응?"

요시키의 말을 듣지 못했는지 유스케는 츄하이를 한 모금 마신다. 취기가 도는지 얼굴이 벌겋다.

"징파부활운동에서 리더를 할 정도면 엄청 했겠다 싶어서…."

"아, 저기. 화장실이 어디야?"

유스케는 요시키가 대답도 하기 전에 일어선다.

"저기 오른쪽으로 꺾으면 바로 있는 문…."

요시키의 설명을 뒤로 한 채 화장실 안으로 들어가버린다. 쾅 하고 문을 닫는 소리에 마치 뺨을 얻어맞은 느낌이다. '저 녀석, 혹시… 징파 해본 적이 없는 게 아닐까?'

요시키는 문득 커튼이 젖혀진 창문을 바라본다. 베란다에 있을 리 없는 아오야마의 등이 보이는 것 같다. 후드를 뒤집어쓴 아오야마의 등. 그 너머로 퍼져나가던 담배 연기. 희미하고 하얀 어떤 것. 이 거리 구석구석으로 퍼지던 무언가가 다시 눈앞에 보이는 듯하다.

화면 속에선 유스케가 또다시 열변을 토하고 있다.

"우리를 두고 욕망이 없는 세대라고들 하지만, 실제 우리들은 경쟁할 기회를 빼앗긴 세대일 뿐입니다. 초등학교 때부터 운동회 위험 종목들을 빼버리더니, 중학교에 올라가니 성적 등수 게시판도 없애버리고. 대립할 수 있는 기회를 싹 빼앗겨버렸으니 분발할 엄두가 안 나는 게 당연한 것 아닙니까? 대학생이 돼서도 그저 고분고분 '네' 하는 녀석들뿐이니…. 어쩌면 저는 그게 싫어서 이 활동을 하고 있는지도 모릅니다."

부릅뜬 눈, 튀어나오는 침, 혈색 좋은 피부, 커다란 귀.

왜 자꾸 어디선가 본 듯한 느낌이 드는 걸까? 요시키는 처음 유스케를 봤을 때도 이런 생각을 했다. 방송국 현관에서 몇 초 봤을 뿐인데도 전혀 어색하지가 않았다. 그때나 지금이나 언제, 어디에서 봤는지는 생각나지 않지만.

"뭐야, 이거?"

어느새 화장실에서 돌아왔는지 유스케가 눈앞에 있던 마우스를 쥐고 있다. 그러고는 새로운 탭을 열고 북마크란에 늘어선 사이트 하나를 클릭한다.

"산과 바다 속보?"

유스케는 웹페이지에 적힌 문자를 그대로 따라 읽는다. 언뜻 점들이 찍힌 것 같지만 자세히 보면 소용돌이 모양의 조개가 늘어서 있는 것을 알 수 있다. 그 이상야릇한 디자인에 요시키는 이미 익숙해져 있다.

"산과 바다의 전설 몰라? 조사원들이 합동으로 운영하는 사이트라고 하는데, 비공식 계정이라는 생각이 안 들 정도로 꽤 괜찮은 곳이야."

요시키는 화면 스크롤을 훑어가는 손놀림에 맞추어 설명한다. 눈앞에 흘러가는 단어들이 요시키의 뇌를 한 단계씩 흥분시킨다. 새로운 정보가 올라왔는지 수시로 체크하는 웹사이트인데도 볼 때마다 피가 끓어오른다.

산과 바다의 전설, 그리고 《제국의 법칙》. 두 관계성에 대해 미호와 이야기한 지도 벌써 한 달이 지났다. 그 때문에 전설에 대한 요시키의 관심은 날로 커져가고 있다. 모든 세계 분쟁의 바탕이 되는 전설을 만화 형식을 빌려 주입시키려는 정부의 계략, 그리고 그 음모에 말려들지 않으려 숨겨진 진짜 수수께끼를 풀려는 독자. 요시키의 머릿속에는 언제부턴가 그런 대립 관계가 맞춰져 있다.

"이 사이트, 비공식이긴 하지만 진짜 제대로야. 이것 외에도 대학교수나 역사학자들이 연구 기관을 세웠다는 소문도 있지만 말이야. 아마도 그런 게 인정받으면 여러 가지로 곤란해지니까 숨기고 있는 거라고 봐. 환상이라든가 프리메이슨 같은, 뭐 그런 거지."

요시키는 왼쪽 손등에 튄 침을 닦아낸다. 유스케는 천천히 화면 스크롤을 내리고 있다.

"그건, 말하자면…."

화면이 멎는다.

"정부가 인류에 관한 중대한 연구를 극비리에 진행하고 있다는 소리지?"

유스케의 귀가 원래 이렇게 생겼었나? 요시키는 유스케의 옆모습을 보며 문득 이런 생각을 한다.

"응. 바로 그거야. 국가와 매스컴이 진실을 감추는 거지. 그렇기 때문에 진실은 스스로 가려내야 하는 거야."

"진실은 스스로 가려내야 하는 것."

유스케가 작은 목소리로 중얼거린다.

"내가 좋아하는 만화에도 그런 대사가 나와."

요시키는 바랄 나위 없는 유스케의 타이밍에 입이 떡 벌어진다.

"그거, 《제국의 법칙》이지?"

이 말에 유스케의 얼굴이 밝아진다.

"역시, 유스케도 읽고 있었구나."

요시키는 자연스럽게 몸을 숙여 바짝 다가간다.

"그렇다면 더 재미있는 이야기가 있어."

요시키는 자신이 발견한 것인 양, 산과 바다 전설과 《제국의 법칙》의 연관성에 관해 이야기한다. 만화에 나오는 수많은 대립 장면이 전설의 세부 사항과 맞아떨어진다는 점, 그리고 섬 편에 등장하는 벽이라는 키워드가 전설에도 똑같이 등장한다는 점.

"그런 식으로 말이야. 현실 세계와 전설 간에 연결 고리가 발견되면서 한창 달아오르고 있거든."

요시키가 사이트 내 검색창에 '기센지마(귀선섬)'라고 입력한다. 그러자 산과 바다 전설의 발상지로 유력한 세토우치 지방과 관련된 기사들이 나온다.

"산족과 바다족이 맨 처음 생겨난 장소라는 설이 유력해. 전설에 관한 책에는…."

요시키가 일어나 책상 위에 놓여 있던 책 한 권을 집어 든다.

"기센지마가 세토우치 지방에 있는 것 같다는 말이 쓰여 있기도 하고."

지난주부터 읽기 시작한 《산족과 바다족의 일본사》는 지금 곳곳의 서점에서 눈에 띄는 곳에 진열되어 있다. 요시키는 제2장 '산과 바다 전설의 발상지'를 펼치고 설명을 이어간다.

"자, 여길 봐. 발상지로 유력하긴 하지만 그 기센지마라는 섬

자체가 말이야. 사마대국처럼 어느 시대, 어느 곳에 있었는지조차 잘 모른다는 거야. 그래도 그 섬이 산족과 바다족이 생겨난 곳이라는 생각에 전혀 무리는 없다고 해. 거기다 그 섬에선 아직도 대립이 계속되고 있어서 그 싸움이 모든 분쟁을 일으키는 원천이 아닐까 생각들을 하고 있어."

요시키는 문득 자신이 숨 쉬는 법을 잊어버리고 있다는 사실을 깨닫는다. 아무리 우스꽝스럽고 현실성 없는 이야기라도 유스케가 듣고 있으면 그 허무맹랑함이 희미해지는 느낌이 든다.

둘은 컴퓨터 화면 불빛에 비추어 책의 글자를 탐독하기 시작한다. 언제부턴가 TV 소리 따위는 전혀 들리지 않는다.

"마키세 진."

문득 유스케가 중얼거린다.

"응?"

요시키는 유스케의 옆얼굴을 본다.

"마키세 진 말이야. 《제국의 법칙》 섬 편에 등장하는 새로운 인물. 그 이름의 글자 순서를 바꾸면 기센지마가 돼."

유스케가 한 번도 눈을 깜박이지 않은 채 말한다.

"뭐?"

요시키는 머릿속에서 다섯 개의 히라가나를 늘어놓는다.

'마. 키. 세. 지. 인', 그리고 '기. 세. 인. 지. 마.'

마키세진, 기센지마!

"정말 그렇네!"

요시키는 황급히 검색창에 마키세 진이라고 입력한다. 매일 사이트를 체크하고 있지만 이름이 일치한다는 건 아직 아무도 언급하지 않았다. 어쩌면 이것은 전설과 만화의 관련성을 증명하는 새로운 발견일지 모른다.

"굉장해. 너 진짜 굉장하다, 유스케. 이건 최초일지도 몰라."

검색 결과가 나타난다. 새로운 기사가 한 건 있다. 작성자는 장로.

"장로…."

유스케가 조그맣게 웅얼거린다. 기사를 펼쳐보니 이렇게 쓰여 있다.

마키세 진, 기센지마. 언제나처럼 짧은 한 문장으로 정보를 전달하는 장로다운 방식이다. 요시키는 기사가 올라온 시각을 확인한다.

"저녁 7시 42분."

불과 1시간 조금 전이다.

"장로와 1시간 차이? 유스케 너, 진짜 대단하다! 아니, 나 지금 너무 흥분했어. 장로도 모르는 정보를 우리가 손에 쥔 게 아닐까 하고. 진짜야!"

"그게 그렇게 대단한 거였어?"

유스케의 콧구멍이 크게 벌렁거린다.

"당연히 대단한 일이지! 예언자와 1시간 차이라니."

"그럼, 마지막으로 한마디씩 해주시죠. 하타노 씨부터 시계 방향으로 부탁드립니다."

TV에서 들려오는 '하타노'라는 소리에 요시키의 마음이 끌린다.

"어라, 벌써 방송 끝난 거야?"

요시키가 웃으며 말한다.

화면 속의 하타노 메구미는 듣기 좋은 목소리와 말투로 이야기를 하기 시작한다.

"다양한 분야에서 활동하는 동 세대 젊은이들이 많다는 건 알고 있었지만, 이렇게 직접 만나고 이야기할 수 있는 기회는 없었어요. 그래서 오늘 참 즐거웠습니다. 다음에 또 여러분들과 많은 이야기를 나눌 수 있길 바라요. 이런 기회를 만들어주셔서 정말 감사드립니다."

하타노 메구미가 말을 마치며 오른쪽 귀 뒤로 머리카락을 넘긴다. 미호를 비롯한 다른 여자친구들에 비해 조금 낮은 듯 차분한 목소리. 하지만 그 누구의 목소리보다 몸속 깊이 빠르게 스며든다.

"내 소꿉친구가 하나 있는데 말이야. 지금 굉장히 느낌 있는 가게에서 아르바이트를 하고 있거든."

갑자기 유스케가 다른 이야기를 시작한다.

"그 녀석, 나한테 연락해서 한 달에 한 번은 꼭 만나자고 어찌나 졸라대는지. 애도 아니고 말이야…. 그것 땜에 애를 좀 먹고 있어. 이번 달엔 아직 안 만났으니까 요시키도 한번 가보지 않을래?"

말귀를 못 알아듣는 요시키는 어떻게 맞장구를 쳐야 할지 헤맨다.

"그리고 뒤풀이도 예약해버릴까 해. 그 녀석이 일하는 가게라면 언제든 우리에게 별실을 내줄 거야."

뒤풀이. 유스케가 말하던 순간 TV 화면 앵글이 넓어진다. 녹화에 참여한 8명의 젊은이들이 한 화면 속에 모두 담긴다.

"녹화 끝나고 다들 말했잖아. 다음에 뒤풀이 겸 한잔하러 가자고. 소꿉친구 만나러 가는 김에 가게 매상도 올려줄까 해서 하는 소리야. 마침 라인 그룹도 만들었고 지금부터 다들 바빠질 테니."

유스케는 요시키가 듣든 말든 그 멤버들로 뒤풀이해야 하는 이유를 나열한다. TV 화면에는 다시 메구미가 클로즈업되어 있다.

"지금 징파부활운동 중이니까 그 녀석한테 서명도 받고…."

"안 그래?"

동의를 구하는 유스케를 무시라도 하듯 방송은 거기서 끝이 난다.

그는 약속보다 2분 정도 늦게 나타났다. 유스케는 그가 자리에 앉기가 무섭게 징파부활운동 전단지를 테이블 위에 미끄러뜨린다.

"내가 요새 이 일로 진짜 바쁜데 말이야. 만나자고 징징대는 거 좀 어지간히 해라."

"미안, 미안. 그래도 이렇게 만나니까 좋잖아."

거들먹거리는 유스케를 대하는 그의 태도는 따뜻하고 부드럽다. 요시키는 만나자고 끈덕지게 조른다는 녀석의 이미지가 너무도 달라 당황스러울 지경이다. 지금까지는 어릴 때 짓궂은 짓을 함께했던 불량한 친구나 세상일에 쉽게 열을 내는 그런 사람을 상상하고 있었다.

그런데 지금 나타난 인물은 그와 정반대의 모습을 하고 있다. 성실하고 침착한 분위기를 걸치고 있다.

"이 녀석이 전에 얘기했던 도모야. 그냥 어릴 때 놀던 애야. 여긴 최근에 친해진 친구 요시키. 레이버즈라고 하는 학생 단체 대표야."

"전에 유스케랑 함께 TV에 나왔죠? 처음 뵙겠습니다."

도모야는 요시키의 눈을 똑바로 보며 인사한다.

"아, 처음 뵙겠습니다."

유스케와 도모야는 재수를 하지 않았으니 요시키보다 한 살 아래일 터. 하지만 도모야에게는 왠지 연상 같은 아우라가 있다.

예상대로 도모야의 가게를 예약하겠다는 이야기는 눈 깜짝할 사이에 끝이 났다.

"모두가 비는 때는 그날밖에 없으니까 어떻게든 별실 빌려달라고 해봐. 다른 애들이 벌이는 별 볼일 없는 술자리보다 우리 모임이 훨씬 중요하니까 말이야."

오래된 친구 앞이라서일까. 유스케는 평소보다 편안하게 말을 하고, 도모야는 그런 유스케를 따뜻하게 바라본다.

'신기한 사람이다.' 요시키는 생각한다. 솔직히 왜 그가 유스케와 소꿉친구가 되었는지 알 수 없다. 하지만 흔히 말하는 퀴퀴한 인연이라는 게 어쩌면 그런 건지도 모른다는 생각이 든다. 어릴 때 놀던 소꿉친구라는 개념이 말이다. 고향 친구가 없는 자신은 알 수 없는 무언가가 있을지도 모른다.

"그 뒤풀이, 어떤 사람들이 오는 거야? 요시키 씨도 오는 건가?"

"어, 그 멤버는…."

요시키가 도모야의 질문에 답하려는 순간 유스케가 끼어든다.

"전에 TV에 함께 나왔던 멤버들이 모이는 거야. 제1기 혁명가들의 술판이지. 굉장한 일들을 하는 녀석들만 모이는 자리야. 열정들이 대단해서 얘기하다 보면 함께 자극이 된다니까!"

혁명가들의 술판. 유스케는 언제부턴가 방송에 나왔던 멤버들이 모이는 자리를 그렇게 부르고 있다.

요시키는 그 말을 마음속으로 되뇌어본다. 유스케가 말하는 혁명가의 일원이 된 느낌에 가슴 한복판이 달아오른다. 그건 레이브를 하고 있을 때 느끼는 감정과 비슷하다. 레이브의 테마가 자극적이면 자극적일수록 확성기를 통해 울려 퍼지는 목소리는 커진다. 리어카를 끄는 발에 힘이 실리고 보폭이 커져간다. 빨리 그 느낌을 다시 맛보고 싶다. 커다란 창문으로 비치는 저녁 햇살이 요시키 안에 잠들어 있는 욕망을 비추고 있다.

최근 레이버즈는 활동이 뜸하다. 다음번 테마를 놓고 요시키와 아오야마가 의견 일치를 보지 못하고 있기 때문이다.

"이쪽 식당, 진짜 오랜만에 와본다. 1학년생들로 꽉 찬 이 느낌, 왠지 옛날 생각이 나네."

도모야가 주위를 둘러본다. 이미 3시 무렵이라 점심을 먹는 학생들은 거의 없지만 10대의 끝자락을 즐기려는 학생들로 우글우글하다.

"무슨 과예요?"

요시키가 도모야에게 묻는다. 홋카이도대학 1학년생은 문과 이과만 나뉘었을 뿐 아직 과는 정해지지 않는다. 2학년으로 올라갈 때 비로소 넓은 캠퍼스 안에 각자의 생활권이 생기는 것이다. 그리고 지금 만나고 있는 북부 식당은 위치적으로 1학년들의 구역에 속한다.

“저는 공학과예요. 생체정보코스.”

“암만 들어도 뭐 하는 덴지 잘 모르겠어.”

유스케가 요시키를 향해 얼굴을 찡그린다. 현재 요시키는 경제학과이다. 그리고 유스케는 문학과로 진학해 있다.

“이과는 밤낮으로 연구, 연구…. 바빠서 다른 일 할 틈이 전혀 없잖아. 나는 넓은 세상에서 많은 일을 하고 싶으니까 지금 내 과가 딱이야.”

유스케는 만족스러운 듯 의자 등받이에 체중을 실어 다리를 꼰다.

“맞아. 유스케는 TV도 출연하고 활동적이지. 이 전단지도 여러 군데서 봤어.”

도모야가 조금 전 유스케가 들이댄 전단지에 눈길을 준다.

“홋카이도대 학생들에게서 징파를 빼앗지 말라!”

거친 손 글씨가 전단지를 가로질러 달리고 있다. 이 전단지는 징파에 관심 없는 사람들 눈에도 곧잘 띈다. 각 식당 안의 게시판, 대학 근처 라면집의 벽, 유스케의 SNS 등등. 그 방송이 나가고부터 유스케는 동료들이 불어나기 시작해 전에 없이 바빠지고 있었다.

요시키는 그 모습을 눈부시게 바라보다 문득 자신에게로 시선을 돌린다. 징파부활운동은 저렇게 활발한데 레이버즈는 생각만큼 활동하지 못하고 있다. 그 점이 너무나 답답하다.

"나, 지금 서명 1,000명분 모으는 중이거든."

유스케가 발밑에 두었던 가방에서 펜과 노트를 꺼낸다. 표지에는 징파 서명용이라는 글자가 너저분하게 쓰여 있다.

"대학 측이 우릴 전혀 상대해주지 않으니 말이야. 행동으로 우리 실력을 보여주는 수밖에. 도모야도 일단 여기 날짜랑 이름…."

쿵. 유스케의 몸이 흔들린다. 생각할 틈도 없이 거의 다음 순간에 테이블 위의 종이컵이 떨어진다. 옅은 커피가 마룻바닥 위로 현란하게 쏟아진다.

"혜적기숙사의 존속을 위해 서명 좀 부탁드립니다!"

남학생들이 식당 안을 행진하고 있다. 유스케와 부딪힌 것은 행렬 맨 뒤에서 플래카드를 들고 있는 사람이었다. 분명 1학년일 것이다. 플래카드를 든 팔이 부들거려 부딪혔다는 사실조차 알아차리지 못하는 것 같다. 선배들을 따라가느라 죽을힘을 다하고 있는 나머지 종이컵을 밟았는데도 어찌하지 못한 채 걸어간다.

"뭐야, 저 녀석들 진짜!"

짜증을 숨기지 않는 유스케와 달리 도모야는 눈을 동그랗게 뜨고 말할 뿐이다.

"…놀래라."

그는 지금까지 기숙사생들을 접할 기회가 별로 없었을지 모른다. 하지만 그 선량한 반응을 보고 있으려니 요시키의 머릿속에 되살아나는 목소리가 있다.

'제가 이해할 수 없는 것은 눈앞에 문제가 보이는데도 태연하게 살아가고 있는 동시대 젊은이들이 많다는 사실입니다. 어려움에 처한 사람들이 있는데 그들을 돕지 않아요. 모두가 자신들만을 위해 살아가고 있어요.' 메구미의 목소리다.

"도모야 씨, 대학 측과 혜적기숙사가 싸우는 거 알고 있어요?"

컵이 사라진 테이블 위에 요시키가 내뱉은 질문이 놓인다.

"싸움이요?"

도모야가 요시키에게 되묻는다.

"네. 싸우고 있어요. 기숙사생들이 벌이는 운동 한 번도 본 적 없어요?"

"봤을 수도 있겠네요. 그런데 별로 주의 깊게 본 적은 없어서…."

그렇게 말하는 도모야의 등 뒤에서 기숙사생들이 만만해 보이는 여학생 무리에게 서명을 부탁하고 있다.

'이게 바로 유스케랑 다른 점이구나.' 요시키는 퍼뜩 깨닫는다. 도모야는 끌어들이지 않는다. 그는 자신과 자신의 주변에서 일어나고 있는 일들 사이에 자연스럽게 선을 긋고 있다.

혜적기숙사생을 바라보는 시선도, 전단지나 서명 노트를 바라보는 시선도, TV에 나온 요시키를 바라보는 시선도 마찬가지다. 그 자체가 선이 되어 대상과의 거리를 조절하는 지팡이 역할을 하고 있다. 그러니까 그에게 세계란, 남의 일인 것이다.

"저런 식으로 싸우는 거, 어떻게 생각해요?"

"저런 식으로… 라는 게?"

도모야가 되묻는다.

"사치를 둘러싼 기숙사와 대학 간의 싸움 말이에요. 같은 대학에서 일어나는 일인데 전혀 신경이 쓰이지 않으세요?"

"미안합니다만, 그다지 신경 써본 적이 없어요."

강한 오후의 햇살이 요시키와 도모야 사이에 놓인 테이블을 갈라놓는다.

"저는 레이버즈라는 단체를 이끌고 있어요. 사회문제와 음악을 연결하는 운동을 하죠. 유스케는 징파부활운동을 하고 있구요. 우리는 주변에서 일어나는 일들을 스스로의 문제라고 생각해 관여하려는 거에요. 그렇게 하지 않으면 대학의 권위와 학생의 자유 사이에 골이 깊어져 분단의 거리가 생긴다고 믿거든요. 도모야 씨는 그런 생각 해 본 적 없으세요?"

가슴이 찌릿찌릿하다. 요시키는 지금 전교생이 모인 체육관 강단에 서 있다. 그는 눈을 감는다. 모두가 자신의 주장을 들어주었던 시절이 다시 오고 있음을 실감하면서.

"감사합니다아!"

혜적기숙사생들의 큰 소리에 요시키는 현실로 되돌아온다. 아마도 여학생들이 서명을 해준 것이리라.

"분단…."

도모야는 작은 목소리로 웅얼거리며 기숙사생들이 있는 쪽을 바라본다.

"저는, 저기서 맨 뒤에 따라가고 있는 사람에 대해 생각해요."

아까 유스케와 부딪혔던 그 아이이다. 아직도 무리의 맨 뒤에서 무거워 보이는 플래카드를 껴안고 있다.

"저 아이는 학생 자치를 얼마나 원하고 있는 걸까요. 자치하면 좋겠다 정도는 생각할지 몰라도 맨 앞에 있는 리더만큼은 아닐 거예요."

도모야가 테이블 위에서 주먹을 쥔다.

"나는 기숙사생이니까 참여해야만 한다고 억지 주입하고 있는지도 모르죠. 그래야 나중에 가서 나는 이 활동을 했다고 스스로 납득할 테구요."

기숙사생들이 나란히 여학생들을 향해 고개 숙이고 있다. 언제까지고 고개를 들지 않는 그들 앞에서 여학생들은 어찌할지 몰라 쓴웃음만 짓는다.

"자치가 좋은 것일까요, 대학 운영이 좋은 것일까요? 그 둘을 가르는 선이 있다고 치면 그 선에서 오른쪽으로 1킬로미터쯤 떨어져 있는 사람도 있고, 1밀리미터밖에 떨어져 있지 않은 사람도 있어요. 왼쪽도 마찬가지구요. 하지만…."

기숙사생들 가운데 제일 먼저 고개를 든 것은 플래카드를 들고 있는 사람이다.

"오른쪽 왼쪽으로 나누자고 들면 1밀리미터밖에 치우치지 않은 사람도 1킬로미터 떨어진 사람들과 통째로 쫙 갈라져버리게 돼요."

"쫙"이라고 말하면서 도모야는 깍지 낀 양손을 좌우로 크게 벌린다.

"어느 쪽이든 실은 모두가 조금씩 반대 성향도 갖고 있을 텐데…. 단지 한쪽에 서 있다는 이유만으로 커다란 집단 속에 구분돼버리는 거예요. 자꾸만 그런 식으로 선을 긋다 보면 그 한가운데 무엇이 있는지 알 수 없게 되죠. 하지만 그렇게 하면 싸움의 규모만큼은 커질 수 있어요."

기숙사생들이 식당을 나간다. 더 이상 서명해줄 만한 학생들이 남아 있지 않다고 판단한 것 같다.

"저는 그런 집단 속의 한가운데 부분, 그라데이션을 놓치지 않았으면 하는 생각이에요."

아오야마라고 생각했는데 아니었다. 아오야마와 키와 체격이 비슷한 학생이 도모야의 뒤로 지나갔을 뿐이었다. 도모야의 말투는 한 마디 한 마디가 귀에 쏙쏙 들어온다. TV에 나온 자신의 말투와는 전혀 딴판이다.

"대학 측과 혜적기숙사가 대립하고 있지만, 양측에도 여러 종류의 사람들이 있어요. 얼핏 한 덩어리로 보이는 사람들이라도 제각각 농담 차가 있다는 걸 우리는 생각하고 있는 걸까요?"

그 말을 들었을 때 요시키는 또다시 아오야마를 떠올렸다. 레이브에서 좀 더 자극적인 문제를 내세워 더욱 주목받는 단체가 되고 싶은 자신. 생간을 다시 먹고 싶다는 주제 정도로 신나게 떠드는 쪽이 좋다고 말하는 미호. 레이브에서 다룰 다음 테마에 관해 "하고 싶은 테마가 아니고?"라고 묻던 아오야마.

3인 3색의 멤버들이 같은 음악 아래 모여 같은 리듬으로 몸을 움직인다. 아오야마가 내뿜는 담배 연기는 몇 밀리미터 단위로 농도가 바뀐다. 집단 속에 존재하는 그라데이션.

"앗, 이런!"

갑자기 유스케가 놀란 소리를 낸다.

"가방이 완전히 엉망이 됐어."

유스케가 발치에 두었던 가방을 들어 올리며 말한다. 종이컵이 떨어지면서 커피가 직격탄으로 쏟아진 모양이었다. 가방 바닥에서 검은 액체가 뚝뚝 떨어진다.

"누구 손수건 같은 거 있는 사람 없지? 와아, 이거 화장실에서 좀 씻고 와야겠는걸."

유스케는 자리에서 일어나 화장실 쪽으로 달려간다. 기숙사생이 밟고 지나간 종이컵은 아직 그대로 바닥에 뒹굴고 있다.

태양은 빠르게 움직인다. 요시키는 어느 틈엔가 스포트라이트에서 벗어난 휴대폰의 홈 버튼을 누른다. 몇 분 후면 6시 반이 된다.

"5교시, 곧 시작되겠네요."

유스케가 없는 공간에서는 유독 그의 물건들이 눈에 잘 들어온다. 요시키는 유스케가 테이블 위에 놓고 간 서명 노트를 앞으로 끌어당긴다.

몇 명이나 서명했을까 하는 호기심에 열어보려던 순간, 표지에 그려진 소용돌이무늬가 눈에 띈다. 표지 한구석에 몇 겹이나 겹쳐진 검은 소용돌이가 마치 블랙홀로 들어가는 입구 같다. 유스케가 가방에서 꺼냈을 땐 그림이 그려져 있지 않았다. 그냥 너저분한 글씨로 징파 서명용이라고 적혀 있을 뿐이었다. 유스케는 방금 전까지 이 소용돌이를 그리고 있었던 것이다. 도모야의 이야기를 들으면서 한마디 말도 하지 않은 채. 빙글 빙글 빙글 빙글 빙글….

요시키는 도모야에게 질문한다.

"서명, 안 해요?"

도모야는 펜을 잡지 않는다.

"서명, 안 하실 거예요?"

도모야는 펜을 잡지 않는다.

절대로, 잡지 않는다.

'이 두 사람, 어떻게 소꿉친구인 걸까? 이 둘이야말로 진정한 대립 관계처럼 보이는 건 나뿐인 걸까?'

"유스케는 어릴 때부터 저랬나요?"

문득 정신을 차려 보니 요시키가 자신도 모르게 묻고 있다. 그리고 어떻게 단짝으로 지낼 수 있는지 연달아 묻고 싶은 것을 가까스로 억누른다.

"아주 어릴 때부터 저랬어요."

도모야가 이렇게 말하고는 요시키의 뒤로 손을 흔든다.

"아야나!"

그는 아는 사람이 왔는지 그대로 소지품을 들고 일어선다.

"유치원이나 초등학교 때, 아니 중학교, 고등학교 때도 늘 변함없이 저랬어요."

이야기하는 도모야의 곁에 어느 틈엔가 검은 머리 여학생이 서 있다. 아까 손을 흔들었던 사람일 것이다.

'어딘지 닮았어. 얼굴이 아닌 무언가가….' 요시키는 눈앞에 서 있는 남녀를 보며 생각한다. 도모야는 의자를 제자리로 돌려놓는다. 그러고 나서 요시키의 눈을 들여다보며 말한다.

"주위 환경이 바뀌어도 유스케는 언제나…."

'변함없이 저랬어요.' 그 마지막 부분은 실제 도모야의 목소리로 들었는지 분명치 않다. 하지만 미장이가 벽에 흙을 바르듯이 그 말이 요시키의 귀에 끈적하게 발린다.

도모야는 천천히 걸어 나가면서 말한다.

"자, 이제 슬슬 가볼게요. 뒤풀이 장소는 별실로 예약해둘 테니 걱정 마세요."

요시키는 여자와 함께 식당을 빠져나가는 도모야의 뒷모습을 배웅한다. 그러면서 왠지 저 두 사람이 아직도 자신을 뚫어져라 보고 있다는 느낌에 사로잡힌다.

7

그냥 관심받고 싶은 건데요? II

"넌, 변하질 않는구나."

고등학교 1학년 때, 한 동급생이 이런 말을 했다. 초등학교 때는 달리기만 잘하면 그만이었다. 운동회의 릴레이경기에서 활약하거나 장대눕히기에서 이기면 되는 식이랄까. 흥분하면 상대도 잊은 채 말하는 버릇도, 학교 행사에 쓸데없이 열을 올리는 습성도, 눈에 띄는 남자아이였기 때문에 나름 매력으로 받아들여졌다.

그러다가 동네 공립중학교에 진학했다. 교복도 학교도 바뀌었지만 친구들은 모두 그곳에 있었다. 그리고 5월께 열린 구기 대회에서 자신이 생각만큼 운동신경이 좋지 않다는 사실을 깨달았다. 달리고, 오르고, 던지는 단순한 동작은 뛰어났지만 즉각적인 상황 판단이나 공간 파악 능력, 도구를 이용한 단체 경기는 취약했다. 한 수 아래라고 생각했던 동급생들이 자신에게 맞는 경기를 찾아 발전하는 동안, 발이 빠르다는 것만으로 나름 인정받아왔던 요시키의 존재감은 눈에 띄게 희미해져갔다.

여름방학이 끝나가던 9월에 대전환의 기회가 찾아왔다. 요시키가 다니던 중학교는 방학 숙제로 독후감 대신 '비블리오 배틀'을 하고 있었다. 비블리오 배틀이란, 정해진 시간 내에 좋아하는 책에 대해 발표하는 것인데, 그 당시 국어 선생님이 유난히 공을 들이고 있었다.

우선 여름방학 중에 자신이 읽을 책과 발표 내용을 준비해둔다. 그런 다음 9월 반 예선을 거쳐 학급 대표를 뽑는다. 그리고 10월 열리는 문화제 결승에서 학년별로 그랑프리를 결정하게 된다. 원래부터 책 읽는 것이 힘들지 않았던 요시키는 무리 없이 반 대표로 선출되었다. 그리고 결승 대회에서 근소한 표 차이로 2위를 차지했다. 그랑프리는 세계사를 좋아하는 여학생이 발표한 《안네의 일기》에게로 돌아갔다.

요시키는 머리가 비상했다. 아니, 더 정확히 말하면 일본의 제도교육 시스템 아래서 좋은 점수를 따는 데 뛰어났다. 다시 말해 그때그때 상황을 읽는 데 민첩했으며, 언제 몸을 사려야 할지 잘 알았다는 뜻이다.

중학교 2학년이 되자 배틀을 주관하는 국어 선생님이 담임이 되었다. 비블리오 배틀에 대한 선생님의 열의는 그야말로 대단해서 그의 반에는 아침 독서 시간까지 급조되었다. 머지않아 요시키는 배틀에서 승리하기 위해 어떻게 해야 하는지 파악할 수 있었다.

우선, 국어 선생님은 스스로를 무언가 바꾸어나가는 사람으로 여기고 싶어 했다. 독후감을 폐지하면서까지 이 대회를 도입한 것만 봐도 그렇다. 그리고 사회를 맡은 결승 대회에서 모두에게 공평한 것처럼 보이지만, 실은 자기 마음에 드는 책을 고른 학생에게 표를 몰아주었다.

체육시간이나 동아리에서 활약하지 못한 채 존재감을 잃어가던 요시키는 배틀을 위해 아나키스트들에 관한 책을 골랐다.

반체제를 내걸고 싸웠던 사람들. 즉 권위에 복종하는 것이 아니라 현 사회를 바꾸려 부단히 노력했던 사람들의 역사를 오늘을 살아가는 우리에게 접목시키는 방식으로 프리젠테이션을 구성했다. 청춘소설이나 미스터리, 연애소설 등을 발표했던 아이들이 흥미를 끌긴 했지만 반 대표로는 결국 요시키가 선발되었다.

만반의 준비로 임했던 결승 대회에서 요시키는 결국 학년 그랑프리를 손에 거머쥐었다. 하지만 그게 끝이 아니었다. 요시키의 발표에 감동한 국어 선생님이 전 학년을 통틀어 그랑프리 중의 그랑프리, 최고 그랑프리라는 상을 만들어 요시키에게 수여했던 것이다.

"역사를 바꾼 인물들의 삶을 우러르는 데 그치지 않고 스스로와 연관시켜 생각하는 힘이 기막히다. 자신의 손으로 현재의 상황을 바꾸어나가고자 하는 기개가 느껴진다. 덧붙여 후반부에 속사포처럼 밀려드는 강한 프리젠테이션의 흡인력이 대단하다."

체육관 단상에서 극찬과 함께 표창을 받던 순간, 조그만 등에 꽂히던 무수한 시선에 요시키는 흥분을 멈출 수 없었다.

그때부터 부쩍 어른들이 말을 걸어오는 횟수가 늘었다. 도서관 사서로부터 추천 도서의 포스터를 만들어달라는 부탁을 받기도 했고, 방송부 고문으로부터 점심 방송에서 책 한 권을 소개해 달라는 청을 받기도 했다. 요시키는 그럴 때마다 선생님들이 좋아할 만한 책을 골라 읽고 내용을 요약했다. 여전히 몸을 쓰는 곳에서는 활약하지 못했지만 '최고 그랑프리 수상자'라는 명예는 중학 시절 내내 눈에 띄는 아이의 위치를 지켜주었다.

요시키가 그 지역에서 가장 좋은 고등학교에 합격했을 때, 동급생들은 모두가 입을 모아 대단하다며 추켜세웠다. 그곳에 합격한 중학교 동창들은 요시키를 포함해 대여섯 명 정도였는데 요시키를 빼고는 모두 학교에서 눈에 띄지 않는 아이들이었다. 나쁘게 말하면 학교 행사에 관심이 없는 타입들, 좋게 말하면 침착하게 자기 페이스대로 지내는 소수들.

그중에서도 요시키와 가장 동떨어진 타입의 아이가 같은 반이 되었다. 항상 긴 앞머리로 존재감을 가리고 다니는 아이는 중학교 3년 내내 대화를 나눠본 적 없는 학생이었다. 교실에서 그의 얼굴을 발견했을 때 요시키는 생각했다.

'단상 위의 나를 올려다보던 무리들 중 1명이 저기 있네.'

고등학교 1학년이 된 5월 무렵이었다. 요시키는 첫 모의고사에서 318명 중 257등을 했다. 수업 수준이 지금까지와 전혀 다르다는 것은 알고 있었다. 하지만 중학교 때는 별 노력 없이 상위권에 들었기 때문에 이제 와 수업에 집중하는 버릇을 들이기도 힘들었다. 또 성적이 바닥인 상황에서 다시 기어올라갈 자신도 없었다. 그의 성적을 본 부모는 동아리나 하고 있을 때가 아니라며 경음악부도 그만두게 했다. 게다가 높은 대학 합격률로 이름난 학교답게 연간 학교 행사는 그저 장식품에 불과했다. 비블리오 배틀 같은 것은 당연히 없었고, 체육대회나 문화제 우승을 노리지도 않았다.

그곳에서는 공부도, 운동도, 행사도 그 어느 것 하나 요시키의 존재를 부각시켜주는 것이 없었다. 그의 존재감은 마침내 깨끗이 사라지고 말았다.

그런 요시키와는 반대로 동창생은 하루하루 존재감이 더해갔다. 일단 머리가 좋았다. 요시키와 비교조차 할 수 없을 만큼 언어 감각이 뛰어났다. 유머와 재치가 넘쳐흐르는 그의 나직한 말 한마디에 학생들 모두가 귀를 기울이게 되었다.

'이를 어쩐다….' 순간, 요시키의 머릿속에 상을 수여하던 국어 선생님의 목소리가 떠올랐다.

'그래. 비블리오 배틀 같은 곳이 없다면 내가 그런 곳을 만들어 버리면 되지.'

요시키는 반에서 배틀을 하기 위해 분주히 움직이기 시작했다. 고교생들의 인기 만화책인 《제국의 법칙》을 사 모으고, 프리젠테이션을 할 수 있도록 내용을 요약했다. 그리고 교실 안에 있다가 말을 걸어오는 아이가 있으면 준비한 배틀을 펼쳤다.

중학교 때는 속사포처럼 밀려드는 강한 흡인력으로 평가받았던 그의 빠른 말투. 자신이 활약할 수 있는 구석 안에서 최대한의 힘을 발휘하는 처세술. 눈에 띄는 존재라는 기반 위에 빛을 발했던 장점들은 눈에 띄지 않는 존재가 되고부터 단점으로 쌓여갔다. 그리고 언제부턴가 누구도 요시키의 말에 귀를 기울이지 않게 되었다.

"넌 변하질 않는구나."

2학년으로 올라가기 직전이었다. 어느새 반에서 가장 눈에 띄는 존재가 되어버린 동창생이 말했다. 요시키는 갑자기 머리가 새하얘져 허둥지둥 말을 쏟고 말았다. 그가 던진 것은 그저 한마디 말이었을 뿐인데.

"그런가? 난 그렇다 치고 넌 정말 많이 변했어. 중학교 때보다 밝아진 것 같기도 하고, 네가 원래 머리가 좋았나 싶기도 하네. 글쎄, 난 내 머리가 이렇게 나쁜 줄 미처 몰랐지 뭐야. 그나저나 변한 걸로 치면 말이야. 중학교 때 요네다 기억나? 축구부였던 애 말이야. 눈썹 없고 금발이었던…. 지금은 너무 변해서 아무도 못 알아본다더라."

눈도 마주치지 않은 채 빠르게 쏟아내는 요시키. 동급생은 그 말들을 지그시 되돌려주듯이 말했다.

"너, 중학교 때 책 별로 좋아하지도 않았지?"

요시키는 입을 벌린 채 꼼짝할 수 없었다.

"아나키즘이 어쩌고저쩌고 말만 했지 흥미 없었잖아. 역사 수업에서 내용을 물어도 전혀 대답하지 못 했고."

동급생은 말을 마치기가 무섭게 자신의 손등을 바라보았다.

"그랑프리를 차지하려면 이런 책이어야 한다고 머리를 굴린 것뿐이었겠지."

그는 더러워진 휴대폰 화면을 닦듯이 손등을 몇 번이나 바지에 문질렀다.

"넌 여전히 수단과 목적이 뒤바뀌어 있어."

그 말들은 중학교 시절의 극찬들을 덧칠하듯 깡그리 뒤덮어버렸다.

고교 2학년이 된 5월. 요시키는 318명 중 312등이 되었다. 그때까지만 해도 드물게라도 만났던 동창생들은 모두 고등학교라는 세계에 저마다의 기반을 만들며 소원해졌다. 초중등 시절을 공유한 친구들은 여름방학이 되자 주위에 단 한 명도 남지 않게 되었다. 게다가 1학년 때 기억을 공유하는 아이들은 요시키에게 말을 걸려고 하지 않았다.

침 튀기는 괴물로 불린다는 사실을 안 것은 열일곱의 여름, 길가의 매미들이 하나둘 죽어갈 무렵이었다.

"그 침 튀기는 괴물 말이야. 오늘도 엄청 튀기더라. 진짜 그것 좀 어떻게 안 되는 걸까?"

화장실 문밖에서 자신의 험담을 듣는 상황은 그야말로 청춘드라마의 한 장면 같았다. 자신이 괴물로 불리고 있었다니. 그보다 애초에 그렇게 많은 침을 튀기고 있었다니. 그 모든 것을 요시키는 모르고 있었다. 아니, 솔직히 말하자면 예감은 하고 있었다. 하지만 그럴 리 없다고 그저 필사적으로 스스로에게 되뇌었을 뿐이었다.

연대가 바뀌면 힘의 구성도 달라진다. 자신이 가진 요소들의 유효기간이 끝났다면, 다시 새롭게 갱신하지 않으면 안 된다. '변함없다'는 말은 곧 '어리다'는 뜻이다. 하지만 요시키는 이미 자신보다 훨씬 어른스러워 보이는 동급생들과 어떻게 관계를 이어가면 좋을지 알 수 없었다.

고등학교 2학년 여름방학. 요시키는 졸업 후 처음으로 예전 중학교에 놀러갔다. 교무실에 찾아갔을 때 국어 선생님이 전근을 가셨다는 사실을 알았고, 그와 함께 비블리오 배틀도 사라졌다는 소식을 들었다. 자신을 뺀 모든 것이 변하고 있었다.

학교에서도 집에서도 혼자 있는 시간이 늘었다. 중학교 때 그토록 열심히 읽었던 책도 돋보인다는 보장이 없으면 손가락 하나 까딱하기 싫었다. 만화책과 영화, 음악에도 손을 대보았지만 그 어디에도 마음 둘 곳을 찾지 못했다. 그 세계에서조차 받아들여지지 못한다는 생각에 무엇을 읽고 보아도 상처가 되었다.

가령, 고독한 주인공이 등장하는 작품이더라도 '고독이란 무엇인가'로 귀결되는 전개에 학을 뗐다. 그렇게 요시키는 점점 상처받을 수 있는 것들로부터 멀어져갔다. 그러다 보니 남는 것은 외국어와 음악뿐이었다. 아무리 들어도 의미를 알 수 없는 노래들은 당시의 요시키에게 너무나 친절한 세계였다.

그런데 그중에서 《제국의 법칙》만은 예외였다. 우정, 연애, 모험 같은 요소들이 들어 있었지만 가공의 세계였기 때문에 스스로를 그 안에 투영하지 않아도 좋았다. 요시키는 처음으로 아무런 목표 없이 하나의 작품을 즐길 수 있었다. 그러자 자연스럽게 누군가와 그 작품에 대해 이야기하고 싶어졌다. 프리젠테이션에서 속사포처럼 쏘아대지 않고 말이다.

그런 마음이 싹틀 무렵, 요시키는 지원했던 모든 대학에서 떨어졌다. 집에서 재수를 하기로 결심한 요시키는 일부러 동급생들이 지원하지 않는 대학을 골랐다. 그만큼 규슈 사람이 홋카이도 소재 대학에 지망하는 일은 드물었다.

대학에 합격했을 때 기뻐해준 사람은 가족 말고는 없었다. 하지만 요시키는 서글프지 않았다. 오히려 자신의 과거를 알고 있는 사람들과 삶이 1년 어긋났다는 사실에 행복하기까지 했다.

홋카이도대학의 캠퍼스는 광활했다. 홋카이도가 넓다는 건 알았지만 전에는 잘 와닿지 않았다. 그런데 대학 캠퍼스에 와본 순간 그 면적에 압도당하고 말았다. 그뿐 아니었다. 어디를 걷거나 누군가와 마주쳤던 고등학교에 대한 기억이 갓 커피에 떨어뜨린 각설탕처럼 녹아 사라지는 것 같았다.

홋카이도대학에서는 입학과 동시에 '클래스 매치'라는 운동회를 연다. 약 2천 명 정도의 신입생들이 3개 조로 나뉘어 줄다리기, 구슬치기, 단체줄넘기, 이어달리기, 기마전 등의 기본 경기를 펼치는 것이다. 신입생들은 새로운 친구들과 어울릴 생각에 마구 흥분해 있다. 그 모습을 보고 있노라면 곧 스무 살이 될 사람들 같지가 않다.

요시키는 그 속에서 평정심을 유지하려 애썼다. 자칫 방심했다가는 달라진 것 없는 유치한 자신이 얼굴을 내밀까 두려웠다. 가슴 깊은 곳에서 무언가 용솟음칠 때마다 중학교 동창의 목소리가 귓전을 울렸다.

'넌, 변하질 않는구나.'

눈앞에서는 구슬치기와 장대높히기가 한창이다. 리더로 보이는 한 남학생이 얼굴을 붉히며 소리 지르고 있다.

'넌 여전히 수단과 목적이 뒤바뀌어 있어.'

그러고 보니 그에게서 '너'라고 불린 게 그때가 처음이었던 것 같다. 그리고 마지막이었다. 그는 지금 잘 지내고 있을까? 다시 한번 대학이라는 무대 위에서 빛을 발하고 있을까?

이젠 그의 목소리뿐 아니라 눈빛까지 되살아나고 있었다. 자신의 침 튀기는 입을 응시하던 차갑고 파란 그 눈빛.

'아주 어릴 때부터 저랬어요.'

요시키의 귓전에 또 하나의 목소리가 되살아난다.

이건 그 중학교 동창의 목소리가 아니다.

'주위 환경이 바뀌어도 유스케는 언제나….'

유스케. 이제 생각난다. 유스케를 처음 본 것은 클래스 매치에서였다. 지금까지 쭉 본 듯한 느낌이 있었는데 바로 거기서였다니. 방송국 복도에서 마주치거나 집에서 TV를 보고 있을 때도 지금 같은 데자뷔를 경험했다.

부릅뜬 눈, 침 튀기는 모습, 혈색 도는 피부, 큰 귀…. 이 녀석이 왜 이렇게 낯이 익을까 늘 궁금했다. 유스케는 그날 클래스 매치에서 본 장대높이기 팀의 리더였다. 얼굴이 시뻘게지도록 고함을 지르던 모습은 틀림없이 몸 바쳐 주목을 받으려는 그 자체였다.

"으응…."

품 안에 잠들어 있던 메구미가 희미한 신음 소리를 내며 몸을 비튼다. 그 바람에 요시키는 자신이 깜박 깊은 잠에 빠졌다는 사실을 깨닫는다.

혼자 마스터베이션을 하고 난 뒤 찾아오는 졸음엔 익숙하지만 둘이서 섹스를 하고 난 뒤 밀려오는 졸음은 다르다. 훨씬 난폭하고 구조가 복잡하다. 게다가 메구미는 섹스하기 전에 반드시 술을 마신다. 그러면 요시키도 그녀와 함께 마시게 되어 섹스하고 잠들어버릴 수밖에 없다.

"잠들어버렸네."

"나도."

"지금 몇 시야?"

요시키는 침대 옆에 놓아둔 손목시계를 본다.

"4시 조금 전. 인간이 잠에서 깨어날 시간이 아니야."

잠깐 졸기만 할 작정이었는데 2시간 가까이 자버린 것 같다. 둘은 몸을 뒤척여 편한 자세를 찾아낸 뒤 계속 누워 있는다. 요시키네 집 침대는 작고 딱딱하다.

제1회 혁명가들의 술판은 생각보다 뜨겁게 달아올랐다. 이상과 활동을 목청껏 외쳐도 되는 장소에 목말라 있었던 것일까. 아무리 밤이 깊어도 이야기는 끝날 줄을 몰랐다.

방송에 출연했던 한국인 유학생 이 군은 일본 문화가 지니는 양면성을 한층 더 깊게 파고들었다. 동계스포츠를 전파하고 있는 프리스타일스키 전 일본선수권 챔피언 후미코는 클라우드 펀딩으로 새로운 대회를 열기 위해 분투하고 있었다. 멤버들 모두가 얽혀들기로 작정한 문제에 대해 이해하고 노력하려는 모습이 느껴졌다.

그 안에서 유스케는 “나도 그렇게 생각해”, “맞아, 틀림없어”라고 맞장구를 쳤다. 그러고는 서명 운동이 곧 1,000명을 넘어설 것 같다고 가쁜 숨을 몰아쉬었다. 요시키는 그의 모습을 보면서 자신의 말수가 자연스레 줄고 있음을 느꼈다.

술판을 벌였던 별실의 서빙은 도모야가 맡아주었다. 그는 좀체 대화에 끼어드는 일이 없었다. 그저 담담하게 술과 요리를 갖다주고 빈 접시를 치울 뿐이었다.

메구미는 방송 이후 자신이 대표로 있는 NPO단체에 기부가 늘었다며 기뻐했다.

“우리 단체는 기부금으로만 운영되기 때문에 이건 정말 다행스러운 일이에요. 사업을 확대해 더 많은 분을 도와드리고 싶고, 노숙자를 둘러싼 여러 문제에 관해 대처하려고 합니다.”

수줍게 말하는 메구미의 쇄골을 보며 요시키는 거의 발기할 뻔했다.

원전 재가동, 시리아 분쟁, 센카쿠 제도, 난민, 빈곤, 남녀 차별, 동성애…. 모두 함께 논의해야 할 화제가 잇따라 등장했다.

그중에는 레이브에서 다루었던 주제도 있었다. 요시키는 그런 주제가 나올 때마다 당시 공부했던 정보를 바탕으로 의견을 펼치려 했다. 하지만 그의 정보는 이미 한물간 내용이었다. 오히려 다른 멤버들이 더 빠삭한 통에 입을 다물고 말았다. 그래도 TV 출연진들이 열띤 토론을 벌이는 자리에 자신도 끼어 있다는 사실이 흥분되었다.

메구미와 눈이 마주칠 때면 몸 깊숙한 곳에선 전율이 흘렀다. 혼자만의 생각이라고 타일러도 봤지만 어쩐지 눈이 마주치는 횟수가 늘어났다. 그리고 그날 밤 요시키는 처음으로 돈을 내지 않고 섹스했다. 메구미는 그렇게 마시고도 요시키의 집에 도착해 또 술을 마셨다. 마치 휘발유를 들이붓듯이.

그때부터 집을 오가며 섹스를 한 지 한 달쯤 된다. 요시키는 분명 사귀고 있다는 생각이 들지만 '여자친구'라든가, '사귄다'는 말을 입 밖에 낼 수 없다. 항상 헛다리를 짚어 지레짐작하는 자신의 버릇 때문이다.

"이대로 잠들어버리면 진짜 늦잠 잘 것 같아."

메구미는 중얼거리고 누워 휴대폰을 만지작거린다. 아마도 알람 설정을 확인하고 있는 것 같다.

NPO단체 제로웝리스는 메구미를 포함해 단 3명뿐인 작은 단체이다. 3년 전, 스물네 살의 메구미는 홋카이도 유일의 여자대학에서 이 단체를 시작했다. 오로지 기부금으로만 운영되는 비영리 단체이기 때문에 메구미를 제외한 2명은 자원봉사자들이다. 그 둘마저도 풀타임으로 뛰기는 어려워서 거의 모든 업무를 메구미

혼자 처리해야 한다.

지금이 1년 중 가장 바쁜 시기로 매일 아침부터 뛰어다닌다. 하지만 그 와중에도 시간이 맞으면 둘이 무리해서라도 몸을 포갠다. 아무리 피곤에 찌들어도 서로의 몸을 만지고, 만져지고 싶다는 생각을 떨칠 수 없다. 이런 걸 두고 속궁합이 좋다고 하는 것일까? 아니면 사귀는 남자와 여자 모두 이렇게 느끼는 것일까? 경험이 없는 요시키로선 알 도리가 없다.

요시키는 메구미 쪽으로 몸을 기울인다. 메구미의 귀에 입술이 닿는다. 풍성하게 부풀어 오른 휘핑크림 끄트머리 같다. 보고 있으면 물고 싶어 견딜 수가 없다. 결국 요시키는 그 귀를 입에 넣고야 만다. 메구미가 간지러운지 몸을 비튼다.

"몇 시에 일어나야 돼?"

"음… 여기서 7시 출발이니까 6시에는 일어나야지."

"정말 바쁘구나."

요시키는 자신의 말 속에 다른 뜻이 담긴 것 같아 머쓱해진다. 레이버즈의 활동은 지금 완전히 멈춰버렸기 때문이다.

요시키는 그룹이 커지면서 분열이 생기고 있다는 것을 알고 있었다. 그저 음악을 즐기는 데 중점을 둘 것인가. 정치적 주장을 싣는 데 중점을 둘 것인가. 이 문제를 새삼 말로 하는 것을 회피하던 차에 방송에 나가게 된 것이었다.

방송이 나가고 난 뒤 레이버즈의 SNS 계정과 동영상들에 이런 저런 비방성 댓글이 달렸다.

"거리에서 음악을 울려대는 건 민폐 아냐?"

"이 녀석들이 가고 나면 어찌나 시끄러운지 거리 상인들 얼굴이 사색이 다 돼 있어."

"홋카이도대 학생으로서 한마디 할게. 벌건 대낮부터 요란 떠는 거 정말 귀찮고 신경 쓰여."

확인할 길 없는 댓글들이 줄지어 올라오고, 라인 그룹 멤버들이 상당수 빠져나가기도 했다. 미호는 발끈했다.

"이 악성댓글들 레이브로 디스해버리자. 근거 없는 소리 말라고 말이야. 그런 말을 단순하게 믿어버리다니! 인터넷 루머가 다 이렇게 퍼진다는 거 모르나?"

하지만 이런 태도를 유지할 수 있는 멤버는 극소수에 불과했다.

미호가 빛을 차단해버리듯 보고 있는 휴대폰을 뒤집는다. 6시쯤이 될 때까지 조금 더 잘 요량인 것 같다. 요시키는 똑바로 누워 매일 보고 있어도 익숙해지지 않는 천장을 올려다본다.

아오야마는 더 이상 레이브를 하고 싶지 않다고 말했다. 이유를 물으니 훨씬 전부터 하고 싶지 않았다고 했다. 그리고 그냥 좋아하는 음악이나 들을 걸 그랬다고 덧붙였다.

아오야마는 요시키가 대학에 와서 처음 사귄 친구였다. 고등학교 시절을 대부분 외톨이로 지냈던 아오야마는 사람 사귀는 감각을 잃어가고 있었다. 처음 보는 사람과 어느 정도 거리를 두고 이야기해야 하는지, 어떤 이야기를 화제로 꺼내야 불쾌감을 주지 않을 수 있는지, 그 어떤 것도 잘 알 수가 없었다. 그래서 가능한 대학에서 존재감을 낮춰 눈에 띄지 않도록 조심했다. 다행히도 홋카이도에는 요시키를 아는 사람이 없는 데다 외로움을 달래주는 음악이 있어 그다지 힘들지 않았다.

그러던 어느 날, 대학 북부 식당에서 밥을 먹고 있을 때였다. 귀에 이어폰이 제대로 꽂히지 않았는지 음악이 새어 나오고 말았다. 그때 맨 처음 음악에 반응을 보인 사람이 아오야마였다.

"그 밴드 좋아해?"

아오야마가 말을 걸어왔을 때, 요시키는 숨이 멎는 것 같았다. 아오야마의 얼굴이 옛날 그 중학교 동창과 닮아 있었기 때문이다. 말수가 없는 타입이지만 가끔 내뱉는 말이 재치가 있다. 그리고 흔히 말하는 잘생긴 남자는 아니어도 이성을 끌어당기는 독특한 분위기를 갖고 있다. 그 동창생과 닮은 아오야마가 자신에게 먼저 다가오다니 일어날 수 없는 일이었다.

그 밴드를 좋아하는, 아니 그 나라 음악을 듣는 동년배와의 만남 자체가 처음이었다. 어느 앨범을 좋아하는지, 무슨 곡을 즐겨 듣는지, 이번 뮤직비디오는 봤는지…. 하고 싶은 말들이 용솟음쳐 올랐다. 그러다 요시키는 책상 위에 튀어 있는 물방울을 보았다. 침이었다.

'이젠 틀렸어.'

요시키는 생각했다. '날 싫어할 거야. 날 싫어할 거야.' 머릿속에 낙인을 찍을수록 몸은 굳어만 갔다. 자신의 이야기를 들어주는 사람에게 속사포처럼 말을 쏟아내는 것. 그건 정말 오랜만에 느끼는 감정이었다. 그리고 남들이 그런 자신을 싫어한다는 사실을 생생하게 기억해낸 것도 오랜만이었다.

'뭐가 됐든 좋으니까 침방울을 닦아내야 해.' 뇌는 그렇게 명령하고 있었지만 요시키의 몸은 꼼짝도 하지 않는다. '빨리해, 빨리.' 몇 번이고 가슴속에서 외치고 있는데 아오야마가 자신의 손등으로 시선을 떨군다. 그리고 옷 위에 손등을 여러 번 문질러 닦는다. 마치 더럽다는 듯한 눈빛으로 자신의 손등을 노려본 후에.

'미안해.' 요시키는 사죄하고 싶었다. 하지만 목소리가 나오지 않는다. '어리고 유치해서 미안해. 속사포처럼 두서없이 지껄여서 미안해. 나만 변한 것이 없어서 미안해.' 마음속으로 아무리 외쳐도 요시키의 몸은 움직이지 않았다.

열려 있던 요시키의 시야에 무언가 미끄러져 들어왔다. 종이 냅킨을 쥔 아오야마의 손이었다.

"미안, 너무 흥분해서 침을 튀겨버렸네."

아오야마의 손등이 요시키의 시야를 두어 번 오간다. 그 단순한 동작이 온몸을 움켜쥐고 있던 무언가를 깨끗이 털어내주었다.

좋아하는 밴드의 음원을 서로 교환하고, 수록곡이 없는 가라오케 기종에 분노하며, 밴드 연습을 해보는 대학 생활.

캠퍼스 잔디밭은 대학이라기보다 공원에 가까웠다. 그리고 그 위로 펼쳐진 하늘은 더욱 광활했다. 흡사 그들이 뿜어내는 객기와 잡다한 에너지를 남김없이 빨아들일 수 있을 것 같았다. 요시키에게 그런 풍경이 주는 안도감은 소중했다.

'여기 오길 잘했어.'

요시키는 잔디밭 위로 뛰어다니는 음표들과 술래잡기를 했다.

요시키는 사치 속에 온몸을 담갔다. 그 시절엔 아오야마와 잔디밭에 뒹굴고만 있어도 좋았다. 가고 싶은 대학에 와서 취향이 맞는 친구를 만나 음악에 몸을 흔드는 것만으로도 살아 있는 기쁨을 실감할 수 있었다.

아오야마는 분명 그렇게 말했다. 실은 훨씬 전부터 레이브를 하고 싶지 않았다고. 요시키는 마음이 다급해진다. 혁명가들의 술판 멤버들은 점점 활동 영역을 넓혀 주목을 받고 있다. 하지만 그에 반해 레이버즈는 전혀 활동을 하지 못하고 있다. 자신의 주장에 동조하는 사람들이 줄고 있다는 사실이 불안할 수 밖에 없는 이유다.

"무언가를 하지 않으면 안 돼."

요시키는 침을 튀기며 대답했다.

"더 더 자극적인 주장을 실어 주목받지 않으면 안 된다고! 그래야 우리가 좋아하는 음악에 메시지를 퍼뜨리는 힘이 있다는 걸 알릴 수 있어. 음악이 우리를 구원했잖아. 그렇게 구원만 받으면 배은망덕한 짓이야. 우리도 음악의 힘을 세상에 퍼뜨려 보답해야 한다고 생각하지 않아?"

요시키는 그런 말들을 거침없이 던지며 생각해보았다. '내가 언제부터 이랬던 거지?' 언제부터 레이브에 말만 거창한 대의명분을 붙였던 거지? 아니야, 이건 뭔가 잘못됐어. 한참 잘못됐다고.'

처음엔 아오야마와 둘이서 음악을 듣는 것만으로도 좋았다. 그러다 야외에서 함께 좋아하는 음악을 듣게 되었다. 시간이 흐르자 음악 소리에 이끌려 다른 과 학생들이 모여들었다.

같이 술을 마시고 춤을 추며 푸념을 늘어놓았다. 즐거웠다. 조금 전까지만 해도 타인이었던 사람들과 어깨를 두르고 사진을 찍을 수 있다니. 그중 몇 장의 사진을 골라 SNS에 올렸다. 그러자 고등학교 동창들로부터 좋은 반응이 올라왔다. 자신을 깔보던 사람들이 새로운 시선을 보내고 있었다. '날 바라보던 경멸의 눈빛을 되갚아주겠어.' 요시키의 마음속에 이런 생각들이 싹텄다.

레이브를 크게 일으켜 그 중심에 있는 자신을 보여주고 싶었다. 그래서 레이브에서 다루는 주제를 점점 자극적인 것으로 끌어올렸다. 값싼 패스트패션, 생활지원금의 부정수급, 생간 판매 금지, 센카쿠 제도, 독도, 위안부, 원전….

레이브의 규모가 확대됨에 따라 동창생들도 더 큰 반응을 보내오기 시작했다. 요시키는 기억을 되살렸다. 전교생으로부터 찬탄의 눈빛을 받던 최고의 시절을.

TV 방송국으로부터 출연 제의까지 받았다. 요시키는 흔쾌히 받아들였다. 방송에서 던지는 주제들은 어찌 되든 상관없었다. 자신이 굉장한 사람들과 녹화하고 있다는 사실을 한 명이라도 더 많은 사람에게 알리고 싶어 조바심이 났다. 그것이 요시키가 살아 있음을 실감하는 방식이었다.

'넌, 변하질 않는구나. 여전히 수단과 목적이 뒤바뀌어 있어.'

항상 그의 목소리가 희미하게 들려오고 있었다. 언제부터 그 소리를 무시하려 안간힘을 쓰기 시작했던 걸까? 도대체 왜, 잔디밭에서 음악을 듣는 것만으로는 만족하지 못했던 걸까? 언제부터? 그러니까 왜?

하지만 생각은 그렇게 하면서도 입은 여전히 아오야마를 향해 떠들고 있었다.

"우리는 레이브를 하지 않으면 안 된다고. TV에 나와 악평이 늘긴 했지만 그만큼 응원 댓글도 달리고 있어. 이럴 때일수록 더 큰 문제를 내걸어야 하는 거야. 레이버즈를 크게 키워서 주목받지 않으면 안 돼."

"왜?"

요시키의 말을 끊으며 아오야마가 물었다.

"왜 그래야 하는데?"

그의 질문에 요시키는 생각했다. '너, 언제부터 그렇게 된 거야? 언제부터….'

부드러운 잔디, 파란 하늘, 놓쳐도 그만인 자유로운 음표들…. 대체 왜?

삐삐삐, 삐삐삐….

삐삐삐….

전자음이 요시키의 신경을 건드린다. 다시 잠들어버린 것 같다. 눈앞이 또렷해지기도 전에 부풀어 오른 이불이 바스락거린다.

"준비해야겠다."

메구미가 하품을 하며 몸을 일으킨다. 오전 6시 15분. 홋카이도의 2월 새벽은 달콤한 딸기 끝처럼 겨울이 응축된 순간이다. 이 시간엔 커튼 사이로 아침 햇살이 비쳐들지 않는다. 하지만 메구미의 눈 밑으로 드리워진 다크서클은 안개 속에서도 알아볼 수 있을 만큼 선명하다. 요시키는 메구미가 입은 셔츠 자락을 손가락으로 잡는다.

"메구미는… 왜 이 일을 하는 거야?"

두 사람 사이에 물음표 하나가 굴러떨어진다. 아주 작은 소리를 내면서. 하지만 불도 켜지 않은 좁다란 침대 위에서 그 존재감은 생생하다. 아니, 숨소리마저 들릴 기세다.

노숙자들을 추위로부터 보호하는 활동. 한 인간이 존엄하게 살아갈 수 있도록 돕는 활동.

"…살아남아야 하니까."

메구미는 상반신을 일으켜 누워 있는 요시키를 내려다본다.

"노숙자들이?"

요시키가 묻는다. 메구미는 자신의 셔츠를 쥔 앙상한 손등에 매끄러운 손바닥을 포갠다.

"아니면… 메구미가?"

메구미는 말없이 요시키의 손을 떼어낸다.

《산과 바다 전설의 모든 것》일본수필가클럽상 수상

무심코 휴대폰을 만지작거리던 손이 멈춘다. 하지만 엄지손가락은 이미 기사 제목을 향하고 있다.

지난 19일, 제68회 일본수필가클럽상이《산과 바다 전설의 모든 것》(동양경제신보사 발행)에게로 돌아갔다. 이 책은 다수의 역사학자로 구성된 산과바다전설연구회의 신작이다. 일본인은 산족과 바다족으로 나뉘어 있다는 대담한 가설을 분야가 다른 각계 학자들이 여러 각도에서 검증·분석하고 있다.

1952년도에 제정된 이 상은 창작 문학을 제외한 평론과 추천작 가운데 심사를 거쳐 최우수 작품을 선정하게 된다. 시상식은 3월 22일(월) 도쿄 우치사이와이초의 일본기자클럽에서 열리며 수상자에게는 약 30만 엔의 상금이 수여된다.

*각주

산과바다전설연구회는 이하의 멤버로 구성되어 있다.

사와다 다카시(요코하마대학 부교수, 고고학자)

미나미 도모노리(간토대학 교수)

오오미치 야스타카(이시카와 학원연구소 소속)

자신도 모르는 사이에 목이 앞으로 꺾여 있다. 단걸 먹어서일까. 너무 졸립다.

'또 여기다 정신을 팔아버렸구나.' 요시키는 자신을 타이르듯 휴대폰을 뒤집는다. 재수생 시절의 집중력은 다 어디로 가버린 걸까? 방 안에 앉아 같은 문장을 몇 번이고 쓰다 보면 인간의 집중력이란 정말 부실하기 짝이 없음을 알게 된다. 술 약속이 있는 저녁때까지는 많이 작업할 수 있겠다고 설레었는데. 집중력의 섬들은 의식의 바다 위에 존재하는 것이라서 그 섬에 매달려 있는 시간 외에는 둥둥 떠다니게 된다. 하지만 산과바다전설 사이트에 올라온 정보를 마주치면 지금처럼 눈 깜짝할 사이에 시간이 흘러버린다.

"어차피 내용도 주소도 같으니까 그냥 프린트하면 되잖아."

요시키의 제안을 메구미는 깨끗이 거절했다.

"기부금에 대한 감사 편지는 손으로 쓰는 게 철칙이야. 편지 내용도, 받는 이름도, 보내는 주소도 반드시 손 글씨여야 해. 그렇게 해야 감사의 마음이 전해지니까."

요시키는 시간을 확인하려고 꺼져 있던 휴대폰을 되살린다. 오후 5시가 지나고 있다. 그리고 곧장 SNS에 접속해버린다. 불과 몇 분 전에도 같은 행동을 하고 있었기 때문에 갱신된 것은 없다. 알면서도 왜 다시 접속하는 것일까. 친구들의 생활도, 국내외 정세도, 산과 바다의 전설도 그대로다. 무엇 하나 새로울 것 없는 세상을 순찰하고 있는데 문득 새로운 정보가 등장했을 법한 곳이 생각났다.

트위터 창에 홋카이도대학과 징파를 입력한다. 그러자 '홋카이도대학 징파부활위원회'라는 계정이 뜬다. 요시키는 붉은 글씨로 된 심플한 아이콘을 클릭한다.

봄방학도 전에 서명 1,000개 달성! 여러분, 정말 감사합니다. 신학기까지 기필코 징파를 부활시키고 말겠습니다!

최신 트윗에는 1,000명분의 서명을 모은 노트 표지 이미지가 첨부되어 있다. 하지만 아직 아무도 리트윗하지 않고 있다. 역시 이곳도 갱신된 것은 없다. 오늘이 20일이니까 벌써 일주일 이상 새로운 트윗이 없는 것이다. 요시키는 그대로 라인 그룹으로 옮겨간다.

제2회 혁명가들의 술판이 오늘 밤 열리는데 유스케는 출석 신고조차 하고 있지 않다. 메구미가 보낸 '꽤 늦어질지 모르지만 어쨌든 얼굴은 내밀게요!'라는 메시지가 끝이다.

유스케와 마지막으로 만난 게 언제였더라? 요시키는 기억을 되살린다. 맨 먼저 떠오른 것은 집에서 TV를 보던 유스케의 옆얼굴이다. 그 시선의 끝에는 메구미가 있었다. 유스케와 마지막으로 만난 것은 메구미와 섹스하기 전이었는지도 모른다.

'공지! 오늘 모임은 저번처럼 저녁 8시부터. 별실 잡아놨으니 모두 모입시다!'

다루마오토시*를 역재생하듯이 새로운 메시지가 단체 채팅방으로 미끄러져 들어온다. 이 단톡방에는 유학생 이 군도 포함되어 있다. 요시키는 바로 답글을 다는 것이 쑥스러웠지만 '접수!'라는 문자를 밑바닥으로 밀어 넣는다.

이번 술판에서 간사를 맡은 가시와 후미카는 신생 혁명가들 이외에 또 하나의 라인 그룹을 만들었다. 이 그룹은 깜짝파티용으로 말 그대로 한국인 유학생 이 군을 제외한 나머지 멤버들로 구

* 일본의 전통 게임으로 차례로 쌓은 나무토막을 쓰러뜨리지 않고 빼내는 놀이.

성되어 있다. 그리고 오늘 후미카는 멤버들에게 관련 메시지를 보냈다.

'오늘 술판에서 이 군을 위한 깜짝파티가 있습니다! 그러니 늦어도 10시까지 와주시면 감사하겠습니다! 준비한 선물도 있는데 비용은 나중에 걷겠습니다. 이 점 양해 부탁드릴게요.'

요시키는 메시지를 읽으며 자신이 멤버들 생일을 전혀 모르고 있다는 사실을 깨달았다. 그런 사소한 부분들이 후미카의 활기 넘치는 성격을 뒷받침하는 것은 아닐까 싶었다. 오늘 유스케는 과연 나타날까? 결국 집을 나설 때까지 기대한 양의 절반 정도밖에 감사장을 쓰지 못했다.

"어서 오세요."

식당 입구에서 맞이해준 것은 유니폼을 입은 도모야였다.

"벌써 거의 다 모였어."

도모야가 안쪽 별실까지 안내해준다. 그의 몸은 자유자재로 좁은 가게 안을 움직인다. 그 뒷모습이 좀처럼 손에 쥘 수 없는 도모야를 상징하는 것 같다.

"저기, 있잖아…."

"첫 잔은 생맥주로 할 거지? 자, 천천히 놀다 가."

최근에 유스케랑 만났는지 물어보려는데 도모야가 바로 다른 테이블로 옮겨간다. 바쁜 시간대니까 어쩔 수 없다.

"어머, 남편 혼자서 왔네?"

요시키가 별실에 들어서자 후미카는 히죽이며 맞이한다. 아마도 메구미가 후미카에게 두 사람의 관계를 보고한 것이리라. 두 사람이 사귄다는 소식은 순식간에 기정사실화되어 있었다. 그러니까 분명 유스케도 알고 있겠지.

"남편? 요시키 결혼했어?"

신나게 맥주를 마시던 이 군이 고꾸라지듯 놀란다.

"결혼 같은 거 했을 리 없잖아! 이상한 소리 좀 하지 마."

"내숭은… 이미 제로웜리즈 오른팔 주제에."

"오른팔은 무슨…."

요시키가 부정해보지만 소용없다. 연인이 같은 단체에서 활동하고 있으면 그런 식으로 보이는 게 당연하다. 아직 반이나 남아 있는 감사장을 떠올리면 지겹기도 하지만, 할 일이 있다는 사실은 술판에 참석할 수 있는 좋은 구실이 된다.

레이버즈의 활동이 멈춰버린 지금, 요시키는 제로웜리스에 푹 빠져 있다. 아직은 옆에서 도와주는 수준이지만 슬슬 일원으로 들어가려고 하는 참이다.

"메구미, 정말 몸 바쳐 일하는 것 같아."

"이번 겨울엔 웹 인터뷰에도 자주 나오던데."

"그 방송 이후에 제일 반응이 컸던 게 메구미잖아."

당시 메구미는 인터뷰 때마다 말했다. 노숙자들을 추위에서만이라도 구해주고 싶다고, 여러 사회문제를 다시 생각하는 계기가 되었으면 한다고. 그리고 이 발언은 왜 레이브를 하냐는 질문에 대한 요시키의 대답과 무척 닮아 있었다. 내 주변의 자잘한 문제들로부터 시작해 사회 전체를 덮고 있는 커다란 문제로! 문제의

스케일이 크면 클수록 질문에 대한 대답도 장대해진다.

"그렇게 말하는 후미카도 요즘 갈수록 굉장해지던데."

요시키가 안주로 삶은 풋콩을 집어 먹으며 말한다.

"뭐, 으쌰으쌰 열심히 하고 있는 거지."

후미카가 자신에 찬 얼굴로 답한다. 현재 그녀는 프리스타일스키 전 일본선수권 챔피언이라는 경력을 살려 여성들이 체육 업계에서 겪는 어려움을 해소하기 위한 활동을 하고 있다. 성차별이라는 키워드가 마침 시대에 걸맞기도 해서 여성 칼럼니스트나 지역 출신 작가와의 대담도 적극적으로 진행되고 있는 모양새다.

"이번엔 맞서 싸워야 할 적이 커서 말이야. 이래저래 힘들어."

후미카는 남자 멤버들을 향해 총을 쏘는 시늉을 한다. 스포츠단체에서는 고령의 남성들이 높은 자리를 차지하는 경우가 많다. 그리고 대부분의 남성은 좋게 말하면 경륜의 미덕, 나쁘게 말하면 꼰대 감각에서 좀처럼 빠져나올 생각을 않는다. 현재 그들에게 강펀치를 날리는 후미카의 활동이 커다란 반향을 일으키고 있는 셈이다.

"힘들다고 말은 해도 즐기는 것처럼 보이는데?"

이 군이 후미카를 향해 손으로 총을 겨누며 말한다.

"그래 보여?"

후미카는 아닌 척하지만 얼굴에 번지는 웃음을 숨길 수 없다. 맞서야 할 상대가 커질수록 활력이 넘치는 게 분명하다.

"레이버즈는 요즘…."

후미코가 말했을 때 딩동 하고 알람이 울린다.

'유스케다.' 요시키는 직감한다. 유스케. 유스케가 오는 게 아닐까?

"메구미다!"

한발 앞서 휴대폰을 확인한 후미카의 목소리가 허공으로 날아든다.

"10시 전엔 도착할 거래. 이야, 메구미도 바쁜 것 같네. 사회를 위해 몸을 바치다니 역시 대단해!"

가볍게 답장을 하고 있는 후미카에게 요시키가 묻는다.

"유스케는 오늘 안 와?"

"아…."

한순간 목소리가 낮아지는 듯했지만 후미코는 금세 톤을 되찾는다.

"웬일인지 답장이 안 와. 바쁜가 봐."

"징파 때문에 말이야."

후미카가 덧붙이자 멤버들이 킥킥댄다. 요시키는 그 모습을 보며 고등학교 시절을 떠올린다. 무엇보다 유스케는 지금 바쁠 리가 없다. SNS에 올라오던 징파부활운동 소식도 오래전부터 올라오고 있지 않고 있다. 이전까지는 사소한 활동이라도 공적을 과시하기 위해 시시콜콜 올리곤 했는데.

"징파? 그거, 부활, 한 거 아니야?"

이 군의 말들이 독특한 발음을 타고 테이블 위로 떨어진다.

"응? 뭐라고?"

"홋카이도대학에 다니는 친구가 그러던데. 징파, 부활했다고."

"오, 그래?"

후미코가 손뼉을 친다.

"그 녀석이 펼친 활동이 결실을 맺었다는 뜻이네?"

그 녀석. 후미카가 유스케를 그렇게 부르고 있다는 사실을 멤버 누구도 이상하게 생각하지 않는다.

"이거, 유스케라고 생각했는데… 아닌가?"

이 군이 후미카에게 자신의 휴대폰을 가리키며 말한다.

"어디 보여줘 봐."

후미카는 눈을 가늘게 뜨고 10여 초 바라보더니 웃음을 흘린다.

"이건 유스케가 아니라 완전히 다른 사람이야. 무엇보다 접근 방식 면에서 유스케보다 몇 배 더 똑똑하네. 뭐야, 이거. 실제 징파 부활을 위해 꾸준히 움직인 사람은 따로 있었던 거잖아. 그 녀석, 아무것도 모르는 주제에 서명 1,000명분을 모았던 거야?"

"그냥 피에로잖아."

웃고 있는 후미카의 손에서 요시키가 휴대폰을 낚아챈다.

"좀 보여줘."

하얗게 빛나고 있는 화면에 한 학생의 트위터 계정이 보인다. 프로필에는 홋카이도대학 공학부 생체정보코스 3학년이라고 적혀 있다.

1. 징파를 부활시키고 싶다는 생각으로 지금까지 활동해왔습니다. 하지만 종전과 같은 전단지 살포나 벽보 부착, 서명운동만으로는 대학 측이 움직여줄 리 없다고 판단되어 몇 개월 전부터 다른 방식

으로 접근하기 시작했습니다.

2. 징파를 할 때 학생들이 지켜야 할 사항들을 대학 측에 제출했습니다. 몇 번의 조정을 거쳐 한정된 시간대와 공간이긴 하지만 다시 징파를 할 수 있게 되었습니다. 준수 사항에 대한 자세한 내용은 첨부파일을 확인해주시기 바랍니다. 우리 모두 징파의 전통을 이어갑시다!

"생체정보코스 3학년."

요시키가 중얼거린다. 그때였다.

"음식 나왔습니다."

갑자기 별실 미닫이문이 열린다. 도모야다.

"아, 감사합니다."

추가로 주문한 음식들이 손에서 손으로 테이블에 놓인다. 반대로 텅 빈 술잔들은 다시 손에서 손으로 도모야에게 전달된다.

"잠깐만."

주방으로 돌아가려는 도모야를 요시키가 붙잡는다.

"이거, 알고 있었지?"

이 군의 휴대폰을 들여다보고 도모야는 몇 초간 움직이지 않는다.

"생체정보코스, 도모야 군이 있는 곳 맞지? 거기서도 징파부활 운동을 하고 있다는 거, 그리고 그쪽이 훨씬 성공 가능성이 크다는 거. 도모야 군은 틀림없이 알고 있었어. 그렇지?"

요시키는 도모야의 눈을 똑바로 쳐다본다.

파랗다. 그럴 리가 없는데도 요시키의 눈은 분명 파랗게 반짝였다. 그것이 도모야의 눈이라는 하나의 점이었는지 도모야의 눈을 제외한 온 세상이었는지는 알 수 없다.

"왜 유스케에게 말해주지 않았어? 같은 과 사람들이 훨씬 효율적으로 움직이고 있다는걸. 도대체 왜 알려주지 않았던 거야?"

도모야는 유리잔과 접시가 담긴 쟁반을 들어올린다. 이런 음식점에서 파란색이 눈에 띌 리 없다.

"…어쩔 수 없는 일이야."

도모야는 들리지 않을 만큼 나직한 목소리로 중얼거린다. 그러더니 아르바이트생의 얼굴로 곧장 별실을 빠져나간다. 미닫이문이 닫히는 순간, 공기도 대화도 끊어진다. 한순간의 정적.

"요시키 군, 내 휴대폰, 돌려, 줘."

이 군의 이질적인 억양이 침묵을 더욱 이질적으로 만든다.

"아, 유스케 군…."

이 군은 휴대폰을 주머니에 넣으며 말한다.

"이제 할 일이 없어져버렸네."

이제 할 일이 없어져버렸네.

이제 할 일이 없어져버렸네.

"그 녀석, 아직 동정일 거야. 틀림없어."

"뭐?"

후미카가 던진 말에 분위기가 바뀐다.

"뜬금없이 무슨 소릴 하는 거야?"

주로 남자 멤버들이 키득거린다.

“처음 봤을 때부터 생각했는데 말이야. 그 녀석 이런 분위기를 확 풍기잖아? 저 무지무지 활약하고 있어요! 혈기 왕성 그 자체. 운동선수 중에도 그런 타입이 있지. 시키지도 않았는데 남자 역할을 맡아서 오버 떨며 어필하는 타입.”

후미카는 잔에 담긴 하이볼에 입술을 댄다.

“그런 애가 동정일 것 같아? 운동선수 타입에다 남자다우면 더 잘 노는 게 아니고?”

요시키는 왜 자신이 유스케를 두둔하려 드는지 의아하다.

후미카는 잔을 내려놓고 말한다.

“실제로 여자와 사귀어봤다면 그런 허세가 안 통한다는 것쯤은 잘 알 테니까. 게다가, 게다가 말이야….”

그리고 입놀림을 멈추지 않는다.

“일단 좋아하는 여자를 만나서 동정을 떼고 싶어 하는 타입은 아니야. 누가 됐건 빨리 떼어줬으면 하는 타입이지. 그 녀석이 하는 활동이라는 것도 얍삽하기 짝이 없어. 징파 타령하며 어울리고 싶어 하지만 솔직히 레벨이 다르달까. 걔는 주위 사람들한테 보여주고 인정받는 게 목적일 뿐이야.”

목적. 그 단어가 요시키의 고막에 끈적하게 엉겨붙는다.

“주목을 끌려면 이래야겠다고 생각했을 뿐이었겠지. 그 녀석, 실은 징파 따위는 어떻게 되든 관심 없었던 게 분명해. 서명을 1,000명한테 받겠다고 떠들 때부터 유치해서 ‘바보 아냐?’ 했었다니까? 정말 부활시키고 싶었다면 아까 그 사람들처럼 체계적으로 움직였어야 했다고."

주위 사람들은 그렇게 말할 필요까진 없다면서도 실은 후미카에게서 더욱 악담이 나오길 부추기고 있다.

"동정에다가, 바보에다가, 코흘리개 그대로야. 전혀 변하지 않았달까. 유치해, 싸우는 방식이. 어딘가 애송이 같아."

'이런 거였나….' 요시키는 몸속에서 맴돌던 알코올이 모두 증발해버린 것 같다. 지금의 유스케는 사람들이 떨어져 나간 시절의 자신과 많이 닮아 있다.

"자, 자. 분위기 좀 바꾸고 마셔! 맥주 마실 사람?"

술이 차례로 전달되면서 언제나처럼 다양한 주제가 오간다. 그중에서도 일본인 10명이 사망한 알제리 인질 사건을 시작으로 일본의 국방 문제를 둘러싼 열띤 토론이 벌어진다.

요시키는 이번에도 적극적으로 토론에 참가하지 않는다. 자신의 의견을 말하는 순간 다른 사람들보다 얕은 지식을 들켜버릴 것 같고, 과거 레이브에서 다루었던 이슈들에 대한 최신 정보도 없기 때문이다. 무엇보다 고막에 엉겨 붙어 좀처럼 떨어지지 않는 말들이 입을 막아버린다.

그리고 이번 모임의 톤도 저번 모임과 크게 다르지 않다. 하나씩 주제가 올라오는 순간 확 달아올랐다가 원만하게 착지한다. 그 종착점은 지난번 술자리와 똑같다.

"요즘 우리 세대들은 토론을 하려 들지 않아."

"우리가 하는 활동으로 조금이나마 또래들의 눈을 돌려야겠지."

"우리 좀 더 힘내자, 힘!"

그래도 모두들 흡족한 표정이다. '그래도 저번보다는 열기가 식은 것 같은데.' 요시키가 멍하니 생각하고 있던 그때였다.

"늦어서 미안!"

메구미가 차가운 바깥공기를 묻힌 채 미닫이문 사이로 얼굴을 내민다. 어느새 10시가 다 되어가는 것 같다.

"아, 메구미! 기다렸어! 밤늦게까지 너무 고생하는 거 아냐? 진짜 몸 바쳐 일하는 거 아니냐고!"

후미카가 오리털 코트도 벗지 않은 메구미를 끌어안는다. 메구미의 표정을 살피니 창백한 안색이 가장 먼저 눈에 들어온다. 틀림없이 활동에 생긴 문제를 해결하느라 마음이 쫓기고 있었을 것이다.

메구미는 자존심 때문인지 직접 어려움을 토로하는 일이 없다. 하지만 자원봉사자로부터 들은 바에 따르면 지금 단체에 어떤 문제가 생겼다고 한다. 아무래도 노숙자를 돕고 싶어 하는 메구미의 열정이 지나쳐 헛돌기 시작한 모양이었다. 방한용품을 배포하는 데 그치지 않고 멋대로 노숙자의 가족에게 연락하고 있다는 소식은 놀라웠다. 노숙자로부터 참견 말라는 이야기를 듣거나 스태프가 지나치다고 말려도 듣지 않는다고 했다.

"메구미 씨, 요즘 좀 병적이에요. '더 도와야 해, 더 도와야 해. 내가 돕지 않으면 안 돼. 내가 구해주지 않으면 안 돼' 하면서…. 약간 제정신이 아닌 것 같기도 하고. 요시키 씨, 남자친구잖아요. 뭔가 들은 거 없어요? 뭐 짚이는 데라도?"

스태프의 말 중에 "남자친구잖아요"라는 부분에서 요시키는 머쓱해졌다. 그것은 마치 이미 식어버린 빵에 버터를 바르는 듯한 말투였다.

"자, 메구미도 왔으니까 이제 슬슬 시작해볼까?"

후미카가 멤버들의 얼굴을 둘러본다. 이 군만이 영문을 모른 채 어리둥절하다.

"그럼 부탁해요!"

후미카가 별실 안쪽에서 문을 두드린다. 그러자 열린 문틈으로 커다란 케이크를 든 도모야가 들어온다.

"아!"

"그래서 아까 디저트 안 시켰던 거구나!"

멤버들 모두가 케이크에 정신이 팔려 있을 때, 요시키는 도모야의 어깨 너머로 보이는 문. 그 문 건너편에 있는 세계에 마음을 빼앗긴다. 가게 입구에 한 남자가 서 있다. 유스케다.

"저기 봐, 유스케가 왔…."

"우와! 언제 이런 걸 다 준비한 거야?"

케이크가 자신의 것임을 알아챈 이 군이 말한다.

"방금 너, 타라짱* 같았어."

후미카가 웃음을 터뜨린다.

"사진 찍어드릴까요?"

도모야의 제안에 모두가 기분 좋게 사진을 찍으러 모여든다.

---

* 일본 만화 '사자에상'의 등장인물로 3세 정도의 귀여운 남자아이 캐릭터.

활짝 열린 문 저 너머에 유스케가 서 있다.

“자, 모두들 모여! 이 군, 케이크 들고 가운데 서!”

후미카가 요시키의 어깨를 누른다.

“찍습니다아.”

카메라를 들고 있는 도모야가 카운트다운을 한다. 그 모습을 유스케가 보고 있다. 뜻하지 않게도 요시키는 이 군의 바로 옆이다. 달콤한 냄새를 풍기는 케이크에 시선을 떨군다. 하얀 케이크 위에 초콜렛 펜으로 적혀 있는 메시지. 그것은 ‘생일 축하합니다’가 아니었다.

이 군, 병역 파이팅!

“병역?”

카메라 셔터음이 찰칵찰칵 몇 번인가 울린다.

도모야가 후미카에게 휴대폰을 돌려주며 말한다.

“이 군, 군인이었어?”

요시키는 케이크와 투샷을 찍고 있는 이 군에게 묻는다. 이 군은 얼굴 옆에 케이크를 들어 올리다 말고 새삼스럽다는 표정으로 바라본다.

“3월에 입대래. 비행 편이 언제더라? 다음 주던가?”

후미카가 묻자 이 군이 고개를 끄덕인다.

“응. 공군이면 2년이고, 육군이면 21개월 복무야. 내가 떠나더라도 다들 잊지 말아줘.”

"잊을 리가 있냐!"

남자 멤버들은 그를 둘러싸고 때리는 시늉을 한다. 원 안에 들어가지 않은 사람은 요시키와 메구미, 그리고 입구에 서 있는 유스케뿐이다. 요시키는 천천히 메구미의 표정을 살핀다. 요 몇 주 사이 단번에 낯이 익어버린 두 눈. 시선은 분명 앞을 향하고 있지만 실은 이 군을 뚫고 자기 등에 꽂히는 것 같다.

'졌다….'

아무도 말하지 않았지만 요시키의 귀에는 들렸다. 그것이 메구미의 목소리인지, 자신의 목소리인지, 유스케의 목소리인지는 알 수 없다.

"그만해. 케이크 다 찌그러지겠다."

이 군이 자신을 둘러싼 멤버들로부터 벗어나 말한다.

"입만 나불거리던 소꿉놀이도 이제 그만."

이 군이 말하며 자리에서 일어선다. 모두가 이 군을 올려다본다. 이 군은 천천히 왼손을 올리더니 요시키와 멤버들을 향해 경례한다.

"마음을 다해 이 한 몸 바치고 돌아오겠습니다."

소란스럽던 별실이 한순간 조용해진다. '소꿉놀이', '이제 그만', '마음을 다해서'. 이 군에게서 나온 말들이 바늘귀에 실을 꿰는 섬세함으로 멤버들의 연약한 부분을 찌른다. 문이 열려 있는데도 다른 테이블의 웃음소리는 들리지 않는다.

"뭐야. 지금 그 말투…."

메구미가 입을 연다.

“우리가 하는 일들이 결국엔 다 소꿉놀이라는 거야?”

“메구미….”

후미카가 말리려 들지만 메구미는 멈추지 않는다.

“지금 우리는 몸 바치고 있지 않다는 거야? 이토록 애쓰고 있는데? 매일 잠잘 시간도 없이? 지금 그런 뜻이냐고!”

“소꿉놀이하는 사람도 있다는 거 알잖아.”

절규하는 메구미에게 이 군이 냉정하게 답한다.

“그러니까, 당신.”

당신이라고 두 번 불릴 때까지 요시키는 그 말이 자신을 가리킨다는 사실을 몰랐다.

“당신, 전에 한일 관계에 대해 더 듣고 싶다고 했지? 하지만 말뿐이지 실은 전혀 관심 없잖아.”

침묵에 싸여 있던 별실이 더욱 고요해진다. 요시키는 자신이 이 군에게 그런 말을 한 적이 있었나 되짚어본다. 누구에게랄 것 없이 그렇게 말해온 것은 아닐까. 요시키는 당신이라는 말이 가진 뒷맛을 입안에서 곱씹는다. ‘이 군은 내 이름조차 모르는구나. 하긴, 당연히 기억 못 하겠지.’

‘너, 중학교 때 책 별로 좋아하지도 않았잖아.’

‘아나키스트가 어쩌고저쩌고하지만 실은 흥미 없었잖아.’

‘주목을 끌려면 이래야겠다고 생각했을 뿐이었겠지.’

또 저지르고 말았다. 저지르고 있다는 걸 알면서도 이번엔 진짜 마음을 다해 저질러버렸다.

"뭐, 관심 없으면 없는 대로 상관없겠지만 말이야. 관심이 있다고 특별히 잘난 것도 아니고."

요시키는 이 군이 하는 말을 그저 받아내기만 한다. 그러면서 문 저편에 서 있는 유스케의 모습을 바라본다. '소꿉놀이하는 사람, 저기도 한 명 있어.' 물론 목소리는 나오지 않는다.

메구미는 여전히 악에 받쳐 소리 지르고 있다. 요시키는 머릿속에서 이 군에게 다가가려는 메구미의 어깨를 잡아 말린다. 그리고 그녀를 아끼는 사람으로서 다크서클이 짙어진 그녀를 걱정스레 달래고 있다. 하지만 현실은 자리에 주저앉은 채 문 저편을 바라보고 있을 뿐이다.

다음 날, 징파부활운동위원회 사이트가 사라졌다. 그리고 그다음 다음 날, 요시키는 유스케의 모습을 다시 보았다. 라면대장이 보이기 시작할 무렵부터 누군가 가게 앞에 서 있는 것이 눈에 띄었다. 그 사람이 벽에 무언가를 붙이고 있었기 때문에 요시키는 아르바이트생이 청소하는 줄로만 알았다. 그래서 그가 갑자기 말을 걸어왔을 때 당황했다.

"요시키."

유스케는 벽에 손가락을 댄 채 이쪽을 보고 있었다. 순간, 요시키는 몸속 세포들이 일제히 등을 웅크리고 방어하는 것을 느꼈다. 그젯밤 유스케의 이글거리는 시선을 혼자 받아냈던 요시키는 아직도 화상을 입은 것처럼 통증이 남아 있다. 유스케는 그날 밤 누구에게도 말을 걸지 않은 채 그대로 가게를 떠나버렸다. 마침

봄방학이 시작되어서 당분간 그와 얼굴을 마주치지 않아도 된다고 생각하던 참이었다.

"어, 오랜만이야."

요시키는 세포들이 대답과 함께 원래대로 돌아가는 것을 느꼈다. 경계가 녹아내리는 듯한 느낌. 유스케는 마치 딴 사람 같다.

"요시키, 여기 좋아해?"

"응. 뭐, 라면보다는 제육볶음밥 먹으러 자주 와."

이곳이 처음이라고 말하는 유스케의 눈동자는 물에 씻은 듯한 신선함을 머금고 있다. 그날 밤처럼 강렬한 빛이라기보다는 더 넓은 곳을 비추는 느낌이다.

"유스케는 뭘 하고 있는 거야?"

요시키가 유스케의 손끝으로 시선을 가져간다.

유스케가 손가락을 대고 있는 라면집의 벽. 거기에는 눈에 익은 징파부활운동 포스터가 붙어 있었다.

"나, 자위대에 들어가기로 했어."

"뭐?"

요시키는 그가 던진 말을 얼른 받아들이기가 힘들다.

"자위대?"

그 단어를 스스로 발음해보고 나서야 비로소 말의 의미가 머릿속에 들어온다.

"징파 같은 거, 이젠 어떻게 되든 상관없어졌거든. 그냥 학생들끼리 노닥거리는 거잖아. 난 말이야. 오래전부터 좀 더 큰일을 하고 싶었어. 그래서 기억해낸 게 윈클러 사령관의 말이었고. 미래의 자신이 아니라 지금의 백성을 위해 움직여라!"

유스케가 벽에 붙은 전단지를 찢어 내리며 말한다. 전류가 흐르는 듯한 소리가 인적 드문 골목에 울린다.

요시키는 유스케가 무엇을 하고, 왜 그것을 하는지 알게 되자 전신을 압도당하는 느낌이다. 유스케는 지금 과거의 모든 것을 회수하고 있다. 징파부활운동 전단지를 놓아두었던 가게로부터, 그 전단지를 붙여주었던 벽으로부터. 아니, 징파부활운동에 몸담았던 스스로를 지우려는 모습이다.

"지금 이 순간, 사람들을 위해 뭘 할 수 있을까 생각해봤더니 역시 자위대가 최선이라는 생각이 들더라고. 한국, 중국은 위안부 문제랑 센카쿠 문제로 대립하고 있고, 북한은 언제 핵실험으로 일본을 공격할지 모르는 상황 아냐? 미국이 정말 지켜줄지는 모르는 일이고 그 와중에 테러는 펑펑 터지고 있고. 지금까지 우리가 해온 것처럼 선술집에 모여 이러쿵저러쿵하는 건 아무 도움이 안 돼. 이상주의 이론을 펼치기에 앞서 먼저 몸을 움직여야 하는 거야."

요시키는 순간 비가 내리는 줄 알았다. 빗방울 같은 감촉이 손등에 느껴져서다.

"절대 이 군의 병역에 영향을 받은 건 아니야. 오래전부터 생각하고 있었던 거야. 뭐, 너한테 말한 적은 없었지만. 그리고 말이야. 듣도 보도 못한 녀석이 징파를 부활시킨 것도 이 결정과는 전혀 상관없는 일이야."

침이다. 비가 오는 게 아니었다. 손등에 떨어지고 있었던 건 유스케의 침이었다. 요시키는 유스케를 바라본다. 부릅뜬 눈, 침 튀기는 입, 혈색 도는 피부, 커다란 귀. 유스케는 도대체 몇 번이나 이런 모습으로 살아온 것일까.

"솔직히 말해 징파를 부활시키겠다고 뛰어다녔지만 그다지 살아 있다는 느낌을 받지 못했거든. 징파를 통해 기뻐하는 학생들을 보는 것보다 국민을 위해 몸 바치는 게 훨씬 보람 있다고 할까, 사는 의미가 느껴진다고 할까."

전단지를 떼어낸 자리에 끈끈한 자국이 남아 있다. 요시키는 유스케가 가고 가면 그 자국을 깨끗이 닦아두기로 한다.

"그나저나."

유스케가 입을 연다.

"요새 뭘 하는 거야? 최근에 레이브 본 적 없는 것 같은데."

'요새 얼마나 주목받고 있는거야?', '사회를 위해 뭔가 하고 있는 거야?', '가치 있는 인간이야?'

요시키의 귀에는 질문이 그렇게 들렸다. 보지 않아도 알 수 있다. 유스케는 지금 웃고 있을 것이다. 자신이 이겼다고 생각하면서. 자위대라는 카드를 먼저 꺼냈다는 사실에 한없이 안도하고 있을 것이다.

요시키는 숨을 들이마신다.

"메구미가 하는 NPO 활동을 돕고 있어."

메구미. 그 이름에 유스케의 표정이 미세하게 흔들린다.

"지금 메구미의 활동이 여러 곳에서 호응을 얻고 있거든. 지금까지 모인 것보다 더 많은 후원금이 최근에 쏟아지고 있어. 실제적으로 사회를 돕고 있는 거지. 그젯밤에 모인 멤버들도 모두 열심히 움직이고 있고. 예를 들어 후미카는 스포츠 업계의 여성 진출을 지원하는 활동을 시작했…."

"그 얘기 왜 안 나오나 했다."

유스케가 떼어낸 전단지를 찢으며 말한다. 고막을 생으로 찢는 듯한 소리가 울린다.

"여자들은 참 편하네. 안 그래?"

한 장이었던 전단지가 두 개로 나누어진다.

"그냥 가만히 있어도 강자에게 맞서는 약자 느낌을 주니까 말이야."

4개, 8개…. 한 장이었던 종이가 눈 깜짝할 사이에 산산조각이 난다.

"여성의 독립이나 사회 진출 같은 거 말이야. 좀 불공평하지 않아? 우리 남자들은 독립하는 게 당연한 일이고 사회에 나가지 않으면 아무짝에 쓸모없는 놈이라고 낙인찍히는데 말이야. 남자가 뭐라도 성취하지 못하면 루저, 여자가 뭐라도 하나 성취하면 영웅."

유스케가 오므리고 있던 양손을 활짝 편다. 그때까지 유스케가 맞서고 있던 무언가가 형체를 잃어가고 있다.

"축제에서 남자가 가마를 메면 남자답다고 말하고, 축제에서 여자가 요리를 하면 여자답다고 칭찬받잖아. 그런데 반대로 여자가 가마를 메면 멋있다는 말을 듣지만, 남자가 요리를 하면….”

바람이 분다.

“재수 없는 놈이 되지.”

종잇조각들이 흩날린다.

“세상에 강자로 태어난 우리 남자들은 가마를 짊어질 수밖에 없어.”

유스케는 흩날리는 종잇조각들을 보며 중얼거린다.

“그걸 쭉 메고 다닐 수밖에는….”

하지만 요시키에겐 그가 궤도 너머의 무언가를 좇는 것처럼 보인다.

“갈게.”

유스케는 지금껏 맞서 싸운 것들에게 작별을 고하듯 찢어진 종잇조각들을 밟으며 멀어져간다. 하지만 그 종잇조각들은 유스케의 운동화 바닥에 달라붙어 좀체 떨어지지 않는다.

메구미의 집에 도착했을 즘엔 약속시간인 오후 1시가 조금 지나 있었다. 제로웜리스는 사무실을 빌릴 돈이 없어 메구미의 아파트를 사무실로 쓰고 있다.

“수고하십니다.”

문을 여니 자원봉사자들이 샌드위치를 입에 넣고 있다. 그녀들은 밖에서 점심 먹을 시간도 없는 것 같다. 오늘은 향후 방침에 대해 협의하기로 한 날이지만 그 내용이 어떤 것일지는 대충 짐작하고도 남는다. 아마 지금 눈앞에 있는 두 학생들이 자원봉사를 할 수 없다는 말을 꺼낼 것이다. 학교 수업에 충실하고 싶은 건지, 다른 아르바이트가 생긴 건지는 들은 바 없다. 빵과 야채를 묵묵히 입에 넣는 모습이 무엇을 먹는다기보다 말을 삼키고 있는 모습에 가깝다.

사업을 확대하고 싶어 하는 메구미, 그 페이스를 따라잡기 힘든 스태프들. 그리고 이젠 더 이상 활동을 하지 않는 레이버즈.

'단체란, 이런 식으로 무너지는 거구나.' 요시키는 조용히 속삭이며 얼음이 녹는 시간을 기다린다.

"늦네…."

메구미는 1시가 넘어도 나타나지 않고 있다. 문자메시지는커녕 수차례 남긴 부재중 전화에도 응답하지 않는다. 바빠서 늦는 일은 자주 있었지만 연락이 닿지 않는 적은 없었다.

"어쩌면 다누키 상점가에 있는 건지도 몰라요."

봉사자 중 한 명이 키보드를 두드리던 손을 멈춘다.

"거기라면, 지금 싸우고 있는 사람이 지내는 곳 말이야?"

두 봉사자는 서로의 얼굴을 바라본다.

"싸우고 있다기보다는…."

그러다가 말끝을 흐린다. 하고 싶은 이야기가 무엇인지 대충은 알 것 같다. 싸운다고 할 만큼 쌍방이 행동을 주고받는 상황이 아니라 메구미의 돕고자 하는 마음이 지나쳐 생기는 문제라는 것을.

스스키노역과 오오도오리역 사이에 있는 다누키코지 상점가. 7개의 아케이드로 이루어진 이곳은 밤이면 노숙자들의 천국이 된다. 그중에서도 7번가의 아케이드는 이들 공동체가 처음 생겨난 곳이다.

처음 제로웜리스가 방한용품을 나눠주었을 땐 모두가 굉장히 기뻐했던 모양이다. 하지만 메구미는 그것으로 만족하지 않고 중심인물인 노숙자의 가족에게 멋대로 연락해 집으로 돌아갈 수 있게 해달라고 부탁했다. 자신이 행하는 모든 일이 곧 감사히 여겨질 거라는 믿음이 생겨난 듯했다. 하지만 사람들에겐 저마다의 사정이 있는 법이다. 가족에게 돌아가면 모두 행복해질 거라고 누구도 단정 지을 수 없다.

"나, 좀 다녀올게. 그리고 이따가 연락할게."

요시키는 오리털 재킷을 손에 쥐고 일어선다. 두 봉사자들은 다시 할 말을 삼킨 표정으로 서로를 마주본다.

누군가 자고 있는 줄 알았다.

"메구미!"

요시키가 이름을 부르자 메구미는 고개를 든다. 자고 있었던 게 아니라 고개를 숙이고 있을 뿐이었던 것 같다.

"이러다 감기 걸리겠다."

바람이 부는 건 아니지만 역시나 밖은 밖이다. 사람으로 북적이는 아케이드 안에 메구미가 있는 벤치 풍경만이 정지화면처럼 느껴진다. 메구미가 손목시계를 본다.

"벌써 시간이 이렇게 됐네."

벌떡 일어서려는 메구미의 어깨를 요시키가 눌러 앉힌다. 그리고 편의점에서 사 온 코코아를 내민다.

"오늘은 이만 쉬는 게 좋겠어."

메구미는 코코아를 받아 들었지만 대답은 하지 않는다. 사람들은 벤치에 앉은 두 사람이 보이지 않는지 무심히 상가를 오간다. 메구미에겐 분명 지금 눈앞에 없는 노숙자들의 모습이 보일 것이다.

"메구미, 노력이 좀 지나친 것 같아."

요시키는 코코아 뚜껑을 비틀며 말한다.

"얘기 들었어. 메구미가 이 근처 노숙자들 가족에게 연락한 거. 그래서 그 문제로 옥신각신하고 있다는 거. 자원봉사자 두 명한테 이것저것…."

뚜껑과 병을 연결하고 있던 끄트머리가 끊어진다.

"방한용품 나눠주는 거야 다들 좋아할 일이지만, 가족 문제는 사람마다 속사정이 있을 텐데 그걸 억지로…."

"나, 사람들을 구해야만 해. 구하지 않으면 안 돼."

페트병 입구에서 달콤한 코코아 냄새가 감돈다.

"지금 같은 방식으로는 안 된다구. 눈속임일 뿐이야. 나는 군대를 갈 수도 없으니까 지금 하는 일에 더 진심으로 몸을 바쳐야 해. 소꿉놀이나 하고 있을 겨를이 없어. 살아가는 의미를, 살아 있는 이유를 찾지 않으면 저 사람들과 다를 바 없단 말이야."

살아가는 의미, 살아 있는 이유. 바람이 불지도 않았는데 유스케가 찢은 전단지 파편이 흩날린다. 아까 유스케의 입에서 나왔던 말. 그리고 자신도 곧잘 내뱉었던 그 말.

'자, 마지막으로 한마디만 더. 지금의 안도 요시키 군에게 레이

브란 뭘 의미하지?'

'살아가는 이유라고 할까요.'

조금 전만 해도 달콤했던 코코아 냄새가 방송국 회의실 냄새로 바뀌었다가, 또다시 라면대장에서 풍기는 냄새로 바뀐다.

"요시키도 그렇잖아?"

메구미가 이쪽을 바라본다.

"정치에 관심도 없으면서 레이브를 했다는 건, 자신이 살아 있다는 걸 보여주고 싶어서 아니었어? 그리고 레이브가 사라져버리니까 아무것도 하지 않는 스스로를 견딜 수 없어서 내 단체를 삶의 의미로 재설정한 거 아냐?"

다크서클이 앉은 메구미의 눈이 요시키의 깊은 눈을 응시한다.

"요시키, 이 군의 병역 소식을 들었을 때 '졌다' 싶은 얼굴을 하고 있었어."

'졌다….' 순간 희미하게 들렸던 말이 체온을 품고 다가온다.

"나, 봤어. 요시키가 절망한 얼굴로 케이크를 보고 있는걸. 졌다고 얼굴에 쓰여 있었어. 요시키가 실제 그렇게 말했다는 생각이 들 정도로 말이야. 정말이야. 들은 것 같았다니까."

산산조각 난 전단지가 흩날리며 춤을 춘다. 이어서 종이 찢어지는 소리가 들린다.

"결국 다 그런 거야. 그런 데서 경쟁하는 것 자체가 결국 자신을 위해 하는 거라고. 말로는 젊은이들이 정치에 관심을 갖게 하기 위해서라고 떠들어대지만, 알고 보면 전부 자기 자신을 위한 수작에 불과해. 나는 살아갈 이유가 있고 내 인생은 가치가 있다. 이렇게 생각하고 싶은 것일 뿐이야."

메구미의 말에 요시키는 자신도 모르게 입을 연다.

"그렇다면 그건 메구미도 마찬가지네?"

메구미가 쥐고 있던 페트병이 찌그러진다. 그녀는 끝내 병뚜껑을 따지 않았다. 그리고 바윗덩이처럼 가방을 들어 올리더니 그대로 일어선다.

"오늘은 날 좀 내버려둬."

메구미의 작은 등이 더욱 작아진다. 어디로 가려는 것일까? 요시키는 불안한 뒷모습에 크게 숨을 내뱉는다. 숨을 들이마시자 이번엔 달콤한 코코아 냄새가 풍긴다. 다디단 초콜릿 냄새. 그것은 그날 밤 주점 별실에서 케이크에 병역이란 두 글자를 쓰고 있던 초콜릿 펜 냄새와 닮아 있다.

"웬일이야? 혼자 오다니?"

도모야가 테이블에 물잔을 놓는다. 점심 영업이 끝나갈 무렵이라 그런지 가게 안은 비어 있다. 결국 메구미 단체의 방침 협의는 연기되었다. 메구미로부터 사과 메시지가 왔지만 아직 '읽지 않음' 상태로 놓아둔다.

"별로 배고프진 않아."

혼자여서일까. 요시키는 바 테이블로 안내되었다. 당연한 일인데도 혁명가들이 술판을 벌였던 별실로 안내되지 못한 게 살짝 섭섭하다. 진하고 달디단 코코아 냄새. 병역이라는 글자를 적은 초콜릿 펜이 있는 것 같다.

"무슨 일 있는 거야?"

도모야의 물음에 대답할 수가 없다. 도대체 무엇을 기대하고 온 걸까? 요시키는 스스로의 행동을 스스로도 납득할 수 없다.

"미안한데, 그냥 커피만 마셔도 돼? 나 사실, 전혀 배가 안 고프거든."

"으음, 점심시간엔 안 되지만…."

도모야는 힐끗 주방 쪽을 본다.

"오늘은 점장님이 없으니까 서비스로 한 잔 줄게."

"정말? 고마워. 미안."

요시키는 주방으로 가는 도모야를 보면서 지금 드는 느낌에 대해 생각한다. 혁명가들의 술판 멤버들과 있을 때와는 느낌이 사뭇 다르다. 그들과 함께 있을 때 드는 자극적인 흥분과 필연적인 경쟁심은 느껴지지 않는다. 마치 바다에 둥둥 떠 있는 것처럼 전신 어디에도 마찰이 일어나지 않는 느낌이다.

"여기, 휴게소 아니야."

도모야가 눈앞에 뜨거운 커피를 내려놓는다. 커피라고밖엔 표현할 수 없는 시큼한 냄새가 코를 간지럽힌다.

"도모야는…."

요시키는 별실로 통하는 문을 보며 말한다.

"만약에 말이야. 한국 친구가 군대 간다고 하면 조바심 날 것 같아?"

"뭐?"

도모야는 자리에 멈춰 선다.

"조바심을 내다니 무슨 소리야? 떠날 사람이니까 섭섭하다고 생각할지는 몰라도…."

'조바심….' 요시키는 입안에서 한 번 더 중얼거린다.

"유스케 말이야. 지금 자위대에 들어가려고 해."

말이 막혀서 그런지 이야기가 뒤죽박죽이다.

"친구 중에 한국인이 1명 있는데 말이야. 병역 문제 때문에 곧 돌아가거든. 그 이야기를 듣고 난 이틀 후에 유스케가 징파부활 운동 관두고 자위대에 들어간다고 했어."

"그래, 그러더라."

도모야가 고개를 끄덕이더니 요시키를 내려다본다.

"알고 있었어?"

"최근에 연락해봤더니 그런 말을 하더라고."

이 느낌. 요시키는 겨드랑이 아래쪽에 모공이 열리는 느낌이다. 도모야의 표정은 한결같다. 어떤 말을 해도 부드러운 부력에 감싸인 것처럼 마찰을 일으키지 않는다. 그 점이 서운하기도 하고, 편안하기도 하고, 으스스하기도 하다. 지금처럼.

"그런 말 듣고도 놀라지 않니?"

"유스케는 고등학교 때도 간다고 한 적 있었으니까."

요시키의 물음에 도모야는 어딘가 아련한 표정이다.

"고등학교 2학년 때였나. 성적이 뚝 떨어졌거든. 그때 굉장히 낙오된 기분이 들었던 모양이야. 중학교 때 전교에서 놀던 애였으니 그 시절의 갭을 견디지 못한 거지. 아무튼 다 때려치우고 자위대에 간다고 했어. 그런 학생은 유스케 하나였으니 변화구를 던져 주목은 받은 셈이지."

도모야의 입매가 조금 느슨해진다.

"그런데 말이야. 성적 우수자한테 상을 주면서부터 점수가 확 오르더라고. 그때부터는…."

여기서 도모야는 침을 한 번 삼킨다.

"자위대란 말은 두 번 다시 꺼내지 않게 됐어. 그러니까 이번에도 안 갈 거야."

요시키는 도모야를 바라보며 말한다.

"뭔가 주목받을 일이 생기면 가지 않는구나."

도모야가 미소 짓는다.

지금 눈앞에 있는 사람의 감정은 플러스일까 마이너스일까. 요시키는 생각을 해봐도 모르겠다.

"그렇구나."

요시키는 커피에 스푼을 넣고 천천히 젓는다. 컵 안에 작은 소용돌이가 생긴다.

"저어, 도모야."

천천히 생겼다가 사라지는 새카만 소용돌이. 그 검은 소용돌이 안을 파고드는 또 하나의 나선.

"왜 유스케랑 친한 거야?"

아주 오래전부터 가졌던 의문이 지갑에서 빠진 동전처럼 모습을 드러낸다. 유스케는 귀찮게 달라붙는 소꿉친구라고 도모야를 표현했다. 그건 유스케의 마음이 만들어낸 거짓말일 뿐, 실은 본인이 매달리고 있는지도 모른다. 하지만 도모야가 유스케에게 정기적으로 연락하는 것일 수도 있다. 그렇지 않다면 이 타이밍에 유스케가 자위대에 간다는 소식을 알고 있을 턱이 없으니까.

컵 안의 검은 소용돌이, 소용돌이의 나선. 유스케가 그리고 있던 검은 소용돌이, 또 끝없는 소용돌이의 나선.

"글쎄, 특별히 이유랄 건 없는데."

도모야가 끝까지 사인하지 않았던 서명 노트. 그것은 도모야가 손대지 않았던, 그 시절의 유스케가 살아가는 이유였다.

요시키는 스푼의 움직임을 멈춘다.

"도모야, 너에겐 살아가는 이유가 뭐야?"

"살아가는 이유…."

도모야의 목소리가 머리 위에서 내려온다.

"그런 게, 꼭 있어야 되나?"

그 목소리는 소용돌이 속에 휘말리지 않는다.

"화장실 좀…"

요시키가 스푼에서 손을 뗀다. 의자에서 일어나 남성용 팻말이 걸린 문을 향해 돌진한다. 화장실에 가고 싶었던 게 아니다. 다만 도모야의 곁에서 멀어지고 싶었다.

바지를 입은 채 변기에 걸터앉는다. 그리고 비로소 커다란 숨을 내쉰다. 찬물 세수를 하고 싶다는 생각으로 얼굴을 들었을 때였다. 마침 눈 닿는 높이에 있는 청소 점검표를 발견한다. 칸막이 안에는 10시, 12시, 14시, 16시라는 시각이 적혀 있다. 2시간 간격으로 청소를 하는 모양이다. 그리고 14시 담당란에 미나미 도모야라는 이름이 적혀 있다.

'도모야의 성이 미나미였구나.' 요시키는 아름다운 글씨체를 보며 생각한다. 생각해보니 친구들 중에 성이 뭔지도 모르는 사람이 많은 것 같다. 하다못해 유스케의 성에도 신경을 써본 적이 없다.

미나미南水. 그냥 '남쪽'이 아니라, '남쪽의 물'이란 뜻의 미나미. 요시키는 그 이름을 한 번 더 바라본다. 미나미 도모야. 어디선가 많이 본 글씨체다. 요시키는 셔츠 주머니에서 휴대폰을 꺼낸다. 본 것 같은 정도가 아니라 분명 어디선가 본 글씨다. 그런데 어디였는지 기억이 안 난다. 그게 기분이 나쁘다.

검색창에 미나미 도모야를 입력하려던 그때였다. 화면에 번쩍 불이 들어온다.

"정말이지, 전철에 뛰어든 줄 알았잖아."

"그런 짓 안 해."

메구미가 침대 위에 뒹굴며 중얼거린다. 조금 쑥스러운지 요시키에게서 등을 돌린 채다. 아까 모르는 번호로 걸려온 전화는 시내의 한 병원이었다.

"하타노 메구미 씨 친구분 되십니까?"

과장되리만큼 침착한 목소리를 듣던 순간, 비좁은 화장실에서 심장을 내리누르는 느낌이 들었다. 그것도 우악스러운 힘으로 눌러 완전히 멎어버릴 것만 같다.

"하타노 씨가 역 계단에서 넘어져 다리가 부러졌습니다. 멀리 있는 가족 대신 검사와 입원을 위해 필요한 것들을 갖고 와주셨으면 합니다."

요시키는 일단 메구미의 아파트로 돌아왔다. 자원봉사자들은 이미 돌아가고 없었다. 필요한 것들을 챙겨 전철과 버스를 갈아타고 서둘러 병실로 향했다. 요시키는 전혀 다른 모습을 상상했지만 누워 있는 건 몇 시간 전과 똑같은 메구미였다. 다리뼈가 부러진 것뿐이니 당연한 일인지도 모른다. 하지만 요시키는 자신의 뼈가 조각난 것 같은 탈진감에 빠졌다.

다행히 심하게 다치지 않았는지 하루 정도 입원하면 된다는 이야기를 들었다. 무엇보다 요시키를 안심시킨 것은 간호사들이 풍기는 별거 아닌 느낌이었다. 이런 것쯤은 일상다반사라는 느낌 말이다. 마음속으로는 대수롭지 않게 생각하고 있는 게 분명했다. 도모야의 가게에서 얼굴빛이 바뀌어 뛰쳐나왔던 자신이 민망해질 지경이었다.

"뭔가…."

요시키가 코를 킁킁거리며 말한다.

"달콤한 냄새 나지 않아?"

병실에 들어서던 순간부터 나는 냄새였다. 약 냄새도 아니고 깁스 냄새도 아닌 달달한 냄새가 나고 있다.

"가방에서 나는 냄새일 거야."

메구미가 등을 돌려 누운 채로 중얼거린다.

"가방?"

병실 안을 둘러보자 침대 옆 탁자 위에 낯익은 가방이 있다.

"정말이네."

가방에 다가가 냄새를 맡아보니 분명 달콤한 냄새가 난다.

"왜 가방에서…."

"코코아, 마시고 싶었어."

요시키의 말을 덮어씌우듯 메구미가 대답한다.

"응?"

"아까 요시키가 준 코코아가 마시고 싶었단 말이야. 점심도 못 먹었는데 실수로 코코아를 쏟아버렸어. 페트병이 굴러가는 바람에 그걸 잡으려다 같이 구른 거라구."

메구미는 돌리고 있던 등을 웅크리며 대답한다.

"그래서, 코코아는 마셨어?"

"마시기도 전에 뼈가 부러졌어."

"허, 따뜻한 걸로 다시 사다 줄까?"

"됐어."

메구미는 천천히 몸을 돌려 정면으로 눕는다. 위를 향하는 메구미의 눈에 병실 조명이 반사된다.

"미안."

요시키가 하얀 벽을 보며 사과한다. 공중에서 둘의 시선이 마주친 느낌이 든다.

"좀 자둬. 엄청 피곤할 거 아냐."

메구미는 고개를 끄덕이고 눈을 감는다. 가공되지 않은 자연 그대로의 속눈썹이 눈물샘 위로 내려앉는다. 그 아래쪽에는 언제나처럼 무언가 침전된 거무스름한 얼룩이 있다.

"나 말이야…."

눈을 감고 있는 메구미의 가슴이 천천히 오르내린다.

"메구미가 이 활동을 계속한다면 좀 더 제대로 도와줄게. 지금처럼 어중간하게 돕는 게 아니라 정식 스태프로 확실히 일하고 싶어."

등받이 없는 의자에 앉아 있으려니 몸도 마음도 불안정한 느낌이다.

"하지만 말이야. 그건 노숙자를 돕고 싶어서가 아니야."

요시키는 다리를 포갠다. 몸이 안정감을 찾는다.

"사회문제에 맞서고 싶어서도 아니고, 그런 자신을 보여주고 싶어서도 아니야."

드디어 내 느낌을 말로 전달할 수 있는 건가. 하지만 너무 흐물흐물해진 나머지 언제든 모양을 바꿔버릴 것만 같다.

"뭐랄까. 방금 생각난 거지만…."

요시키의 눈이 메구미를 이루는 윤곽선을 따라가며 말한다.

"메구미의 다크서클이 사라지게 하고 싶기 때문인 것 같아."

감겨 있는 눈꺼풀. 콕 집은 듯한 코.

"내겐 몇 백 명의 노숙자를 구제하는 일보다 당장 눈앞에 있는 사람의 다크서클을 없애는 일이 더 큰 의미랄까. 살아가는 이유가 될 것 같단 말이야."

색소가 부족한 입술. 가냘픈 턱, 굵고 억센 머리카락, 입안에 머금고 싶은 귀.

"메구미."

요시키는 포개고 있던 다리를 원래 위치로 되돌린다. 이제 더 이상의 불안은 없다.

"나, 그런 사람이면 안 되는 거야?"

요시키는 그 순간 고막에 붙어 있다 떨어져 나가는 소리들을 듣는다. 국어 선생님의 격찬, 쏟아지던 전교생의 박수, 중학교 동창에게서 들은 말, 침 튀기는 괴물이라는 별명, 레이브를 피력하던 콧김. 젊은 혁명가인 척하던 웃음소리.

그러고 나서 귀에 들려온 것은 소중히 하고 싶은 단 한 사람. 가슴이 오르락내리락하는 메구미의 작은 숨소리였다.

"나 말이야…."

눈을 감은 채 메구미가 말한다.

"고등학교 때 사귄 첫 남자친구에게 이런 말을 들었어."

눈꺼풀이 가늘게 떨린다.

"내가 이상하게 생겼다고. 뭔가 잘못됐다고 말이야."

"뭐?"

요시키는 고꾸라질 뻔했지만 메구미는 여전히 눈을 감은 채다.

"그 애랑 처음… 그러니까 그런 분위기가 무르익었을 때…. 너무 긴장한 나머지 어떻게 해야 좋을지 몰라서 잘… 못했거든. 그랬더니…."

메구미는 여기서 숨을 한 번 들이마신다.

"걔가 이렇게 말하더라구. '귀가 특이하다고 생각은 했지만 이제 보니 거기도 이상하게 생겼구나. 성인비디오에서 보던 거랑 전혀 모양이 다르잖아. 그리고 이렇게 애무했는데도 흥분하지 않는다는 건 네 몸이 뭔가 잘못된 거라구. 귀만 그런 게 아니라 온몸이 이상할 줄은 몰랐다, 야."

메구미는 눈을 뜨지 않는다. 얼굴에는 감정이 없다. 그리고 요시키는 그걸로 충분하다.

"그 남자애가 소문을 퍼뜨린 뒤로 학교는 정말 지옥이었어. 스무 살이 넘고, 대학을 졸업하고, 동창들이 하나둘 가정을 꾸리는데 그때마다 친구들을 봐야 하는 나는…."

그녀의 심경이 목소리의 떨림으로 전해졌다.

"내 몸을 만진 건, 너뿐이었어."

"응." 요시키가 고개를 끄덕인다. 메구미에게 들렸는지는 알 수 없지만.

"이상하게 생겨먹은 나는 다른 사람들처럼 살 수 없다고 생각했거든. 친구들의 결혼이나 출산 소식이 나에게는 글러먹은 인간이라는 소리로 들렸어. 뉴스에서 비혼이나 저출산 문제를 다룰 때도 나 같은 인간 때문에 미래가 없다는 소리로 들렸고."

"나도 알아."

고등학교 시절의 요시키가 중얼거린다. 건전한 만화나 애니메이션을 즐겨 볼 수 없었던 시절의 자신이.

"공원이나 쇼핑몰 같은 곳도 점점 싫어지기 시작했어. 사람들이 행복하게 데이트하는 모습이나 어린아이들이 노는 모습만 봐도 비난받는 느낌이 들었거든. 아기를 안고 전철에 탄 사람을 보면 그가 일부러 나에게 모범적인 삶을 보여주려는 것 같았어. 거리를 걷고 있거나 살아 있는 것만으로도 죄책감이 쌓여가는 거야."

메구미의 입매가 느슨해진다. 하지만 웃고 있는 게 아니다.

"어떻게 해야 죄책감에서 벗어날 수 있을까 생각하던 중에 새로운 생명을 만들 수 없다면 죽어가는 생명을 살리면 되겠다는 생각이 들었어. 그걸로 퉁치면 되겠더라고."

'퉁치면.' 메구미가 이 부분에서 숨을 내쉰다.

"노숙자들에게 인사를 받을 때마다 나는 살아가도 된다고 생각했어. 결혼을 하지 못하거나 아이를 낳지 못해도 된다고. 날 업신여기던 놈들보다 훨씬 의미 있는 삶이지 않냐고. 그렇게나마 스스로를 부정하지 않게 됐어. 살아 있다는 사실이 부끄럽지 않게 된 셈이지.

메구미는 천천히 말을 잇는다.

"처음부터 노숙자들이 아니라 나를 살리기 위한 일이었던 거야."

그러고는 대답할 겨를도 주지 않고 말의 속도를 높인다.

"단체가 주목받고 지명도가 올라갈수록 내 가치도 인정받는 것 같았어. 그래서 TV에 나왔을 때 굉장히 기뻤어. 날 우습게 보던 애들이랑 차원이 다른 인간이 된 것 같아서."

TV. 요시키는 기억한다. 자신과 메구미가 처음 만났던 장소.

"그런데 녹화를 하던 중에 이런 생각이 들지 뭐야?"

방 안의 공기가 메구미의 다음 말을 기다리고 있다.

"저 사람이랑은… 될지도 모르겠다고."

'저 사람'이랑 '된다'. 이 두 낱말의 의미를 이해하던 순간, 요시키는 첫날밤이 떠올라 얼굴이 달아오른다.

"왜 나랑은 될지도 모른다고 생각했던 거야?"

말로 물어본 적은 없었지만 실은 그게 늘 알고 싶었다. 요시키는 빨개지지 않으려 애쓰면서 메구미의 답을 기다린다. 메구미는 후후 웃는다.

"우선 귀 모양이 닮았더라고. 보통 사람들보다 조금 큰 점이."

요시키는 자신도 모르게 귀를 만진다.

"귀 모양이 닮았으니까 나를 이상하다고 여기지 않을 거라 생각했어."

"그런 소릴 할 리 없잖아."

요시키가 재빨리 말을 받자 메구미는 고개를 끄덕인다.

"그리고 너도 아직 해본 적 없는 것 같았고."

"으윽."

"반은 농담이야."

메구미가 웃는다.

"정말 왜인지는 모르겠어. 요시키랑은 그냥 될 것만 같더라고. 술판이 끝나갈 무렵에는 이 사람을 놓치면 정말 누구와도 할 수 없을지 모른다는 생각이 들더라. 이게 최후의 기회니까 술을 잔뜩 마시고 판단력을 잃어버리기로 했어."

그날의 메구미는 요시키의 집에 도착해 술을 휘발유처럼 들이부었다. 그리고 요시키는 아무것도 모른 채 자신도 함께 마셔야 한다는 생각으로 캔 맥주를 땄다.

"나, 솔직히 말이야. 그날 밤 일, 하나도 기억 안 나."

"미안해." 메구미가 작게 말한다.

"하지만 다음 날 깨어보니 요시키의 잠든 얼굴이 있었어."

메구미는 갑자기 얼굴을 옆으로 돌린다.

"그리고 홀로 보내왔던 시간들이 모두 한순간에 되돌려진 느낌이었지."

요시키의 눈에 들어온 메구미의 가르마가 가늘게 떨리고 있다.

"이렇게 말하면 사랑으로 인생이 바뀌었다고 들리겠지만 그런 단순한 스토리가 아니야. 뭐라고 해야 하나. 그때까지 매분 매초 스스로를 부정했던 내가 비로소 템포를 늦추게 됐다고나 할까? 나 스스로를 좋아할 수도 있겠다는 생각이 들었어. 그런데 그러고 나니까…."

여기서 메구미의 목소리에 섞여 있던 떨림이 멈춘다.

"사람들을 돕는 일 따위는 아무래도 좋다고 느껴지는 거야."

이젠 떨리지 않는다.

"하지만 날 바보 취급하던 인간들이랑 똑같아지긴 싫었어. 누군가를 도와 자부심을 얻었던 활동을 몽땅 손에서 놓기가 겁이 났어. 그래서 사업을 확대하고 바쁘게 지냈던 거야. 그렇게 하지 않으면 깨끗하게 손을 떼버릴 것 같았거든. 오로지 나를 위해서만 살아갈 것 같아서. 하지만…."

메구미는 뒤이어 말을 잇는다.

"이 군의 병역 소식을 듣던 순간 세계가 무너지는 것 같았어. 소꿉장난은 그만두라는 말이 꼭 나를 겨냥한 것처럼 들렸거든. 나도 심심풀이가 아니라 진심으로 매달리는 일이라고 믿고 싶었나 봐. 그렇게 스스로를 속이고 싶은 마음에 원하지도 않는 일에 필사적으로 매달렸던 거야."

메구미의 몸에서 힘이 빠져나가는 것이 느껴진다.

요시키는 오래전부터 알고 있었다. 그 둘의 관계가 호감에서 시작되지 않았다는 것을. 그리고 메구미의 봉사활동이 순수한 동기에서 비롯되지 않았다는 것도.

"나도 그랬으니까."

요시키는 눈을 감는다. 눈앞에 되살아난 것은 아오야마와 음악을 즐기던 날들의 풍경. 놓쳐버린 음표들이 잔디밭을 굴러가며 그리던 궤적이었다.

"골절이란 거, 아프네."

메구미가 느닷없이 말하자 요시키는 웃음을 터뜨린다.

"그거야 물론 아프겠지. 뼈가 부러진 거잖아."

간호사인지 문병객인지 모를 누군가가 병실 앞을 빠르게 지나가는 소리가 들린다. 요시키는 그때까지 바깥세상의 소리가 전혀 귀에 들리지 않았음을 깨닫는다.

"나…."

메구미의 목소리가 잡음들 속으로 기분 좋게 섞여 든다.

"이제부턴 사는 의미나 이유가 없이도 살아갈 수 있을 것 같아."

요시키의 몸은 더 이상 등받이가 없는 의자 위에서도 흔들리지 않는다. 서로 마주 보거나 몸을 맞대고 있는 것도 아닌데 그 어느 때보다도 가깝게 느껴진다. 아니, 두 사람의 과거와 미래가 하나로 겹쳐질 만큼 바싹 다가갈 수 있을 것 같다. 그리고 지금의 이 느낌을 영원히 간직하기로 맹세한다.

너무도 익숙한 그들만의 아지트. 아오야마가 휴대폰에 손가락을 대자 빠른 템포의 곡이 흐르기 시작한다.

"앗, 진짜 좋아하는 노랜데!"

미호의 입에서 감자 조각이 튀어나온다.

"에잇, 더러워."

"어쩌란 말이야. 이런 신나는 노래에 입 벌어지는 거야 당연하지!"

다툼과 화해를 반복하는 미호와 야오야마의 관계. 어느덧 둘의 관계는 부부 같은 안정감마저 풍긴다. 요시키의 눈에는 그 광경이 무척 신선하다.

"여기, 티슈. 미호도 쓸래?"

메구미가 아오야마에게 물티슈를 내민다.

"메구미 씨 최고! 감사합니다."

미호가 감자튀김을 오물거리며 입을 연다.

"삼킬 때까지 말하지 말라고. 입안 보여서 더러우니까."

"진짜 인간이 깐깐하기는."

미호 앞에만 서면 아오야마는 순식간에 제 나이에 걸맞는 남자로 돌아온다. 그건 바로 둘이 잘 어울린다는 뜻이겠지. 사귄 지 2년째로 접어드는 이들에게서 배울 점이 참 많다.

매년 6월 초. 나흘 동안 열리는 대학 축제는 마지막 날만 되면 손님들이 많아진다. 일요일에는 제아무리 넓은 교정이라도 밀려드는 인파로 북적이는 법. 해 질 무렵이 되면 어느 가판대나 음식을 팔아 치울 생각에 대대적인 할인이 시작된다. 요시키 일행 4명은 각자 사들인 음식을 들고 클라크홀 앞 잔디밭에 모였다. 준비한 비닐매트를 깔고 음악을 틀면 단숨에 피크닉 기분을 낼 수 있다.

"아오야마 군이 사 온 음식, 왠지 다 특이한데?"

"그렇죠?"

아오야마가 콧구멍을 벌름거린다. 그러고 보니 본 적 없는 요리들이 즐비하다.

"유학생 존에서 세계 각국의 요리들을 팔고 있거든요."

요시키의 귀에 그 말이 지잉 하고 울린다. 작년 열린 축제 레이브가 미묘하게 달아올랐던 곳. 그리고 이후 레이버즈로 발전하게 될 무언가가 태어났던 곳.

요시키는 학교 안을 둘러본다. 학생과 교수들, 그리고 외부인까지. 응축된 시간을 즐기기 위해 남녀노소 가리지 않고 많은 사람이 모여 있다. 이 안 어딘가에는 분명 레이버즈의 멤버였던 이들도 있을 것이다. 지금 잔디 위에 자신과 미호, 아오야마가 웃고 있는 것처럼.

"미안한데, 마실 것 좀 줄래?"

메구미가 요시키의 무릎 언저리를 찌른다. 요시키는 차가 담긴 페트병을 그녀에게 건넨다.

"역시 농대 음식은 레벨이 다르네. 정말 맛있어."

고구마 찹쌀떡을 우물거리는 메구미의 눈 밑에 이제 다크서클은 없다. 메구미가 대표로 있던 제로웜리스는 다른 단체와 합병

되어 이름이 사라졌다. 메구미는 지금 합병된 단체에서 정직원으로 일하고 있다. 그 단체는 노숙자들을 일시 수용할 수 있는 시설을 보유하고 있으며, 부동산 회사와 제휴해 싼값에 주거 공간을 알선하고 있다. 그 단체를 소개해준 것은 자원봉사자로 일하던 두 명의 학생이었다. 그날 밤 열리지 못한 회의에서 이 단체와 합치는 문제를 제안할 생각이었다고 한다.

"앗. 죄송합니다."

남자아이의 목소리가 들린다. 그리고 테니스공 하나가 메구미의 발치에 굴러온다.

"그 공, 이쪽으로 좀 던져주실 수 있나요?"

"아, 네."

메구미가 굴러온 공을 사내아이에게 던져준다.

"감사합니다."

아이는 공손히 인사한 다음 공을 들고 달려간다. 요시키는 멀어지는 남자아이의 뒷모습을 보며 커다랗게 숨을 내쉰다.

공이 굴러왔을 때 도움의 손길을 내밀 것. 언제 굴러올지도 모르고, 아직 굴러오지도 않은 공을 향해 억지로 손을 내밀지 않을 것. 존재 가치를 보여줄 수 없고, 사랑받지 못해도, 스스로를 부정하지 않을 것. 이렇게 결정하고 부터 메구미의 다크서클은 조금씩 옅어져갔다. 그리고 그을리지 않은 볼록한 뺨과 자연스럽게 어우러졌다.

"앗!"

휴대폰을 만지작거리던 미호가 아오야마 쪽으로 고개를 돌린다.

"벌써 4시 넘었어. 금방 스톰 시작되지 않아?"

"서둘러야겠네."

아오야마가 빠르게 젓가락을 놀리기 시작한다.

스톰. 다른 이름으로는 '내 고향 야요이'. 홋카이도대학의 축제를 마무리 짓는 전통 행사이다. 그리고 요시키 일행은 입학 3년 만에 겨우 참가하게 된다.

"두근두근하는데?"

메구미의 말에 요시키가 고개를 끄덕인다. 스톰은 축제 마지막 날인 일요일 오후 4시 반에 1학년들이 다니는 교양관 앞에서 열린다. 참가자 전원이 어깨동무를 하고 노래를 부르며 나흘간의 축제를 장식하는 것이다. 그때 부르는 노래 제목이 '내 고향 야요이'. 혜적기숙사의 사가이다.

"저어, 잠깐 실례해도 될까요?"

소지품을 챙겨 그곳으로 향하려는데 돌연 장대를 쥔 여성이 말을 걸어온다.

"무슨 일이신데요?"

앞장서서 걷고 있던 아오야마가 걸음을 늦춘다.

"○○TV에서 나왔습니다만, 홋카이도대학 학생이시죠? 괜찮으시다면 잠깐 말씀 좀 해주실 수 있을까요?"

말로는 "괜찮으시다면"이라고 묻고 있지만 어느 틈엔가 커다란 물체를 짊어진 남자들이 길을 가로막는다. 요시키는 그 기다란 장대와 커다란 물체가 곧 마이크와 카메라라는 사실을 깨닫는다.

"저희는 혜적기숙사의 학생자치운동에 관한 다큐멘터리를 제작하고 있습니다. 실제로 학생들이 이 문제에 대해 어떻게 생각하고 있는지 듣고 싶어서요. 물론 얼굴은 나오지 않고 목소리도 변조할 계획입니다."

마이크를 쥔 여성이 또렷하게 말을 이어간다.

"지금, 스톰에 가시는 길이죠?"

어느 결엔가 인터뷰 같은 분위기가 되어버린다.

"네. 3년 만에 처음 스톰에 가는 거예요!"

미호가 흥분해서 말하자 마이크와 카메라를 든 남녀가 눈빛을 교환한다.

'됐어. 얘 말 좀 하겠는걸.' 이렇게 판단한 게 틀림없다.

"그런데 왜 올해 가기로 하신 건데요?"

마이크를 쥔 여성의 눈이 조금 커진다.

스톰을 이끌어나가는 응원단은 혜적기숙사생들 가운데 선발된다. 즉 혜적기숙사생들이 1년 중 가장 주목을 받는 순간이기도 하다.

"으음, 지금까지는 스톰에 가는 게 좀 촌스럽다고 생각했거든요. 하지만 한번 가보지 않으면 손해라는 생각이 들기 시작했달까. 뭐, 올해는 축제 때 특별히 할 일도 없고 해서요."

"혜적기숙사가 요새 화제인데 혹시 관심 가져본 적 있나요?"

"딱히 관심 없는데요."

상대가 원하는 대답을 슬쩍 피해가는 미호의 목소리. 요시키는 멈춰 있는 자신들 주위로 흐르는 인파에 시선을 빼앗긴다. 너무 많다. 수많은 사람이 같은 곳을 향해 전진하고 있다. 혜적기숙사의 학생자치운동은 지난 반년 동안 여러 매체에서 다루어져왔다. '헤이세이*의 학생운동'이라는 튀는 표제 덕분인지 재학생이 아니더라도 이를 알고 있는 사람들은 많다.

지금부터 무엇이 시작될까. 어떤 것들을 보게 될까. 기대로 가득 찬 눈동자들이 혈관을 흐르는 헤모글로빈처럼 떼 지어 움직인다.

"가자."

요시키가 불현듯 걸음을 옮기기 시작한다.

"앗, 저… 우리는 이제 그만 가볼게요."

뒤에서 미호의 목소리가 들린다.

"왜 그래, 요시키."

메구미의 물음에 어떻게 대답해야 할지 모르겠다. 단지 요시키는 평상시와 다른 이질적인 불안감을 느낀다. 그리고 말해버리는 순간 익숙한 감정으로 전락할 것 같아 더 꺼낼 수 없다.

오후 4시 20분, 교양관. 캠퍼스의 심장답게 정말 많은 사람이 모여 있다. 이런 인파는 처음 본다. 3층 높이의 교양관에는 건물을 뒤덮는 거대 현수막이 드리워져 있다. 그 위에 붓으로 힘차게 쓴 '내 고향 야요이'의 가사가 보인다. 지붕 위에는 두루마기를 입은 남학생 여럿이 노래 가사를 배경으로 서 있다. 혜적기숙사에서 선발된 홋카이도대학 응원단이다. 그 한가운데 있는 사람은

---

* 1989년부터 2019년까지 아키히토 천황의 재위 기간을 가리키는 일본의 연호.

게다[**]를 신고, 커다란 목걸이를 늘어뜨리고 있다. 아마도 그가 응원단 대표일 것이다.

"굉장하구나."

메구미의 중얼거림을 뒤덮는 북소리가 울려 퍼진다. 지붕 왼쪽 가장자리에 큰 북이 놓여 있다. 그 북을 두드리고 있는 것은 아마도 1학년 학생인 것 같다.

맨 먼저 부르는 노래는 홋카이도대학의 교가, '영원의 행복'이다. 응원단 지휘에 맞춰 교양관 앞에 모인 수많은 인파가 노래를 시작한다. 하늘과 땅에서 울리는 노래가 6월의 맑은 저녁 하늘로 녹아든다. 기나긴 축제를 마치고 난 이들이 부르는 만감이 교차하는 노랫소리.

"나, 교가 같은 거 못 부르는데."

"나도."

교가는 짧다. 박수와 함께 합창이 끝나자 응원단의 발언이 시작된다. 발언을 하는 것은 두루마기를 입은 대표가 아니다.

"학생자치운동에 대해 이야기하려나?"

등 뒤에서 문득 그런 소리가 들린다.

"할 것 같은데. 꽤 큰 문제니까."

"작년보다 사람이 훨씬 많이 모인 것 같지 않아?"

"역시 다들 그게 궁금한 거 아닐까?"

재학생인지 졸업생인지는 알 수 없다. 아니, 전혀 상관없는 사

** 일본식 나막신.

람인지도 모른다. 하지만 학생자치운동을 기대하고 있는 것만은 확실하다. 어디에서 왔고 어디로 가는지 모를 사람들이 지금 이곳에 큰 덩어리로 모여 있다.

"아!"

메구미가 입을 연다.

"가운데 있는 사람, 움직였어."

지붕 위를 보니 대표로 보이는 남학생이 두루마리를 펼치고 있다. 그리고 타고난 목청으로 무언가를 읽어내린다. 바람이 거세다. 그가 무슨 말을 하고 있는지 알아들을 수 없다. 하지만 그럼에도 불구하고 전원이 침을 삼키며 귀를 기울인다.

남학생은 두루마리를 읽고 남은 기다란 종이를 옆으로 밀어낸다. 두루마리가 짧아지며 끝부분에 다다랐을 때 수많은 호기심과 집중력이 일제히 교양관 지붕 위로 쏟아진다.

바람이 거세다. 건물을 뒤덮은 거대한 막이 살아 있는 생물체처럼 출렁거린다. 아니, 붓으로 쓰인 글자들이 펄떡이며 커다랗게 뛰고 있는 것 같다.

"시작한다!"

군중 속의 누군가가 망망대해에 잉크 한 방울을 떨어뜨리듯 외친다. 그러자 사람들이 양옆으로 어깨동무를 하기 시작한다. 그 대열에 동참하지 않는 것은 요시키와 3명의 친구들뿐이다.

기숙사 노래, '내 고향 야요이'. 1년에 단 한 번뿐인 스톰이 바야흐로 시작되고 있다.

내 고향 야요이의 자줏빛 구름에
꽃향기 감도는 연회의 좌석
끝없이 퍼지는 흥취에 붉어진 얼굴
이 봄이 지나면 바래질 색이지만
그래도 꿈만은 울창한 푸른 숲
설레는 가슴을 안고
별빛 빛나는 북쪽 하늘을
인간 세상의 나라라 꿈꾸지 않네

처음에는 조그맣던 소리가 점점 크게 울려 퍼진다. 강이 모여 바다가 되고, 나무가 모여 숲을 이루듯이. 한곳에 모인 사람들이 몸에서 열기를 뿜으며 하나가 된다. 노랫소리는 서로의 어깨를 걸고 몸을 흔들며 덩어리진다.

탐스럽게 여무는 이시카리*의 들녘에
기러기 떼 멀리서 모여들면
양 떼들 소리 없이 막사로 돌아가고
테이네**의 황혼에 쌀겨가 흩날리네
용감하게 뻗어 내린 느릅나무의 가지
거센 태풍에 떨리는 나뭇잎 소리
지붕 위 살랑거리는 구원의 빛

* 홋카이도의 지명.
** 삿포로의 지명.

엄숙하게 북극성을 바라보는가

지붕 위의 남학생들이 하나둘 밑으로 내려온다. 그리고 땅의 연대 속으로 섞여든다.

"전부 다 내려오는 거야?"

"지붕 위엔 아무도 남지 않게 되는 거야?"

아오야마와 미호의 목소리가 노랫소리에 파묻힌다. 집단 속의 그라데이션, 지금 일어나는 그라데이션. 요시키는 놓치지 않기 위해 눈을 부릅뜬다. 그러자 똑같이 입을 움직이고 있는 사람들 속에 전혀 다른 입을 가진 누군가가 눈에 띈다.

"도모야."

차가운 달이 걸려 있는 침엽수림
썰매 소리에 모든 것이 추위에 떨고
들판에 어지러이 흩날리는 청백의 눈발
새벽녘까지 쉴 새 없이 내리던
아아, 그 당당한 삭풍을 보라
세찬 눈보라의 연막을 보라
아아, 우듬지에 피는 창공의 눈꽃
장려한 땅을 이곳에서 보리라

요시키는 흔들리는 인파 속에 멈춰 있는 실루엣을 향해 걷기 시작한다. '집단 속의 그라데이션.' 그러고 보니 그 말도 도모야가 한 것이었다. 요시키는 기억한다. 학생 식당에서 유스케에게 그를 소개받던 날 들었던 말이다.

"도모야."

요시키는 어깨를 부딪치고 발을 밟으면서 인파를 헤치고 나아간다. 도모야는 누구와도 어깨동무를 하고 있지 않다. 기숙사 노래를 부르고 있지도 않고, 좌우로 몸을 흔들고 있지도 않다. 그저 자리에 서서 아무도 없는 교양관 지붕을 응시하고 있다.

"도모야."

노랫소리에 세 번째 외침이 파묻히는 순간, 도모야의 옆에 정지해 있던 또 한 사람을 발견한다. 어딘가 도모야와 닮아 있는 검은 머리의 여학생.

'그때 도모야를 데리러 왔던 사람이다.' 교양관을 나란히 바라보는 두 사람은 자리에 꽂힌 막대처럼 미동도 하지 않는다. 노랫소리가 크게 번져나간다.

목장 위로 타오르는 아지랑이
숲에는 나무 신록의 징조
구름 따라 흐르는 종다리 위에
연령초 순백의 그림자 드리우네
이제야 넘침 없는 청화의 햇빛
작은 강을 정처 없이 헤매노라면
예쁠 것도 없이 피어나는 수파초
봄의 날, 이 북녘 나라의 행복이여

목소리가 들릴 만한 거리까지 겨우 다가갔던 그때였다.

"도모…".

갑자기 노랫소리에 불길이 솟구친다. 동시에 도모야의 입이 벌어진다. 요시키는 무의식적으로 교양관을 올려다본다. 지붕 위에 누군가 커다란 깃발을 들고 서 있다.

'혜적기숙사에게 자치를, 학생들에게 의지를, 우리에게 자유를!'

이런 문구가 적힌 거대한 깃발이 바람에 휘날리고 있다.

유스케다.

아침 구름이 금빛으로 반짝이고
평원의 동쪽 가장자리로
끝없이 이어진 산맥
영롱한 자줏빛 눈 위에
자연의 섭리를 그리워하고
용솟음치는 피를 안고
야망을 키워나가네
번영하라, 자랑스러운 기숙사

땅 위의 모든 이가 유스케를 보고 있다. 노랫소리가 점점 커진다. 지키고 싶은 무언가를 높이 띄워 올리듯이. 분쟁은 집단으로 번지면 그 핵심을 알 수 없게 된다.

"미나미 군."

검은 머리의 여학생이 불안한 표정으로 도모야를 바라본다. 미나미 군. 그녀의 목소리가 머릿속에서 한문으로 변환된다.

"아야나."

알 수 없는 일이다. 도모야의 목소리만 요시키의 귀에 들린다.

"유스케는 찾아낸 거야. 살아갈 다음 이유를."

'미나미 도모야.' 예전부터 그 이름을 어디선가 본 적 있다고 생각했다. 요시키는 들불처럼 번지는 노래 속에 도모야의 옆모습을 바라본다.

8

열망과 낙망 사이 I

인기척이 난다. 황급히 화면의 오른쪽 하단을 클릭한다. 열린 창 몇 개가 말끔히 사라지고 파일이 흩어진 바탕화면이 나타난다.

"유게 씨."

낭랑한 목소리가 울리고 나자 등 뒤에서 커피향이 풍겨온다.

"저한테 메일이 또 잘못 와서 전송해놨어요. 어지간히 좀 했으면 좋겠는데 말이죠."

아키코가 웃으며 말하고는 커피를 홀짝거린다.

"아, 응. 고마워."

유게는 흔히 일어나는 일인 듯 태연하게 메일에 접속한다.

"휴우."

아키코가 숨을 내쉬며 옆에 앉는다. 평소 같으면 잘못 전송된 메일 따위로 아키코가 말을 걸어주는 일은 없다. 어쩌면 잘못 간 메일이 이시와타리에게서 온 것은 아니었을까?

이렇게 생각하는 순간 유게의 양 겨드랑이에서 모공이 일제히 열린다. 아키코는 옆자리에서 휴대폰을 만지작거리고 있다. 유게는 기도하는 심정으로 윈도우에 띄워진 메일을 확인한다. 그러자 겨드랑이를 중심으로 흐트러졌던 체온이 다시 서서히 정돈된다.

'다행이다, 괜찮아.' 유게는 자꾸만 실수하는 아르바이트생 마에다를 이참에 단단히 혼내기로 결심한다.

"정말 메일 좀 제대로 보냈으면 좋겠어요. 그게 중요한 메일이었으면 어쩔 뻔했냐구요!"

아키코는 핀잔 섞인 소리와 함께 종이컵을 테이블에 놓는다. 100엔짜리 사무실 자판기는 조금 싱겁긴 해도 편의점에 가는 수고를 덜어준다.

"이거 봤어요?"

테이블에 앉은 아키코가 휴대폰을 들이민다. 반짝이는 손톱이 휴대폰과 함께 눈에 들어온다.

"읽다 보니 짜증이 나서요."

그녀의 말과는 상반되게 달콤한 향기가 풍긴다. 최근 여러 개의 기획을 담당하고 있는 아키코는 아무리 스케줄이 빠듯해도 몸치장을 소홀히 하지 않는다. 유게는 슬며시 소맷자락을 걷어 올려 다리지 않은 셔츠가 덜 보이게 한다.

'아무리 시간이 없어도 외모만큼은 신경 쓰자고 마음먹고 있습니다. 청결한 인상을 주면 취재 대상이 불필요한 경계심을 품지 않아도 되니까요. 누구라도 외모가 불결한 사람에게 자신의 본심을 드러내고 싶진 않잖아요? 더군다나 저는 카메라 앞에 서는 사람이기 때문에, 상대의 경계심을 풀기 위한 노력을 게을리할 수 없습니다. 상대에게서 진심을 끌어낼 수만 있다면 잠잘 시간도 얼마든지 줄일 수 있어요.'

언젠가 타임라인에 올라온 아키코의 인터뷰는 그녀의 손톱만큼이나 세세하게 다듬어져 있었다.

"유게 씨, 혹시 이거 안 본 거예요?"

"응?"

아키코가 내민 휴대폰 화면에 "청춘의 최북단: 혜적기숙사를 지켜라 댓글 모음"이라는 문구가 보인다.

"이게 벌써 방송됐구나…."

유게는 살짝 놀라는 연기를 잊지 않는다.

"깜빡 잊고 있었네."

"네에? 저는 담당자한테 방송 일자가 언제냐고 귀찮을 정도로 캐물었는데!"

화면을 스크롤하자 방송에 감동했다는 댓글들이 정렬되어 있다. 진심에서 우러나오는 선의가 빛을 내며 이쪽으로 다가오는 것만 같다.

"아니나 다를까. 학생 대 어른 구조의 낡은 다큐가 돼버렸어요. 거칠고 무모해서 아름다운 젊은이들의 로망, 그걸 인정하려 들지 않는 어른들. 뭐, 이런 질리도록 봐온 것들 말이에요."

아키코가 말하며 다리를 포갠다.

"한쪽 눈높이에만 맞춰 다큐를 만드는 거. 부끄럽지도 않은지, 원…."

그녀는 팔짱을 끼더니 주먹을 불끈 쥔다. '역시 언제 흥분하는지 알기 쉬운 여자야.' 유게는 생각한다.

1년 반 전, 유게가 소속된 제작사가 다큐멘터리를 한 편 찍게 되었다. 원래 담당자는 유게의 선배 감독. 내용은 일본 최북단의 기숙사 학생자치운동에 관한 것이었다. 그 기숙사 출신인 선배 감독은 100년 이상 이어진 자치 역사가 단절되려 한다는 소식에 위기감을 느꼈다고 했다. 학생들의 낙원이 어른들 손에 부서지려 한다는 선동 문구가 붙은 기획서는 최종 책임자인 프로듀서의 마음에까지 들어 촬영 준비 단계에 돌입했다. 그런데 그 타이밍에 마가 끼었는지 선배 감독이 병이 나는 바람에 유게가 담당을 떠맡았다. 그때 촬영 보조로 붙었던 이가 아키코였다.

"그 축제가 언제였지?"

"분명 6월쯤이었으니까, 벌써 1년도 더 지났네요."

"우와, 시간 정말 빠르네."

"그래서, 문제는 원만히 해결된 거야?"

"그게 말이에요. 기숙사 간부들이 새로운 규칙을 정하고 대학 측도 간섭하지 않기로 해서 비교적 깔끔하게 마무리됐나 보더라구요. 그렇게 큰일 날 것처럼 난리 피우더니만."

유게는 홋카이도대학 축제에 갔던 기억을 떠올린다. 당시 혜적 기숙사의 학생자치운동은 상당한 이슈여서 축제의 대미를 장식하는 스톰 행사의 참가자 수는 역대 최고를 기록했다. 아키코가 몇몇 학생들을 인터뷰하기도 했는데 그 부분은 방송을 타지 못했다.

유게가 만났던 기숙사생들은 자치 역사가 단절되어선 안 된다고 생각했으며, 자신들에게 그런 역사를 지킬 힘이 있다는 사실을 믿어 의심치 않았다. 교직원들을 이기기 위해 밤마다 대책을 짜는 학생들의 모습은 나이 마흔을 바라보는 유게에게 반짝여 보였다. 유게는 사뭇 다른 열정을 지닌 젊은이에게 매료된 나머지, 그 위태로운 모습들을 어떻게 찍어야 할지 고민했다.

그러던 중 아키코가 기숙사생들에게 비판도 수용하는 것이 어떻겠냐는 의견을 냈다. 독자적으로 조사한 결과, 학생 자치에 반대하는 이들이 비단 교직원들뿐만이 아니라는 사실을 알게 되었던 것이다. 기숙사의 특이한 분위기를 탐탁지 않게 여기는 학생들도 있었고, 기숙사의 부당한 처사를 고발하는 블로그 내용도 있었다.

"이 문제는 절대로 '학생 대 직원', 혹은 '젊은이 대 어른'이라는 단순 구도로 촬영해서는 안 된다고 봅니다. 좀 더 깊이 파고들면 진정한 문제점이 보일 겁니다."

아키코가 이렇게 주장했을 때도 유게의 눈에는 잘 손질된 손톱이 먼저 들어왔다. 방송국에서 제작 중단 명령이 떨어진 것은 그 무렵이었다.

"방송국에선 제작사가 창피한 짓 하는 게 싫은 거죠. 방영하고 싶은 생각이 들게끔 만들어보라는 거잖아요."

아키코는 등을 펴고 앉아 다른 쪽 다리를 포갰다.

"제대로 다큐를 찍을 의향도 없는 사람들한테 최종 판단을 맡겨야 하다니. 정말 김빠져서 원….”

제작 중단을 통보해온 이시와타리의 표정이 아직도 생생하다. 골프로 그을린 피부와 사치스러운 외모는 그의 밑에서 일하는 스태프들과 너무도 상반되었다.

“제작을 중단시킨 이유를 저로선 납득할 수 없다구요.”

방송국 내의 제작팀이 담당을 맡게 되었으니 진행 중인 작업을 중지해주길 바란다? 이시와타리의 주장은 단순명료한 나머지 저항할 여지가 없었다.

‘우리 방송국은 갑이고, 너희 제작사는 을이야!’

태도를 숨기지 않는 그의 메시지는 차라리 시원스럽기까지 했다. 제작사에서 기획안이 올라오면 꼼꼼히 살피는 것이 방송 프로듀서의 기본이다. 하지만 그 작업을 게을리한 것인지, 뒤늦게 우선권을 넘긴 것인지는 모를 일. 어쨌든 유게가 소속된 하청업체 제작사는 갑자기 제동이 걸렸다. 그 때문에 프로그램에 열을 올리고 있던 아키코는 아직도 이시와타리에 대한 분노를 고스란히 품고 있다.

이시와타리를 어떻게 생각하냐는 질문에 유게는 당연히 좋아하지 않는다고 답할 것이다. 하지만 좋아하는 사람하고만 어울릴 만큼 그의 제작 경력이 짧진 않다.

아무튼 아키코가 전송해준 메일이 이시와타리가 보낸 것이 아니라 다행이다. 남몰래 안심하고 있는데 아키코가 빈 종이컵을 움켜쥔다.

"혼자 떠들어서 죄송해요."

문득 정신이 들었다는 말투다.

"조사할 게 있으신 것 같은데 방해했네요."

조사할 것? 유게는 화면에 떠 있는 크롬 마크를 바라본다.

'급히 닫았다고 생각했는데, 보고 있었으면 어떡하지? 저 날카로움, 역시 지명 인터뷰가 올 법한 신진 감독이야.' 누구에게 부리는 여유인지 모르겠으나 유게는 침착하게 생각한다.

"찍는 건가요?"

아키코가 일어서며 묻는다.

"기센지마 말이에요."

그것까지 봤단 말인가?

"아니, 뭐 찍는 건 아니지만…."

유게가 몸을 펴는 시늉을 하며 입을 열었을 때였다.

"아키코."

사무실에 여자치고는 낮은 목소리가 울린다.

"잠깐 볼 수 있을까?"

돌아보지 않아도 누구인지 알 수 있다. 유게는 아키코보다 몇 배 진한 향기를 들이키지 않으려 몰래 숨을 참는다.

"네, 좋아요."

아키코는 하야시 쪽으로 돌아선다.

"이따 반까지 4번 회의실에서 보자구."

"네."

이 제작사에서 유일한 여성 프로듀서인 하야시, 그리고 의심의

여지 없이 가장 주목받고 있는 감독 아키코. 이 두 사람이 나란히 서 있으니 남자 사원들이 귀를 세우는 게 느껴진다.

두 사람이 사라지고 나서야 유게는 다시 숨을 쉬기 시작한다. 아키코가 말을 걸어오기 전부터 두 사람이 회의실로 사라진 후까지. 유게는 1밀리미터도 움직이지 않았는데 왠지 자신만 뒤로 처진 기분이다.

'아마 아키코의 기획안이 또 통과된 거겠지.' 아무리 목을 빼고 바라보았자 회의실을 투시할 수 있을 리 없다. 그 사실을 잘 알고 있으면서도 이제는 아키코에게서 눈을 뗄 수 없다. 아까는 한 번도 눈을 마주치지 못했으면서 말이다.

유게는 최소화했던 크롬 화면을 다시 띄운다. 연한 커피, 손에 쥔 휴대폰, 손톱의 색깔. 아키코와 이야기할 때면 언제부턴가 그런 것들만 눈에 들어오게 된다.

아키코의 첫 다큐멘터리가 해외 영화제에 출품되던 때부터였을까? 하야시가 유일한 여감독인 아키코의 작품을 칭찬하면서부터였을까? 자신의 기획안이 전혀 통과되지 못하던 때부터? 아키코와 같은 성을 가진 자신이 비교되면서부터? 아니면, 불어난 체중이 줄어들지 않게 되면서부터였을까? 머리숱이 자꾸 줄어들기 시작하면서부터? 아내가 이혼 얘기를 꺼내기 시작한 무렵부터?

유게는 컴퓨터 화면으로 시선을 옮긴다. 그리고 새로운 탭을 만들어 검색창에 '혜적기숙사 다큐멘터리 댓글 모음'이라고 입력한다. 몇 초 지나지 않아 아까 본 것과 같은 화면이 떠오른다. 유게는 화면을 스크롤한다. 아까 훑어보기만 했던 댓글들을 다시 한번 음미해나간다. 역시 그 남학생에 대한 언급은 일절 없다. 유게는 기억을 확인하기 위해 생각한다. 그렇다면 다큐멘터리 방송분에 그 남학생이 전혀 등장하지 않았다는 얘기가 된다.

축제 마지막 날 노래를 합창하는 인파 앞에서 깃발을 흔들던 남학생. 홋카이도대학에 조사차 나갔을 때 카메라를 향해 뭐든 물어보라던 그 남학생. 그의 이름은 무엇이었을까?

회의실의 문이 열린다. 안에서 나온 하야시와 아키코의 충만한 표정이 화장실에 가고 점심을 먹은 것 외에는 움직인 적 없는 유게의 모습과 비교된다.

"아키코 씨 기획은 정말…. 짜고 치는 것처럼 어쩌면 그렇게 소재가 좋은지!"

'좋은 소재가 모여들었구나. 또 아키코에게만.'

"하야시 씨, 맹세컨대 짜고 치는 건 없어요."

"의심하는 게 아닌 거 알잖아. 그래도 말이야, 정말 지나치게 좋아."

프로듀서라는 직책을 맡고부터 하야시의 목청은 볼륨이 높아졌다.

"다큐멘터리의 신은 재미있는 기획에 멋진 우연을 불러주신다더니."

'신? 신까지 등장했군.' 들려오는 말에 유게는 주먹을 움켜쥔다.

"정말 감사합니다. 열심히 할게요."

'뭐? 열심히 한다고? 신까지 내린 주제에 거기서 더 하겠다고?'

유게는 자리에서 일어나 두 사람의 곁을 경쾌하게 지나친다.

그리고 화이트보드 앞에 선다. 이름 옆에 '조사차 외근'이라고 쓰려는데 하필 골라든 펜에 잉크가 떨어져 있다.

아카사카의 사무실에서 교우도의 집까지는 치요다선으로 한 정거장이다. 당시 바쁘게 일하던 유게의 통근을 위해 아내 유키노가 양보를 해준 것이었다. 자신이 일하는 곳까지는 1시간이 넘게 걸렸지만 유키노는 그래도 괜찮다며 웃어주었다.

신발을 벗고 양말을 던진다. 소파에 쓰러지듯 엎드리자 등과 어깨뼈에서 소리가 난다. 두 사람이 지낼 때는 좁게만 느껴지던 소파였는데 이혼 후 혼자가 되자 침대 대용으로 쓸 만큼 넓다.

화이트보드에 조사차 외근이라고 썼을 땐 정말 다음 작품을 위해 국회도서관에라도 갈 생각이었다. 그런데 마침 비가 내리기 시작한 데다, 우산이 없다는 사실에 여기저기 뭉친 몸이 백기를 들고 말았다. 사실 자료조사는 인터넷으로 얼마든지 할 수 있는 세상 아닌가. 어느 정도까지는 집에서도 일을 할 수 있다.

유게는 허리를 좌우로 비틀며 잠들면 안 된다고 스스로를 타이른다. 젊었을 땐 오래 작업을 하면 머리가 아팠지 몸이 아픈 적은 없었다. 하지만 지금은 그 반대다. 머리가 제대로 돌아가기도 전에 몸이 먼저 피곤해져버린다. 사무실에 있는 것만으로도 피곤한 것이다.

빤히 보이는 곳에 뭉친 먼지와 머리카락이 떨어져 있다. 마룻바닥을 닦은 게 마지막으로 언제였더라?

휴대폰이 울린다. 메시지다. 보낸 이는 이시와타리 유타카.

'수고! 기센지마 기획 건인데 말이야. 관심 가는 정보가 있어

그러는데 급히 자료조사 좀 해줘. 나중에 전화할 테니까 밑에 기사도 읽어두고.'

유게가 반동을 넣어 소파에서 몸을 일으킨다. 이건 정신을 바짝 차리고 읽어야 하는 메시지다. 빈둥대고 싶은 마음을 찬물로 씻어내고 방에 들어가 컴퓨터 화면을 깨운다.

아담한 방이 2개 딸린 아파트는 집에서 작업을 많이 하는 유게와 유키노에겐 딱 좋은 크기의 성이었다. 이곳도 빨리 떠나지 않으면 안 된다. 혼자서 집세를 내는 건 벅찬 일이다.

유키노가 골라주었던 의자에 앉아 컴퓨터로 향한다. 당연한 일이지만 이시와타리가 보낸 메시지는 컴퓨터로 읽어도 똑같다. 그런데 왠지 모르게 컴퓨터로 보니 좀 지긋지긋한 느낌이다.

"지금 뭐 하고 있어?" 이시와타리는 사람을 찾을 때 이렇게 묻곤 한다. 하지만 그가 진짜 기대하고 있는 건, 하는 일이 없어 대답을 머뭇거리는 모습이다. 일이 많아서 술술 대답하기 시작하면 이시와타리는 단번에 대화를 끊어버린다. 그리고 같은 질문을 두 번 다시 하지 않는다. 아키코 같은 사람에겐 한 번도 그런 질문을 한 적이 없다.

그런데 "지금 뭐 하고 있어?"가 "지금 하는 일 없지?"로 바뀐 것은 한 달 전쯤의 일. 이시와타리는 입을 다물고 있던 유게에게 전화로 계속 말을 했다. 방송국 프로듀서인 이시와타리가 제작사 감독인 유게에게 기획 이야기를 꺼내다니. 이건 굉장히 드문 일이다. 보통은 프로듀서인 하야시가 제작사와 방송국의 소통창구 역할을 하고 있기 때문이다. 그래서 유게는 지체 없이 자세한 이야기를 들려달라고 이시와타리에게 부탁했다.

"일부러 여기까지 오게 해서 미안하군."

기다리고 있던 이시와타리는 젊은 여직원에게 커피를 내오게 했다. 유게는 생각한다. 절대 그가 자신을 만나러 사무실로 오지 않을 거라 생각하면서.

"별말씀을요. 이 근처에 마침 볼일도 있고 해서요."

유게는 거짓말을 했다.

"그게…, 시노부 양 앞에서 말하긴 좀 그래서 말이야."

이시와타리는 유게의 상사인 하야시를 고집스럽게 시노부 양이라고 부른다. 그건 하야시와 친밀한 관계임을 어필하기 위해서라기보다, 자신과 같은 프로듀서가 여자라는 사실을 일깨우기 위함이다.

"유게 군은, 최근 다큐멘터리 판에 대해 어떻게 생각해?"

유게는 커피에 입을 댄다.

"최근… 말입니까?"

방송국에서 내온 커피는 확실히 달랐다. 싱거운 느낌이라곤 찾아볼 수 없는 질 좋은 원두향이 풍긴다.

"방송국들이 너 나 할 것 없이 사회문제만 다루어서 말이야. 뭔가 씹히는 맛이 없어. 사회적 안전망을 벗어난 사람들, 요즘 유행하는 LGBT*라든가, 아니면 여성의 빈곤…. 누가 더 살기 힘든지 말하는 발표회가 아니잖아, 다큐멘터리란 게. 얼마 전에 시노부

* 성소수자.

양과 유게 2번이 만들었던 것도 바로 그런 장르였고."

이시와타리는 아키코를 '유게 2호'라고 부른다. 유게는 그때마다 자신을 1호라 선언해주는 것 같아 기쁘다. 이시와타리와 공범의 유대를 맺은 것 같은 기분도 든다.

입사 2년 차가 되던 해. 스물네 살의 아키코는 레즈비언 디자이너와 밀착취재한 다큐멘터리로 해외 영화제에서 장려상을 수상했다. 그 후로도 APT상의 다큐멘터리 부문에 지명되는가 하면, 작년부터 젠더 관련 작품을 발표해 호평을 받았다. 아키코의 작품에는 반드시 하야시의 이름이 엔딩크레딧으로 올라간다. 그 때문에 하야시도 덩달아 여러 매체에서 인터뷰 요청을 받고 있다.

"그런 거 말이야. 이제 배가 터질 만큼 봐왔다고. 부당한 대우를 받고 있으니 부조리한 사회와 맞서 싸우자는 뻔한 이야기들. 드라마나 영화도 전부 그런 것들뿐이라 이젠 질려, 질린다고! 거기다 마지막에 가서는 이렇게 외치면 되는 거거든. 가치관은 시대와 함께 변화하는 것, 다양성에 씌워진 저주를 벗겨냅시다! 약자에게 스포트라이트를 비추면 심금을 울리는 게 당연하잖아. 그건 연출이 탁월한 게 아니라 그냥 찍으면 작품이 되는 것뿐이야. 어떻게 하면 그런 영상을 더 찍을까 하는 경주에 뛰어들 맘이 없다고, 나는."

친한 감독들끼리도 조심스럽게 말을 골라 나눌 법한 이야기들. 유게는 그저 보이고 집히는 대로 늘어놓는 남자가 감탄스럽기까지 하다.

"으음, 과연 그럴까요?"

"난 말이야. 다큐멘터리엔 좀 더 로망이 있어야 한다고 봐. 내가 이런 소리를 하면 꼰대라는 둥, 시대의 어려움에 초점을 맞추라는 둥 하지만…. 모험가랄까, 비밀문서랄까 뭐 이런 것들을 다시 공중파에서 다루고 싶단 말이지. '그레이트 저니'에서 극동 시베리아를 다뤘던 것처럼 놀라운 작품을 만들고 싶어. 인간들의 오랜 로망이 흘러넘치는 방송을 하고 싶은 거야. 초물룽마* 생중계도 일본이 세계 최초였다고. 그 굉장했던 시절로 되돌아가고 싶다 이 말씀이야. 이런 느낌을 시노부나 유게 2호 같은 여자들이 알 턱이 있나?"

그레이트 저니. 극동 시베리아. 초물룽마. 그 단어들에서 파묻혀 있던 어린 시절의 냄새가 난다. 옛날에는 다큐멘터리를 통해 이름을 알린 모험가들이 많았다. 하지만 지금은 비용, 위기관리, 시청률 문제 때문에 그런 기획이 거의 없어지다시피 하고 있다.

"그런 의미에서 자네가 제출한 무인도 기획안 말이야. 맘에 들어. 뭐, 구성이나 편집은 엉성하지만 그걸 뛰어넘는 뭔가가 있어."

유게는 눈앞에 있는 남자를 다시 본다. 그는 오랜 업계 사람으로 적이 많다. 유게만 하더라도 혜적기숙사 촬영이 중단되었을 때 그의 얼굴을 떠올리기조차 싫었다. 그런데 이상한 건, 그에게 완전히 싫어할 수 없는 미묘한 매력이 있다. 나쁜 인간의 특징이다.

유게는 모험가들에게 매료당한 나머지 대학 시절에 여러 나라

** 에베레스트를 뜻하는 티베트어.

를 여행했다. 돈은 없었지만 체력과 시간은 남아돌았기에 가능한 일이었다. 작은 배낭 하나만 메고 히치하이킹으로 이동해 아무 데서나 자도 좋았다. 그렇게 여행을 계속하다 보니 일상적인 체험으로는 만족하지 못했고, 일부러 치안이 나쁜 나라로 발길을 옮기는 일이 빈번해졌다. 예상치 못한 문제가 발생할 때마다 대처하는 방식에서 인간들의 본성을 목격했다. 생명의 위협과 한계를 느낄 때면 다가올 하루하루를 진지하게 살아가리라 다짐하기도 했다.

대학 4학년이 끝나갈 무렵, 취직이 결정된 주위 친구들과 달리 유게는 싸구려 카메라를 들고 무인도를 돌고 있었다. 당시 유게의 관심은 국내의 미개발지로 옮겨가 있었다. 그때 만났던 사람이 바로 무인도에 혼자 살고 있는 노인이었다.

이시와타리가 말을 계속했다.

"그 작품은 말이야. 탐험물이라고 생각했던 소재를 전혀 다른 형태로 다루고 있어 마음에 들었어. '현대의 신'이라는 제목도 좋았고."

구루메 아키히코. 유게가 처음 노인을 만났을 때 그는 이미 10년 넘게 무인도에 살고 있었다. 가려진 성기와 드러난 갈비뼈, 멋대로 자라난 머리와 수염이 만화 속 신의 모습과 똑 닮아 있었다.

유게는 그 섬에 들르고 살기도 하며 노인의 모습을 계속 영상에 담았다. 그러다 보니 이름이 필요해졌다. 단둘뿐인 공간에서는 가장 먼저 이름이 사라진다는 것을 알았다. 다음으로 있어야 한다고 생각했던 것들이 순서대로 하나씩 사라져갔다. 돈, 세상 물정, 상식.

유게가 섬 생활에 익숙해지자 노인은 자신에 대해 이야기하기 시작했다. 월급쟁이 생활을 하다 상사와의 관계 때문에 우울증에 걸렸다는 것. 출세, 돈벌이, 인간관계 같은 사회적 요소에 염증을 느낀 나머지 섬에서 살고자 했다는 것. 그리고 얽매임 없이 살아 보고 나서야 비로소 삶의 의미와 생명의 고귀함을 깨달았다는 것이었다.

도쿄에서 볼 수 없었던 수많은 별로 눈부신 밤하늘, 파도 속으로 녹아드는 저녁 무렵의 태양, 지구의 윤곽선을 잘라낸 듯한 수평선…. 노인으로부터 나온 말은 분명 현대인들에게 금언이 될 거라는 예감이 들었다.

유게는 그 노인이 친족들부터 매월 돈을 받고 있으며, 가끔 육지에서 쇼핑을 즐긴다는 사실은 카메라에 담지 않았다. 내가 촬영하고 있는 동안은 절혀 몰랐던 일이라고 스스로를 안심시키면서.

그 영상으로 젊은 작가의 등용문이라 불리고 있던 공모전에 응모했다. 스스로 완성시킨 최초의 작품이었기에 일단 누구에게든 보여주고 싶었다. 운이 좋다면 칭찬도 듣고 싶었다. 그 공모전의 심사위원 중 한 명이 지금 일하는 제작사의 임원이었다. 유게는 특별상 수상 소식과 함께 원한다면 회사에 감독으로 오지 않겠냐는 제안을 받았다.

그게 벌써 15년 전 이야기다. 그 이후로 유게에겐 이렇다 할 대표작이 없다. 시대가 변하기도 했지만 좋아하는 장르를 발표할 기회가 줄고 있어서기도 했다. 유게를 처음 발굴했던 임원은 현재 다른 회사로 이직해 충분한 자본으로 웹드라마를 제작 중이다.

"마음 내키는 대로 찍고 싶지? 분명 자네도 그럴 거야. 시노부야 밑에 있다간 절대 기회가 오지 않아. 나도 한 번 더 보고 싶어. 사회문제가 아니라 추상적 가치랄까. 뭐 견딜 수 없는 로망을 자극하는 그런 거."

이시와타리는 어디선가 종이뭉치를 꺼내더니 눈을 가늘게 떴다.

"기센지마라고 알아?"

첫 장에는 "일본 최대의 터부: 기센지마의 수수께끼에 다가가다(가제)"라고 인쇄되어 있다.

"네. 알고 있습니다."

"그럴 줄 알았어."

이시와타리는 입매를 누그러뜨렸다. 두 번째 페이지부터는 섬에 대한 정보가 자세히 기록되어 있는 것 같다.

기센지마. 천연 생수라도 팔 듯한 한자 이름이다. 하지만 그 실체는 전혀 다르다. 세토내해*에 떠 있는 이 작은 섬은 제1차 세계대전 이후 1929년 5월부터 1946년 5월까지 독가스 제조 거점으로 이용되었다. 독가스 생산 부지를 찾고 있던 육군이 만에 하나 사고가 났을 시 피해가 가장 적고 누설 가능성이 낮은 곳으로 이 섬을 선택했던 것이다. 그 결과 기센지마에서는 6,000톤 이상의 독가스와 풍선 폭탄, 발연통이 제조되었다. 또한 동원된 인원만 그 수가 5,000명 이상에 달했다. 당시 살고 있던 전 가구는 강제 이주되었고, 군사기밀을 이유

* 일본 시코쿠와 혼슈 사이에 있는 내해.

로 섬의 존재는 지도상에서 지워졌다. 당시 동원되었던 사람들은 자신들이 무엇을 제조하는지 몰랐고, 가족들에게조차 이야기하는 것을 금지당했다고 한다.

"섬이 존재한다는 것 자체는 알고 있었지만 이렇게 자세히 글로 읽는 건 처음이네요."

유게는 달아오르는 몸을 가라앉히며 천천히 페이지를 넘겼다.

종전 후 3,000톤 이상의 독가스와 가스탄은 일본 남부 고우치현 앞바다에 투기되거나 제독 처리 후 섬 내 방공호에 묻혔다. 이후 병기 해체 작업원의 죽음, 비소에 의한 토양오염 등의 문제가 잇따라 정부의 특별 허가가 없으면 섬으로 접근할 수 없다. 현재 섬에 거주하는 이는 없으며 상수도 역시 통하지 않는다. 당시 작업 학도로 동원된 이들 중 일부는 독가스 후유증을 호소하고 있으며, 가스 제조 공장이 있던 주변은 출입 금지 구역으로 지정되었다.

무인도, 정부의 특별 허가, 출입 금지 구역.

"자네, 눈빛이 달라졌는걸?"

유게는 속내를 들킨 것 같아 눈을 내리깔고 커피를 한 모금 들이켰다. 좋은 원두를 써서일까. 싸늘히 식었는데도 신맛이 나지 않는다.

"그 섬이라면 꽤 오래전부터 무인도나 폐허를 좋아하는 탐험가들 사이에서 화제였으니까요."

유게는 애써 침착하게 말했다. 이시와타리의 앞이라서 말을 골랐을 뿐이다. 사실 기센지마의 진정한 팬들은 오컬트나 도시 괴담 같은 미심쩍은 데 관심이 많은 이들. 그도 그럴 것이 기센지마는 접근조차 쉽지 않아 안에 무엇이 있는지 알 수 없다. 남아 있는 자료라고 해도 문서뿐이고 사진과 영상은 전무하다시피 하다.

그래서 인터넷상에는 기센지마에 대한 근거 없는 제보가 끊임없이 올라온다. 원자폭탄이 떨어진 히로시마나 나가사키의 사진에 '기센지마의 현재 모습'이라는 자막이 달리기도 한다. 또한 오늘날에도 독가스가 은밀히 제조되고 있다는 둥, 그 후유증을 은폐하기 위해 사람들이 갇혀 있다는 둥, 섬에 남아 있던 원주민이 독가스에 의해 폐인이 되었다는 둥. 사실일 리 없는 허무맹랑한 이야기를 믿는 이들이 한둘이 아니다. 미국의 극비 기지다, 북한이 연관되어 있다. 기센지마의 신봉자들은 그 수에 비례해 억측의 과격함을 더해가고 있었다.

"정식으로 말할 단계는 아니지만, 우리 팀이 특별 허가를 받을 수 있을 것 같아."

유게는 자기도 모르게 고개를 들었다. 그러자 반응을 예상했다는 듯 웃고 있는 이시와타리와 눈이 마주쳤다.

"계속 기회를 노리고 있었단 말이지. 기센지마의 첫 번째 다큐멘터리. 원래는 딴 감독에게 맡길 작정이었는데 그 녀석이, 딱 맞아떨어지는 감이 없어서. 그래서 말이지…."

이시와타리가 꿀꺽 침을 삼킨다.

"자네 생각이 나더라고."

'하고 싶다!' 유게는 무조건 그렇게 생각했다. 그런 걸 하고 싶었다. 시대를 반영하는 테마는 아닐지 몰라도, 고달픔을 어루만지는 주제는 아닐지라도, 그럴지라도…. 그저 끌린다. 가보고 싶다. 두 눈으로 확인하고 싶다. 어떤 영상이 찍힐까. 호기심 하나만으로 믿고 움직이는 것. 오랜만에 자신의 방식대로 카메라를 돌려보고 싶었다.

갑자기 전개된 상황을 따라잡기 위해 유게는 몇 가지 질문을 던졌다.

"혹시 하야시도 이 일을 알고 있습니까?"

"알고 있을 턱이 없잖아."

즉시 반아치는 이시와타리의 표정을 유게는 차분히 뜯어보았다. 하야시를 통하지 않고 방송국 프로듀서와 지상파 방송프로그램을 결정한다는 건 있을 수 없는 일이었다.

"나와 자네 이름이 나란히 공동 기획자로 올라갈 거야. 방송국 협찬 공모전에도 이미 출품하기로 결정됐고. 뭐, 수상은 안 봐도 확정이지. 그러니까 예산은 넉넉히 쓸 수 있어."

이야기가 이상하게 흘러간다. 유게는 내장을 밀어낼 기세로 부풀어 올랐던 심장이 다시 원래대로 사그라드는 것을 느꼈다.

"자네."

이시와타리의 얼굴이 유게에게 바싹 다가온다.

"요새 계속 찍으라는 것만 찍고 있지?"

뒤섞인 담배와 커피 냄새가 유게의 얼굴을 뒤덮는다.

"자네 말이야. 언제까지 시노부나 유게 2호 같은 여자들이 거

들먹거리는 꼴을 볼 셈이야? 우리가 상만 받으면 유게 2호 따위는 깨끗이 따돌려버릴 수 있어. 자네가 나를 설득해 기획안을 따냈다고 치면 시노부도 체면을 구기게 되지 않겠어? 자네 주가는 단번에 치솟는 거고."

털이 수북한 이시와타리의 팔에 은빛으로 번쩍이는 시계가 감겨 있다. 유게는 그 굵직한 시곗줄이 자신의 목을 조르는 것 같았다.

"그러니까 자네는 내가 말한 대로 움직이기만 하면 돼. 기센지 마는 그것만으로도 가치가 있으니까. 자네의 크리에이티비티* 따위는 필요 없어."

이시와타리는 '브이' 부분에서 아랫입술을 과하게 깨문다. 유게는 손가락 하나 까딱하지 못한 채, 눈앞에서 일그러지는 남자를 보고 있다. 도대체 무슨 이야기를 들은 건지 알 수 없었다. 억지로 귓속을 헤집고 들어온 말들이 좀처럼 뇌까지 전달되지 않는다.

"아, 그리고 말이지."

이시와타리가 자리에서 일어서며 말했다.

"모두들 그 후배 계집애 대신 자네를 '유게 2호'라고 부른다는 거 알아?"

유게는 생각했다. '무슨 소리가 나고 있군.' 이시와타리가 내뱉는 말들은 음성만 들릴 뿐, 그다지 의미 있는 말로 받아들여지지 않았다.

전화다. 유게는 테이블에 대고 있던 얼굴을 든다. 어느 틈엔가

---

* 창의력Creativity을 뜻하는 영어 단어.

꾸벅꾸벅 졸았던 모양이다. 휴대폰에 손을 뻗다 건드렸는지 대기 모드에 있던 컴퓨터 화면이 움직인다. 화면에는 '이시와타리 프로듀서'라는 글자가 번쩍거리고 있다.

"여보세요."

"회사에 전화했더니 외근 중이라던데? 어디 있든 간에 빨리빨리 회신하라고 했을 텐데."

이시와타리는 늘 그렇듯이 상대가 말도 하기 전에 쏘아대기 시작한다.

"죄송합니다."

패스워드를 입력하고 메일 화면을 연다. '맞다. 메일이 와 있었지.'

"기사, 읽었어?"

이시와타리의 가늘게 뜬 눈은 전화선을 통해서도 알 수 있다.

"저어…."

"5분 준다. 읽어!"

이시와타리가 수화기를 내려놓은 것 같다. 쿵 하는 소리가 나더니 그 뒤로 잡음만 들려온다. 유게는 메일에 첨부된 URL을 클릭한다. 그것은 진위를 모르는 선정적인 이슈들을 다루고 있어 정보원으로조차 취급받지 못하는 뉴스사이트였다.

세간에 화제가 되고 있는 2개의 기센지마. 실은 같은 섬이었다? 당신은 2개의 기센지마에 관해 알고 있는가?

하나는, 화제를 모으며 산과 바다 전설의 발상지로 언급되고 있는 기센지마. 산과 바다의 전설이란, 조몬 시대 이전부터 인류는 산족과 바다족으로 나뉘어 있었고, 지금 발생하고 있는 모든 분쟁의 원인이 실은 그 일족들 간의 대립에서 기인했다는 설이다. 이 설이 암암리에 퍼지기 시작한 초기에는 인터넷상에 출몰하는 오컬트의 한 종류라고 치부되었다. 하지만 그에 대한 정보를 규합한 사이트가 화제에 오르고, 미나미 도모노리 교수를 중심으로 편찬된 책이 베스트셀러가 되는 등 학계에서도 비중 높은 연구 주제로 다루어지고 있다.

지난달 완결된 인기 만화, 《제국의 법칙》의 작가 다나카 다로는 첫 인터뷰에서 섬과 작품과의 관계를 정식으로 부정했다. 현재 산족과 바다족의 신체적 특징을 올림픽 사업에 활용하려고 한다는 불온한 소문도 있다. 그 정도로 산과 바다의 전설에 관한 주목도는 날로 높아져가고 있다.

또 하나는, 지도상에 지워진 섬으로 미스터리 마니아들 사이에서 유명한 기센지마다. 세토내해에 떠 있는 이 섬은 전쟁 중 독가스 제조 거점으로 이용되면서 의도적으로 지도에서 삭제되었다. 지금은 특별 허가 없이 접근할 수 없기 때문에 섬 내부에 관한 여러 가지 설들이 무성한 상태다. 지금 이 2개의 기센지마가 같은 섬이 아닐까 하는 추측을 놓고 학자들이 연구를 시작한 것이다.

유게는 다음 페이지를 클릭한다. 생각보다 꽤 볼륨이 있는 기사인 듯하다.

사건의 발단은 2012년으로 거슬러 올라간다. 향토사가인 이쓰키 고우헤이 씨(91세)가 지역 도서관에 기증한 고문서 자료 가운데 메이지 시대 초기의 해군 관련 기록이 발견된 것이다. 그 문서에는 '세토지방의 기센지마'라는 곳이 등장하는데 본토 사람들이 추방되어 보내졌던 곳으로 확인되었다.

기센지마는 산과 바다 전설의 발상지로 유명하지만, 그건 어디까지나 가설이었으며 어느 지방에 있는 섬인지조차 판명되지 않았다. 그러나 이번에 발견된 기록들 가운데 세토지방이라고 기술되어 있는 점으로 보아 지도에서 지워졌던 기센지마가 그 기센지마가 아닐까 하는 설이 떠오르게 된 것이다.

일본수필가클럽상을 수상한 《산과 바다 전설의 모든 것》에 따르면, 조몬 시대에는 산의 백성인 '야마노베', 그리고 바다의 백성인 '이소베리'가 대립하고 있었다는 기록이 남아 있다. 그리고 그 자료가 발견된 곳이 우연히도 세토내해의 섬이라고 한다.

"끝까지 다 읽었어?"

뒤집어놓았던 휴대폰에서 이시와타리의 목소리가 날아든다.

"네."

아직 기사가 남아 있었지만 그렇게 대답한다.

"재미있는 이야기이긴 한데, 글쎄요…. 이 사이트가 워낙 신빙성이 떨어지다 보니."

"무슨 소리야. 수수께끼 가득한 기센지마가 그 전설과 연관돼 있다는 것, 가슴이 펄떡거리지 않아?"

기센지마. 산과 바다의 전설. 유게는 이 두 단어와 관련된 누군가가 머릿속을 스쳐 지나가는 것을 느낀다.

"이것 봐."

오른쪽 귀에 이시와타리의 목소리가 부딪힌다.

"듣고 있는 거야, 유게 2호?"

비로소 정신이 돌아온다.

"아, 네. 죄송합니다. 연결이 좋지 않네요."

유게는 보는 이가 없는데도 연신 머리를 조아린다. 그리고 의식을 오른쪽 귀에 집중한다.

"흥미를 유발하는 요소는 많을수록 좋은 거라구. 그래서 좀 알아봤는데 그 두 가지 키워드에 목매는 층이 있더란 말이지."

"그 층이라는 게?"

"과격한 사상을 가진 젊은이들 말이야."

과격한 사상. 그 단어가 유게의 기억을 들쑤신다. 생각이 날 듯하다 나지 않는 어떤 기억이 답답해 견딜 수가 없다.

"산과 바다 전설의 신봉자라고 하면, 모든 싸움의 원인이 산족과 바다족의 대립에 있다고 믿는 이들이잖아. 지금 말이야. 정의감에 찬 신봉자들이 기센지마에 개인적으로 접근을 시도 중인 것 같아. 두 개의 기센지마가 같은 섬이라고 믿는 녀석들이 말이지. 독가스 제조소가 있던 출입금지구역을 파괴해버리면 두 부족의 대립을 종결시킬 수 있다고 떠들고 있어. 밑도 끝도 없는 소리 같지만 세계 평화를 위해 전사로 살아가겠다는 녀석들이 실제 있는 모양이더라구. 그걸 '성스러운 전쟁'이라고들 부른다는데, 만약에 그놈들이 진심이라면 머리가 어떻게 된 거겠지."

기센지마, 산과 바다의 전설, 과격한 사상, 정의감…. 그 단어들이 기억 속의 한 점 위에 차곡차곡 쌓인다. 하지만 그 한 점이 무엇인지만은 기억나지 않는다.

"아무튼 그 녀석들이 공동생활을 하는 셰어하우스가 그 섬 안에 있는 것 같아. 나도 잘은 모르지만 장로라는 녀석이 방패 역할을 하며 입주자를 모집하고 있는 모양이야. 조작 냄새가 풀풀 나긴 하지만 말이야. 그놈들 인터뷰 영상 같은 것도 끼워 넣으면 재미있을 것 같아. 기센지마의 악마적 매력을 전하기엔 더할 나위 없는 소재 아냐?"

"장로…."

그 단어도 생각나지 않는 기억 속의 한 점 위에 쌓인다.

"뭐? 지금 뭐라고 말한 거야?"

"아, 그러니까…. 셰어하우스 조사, 밀씀이시죠?"

유게는 메모를 하며 대답한다.

독가스 제조라는 과거, 지도에서 지워진 섬. 이 사실만으로도 충분히 위험한 기획인데 이시와타리는 산과 바다의 전설이라는 요소까지 다루려 하고 있다. 지나치다 싶을 정도로 평판에 신경을 쓰던 이시와타리가 자신을 망각할 만큼 기획에 몰입하고 있는 것이다.

"쓸데없는 생각 마."

유게의 마음속을 읽은 듯 이시와타리의 목소리가 낮아진다.

"자네는 내가 말한대로 찍어 오기만 하면 되는 거야."

그의 명령은 내려왔다기보다 떨어졌다고 하는 쪽이 더 어울릴 것이다.

"방송만 해주는 게 아니란 말이야. 그 후에 상도 주겠다잖아,

재능도 없는 자네한테. 매번 진물만 빼던 시노부와 그 슈퍼 후배에게 한 방 먹일 수 있는 거야."

낮은 목소리가 그대로 뼈를 타고 전신에 흘러든다.

"자네는 그저 내가 말한 대로 움직이면 돼."

대답도 하기 전에 전화가 끊어진다. 이시와타리의 마지막 말이 아직도 귓가에 날아들고 있다. 그에게 이용당하고 있다는 것쯤은 알고 있다. 유게는 휴대폰을 테이블에 올려놓고 크게 숨을 내쉰다.

이시와타리를 알게 된 후, 그쪽 사람에게 들은 소문이 있다. 사내 결혼을 했다가 또다시 사내 불륜을 저질러 이혼당한 이시와타리. 그런 그가 하야시에게 접근했다가 거절당하자 스토커에 가까운 행동을 하기 시작했다는 것이다. 이시와타리가 하야시에게 추근대고 있다는 건 주위 관계자라면 누구나 알고 있는 사실이었다. 그것은 방송국과 제작사의 관계를 이용한 굉장히 고압적인 행태라고밖에 볼 수 없다. 콘텐츠를 제작하는 회사, 그리고 이를 방송하는 회사의 관계성을 따져보면 하야시로서는 이시와타리를 완전히 무시할 수만도 없는 노릇이다. 그 때문에 정신적인 부담이 컸는지 그녀의 컨디션은 날로 나빠져만 갔다.

그런 하야시의 변화를 눈치챈 것이 바로 아키코였다. 그 후로 이시와타리가 끼는 회식 자리가 있으면 반드시 아키코가 동석하게 되었고, 다른 화제로 흘러가지 않도록 자연스럽게 중재자 역할을 해냈다. 그 때문에 이시와타리는 쫓아낼 궁리를 하고 있고, 하야시는 그런 아키코를 돌보고 있다.

'아니, 아닐 거야.' 유게는 멋대로 변형시킨 자신의 생각 회로에 채찍을 가한다. 아키코에 대한 하야시의 애정은 여성 동지라거나 도움에 대한 보답이 아니다. 단지 아키코에게 영상을 잘 만드는 재능이 있기 때문이다. 또 이시와타리가 자신에게 기획을 제안한 것도 데뷔작에 감동을 받아서가 아니라, 재능 있는 여성들에게 지위를 위협받고 있어서라고. 자신은 위협할 가능성이 전혀 없는 존재이기 때문에 괜찮은 거라고 생각해본다.

유게는 아침에 일어나면 세수를 하듯 인터넷 창을 연다. 그리고 페이스북에 들어가 화면을 밑으로 스크롤한다. 가족과 함께 보낸 여름휴가의 추억, 전근 직전의 송별회 모습, 아이들과 찍은 가족 외식 사진, 새롭게 론칭한 서비스 소개….

전성기가 지나버린 SNS에 이제 젊은이들은 보이지 않는다. 주위에 자랑하고 싶어 안달이 난 동시대 사람들만이 남아 있다. 한때 친구들을 두르고 다녔던 양팔은 지금 더 많은 것을 끌어안고 산다. 오토바이 핸들을 잡고 달렸던 손으로 아이를 쓰다듬고 있고, 마작 패를 굴리던 손으로 골프채나 구두에 광을 내며, 친구 대신 고락을 나누는 동료에게 맥주잔을 건네고 있다. 모두가 40을 바라보는 그 나이대의 얼굴을 하고 있다. 얼굴의 주름살은 노화의 표식이라기보다 나이테에 가깝다.

대학을 졸업할 무렵, 사회에 갓 진출한 친구들과 달리 유게는 이미 자신의 작품으로 능력을 인정받았다. 입사 1년 차 때부터 사회생활의 어려움을 토로하는 친구들에게 인생 선배로서 조언을 해주기도 했다. 하고 싶은 일에 관한 열정을 꺼뜨리지 말 것, 그 열정을 행동으로 증명해 보일 것. 그리고 그렇게 하다 보면 언젠가는 높이 평가받게 된다는 사실을 말이다.

친구들은 젊은 제작감독으로 활약하고 있는 유게에게 감사를 표했다. 유게는 그런 친구들에게 자신의 작품이 방송될 때마다 연락했다. 당시에는 주위에 널리 알리고 싶은 일들뿐이었다.

지금 옛 친구들은 수많은 부하를 거느린 지위에 올라 있다. 유게가 지금 뭘 찍고 있는지는 아무도 관심을 두지 않는다. 유게도 그들과 똑같이 살이 붙었지만 그건 관록이나 풍채가 아니다. 좋아하는 것들로만 삶을 채우다 보니 물질화된 욕심이 달라붙어버렸을 뿐이다.

> 오랜만에 지상파 방송을 타게 되었습니다. 원점으로 돌아와 다시 무인도 다큐멘터리입니다. 심혈을 기울여 만들었으니 부디 시청 부탁드립니다!

'여기 이렇게 올려놓으면 친구들이 다시 기억해줄까? 유키노가 다시 집으로 돌아와줄까? 하자, 하는 수밖엔 없다.'

유게는 의자 위에 자세를 고쳐 앉는다. '지금은 일단 이시와타리의 명령에 따라야 해. 이 방송을 절대 놓쳐선 안 돼. 아무리 비참할지라도.'

유게는 우선 아까 읽다 놓친 기사를 계속 읽는다. 지금은 이시와타리의 흥분과 관심을 따라잡아야 한다.

일본수필가클럽상을 수상한《산과 바다 전설의 모든 것》에 따르면, 조몬 시대에 산의 백성인 '야마노베', 그리고 바다의 백성인 '이소베리'가 대립했다는 기록이 남아 있다. 그 자료가 발견된 곳이 우연히도 세토내해에 떠 있는 섬이라고 한다. 고대사를 예로 들면, 후지와라 씨*가 나가야 왕을 타도하기 위해 일으킨 '나가야 왕의 변**은 후지와라 씨가 바다족이고 나가야 왕이 산족인 것이 원인이 되었다는 설도 부상하고 있다. 그 밖의 문헌들에서도 두 부족의 대립에 기인한 역사적 사건들이 무수히 많다. 그중 일부를 소개한다.

다음 페이지

⋆ 헤이안 시대, 겐페이 전쟁 :

다이라노 노리쓰네(바다족) 과 미나모토 노요리토모(산족)

⋆ 가마쿠라 시대, 남북조의 동란 :

구스노 기마사시게(바다족) 과 아시카가 다카우지(산족)

⋆ 무로마치 시대, 오우에이의 난:

오오우치 요시히로 (바다족) 과 아시카가 요시미쓰(산족)

⋆ 아즈치 모모야마 시대, 혼노지의 변:

오다 노부나가(바다족) 과 아케치 미쓰히데(산족)

⋆ 전국 시대:

도요토미 히데요시(바다족) 과 도쿠가와 이에야스(산족)

---

* 8세기경 구스코의 변을 계기로 쇠퇴한 가문을 대신해 권력을 잡은 후지와라 씨의 지류.

** 728년 황태자가 사망하자 후지와라 씨 형제들이 나가야 왕에게 모반죄를 씌워 자살하게 만든 사건.

이러한 가설들은 역사학자들에 의해 오늘날에 와서야 해명되어가는 것처럼 보인다. 특히 일본인이라면 누구나 알고 있는 혼노지의 변이나 세키가하라 전투 같은 사건들도 이에 포함되어 있어 빠른 시일 안에 교과서 개정을 검토해야 한다는 의견이 많다. 만약 이것이 진실이라면 현재의 일본은 바다족과 산족의 대립으로 만들어진 역사가 분명하다. 또한 바다족과 산족이 존재하는 한, 우리는 대립을 반복할 수밖에 없다.

기센지마가 진정 산과 바다 전설의 발상지라고 한다면, 출입금지구역으로 지정할 것이 아니라 국가가 직접 진위조사에 나서야 하지 않을까?

역시 질리도록 접해왔던 인터넷뉴스의 무책임한 기사 스타일이다. 책임을 교묘히 회피해가면서 읽는 이의 감정만 부추긴다. '하지만….' 유게는 이렇게 생각하며 다리를 포갠다. '산과 바다의 전설이 이렇게까지 삶 깊숙이 들어와 있는 줄은 몰랐는걸.'

만약 이 가설이 세계의 분쟁들까지 설명할 수 있다면 정의감 넘치는 젊은이들이 과격한 행동을 벌이는 일도 무리는 아닐 것이다. 실제 특정 국가 출신이라는 이유만으로 험한 소리를 해도 된다고 생각하는 사람들은 많다.

남북조의 대립. 유게의 두 눈이 왠지 모르게 그 단어 속으로 빨려든다. 그리고 마침내 한가운데에 있는 글자에 초점이 맞춰진다.

북.

홋카이도대학.

홋카이도대학의 혜적기숙사.

컴퓨터 화면이 쾅 소리와 함께 흔들린다. 벌떡 일어선 유게의 허벅지가 테이블에 부딪히는 소리였다. '생각났다! 기센지마.' 산과 바다의 전설, 과격한 사상, 정의감, 장로. 차곡차곡 쌓여가던 기억 속의 한 점은 그 녀석이었다.

'유게 팀이 들이댄 카메라를 향해 뭐든 물어보라고 장담했던 그 녀석. 축제 마지막 날 스톰이 무르익었을 때 거대한 깃발을 휘둘렀던 남자 녀석. 하지만 다큐멘터리 방송분에는 단 1초도 나오지 못했던 바로 그 녀석.

자료조사를 위해 홋카이도를 방문했던 마지막 날의 일이었다.

"마지막이니까 잠깐 어때요?"

아키코의 제안에 일행은 징기스칸 요리집에 들어갔다. 유게는 신치토세 공항에서 식사를 해도 되지 않냐며 주장했지만 그곳에서 우연히 혜적기숙사생들을 만나자 생각이 바뀌었다.

"이런 우연이 겹치는 거 말이에요. 기획이 성공할 징조라구요."

아키코는 환희에 차 녹음기를 들고 학생들에게 다가갔다. 그들은 대학 측이 학생들을 탄압한다는 둥, 이것이 헤이세이 시대의 학생운동이라는 둥 목청을 높이고 있었다. 그 무리들 속에 '그 남학생'이 없다는 사실을 눈치챈 사람도 역시 아키코였다.

왜 그 남학생이 보이지 않는지 묻자 기숙사생들은 하나같이 표정이 어두워졌다. 이윽고 그중 한 명이 작은 목소리로 말을 하기 시작했다.

"걔, 우리도 잘 모르는 애예요. 어느 날 불쑥 얼굴을 들이밀더니 리더인 척했죠. 애당초 그놈은 기숙사생도 아니거든요."

유게는 자신도 모르게 아키코와 얼굴을 마주 보았다. '학생자치운동에 관한 거라면 뭐든지 물어보세요'. 그는 틀림없이 카메라를 향해 그렇게 말했다.

"내가 저번에 그 녀석을 만났을 때, 기센지마니 전설이니 엄청 떠들어대는데 난 무슨 소린지 몰라 당황스럽더라구."

"엇, 나도! 나한텐 말이야. 자기가 장로에게 선택된 인간이라고 하더라구. 이딴 소릴 정색하고 하는 바람에 헉했지 뭐야."

"그놈은 뭔가 항상 폭주한달까, 끓어넘친달까. 아무튼 과격파 같아요. 스톰에서 휘두르던 깃발도 자기가 어디서 만들어 왔더라구요. 안 그래?"

좀 더 자세히 듣고 싶었지만 비행기 시간이 촉박했다. 유게 일행은 학생들 몫까지 계산을 하고 뭔가 흡족하지 못한 기분으로 식당을 나섰다.

"다음번엔 그 남학생을 취재하고 싶네요. 뭔가 있을 것 같아요."

아키코가 공항으로 향하는 전차 안에서 말했다. 유게도 같은 생각이었다. 그렇게 생각하고 있던 차에 제작 중단 명령이 떨어진 것이었다.

마침내 방송되었던 혜적기숙사의 다큐멘터리. 거기에 나오지 못했던 남학생. 이시와타리가 제안한 기센지마의 다큐멘터리. 전설의 발상지로 거론되고 있는 기센지마. 여러 각도에서 모여든 요소들이 어딘가 한 점에서 딱 겹쳐지는 것 같다. 하지만 이런 우연이 가능할까?

그 순간 하야시와 아키코가 유게의 눈앞을 스쳐 지나간다.

"다큐멘터리의 신은 재미있는 기획에 멋진 우연을 불러주신다더니."

"이런 우연이 겹치는 거 말이에요. 기획이 성공할 징조라구요."

두 사람의 목소리가 귓속으로 부드럽게 스며든다. 그리고 마침내 이시와타리의 둔탁한 목소리가 귓바퀴에서 떨어져 나간다.

"그 남학생, 제가 아는 사람인 것 같은데요?"

"뭐?!"

마에다의 예상 밖의 말에 놀란 유게는 큰 소리로 되묻고 말았다. 테이블 주위에 있던 사람들이 유게에게 신경 쓰인다는 눈초리를 보낸다.

"그러니까, 그 혜적기숙사인가 뭔가에 관련된 녀석 말이에요. 제가 아는 사람 같다구요."

마에다는 태연히 말하더니 얼음이 든 물을 마신다. 그 모습을 보며 유게는 젊은 시절엔 차가운 물이 맛있는 법이라고 생각한다.

제작사에서 아르바이트로 일하고 있는 마에다 가즈요. 그는 아직 대학생이라 유게가 잘 모르는 세간의 유행에 밝다. 그 세대에 관해 알고 싶다는 명목으로 유게는 가끔 그와 함께 점심을 먹거나 술을 사주기도 한다. 하지만 전학이 잦은 탓에 몸에 익혔다는 털

털한 성격이 이야기하기 편안했을 뿐인지도 모른다.

마에다는 아르바이트를 뛰어넘는 업무 능력을 가지고 있다. 그래서 오늘도 조금 피곤한 기색이 엿보인다. 독학으로 편집 기술을 익힌 그는 자막 입히는 일을 통해 어엿한 일원으로 제 몫을 해내고 있다. 다만 좀 덜렁대는 구석이 있어서 메일을 자주 헷갈려 보내는 단골손님이기도 하다. 그래도 닭튀김을 우물거리며 사과하는 모습을 보면 화낼 마음이 절로 없어져버린다.

"그 녀석을 알고 있다니? 홋카이도 대학생인데 어떻게 안다는 거지?"

유게는 또다시 눈총을 받지 않도록 필요 이상으로 목소리를 낮춰 묻는다.

"저, 뻔질나게 전학 다녔다고 말씀드렸잖아요."

마에다도 목소리의 볼륨을 낮춰 대답한다.

"아마 초등학교 4학년 때 같은데. 저, 홋카이도에 살았어요. 그때 걔랑 같은 반이었구요."

오늘 마에다를 불러낸 것은, '산과 바다의 전설'과 '두 개의 기센지마'가 기성세대보다 20대들에게 훨씬 호소력 짙은 테마라는 사실을 알았기 때문이다. 특히 마에다는 《제국의 법칙》 이야기가 나오자 갑자기 말이 많아졌다.

"우리 세대라면 거의 다 읽었을 거예요. 다큐멘터리로 만들면 아마 난리가 날걸요. 마키세진과 기센지마의 관계라든가, 그 만화작가가 장로라는 설까지. 전설과 관련해서는 정말 갖가지 얘기들이 난무했으니까요. 옛날 생각이 나네요. 영화로도 만들어졌죠. 저, 그거 보려고 삿포로까지 갔어요."

삿포로라는 말이 나온 김에 유게는 혜적기숙사 이야기를 꺼낸다.

"혜적기숙사와 관련 있는 한 남학생이 그 전설의 신봉자 같은데, 요즘 젊은 사람들은 그 설을 꽤 믿는 편인가?"

별생각 없이 던진 질문에 마에다는 믿기 힘든 답을 내놓는다.

"사실은 말이에요. 저도 요즘 그 녀석이 생각났던 참인데, 감독님이 걔에 대해 꺼내셔서 소름이 돋았어요. 이런 우연이 있을까 하구요."

직원이 와서 깨끗이 비운 그릇들을 치워 간다. 단 두 개의 물잔이 남겨진다. 유게는 테이블 위에 팔꿈치를 괸다.

"그러니까, 내가 말하는 그놈이랑 네가 생각하는 그놈이 동일 인물인 거야? 나는 그 녀석 이름도 기억 안 나는데."

"호리키타 유스케일 거예요. 저, 고등학교 때 SNS로 옛날 동창들 검색해봤거든요. 뭐, 다들 그러지 않나요? 예쁘게 생겼던 애들이 요새 어떻게 지내나 보려고. 에이, 왜 그런 얼굴을 하세요? 유게 감독님도 그 정도는 해보셨잖아요?"

신이 나서 이야기하는 마에다의 해맑음에 유게는 살짝 질투를 느낀다.

"여자애들, 얼굴 진짜 많이 변했더라구요. 하기야, 뭐 다들 보정을 너무 많이들 하니까. 그래도 본인이 맞는지 전혀 모르겠던걸요? 어쨌거나 여자애들은 그렇다 치고 다른 의미로 궁금했던 애가 유스케였어요."

마에다도 테이블에 양 팔꿈치를 괸다. 그러자 자연히 목소리가 가까워진다.

“초등학교 때 친하게 지냈던 삼총사가 있었거든요. 출석번호가 제 앞뒤였던 애들인데, 전학생이었던 제게 참 잘 해줬어요. 그 중 한 명이 유스케였구요. 그렇게 또 다른 한 명이랑 셋이서 《제국의 법칙》을 읽으며 놀았어요. 그런데 뭐랄까. 저는 처음부터 그 둘의 관계가 좀 석연치 않았어요.”

사귄다던가 뭐 그런 건 아니라며 마에다가 농담을 섞어 이야기한다.

“그 둘이 친하긴 한데 도대체 왜 친한지 모르겠는 거예요. 성격도 정반대여서 오히려 적대 관계가 맞는 상황인데 말이죠. 그 다른 한 명이 항상 유스케를 용서하는 느낌이 들었어요. 왜 저 아이는 유스케에게서 떨어지지 않을까 저는 늘 그게 궁금했구요.”

마에다는 당시의 위화감을 전달하지 못하는 상황이 답답한지 말을 반복한다. 하지만 듣는 쪽에서는 그저 평범한 에피소드로 들릴 뿐이다.

“뭐, 초등학생들이 다 그렇지.”

“음…. 평범하게 들릴지 모르지만 그게 다가 아니었어요. 장대높이기라든가, 체육시간에 있었던 사건이라든가. 헉 소리 나올 법한 에피소드들도 몇 건 있었는데…. 에이, 그런 건 그만둘게요.”

마에다는 말을 잇는다.

“어쨌거나 머리 한 귀퉁이에서 늘 떠나지 않던 녀석이었어요. 그러다 트위터 검색 중에 관련 있는 계정이 보이길래 냉큼 팔로

우했죠."

마에다의 말투는 징기스칸 요리집에서 만났던 혜적기숙사생들과 닮아 있다.

"틀림없이 제가 팔로우 한 후였다고 기억하는데, 그 계정에 바로 이런 글이 떴어요. '저는 자위대에 들어갑니다. 좋은 대학에 들어가 미래의 자신을 배 불리는 것이 아니라, 이 시대의 백성을 위해 목숨을 바치려 합니다.' 밑도 끝도 없이 이런 소릴 하더라구요. 그 녀석이 무슨 소릴 하는지 모르겠지만 어쨌든 예나 지금이나 변하지 않았구나 싶었어요. 그래서 그런가 보다 하고 있었더니만 또 얼마 지나지 않아 대학에 붙었다는 트윗이 올라오고, 그러고 나서 또 금방 징파부활운동인가? 거기 리더가 되었다고 하질 않나. 자기 목숨이 무슨 드링크제인 줄 아는지 여기저기 잘도 쏟아붓더라구요. 아, 맞다! 그때쯤 무슨 방송에 나와 인기를 좀 끌었던 모양이에요. 그걸로 어찌나 트위터에 자랑질을 해대던지 짜증이 다 나더라니까요."

24시간 새로운 정보를 퍼 날라야 하는 TV 특성상, 드물긴 하지만 이미지가 조작된 인물을 방송하는 경우가 있다. 그러고 나면 방송에 나왔다는 사실이 완장이 되어 가짜는 아주 간단하게 진짜가 되어버린다.

"어느 순간 징파부활운동을 하지 않는가 싶더니 이번엔 혜적기숙사 문제를 들고 나오는 거예요. 젊은이들을 대변하는 전사로서 자기 목숨을 바칠 거라나. 목숨 한번 참 많구나 싶었죠. 아무튼 대학 축제 마지막 날 선언문을 발표할 거라고 하더니 어디서 만들어 온 깃발 사진을 떡하니 올려서는…."

대학 축제, 마지막 날, 깃발. 마에다에게서 연달아 튀어나오는 낱말들을 종합해보면 틀림없이 그 남학생의 모습이 그려진다. 길게 찢어진 홑꺼풀의 눈, 얄쌍한 턱, 커다란 귀. 흐릿하던 그의 모습이 점점 되살아난다.

"사진 있어?"

유게가 묻는다.

"아, 얼굴 나온 사진이 있었던 것 같아요."

마에다가 휴대폰을 만지작거리기 시작한다. 그러더니 점쟁이에게 손금을 내보이듯 유게의 눈앞에 펼쳐 보인다.

"지금으로부터 2년 전 사진인데요. 오른쪽에서 두 번째예요."

주점으로 보이는 장소에서 남녀 예닐곱 명이 함께 찍은 사진이다. 카메라를 향해 쾌활하게 혀를 내밀고 있는 짧은 머리의 남학생.

"얘 맞아."

기억 속의 모습보다 조금 어린 인상이지만 틀림없다. 화면을 터치하자 '제1회 혁명가들의 술판'이라는 글자가 뜬다. 혁명가.

"역시 얘 맞죠? 우와, 진짜 굉장한 우연 아니에요? 이런 일이 다 있다니!"

마에다는 아직도 흡족할 만큼 이야기를 풀어내지 못한 기색이 역력하다. 호들갑스러운 반응도 잠시, 서둘러 다시 이야기로 돌아간다.

"그리고 나서는 한동안 아무 소리가 없는 거예요. 이다음엔 또 무슨 허풍을 늘어놓으려나. 이젠 거의 흥미진진하게 기다리게 됐어요. 앗, 제가 허풍이라고 해버렸나요? 어쨌든 다음엔 뭘까 기다리던 참이었는데, 아까 말씀하셨던 전설을 들먹이기 시작했어요. 바로 최근에 말이에요. 이 몸은 대립의 근원을 섬멸하는 전사가 되려고 한다면서 또 똥폼을 잡더라구요. 다른 동창생들은 모두 취직을 했네, 대학원에 붙었네 하는 판국에 말이죠. 그 녀석 혼자 뭔가 게임 캐릭터 같은 소리를 하고 있었어요."

"뭘까, 그 느낌?"

문득 정신을 차려 보니 주위 테이블에 사람이 없다.

"그러니까 기분 나쁜 느낌이긴 한데, 그런 사람이라면 걔 말고도 많이 있잖아요. 그 녀석이 주는 느낌은 그런 거랑은 다른 종류랄까요? 말이 수십 번 바뀌는 주제에 또 그때마다 진심인 것 같아서. 아니면 툭하면 목숨을 바치는 게 맘에 안 드는 건가. 흐음…."

잠시 생각을 하던 마에다가 갑자기 고개를 든다.

"아, 알았다!"

그러고는 혼잣말로 중얼거린다.

"말이 자꾸 바뀌는 게 기분 나쁜 게 아니었어. 어느 날 맞서 싸울 상대를 멋대로 골라서는 실은 오래전부터 증오해왔다고 말하는 거. 증오조차 급조한 듯한 그 느낌이 기분 나빴던 거였어."

"감사합니다!" 점원의 목소리가 울려 퍼진다. 누군가 나간 출입문이 쓸쓸한 소리를 내며 닫힌다.

"그 주제에 일일이 목숨을 건다고 떠벌리는 거, 심지어 TV에까지 나왔던 게 결정적으로 기분 나빴던 것 같아요."

한결 후련해진 마에다는 밝은 얼굴로 물을 들이켠다. 식당 안에는 이제 마에다와 유게뿐이다. 유게는 갤러리 폴더를 닫고 호리키타 유스케의 최근 트윗을 체크한다.

> 대학을 그만두었습니다. 기센지마로 가기 위해 도쿄에서 공동생활을 시작합니다. 세계를 위해, 미래를 위해. 이것이 마지막 트윗이 될 것입니다. 그럼 이만.

"정말 그만둔 모양이에요, 대학."

"홋카이도대학을 그만두다니 아깝게시리…."

유게는 중얼거리는 마에다를 무시한 채 그 트위터 계정을 자신의 휴대폰에 보낸다. 그러자 테이블 위에 같은 문장 2개가 나란히 놓인다.

"공동생활이라는 게 어떤 거지?"

머릿속으로 한 생각이 어느새 입 밖으로 튀어나온다.

"아마 이걸 거예요."

마에다가 유게의 휴대폰을 스스럼없이 만진다.

"자, 이것 보세요. 이 녀석, 최근에 계속 장로라는 계정과 소통하고 있어요. 장로는 신봉자들 사이에 무엇이든 알고 있다고 소문난 신적인 존재거든요. 아무튼 이 계정 주인은 장로의 영혼을 내려받을 수 있다고 주장하고 있어요. 그런 말을 믿는 사람들도 있는 모양이구요."

유스케는 분명 장로라는 계정과 자주 소통한 것으로 보인다.

마에다가 장로의 홈페이지 화면을 연다.

"'장로님, 영혼을 내려주소서' 할 때부터 이상했는데. 이 계정 말이에요. 오프닝 화면도 뭔가 섬뜩해요."

타임라인에는 아무것도 없는 지도처럼 기묘한 정적이 번들거린다.

"이걸 보세요."

마에다가 첫 화면을 터치하더니 검지와 중지로 한 가운데를 가리킨다. 서점으로 보이는 건물 벽에 한 장의 종이가 붙어 있다. 그 위에는 이런 문구가 적혀 있다.

※구인

근무지 : 기센지마

직종 : 전투원

목적 : 전설의 해명, 세계 평화 (섬 도착 전 공동 합숙)

상세 내용 : DM으로 문의 바람

비고 : 면담 시 사상 체크 있음

'이곳이다!' 이시와타리가 말했던 산과 바다 전설의 맹신자들, 그리고 기센지마의 악마적 매력에 현혹된 젊은이들이 모여 산다는 셰어하우스. 틀림없이 여기다.

유게는 흥분으로 들끓는 마음을 가라앉힌다. 이런 우연이 있을 수 있나? 아니, 이런 우연이 겹친다는 건 기센지마에 다큐멘터리의 신이 맴돌고 있다는 뜻이 아닐까? 분명히 그렇다. 유게는 흥분 속에 왠지 모를 향수를 느낀다. 생각지 못한 우연들이 일어나 자신을 실어 나르는 느낌, 다큐멘터리를 찍는 자만이 느끼는 쾌감, 좋은 작품이 완성되었을 때의 반응. 이 모든 감정이 실로 오랜만이다.

"좀 웃기지만 말이에요. 시간 낭비라는 걸 뻔히 알면서도 녀석의 근황을 체크하게 되더라구요. 짜증이 날 게 분명한데 이젠 짜증을 내고 싶어 본다고 해야 하나."

손님이 없는 가게 안에 마에다의 목소리가 울려 퍼진다.

"그냥 알고 싶어요."

유게가 얼굴을 든다.

"그 녀석이 결국 어떻게 되는지."

마에다와 눈이 마주친다.

"멋대로 혜적기숙사에 들어가 실패하고, 이번엔 아지트인가 뭔가에 들어가 또 실패하겠죠. 이 인간은 도대체 무엇과 맞서고 있나 싶으면서도 나는 그러지 않을 거라 잘라 말할 수 없는 게 기분 나빠요. 제 안에도 있거든요, 호리키타 유스케가. 항상 뭔가와 싸우고 있는 것처럼 보이지만 실은 항상 도망치고 있을 뿐이란 걸 알거든요, 저."

마에다가 한숨을 쉬며 입매를 누그러뜨린다.

"언젠가 더 도망칠 곳이 없어지면 무인도에 고립되겠죠. 속세를 버리고 나 자신과 만났다는 둥, 비로소 생명의 의미를 깨달았다는 둥. 이런 소리들을 늘어놓지 않을까 싶어요."

마에다가 의자에서 일어선다.

"그렇게 된다면 정말 코미디가 따로 없겠죠."

이야기를 마치는 마에다를 보며 유게는 다큐멘터리를 본 듯한 느낌이 들었다.

F5키를 누른다. 화면에 아무런 변화가 없다. 유게는 의자 등받이에 체중을 싣고 손바닥으로 눈을 누른다. 마음이 편안해지는 정도뿐이란 걸 알고는 있지만, 그래도 피로를 풀어주지 않을까 하는 일말의 기대를 품고서.

아지트를 알아냈다는 보고를 올리자, 이시와타리는 단칼에 말을 잘랐다.

"그게 다야? 지금쯤이면 취재 허가받았다는 소릴 할 거라고 기대하고 있었는데."

빅뉴스가 있다고 연락했던 유게는 갑자기 머쓱해졌다. 하야시는 이시와타리에게서 언질을 받았는지 더는 유게에게 일을 떠맡기지 않는다. 그 덕분에 기센지마 기획에 매달릴 수 있으니 지금의 유게에겐 고마운 일이었다.

무언가 할 일이 있으면 사무실에 앉아만 있어도 마음이 안정된다. 너무 많은 일에 치이는 괴로움과 한가한 시간을 주체 못 하는 괴로움은 그 종류가 다르다. 하지만 실은 후자 쪽이 더 힘들다. 게다가 후배뻘들이 바삐 움직이는 모습을 보면 더더욱 힘들다.

유게는 한 번 더 F5키를 누른다. 장로로부터 역시 답장은 오지 않았다. 그는 취재를 위해 거짓 계정으로 장로에게 DM을 보냈다. 회사명과 이름을 밝히고 전화번호를 첨부한 뒤 취재를 하게 해달라고 부탁했다. 지금까지의 제작 경험에 비추어보건대, 이렇게 독특한 사상을 가진 사람들은 의외로 카메라를 쉽게 받아들인다. 주장하고 싶은 바가 많은 사람일수록 취재에 응할 가능성이 높은 것이다.

그런데 그는 아직까지도 DM에 답을 하지 않고 있다. 이시와타리는 국가에서 특별 허가가 나오는 대로 촬영 일정을 잡겠다고 했다. 그때까지 충분한 조사를 끝내고 구성 소재들을 모아두지 않으면 안 된다. 기센지마의 역사, 그리고 전설과의 관계 등등. 왜 해야 하는 일이 많을수록 인간의 집중력은 약해지는 걸까?

다시 F5를 누른다. 아직도 오지 않았다. 호리키타 유스케의 트위터를 들여다봐도 아지트로 가겠다는 선언을 끝으로 업데이트는 없다. 유게는 휴식 삼아 그의 과거 트윗들을 출력해두기로 한다. 기센지마에 악마적 매력을 더할 소재로 활약해줄지도 모르는 일이니까.

'인쇄'라는 글자를 클릭하자 프린터가 거칠게 소리를 내며 움직이기 시작한다. 지금 유게의 자리는 프린터 위치에서 멀다. 매번 프린터까지 왕복하는 일은 사소하지만 무시 못 하는 크기의 스트레스다. 프린터는 제작부 공용이기 때문에 일단 출력되면 같은 트레이에 담기게 된다. 그래서 때때로 두 번 출력되었거나 잊고 있던 인쇄물이 트레이에 쌓이는 경우가 있다.

유게는 마침 밀려 있는 인쇄물을 테이블 위에 올려놓는다. 자신이 출력한 것만 집으려고 했지만 실수로 다른 종이도 한 장 집어버린다.

유게 님께. 항상 신세 지고 있습니다.

눈에 확 들어오는 문구. 자신에게 온 메일일까? 하지만 그런 메일은 출력한 기억이 없다. 같은 성을 가진 아키코가 주인 같다고 납득하려던 순간 두 눈에 이런 문장이 들어온다.

새로운 기획, 정말이지 너무 재미있네요. 듣기만 해도 오싹해지던걸요. 또 한 명의 유게 씨에게 사전 허가 같은 거 받아야 하나요?

'또 한 명의 유게 씨에게, 사전 허가 같은 거 받아야 하나요?'
'또 한 명의 유게 씨에게.'
무슨 소리야,
무슨 소리야,
무슨 소리야!

"그거…."
뒤에서 목소리가 들린다.
"혹시 제 건가요?"
아키코다.
"아, 역시 제 거네요. 실례합니다."
아키코가 유게의 손에서 종이를 뽑아 들고 서둘러 떠난다. 아키코의 메일 프린트, 그리고 그 위에 적힌 문장. '내게 사전 허가라니 무슨 소리야. 난 아무것도 듣지 못했는데. 재미있는 기획이

라는 게 뭐야. 대체 나랑 무슨 상관이 있는 거지?'

"저기, 나 좀 봐."

유게가 뒤에서 아키코를 불렀을 때였다.

"유게 감독님! 아, 유게 아키히사 감독님 말입니다."

전화를 받는 아르바이트생이 큰 소리로 외친다.

"전화예요. 마에다한테서 왔습니다."

곧바로 유게의 책상 위에 내선 전화가 울린다.

'마에다가 전화를? 걔는 오늘 쉬는 날일 텐데? 그것보다 좀 전에 보았던 메일 문장들이 무슨 의미인지 알아야겠어.'

따르릉따르릉. 유게의 전화가 계속 울려대는 통에 몇몇 사람들이 귀찮은 시선을 던지기 시작한다.

"여보세요. 마에다, 조금만 기다려줄 수…"

"유게 감독님! 그 아지트 말이에요. 잠입할 수 있을 것 같아요!"

"뭐라고?"

갑작스러운 마에다의 소식에 유게는 '보류' 버튼에서 손가락을 뗀다. 일단 걸려온 전화는 보류해놓고 아키코에게 메일부터 캐물을 작정이었다. 유게는 일하고 있는 아키코를 계속 확인해가면서 의자에 앉는다.

"그러니까, 그 아지트요. 장로가 운영하고 있는 전설 신봉자들을 위한 셰어하우스."

마에다의 말이 빨라진다. 유게는 F5키를 다시 눌러보지만 여전히 장로로부터 회신은 없다.

"나도 취재 의뢰쯤은 벌써 해놨어. 아직 전혀 연락이 없지만 말이야."

"그런 게 아니라니까요! 아지트에 갈 사람을 찾아냈다구요. 그녀석, 지금 장로랑 메시지를 주고받고 있어요."

"뭐?"

유게는 수화기를 자신의 오른쪽 귀에 바싹 갖다댄다.

"제가요. 그때부터 유스케가 신경 쓰여서 삿포로 시절에 친하게 지냈던 다른 친구에게 연락을 해봤거든요. 도모야라는 앤데, 글쎄 곧 도쿄에 온다는 거예요. 대학 연구과제 때문에 온다길래 그게 뭐냐고 물었더니, 산과 바다 전설에 관한 연구라지 뭐예요!"

좀처럼 횡설수설하는 일이 없는 마에다가 산만하게 떠들어대고 있다. 유게는 그의 목소리가 다른 사람 귀에 들어가지 않도록 수화기를 더 바싹 들이댄다.

"진정해. 차근차근 말해봐. 그래서 취재할 수 있다는 거야?"

"아, 죄송해요."

일단 이렇게 말은 해놓고도 속도를 늦추지 않는다.

"실은 도모야가 지금 장로와 연락을 주고받고 있어요. 역사학 연구를 위해 이야기를 듣고 싶다고 했더니, 그 아지트에 갈 수 있게 되었다나 봐요. 이번에 도쿄로 오는 것도 그것 때문이래요."

들려오는 말들이 답장 없는 컴퓨터 화면에 부딪혀 되돌아온다. 모두가 아는 방송국의 취재 요청은 무시하고 이름 없는 대학생의 의뢰에는 답한다. 왜일까. 유게의 머릿속에 떠도는 의문은 누구에게도 전달되지 않는다. 마에다는 여전히 빠른 말투로 이야기를 계속한다.

“도모야는요. 제대로 된 놈이에요. 오히려 이상한 행동을 일삼던 유스케를 조용히 말리는 쪽이었죠. 저, 그것만은 똑똑히 기억하고 있어요. 체육대회 때도 언제나 도모야가 유스케를 말려줬거든요. 그래서 이번에도 말로는 연구과제 때문이라고 하지만… 아무래도 유스케를 구하러 가는 게 아닌가 싶어요.”

‘흠…. 그럼 왜 마에다에게 솔직히 말하지 않은 걸까?’ 새로운 의문을 음미할 시간도 없이 마에다의 목소리가 다시 날아든다.

“이거, 재미있지 않아요?”

“재미있다고?”

유게가 되묻는다.

“기센지마의 악마적 매력을 전달하기 위한 스토리로 재미있지 않냐구요.”

유게는 머릿속을 정리한다. 지금 일어나는 모든 분쟁은 두 인류에 뿌리를 두고 있다는 산과 바다의 전설, 그 발상지로 주목을 받고 있는 지도에서 지워진 섬 기센지마. 또 그 섬으로 잠입하려는 남학생과 그를 구해내려는 한 친구.

“전 그런 다큐멘터리 좀 오싹하지만 말이에요.”

며칠간 속속 등장한 키워드들이 연결될 듯하면서 이어지진 않는다. 그 모든 것이 기묘하게 뒤틀려 있다. 하나하나 공들여 줄질을 하고 싶어진다.

“그렇군.”

유게는 냉정을 잃지 않고 대답한다.

"그리고 말이죠."

마에다가 목소리 볼륨을 줄인다.

"도모야는 카메라 취재도 괜찮다고 해요. 유게 감독님, 아까 장로에게서 전혀 답장이 없다고 하셨잖아요. 그럼 이제 도모야와 동행해서 몰래 촬영하는 수밖에 없지 않겠어요?"

시야 한편에 있던 아키코가 자리에서 일어선다.

"저, 보고 싶단 말이에요, 그 방송. 최근엔 그런 화끈한 다큐 안 하니까요. 몰래카메라가 인권 침해네 어쩌네 떠들지만 말이에요. 그런 도덕 교과서 같은 소린 집어치우고, 그냥 순수하게 보고 싶다구요."

아키코의 눈앞에 하야시가 서 있다.

"유게 씨."

유게도 아키코를 불러 세우고 싶지만 이미 늦었다.

"다큐멘터리의 신은 재미있는 기획에 멋진 우연을 불러주신다더니."

흡족하게 사라지는 두 여자를 바라보며 유게는 일정표를 펼친다.

9

열망과 낙망 사이 II

택시 미터기가 한 칸 올라간다. 그만큼 목적지가 가까워지고 있다는 뜻이다. 그런데도 유게는 세상 어디와도 연결되어 있지 않은 장소로 향하는 느낌이 든다. 조금 전에 만난 이와 좁은 공간에 갇혀 있기 때문일까? 이런 낯선 상황은 생각보다 뇌를 더욱 긴장시킨다.

유게는 가방 안에 숨겨둔 카메라가 제대로 작동하는지 몇 번이나 확인한다. 보스턴백의 끈 길이, 자연스러운 포즈, 카메라의 각도. 막상 아지트에 잠입한다고 생각하니 거듭 확인한 부분들이 불안해진다.

"죄송합니다만, 조금 서둘러주실 수 있을까요? 부탁합니다."

공손한 태도를 취하는 청년은 휴대폰에 뜬 지도를 부지런히 확인하고 있다. 주소가 가리키는 장소는 이케부쿠로. 하지만 한참 떨어진 주택가라 그런지 택시기사라도 꽤 찾기 어려운 모양이다.

"이제 거의 다 온 것 같은데, 그렇지?"

유게가 묻는다.

"네."

그러자 청년이 대답한다.

"지각할 것 같진 않아요. 그래도 교통 체증은 예상 못 했네요."

앞으로 15분 정도면 목적지에 도착할 것 같다. 장로와 약속한 시각은 평일 오후 3시. 평범한 사회인이라면 자유롭게 움직일 수 있는 시간대가 아니다.

옆자리 청년 미나미 도모야는 듣던 대로 깍듯하다. 유게는 그에게 명함을 건네면서 마음속으로 됐다고 외쳤다. 이런 올바른 인간 하나 정도는 있어야 이야기를 끌고 나가는 힘이 생긴다. 정의감만으로는 아무것도 변하지 않는 현실을 올바른 편에 서게 된 한 개인이 부각시켜주기 때문이다.

"택시비는 제가 내겠습니다."

지갑을 꺼내려는 도모야를 유게가 제지한다.

"괜찮아. 조사 비용은 영수증만 제출하면 경비로 처리되니까 안심해도 돼."

학생이 경비 같은 용어를 이해하기 어렵다는 사실을 유게도 잘 알고 있다. 그래도 일일이 설명하는 과정을 생략한다.

"감사합니다."

도모야는 지갑을 넣고 벌써 몇 번이나 했던 인사치레를 다시 한번 한다.

“이렇게 신세 지게 돼서 정말 면목이 없습니다. 도와주셔서 감사합니다.”

유게는 카메라를 숨긴 가방을 슬쩍 도모야 쪽으로 놓는다.

“도모야 군은, 연구과제를 위해 도쿄에 온 거지? 그럼 조사 비용은 대학에서 나오지 않나?”

도모야의 얼굴에 아주 잠깐이지만 긴장감이 스친다.

“지금 전국적으로 대학에 연구 자금이 부족한 모양이에요. 특히 국공립대학들은 더더욱 상황이 안 좋아요. 게다가 저는 막 대학원 시험을 마친 상태라 아직 학부생이거든요. 그래서 어느 쪽 연구실에도 정식으로 소속된 게 아니라서….”

“그렇군.”

유게는 ‘대학원 시험’이라는 단어에 반응한다.

“대학 4학년이라면 취직이냐 대학원이냐가 결정되는 시기겠군. 마에다는 어쩌려는지.”

“우리 회사에 이대로 소속될지도 모르지.” 유게가 중얼거린다.

“마에다가 방송 관련 일을 한다길래 깜짝 놀랐어요. 도쿄에 있었다는 것도 처음 알았구요.”

도모야가 냉큼 말을 받더니 빠른 속도로 대답한다. 아마도 대학 연구비에서 화제가 바뀐 상황이 반가웠을 것이다. 카메라를 들이대는 일을 하다 보면 그런 미세한 변화를 빠르게 눈치채게 된다.

‘그 말을 끄집어내고 싶어.’ 유게는 녹화가 시작된 카메라의 위치를 확인한다. 사실은 기센지마에 혹해버린 친구를 구하러 왔다는 말을 끄집어내고 싶다. 대학 연구과제를 하기 위해 온 것이라기보다는 친구를 구하러 온 쪽이 절대적으로 재미있으니까.

"그러고 보니."

유게가 다음 수를 궁리하는데 도모야가 목소리를 가다듬고 말한다.

"마에다가 지금 하고 있는 작품이 잘되면 취직할 수 있을지도 모른다고 기뻐했어요. 기획도 재미있고 일하는 보람도 있다면서요."

"글쎄…. 아직 제작 관련 업무를 그 녀석에게 맡겨주는 사람은 없을 것 같은데."

분명 아르바이트생이 할 소리는 아니다. 아마도 옛 친구 앞에서 으스대고 싶었던 것이겠지. 유게는 마에다를 떠올리며 피식 웃음을 흘렸다. 하지만 확실히 마에다는 영상에 자막을 넣는 등 아르바이트생의 범주를 넘어서는 업무를 맡고 있다. 정식 스태프로 들어갔다 해도 고개가 끄덕여질 법한 실력이다.

"이상하네…."

도모야는 고개를 갸웃하며 이야기한다.

"마에다가 분명 새 기획을 돕고 있다고 했는데. 유게 감독님이라는 분의 기획이요. 그런데 제가 착각했나 보네요."

유게 감독.

유게 감독.

유게 아키코 감독.

'그건가?' 유게는 오감이 송두리째 사무실로 이동된 느낌이다.

아키코의 메일을 보았을 때 느낀 모든 감각이 되살아난다. 체온이 올라가고, 박동이 빨라진다. 결국 새로운 기획이 무엇인지는 물어보지 못했다. 어쩌면 마에다가 연관되어 있을지도 모른다. 그 일이 오랜만에 만난 친구에게 다짜고짜 털어놓을 만큼 재미있고 보람차다는 건가. 사전 허가를 받아야 하는지 외부 사람의 눈치까지 보다니.

그게 어떤 기획인지 궁금하다. 하야시의 만족감 어린 표정, 아키코의 자신감 넘치는 모습. 그리고 모두들 그 후배 계집애 대신 자신을 유게 2호라고 부른다는 사실.

"유게 감독님."

모두가 아키코의 이름만 불러댄다. 상도, 기획도, 인터뷰도, 전부 다. 아키코 아키코 아키코 아키코 아키코 아키코 아키코 아키코 아키코….

"유게 감독님."

누군가 어깨를 흔든다. 몸이 차 밖으로 나와 있다. 어느새 목적지에 도착한 것 같다. 유게는 비로소 자신이 이케부쿠로에 서 있다는 사실을 깨닫는다. 눈앞에 펼쳐진 조용한 주택가. 이 중 한 맨션이 장로의 아지트일지 모른다. 그것보다 택시비를 내긴 한 걸까? 영수증은 제대로 받은 걸까? 오감이 조금씩 몸으로 되돌아온다.

"감독님, 괜찮으세요? 저도 이런 말씀을 드리는 게 옳지 않다는 건 알고 있습니다. 하지만 들어가기 전에 확실히 말씀드리고 싫어서요."

도모야가 진지한 표정으로 자신을 바라보고 있다.

"알기 쉽게 설명드리겠습니다. 지금부터 만날 장로라는 사람은 사기꾼입니다."

"뭐? 지금 뭐라고 했어?"

되돌아온 감각들이 좀처럼 대답을 받아들이지 못하고 있다. 사기꾼. 유게는 무의식적으로 메고 있던 보스턴백을 확인한다. '괜찮아. 카메라는 제대로 돌아가고 있어.'

"이 시설의 장로는 특별한 힘도 없고, 기센지마와도 관련이 없어요. 그저 평범한 중년 남성일 뿐입니다. 그런 그가 전설에 나오는 장로와 대화를 할 수 있다며 젊은이들을 불러 모으고 있어요."

도모야의 모습에서 이 문장을 몇 번이고 연습한 흔적이 보인다. 하지만 솔직히, 여기까지는 유게도 예상했던 바다.

"맞아. 나도 사이비일지 모른다고 생각은 했어. 허가 없이 기센지마에 가는 건 불가능한 데다, 애초부터 그런 말도 안 되는 도시전설을 믿는다는 게 이상하잖아?"

"바로 그렇습니다."

도모야가 유게의 발언에 돌연 맞장구를 친다.

"그런 전설이 존재하는 것 자체가 이상해요. 세상에 그런 맹랑한 이야기를 믿다니 있을 수 없는 일이죠."

열을 올리는 자신에게 놀랐는지, 도모야는 어조를 가다듬고 말을 잇는다.

"그런데 문제는, 장로가 시주를 요구하면서 여기 오는 젊은이들에게 돈을 갈취하고 있다는 겁니다."

유게는 자신도 모르게 침을 꿀꺽 삼킨다. 돈이 개입되면 분명 이야기가 달라진다.

"장로는 전사가 되려면 준비가 필요하다며 그 집에 신자들을 살게 하고 있어요. 시주는 입주 전에 선불로 내야 해서 일단 제가 두 사람 몫을 준비해왔습니다. 그래서 교통비와 숙박비를 지원해 주신 게 너무나 도움이 됐어요."

도모야가 불쑥 종이 한 장을 내민다.

"이게 장로의 프로필입니다."

본명 우카이 유키쓰구. 명문 중고등학교를 졸업하고 도쿄대 이학부 수학과에 입학. 서클 '세계전쟁사연구부'의 간부였다. 도쿄대는 졸업하지 못한 채 제적당했다. 그의 친가는 자산가로 조부는 기타큐슈에서 신흥종교를 일으켰던 바 있다. 한때 부모에게 알선받은 단체 직원으로 근무했으나 몇 년 뒤 사직했다. 그 후 친척들 밑에서 부동산 관리를 했는데 이 또한 얼마 못 가 그만두었다. 이후 집안 소유의 맨션을 한 채 받는 것으로 친척들과의 관계 및 금전적 지원이 모두 끊기게 된다. 급기야 자신을 장로라고 칭하며, 방황하고 있는 젊은이들의 금품을 빼앗는 악행을 일삼는다.

어떻게 이렇게 자세히 조사할 수 있었을까? 도대체 왜 경찰에 신고하지 않은 걸까? 왜 하필 이 타이밍에 이야기를 꺼내는 걸까? 꼬리에 꼬리를 무는 의문들이 도모야의 냉정한 목소리에 쓸려 나간다.

“장로는 신자들을 일주일 정도 그곳에 머무르게 한 뒤, 장로님이 내려오셨다고 말하면서 대화를 시작한다고 합니다. 그러고는 신자들에게 ‘불합격’을 선고합니다. 장로님께서 그렇게 말씀하셨다고 하면서요. 그 한마디 말로 시주만 갈취하고 신자들을 내쫓는다고 해요.”

도모야가 힐끗 손목시계를 바라본다.

“마에다가 오랜만에 다큐를 제작한다고 연락했을 때 정말 놀랐어요. 이렇게 말씀드려 죄송하지만 이 기회를 이용해야 한다는 생각이 들었죠. 우카이 유키쓰구가 체포되는 것만으로는 안 됩니다. 산과 바다의 전설은 사실무근이며, 검증할 가치조차 없다는 것을 세상에 널리 알리고 싶어요. 산족과 바다족이 대립할 수밖에 없는 운명이라니. 터무니없는 발상이란 사실을 확실히 전달해야만 합니다.”

약속 시간인 3시가 가까워지고 있다.

“저는 지금 입주 희망자로서 장로와 연락을 주고받고 있습니다. 그러니까 열렬한 신봉자인 척하고 있는 거죠. 유게 감독님도 저와 같은 신봉자로서 입주를 희망하고 있다고 설명했구요. 그렇게 하지 않으면 장로가 접촉을 허락해주지 않으니까요. 그는 자기 사업에 고객이 될 만한 사람만 만납니다. 그러니까 감독님도 맨션에 들어가면 연기를 해주시기 바랍니다.”

“알았어. 네가 하는 말은 잘 알겠는데 말이야….”

유게는 도모야를 진정시키기 위해 느긋한 태도로 묻는다.

"왜지?"

"네?"

이번엔 도모야가 놀란 얼굴을 한다.

"왜 이렇게까지 하는 거지?"

질문을 던지는 유게의 머릿속에 마침내 무언가가 번뜩인다.

"친구가 사기에 휘말렸기 때문에? 아니면 원래부터 정의감이 강해서? 직접 피해 본 것도 아닌데 세간에 퍼진 전설을 왜 뿌리 뽑고 싶다는 생각을 하지? 도대체 왜 이렇게까지 하는 거야?"

망설이고 있다. 유게는 말을 꺼내지 못하는 청년의 눈을 바라보며 생각한다. 이 청년에겐 아직도 마음속에 품고 있는 무언가가 있다. 지금 구하러 가는 친구에게도 말하지 않았을 어떤 깊숙한 비밀이.

유게는 청년의 눈을 지그시 바라본다. 어딘지 모르게 파랗게 반짝이는 두 눈. 그 뒤로 펼쳐진 푸른 하늘에 낮달이 떠 있다.

변함없는 도쿄의 거리. 유게의 몸에서 힘이 쭉 빠진다. 처음부터 이 기획은 알 수 없는 것투성이다.

이시와타리의 복수심에 의한 기획, 방송국이 간단히 내려준 예산. 어떻게 이런 것들이 아무렇지 않게 진행되는 건지 알 수 없다. 원래 기센지마라는 것 자체가 시청자들을 끌어모으는 힘을 가졌는지도 모른다.

처음부터 아무것도 알지 못했다. 호리키타 유스케, 겹치는 우연, 아키코의 새로운 기획, 유키노가 자신을 떠나간 이유, 데뷔 이후 호평받지 못하는 인생, 아니 얼떨결에 호평받은 인생, 일과 가정을 손에 넣은 동창생들…. 모르겠다. 어쩌면 영원히 알고 싶지 않은 것인지도.

"좋아."

도모야의 대답을 기다리지 않고 유게가 고개를 끄덕인다.

"이미 배는 항구를 떠났다. 일단은 네가 말한 대로 할 테니 안심해."

말로 하고 나니 생각들이 심플해진다. 지금 알 수 없는 일에 머리를 굴려봤자 소용없다. 어차피 여기까지 와 있다. 일단 계속 나아가는 수밖에.

"감사합니다."

도모야는 고개를 숙이지 않는다. 흘러내리는 무언가를 지키기 위해 앞을 보고 서 있을 뿐이다.

"대신 다 끝난 뒤에 설명해줄 수 있겠지? 내가 충분히 납득할 수 있게."

유게는 도모야의 눈을 바라본다.

"알겠습니다. 약속드릴게요."

도모야의 말에 굳게 악수를 한 것만 같다.

"이제 갈까요? 시간을 엄수하라는 말을 들어서요."

유게는 보스턴백을 맨션에 들어가는 도모야 쪽으로 향하게 한다. 그리고 생각한다. 지금 자신이 눈앞의 청년에게 스포트라이트를 비추고 있는 것일까. 아니면 총구를 들이대고 있는 것일까.

좋은 원두다. 유게는 커피를 한 모금 마시고 생각한다. 한순간 이시와타리와 머리를 맞대고 있던 회의실 풍경이 스쳐 지나간다.

"멀리서 오시느라 고생하셨습니다."

테이블을 사이에 두고 앉아 있는 우카이 유키쓰구는 장로와 대화할 수 있다는 스스로의 설정에 적합한 외모를 가지고 있다. 곱슬곱슬한 긴 머리카락을 하나로 묶고, 가냘픈 턱에 어울리지 않게 수염을 길렀다. 장로라고 하면 누구든 떠올리는 옷을 감싸고, 가느다란 팔목에 빤한 염주를 차고 있다. 그의 정체를 알고 있는 입장에서 보면 유치한 발상에 웃음이 나올 정도다. 하지만 전설에 매혹된 사람의 눈으로 본다면 말라빠진 남자의 수염조차 설득력을 갖지 않을까.

"아닙니다. 저희야말로 받아주셔서 얼마나 감사한지 모릅니다."

옆에 앉은 도모야가 고개를 숙인다.

"정말 감사합니다."

유게도 그를 따라 고개를 꾸벅한다.

"아주 오래전부터 오고 싶었습니다. 지금은 한시라도 빨리 참여하고 싶어 견딜 수가 없습니다."

도모야의 연기력은 썩 훌륭하다고 할 수 없다. 하지만 책을 읽는 듯한 어색한 말투가 오히려 정체성을 잃고 헤매는 젊은이를 효과적으로 연출하고 있다.

"저도 마찬가지입니다."

유게는 쓸데없는 말을 조심해가며 장단을 맞춘다. 그러자 유키쓰구의 얼굴이 유게에게로 향한다. 그의 표정은 도모야를 볼 때보다 한결 상냥하다.

"실례입니다만 나이가 어떻게 되십니까?"

"서른여덟 살입니다."

유게는 자신도 모르게 실제 나이를 말해버린다.

"하시는 일은?"

"무직입니다."

이건 도모야와 미리 맞춘 대답이다. 유키쓰구는 일주일 이상 자취를 감추어도 문제되지 않는 인간들만을 상대한다. 그래서 혼자 사는 대학생, 비정규직 직장인, 무직 상태의 니트족이 그의 주된 타깃이다.

"그렇군요."

유키쓰구의 표정이 더욱 상냥해진다. 유게는 초조함을 감추기 위해 마음에 지그시 힘을 넣는다.

"지금까지 당신은 무엇을 위해 살아가는지, 자신의 가치는 무엇인지 자문자답을 반복해왔을 겁니다. 하지만 이젠 괜찮아요. 마침내 당신에게 이 말을 전할 수 있게 됐으니까요. 당신은 이곳에 오기 위해 지금까지 살아왔습니다. 우리가 지금 머리를 맞대고 있는 것은 아주 오래전부터 결정돼 있던 일이에요."

특별할 것 없는 평일의 오후. 끊임없이 세뇌를 유도하는 말들이 쏟아져 나온다. 그러다 조금 있으면 돈이 오고 갈 테지. 머리로는 알고 있다고 생각했지만 막상 이곳에 몸을 담그니 좀처럼 현실감이 느껴지지 않는다.

유게는 "네" 하고 고개를 숙인다. 그러면서 테이블 위의 보스턴백 방향을 슬며시 확인한다.

사실 맨션에 들어오기 전, 이시와타리에게 전화 한 통을 넣을 수도 있었다. 하지만 유게는 그러지 않았다. 취재 대상물을 따라가다 그곳에 도사리고 있는 악의 세력과 만난다. 이런 전개는 외국 다큐멘터리에도 흔하지 않은가. 아무 말 없이 기가 막힌 소재로 이시와타리를 놀라게 하리라.

"이제 여러분은 세계 평화를 이루는 전사입니다. 산과 바다 전설의 발상지를 섬멸하는 일은 신변의 위험을 수반합니다. 이 사실은 모두 알고 계시겠지요? 카센지마는 원래 독가스를 제조하던 곳으로 지금은 국가로부터 출입이 금지된 곳입니다. 그곳에는 은둔해 살아가고 있는 산족과 바다족, 비정상적 생태계를 형성한 생물체들이 아직 남아 있습니다. 모든 대립의 근원을 없애기 위해서는 어쩔 수 없이 그들을 공격해야만 합니다. 물론 그들은 저항하겠지요. 성스러운 전쟁에는 희생이 따르는 법입니다. 설령 몸이 산산조각이 나더라도 여러분은 세계를 구한 전사로서 길이 이름을 남길 것입니다."

유키쓰구의 말에 둘은 "네" 하고 입을 모아 대답한다.

"이제 자신이 무엇을 위해 살아가고 있는지 고민할 필요가 없습니다. 살아 있다는 사실에 의문을 갖거나 불안해할 필요도 없습니다. 왜인지 아십니까? 여러분은 지금 자신이 선택된 전사라는 사실을 알았으니까요. 마침내 그것을 깨달았으니까요!"

"정말로 감사합니다."

유게는 자신도 모르게 흠칫 놀란다. 그런 말을 할 생각은 없었는데. 그냥 사무적으로 고개를 끄덕이며 "네"라고 말할 작정이었다. 하지만 지금 그의 귀에 스스로 말해버린 여덟 글자가 똑똑히 들린다.

38세, 무직. 도모야와 꾸며낸 설정이 어쩌면 꾸며낸 게 아닐지도 모른다. 유게는 상상한다. 그때 찍은 무인도 다큐멘터리가 눈에 띄지 않았더라면? 제작사에 들어가지 못한 채 창작욕만 불태웠더라면? 행복한 친구들의 모습을 쓸쓸히 바라보고만 있었더라면? 자신의 잠재력을 보일 장소를 찾아 여기까지 흘러온 것이라면?

분명 감사하다고 말할 것이다. 유게는 생각한다. 몸 깊은 곳에서부터 달콤한 떨림이 전해져 발기해버릴지 모른다고. 살아가는 의미와 인생의 가치를 부여해준다는데 당연하지 않은가. 이제 더 이상 아무 생각도 하지 않아도 된다.

"이제 여러분은 기센지마로의 도항을 앞두고 있습니다. 나아가 모든 대립의 근원인 산과 바다 전설의 구축 계획을 완성해내야만 합니다. 그리고 임무 완수를 위한 전사 후보로서 당분간 이곳에서 공동생활을 하게 됩니다. 수일간에 걸쳐 몇 가지 시험을 치르면 성스러운 전쟁에 참여할 자질이 있는지 심판이 내려올 것입니다."

유키쓰구의 턱이 달가닥거리며 신뢰 없는 목소리를 흘린다.

"최종적인 판단은 장로님께서 하십니다. 저는 장로님의 말씀을 내려받아 여러분께 전달할 따름입니다. 그 때문에 심판에 대해 항의를 하셔도 제가 할 수 있는 일은 없습니다. 그 점만은 미리 양해 부탁드립니다."

수염이 어울리지 않는 그의 가냘픈 턱은 단단한 경험과는 거리가 먼 삶을 여실히 드러내는 듯하다.

"만약 그 부분을 양지해주신다면 입주에 대한 동의 표시로 이곳에 서명을 해주시기 바랍니다. 그 순간 우리의 몸에 빛이 깃들게 됩니다. 삶의 의미가 싹트게 됩니다. 생명의 사용처가 정해지면 세계 평화라는 이름 아래 하나가 됩시다."

유게는 그 순간 강렬한 데자뷔를 느낀다. 긴 머리카락, 가냘픈 턱, 삐어 나온 수염. 그런 풍모를 가진 인물이 살아가는 의미와 삶의 방식에 대해 이야기하는 것. 그리고 그런 모습에 카메라를 들이대고 있는 자신. 이 느낌, 어쩐지 낯이 익다.

"유게 씨."

도모야가 펜을 건넨다. 도모야는 서면에 자신의 이름을 적고 도장을 찍었다. 유게는 천천히 사인을 하며 서류에 쓰인 글자들을 훑는다. 친척이 있는 부동산 회사에서 일을 했다더니 그 경험이 여기서 빛을 발하는 모양이다. 1인당 20만엔이라는 금액은 이곳에서 지내는 일수만큼의 집세와 소개료, 보증금, 사례금이 모두 포함된 금액이라고 한다. 그리고 사인을 한 시점부터 환불이 불가능하다는 조항이 작은 글씨로 기재되어 있다. 그 이외의 항목에는 '세계를 구하려는 의지 있음', '성스러운 전쟁에 몸 바칠 각오 있음' 등등. 허세 가득한 말들로 채워져 있어 돈에 관련된 항목은 눈에 잘 띄지도 않는다.

"그럼, 부디 장로님께 시주 올려주십시오."

도모야가 가방에서 갈색 봉투를 꺼낸다. 그 안에는 두 사람의 입주비 40만 엔이 들어 있다.

"잘 부탁드리겠습니다."

"감사합니다. 이건 제가 책임지고 장로님께 전달드리겠습니다."

유키쓰구는 의미심장한 표정으로 봉투에서 지폐를 꺼내 천천히 세기 시작한다.

10,000엔짜리 지폐 40장. 학생에게는 너무나 큰돈이다. 유게는 돈을 주지 않고 목적을 이룰 수 있는 방법은 없는지 고민했다. 하지만 도모야는 거주지에 잠입하는 것이 최우선이라며 양보하지 않았다. 사기꾼에게 있어 중요한 것은, 오로지 수중에 돈이 들어오느냐는 것뿐이다. 그 단계만 넘어서고 나면 경계는 단번에 느슨해진다.

아니나 다를까. 돈을 다 세고 난 유키쓰구는 몸을 감싸고 있던 긴장감을 일시에 풀어버린다. 이제 그에게선 아무런 신비감도 느껴지지 않는다. 어쩌면 당연한 일일지도 모른다. 여전히 길게 머리를 길렀어도, 수염이 나 있어도, 이상한 옷을 걸치고 있어도. 그저 풋내 나는 얼굴에 구부정한 자세를 한 남자가 서 있을 뿐이다.

"자, 그럼 우선 2층 방으로 안내해드리지요. 장로님으로부터 말씀이 내려오면 섬과 전설에 대한 예언을 전달해드릴 테니 그때까지 방에서 대기해주십시오. 또 방에는 기센지마와 전설에 관련된 교재가 갖춰져 있습니다. 사전에 그것들을 읽어두시기를 권해드립니다. 그리고 지금부터는 방 밖으로 출입이 금지됩니다. 식사는 직접 제공해드릴 것입니다. 화장실은 1층에 있으니 방 안에 있는 무선전화로 제게 연락해주십시오."

이 맨션은 복층구조로 들어서자마자 왼쪽에 계단이 있다. 유게는 테이블에 두었던 보스턴백을 메고 유키쓰구와 도모야를 따라 계단을 오른다.

계단을 오르자 갈색 문이 하나 나온다. 2층에는 이 방 하나밖에 없는 것 같다.

"지금 대기 중인 전사 후보는 여러분을 제외하고 단 한 명뿐입니다."

유키쓰구가 몸을 반 바퀴 돌려 문을 등진 채 이야기를 시작한다.

"장로님께서 좀처럼 허락을 내려주시지 않아서요. 유감스럽게도 섬으로 도항하지 못하고 그냥 돌아가시는 분들이 많습니다. 마음 같아선 모든 분을 전사로 보내고 싶지만 그런 분부를 받기란 현실적으로 정말 힘듭니다."

저 문 안쪽에 호리키타 유스케가 있다. 한때 학생 자치를 부르짖으며 깃발을 흔들던 청년이. 지금은 방 안에서 장로의 분부만을 기다리고 있다.

"그럼, 계약서에 명시된 바와 같이 짐을 맡아드리도록 하겠습니다."

"네?"

그런 항목이 있었던가. 휴대폰은 어느 정도 예상을 하고 준비해두었지만 짐을 통째로 맡겨야 된다고는 생각하지 못했다. 보스턴백이 갑자기 어깨를 비트는 것처럼 무겁게 느껴진다.

"외부세계와 교신하는 물품들은 특히 장로님의 말씀을 수신하는 데 크나큰 방해가 됩니다. 그런 상황을 사전에 방지하기 위해서라도 모든 짐은 제게 맡기셔야 합니다."

'어떻게 해야 하지? 생각해내. 어떻게 해야 좋을지 생각해내라고!'

카메라 배터리에서 나오는 열이 가방의 헝겊을 타고 유게의 정수리까지 올라온다. 이럴 때 침묵처럼 수상쩍은 것이 없다.

유게는 어쨌든 입을 연다.

"저…."

"그 가방에는 약이 들어 있어요!"

도모야가 먼저 말을 꺼낸다.

"약?"

유키쓰구의 표정에 다시 긴장감이 스친다.

"장로님, 들어주시옵소서. 오, 장로님이시여!"

갑자기 도모야가 고개를 들더니 크게 외치기 시작한다.

"이 친구는 선천성 혈우병을 앓고 있나이다. 그래서 정해진 날짜와 시간에 주사를 맞지 않으면 아니 되옵니다. 이 가방 안에 도구들이 들어 있사오니 준비를 포함해 딱 10분만 짐을 갖고 들어가게 해주시겠나이까? 안심하소서. 그 주사만 있으면 전사의 역할을 제대로 수행할 수 있나이다!"

도모야의 억양이 점점 높아진다. 눈을 부릅뜨고 침을 튀기는 모습이 누가 봐도 장로에게 영혼을 빼앗겨버린 광신도 그 자체다.

"반드시 10분 안에 끝내겠나이다. 장로님! 듣고 계시옵니까! 주사만 맞고 나면 즉시 짐을 맡기겠나이다. 그를 전사 후보에서 내치지 말아주소서. 제발, 장로님!"

순발력 넘치는 도모야의 배짱과 지식에 유게는 감탄한다. 그는 어떻게 이 흔치 않은 병에 대해 자세히 아는 걸까. 그런 의문들을 품은 채로 일단은 도박에 뛰어들기로 한다.

"장로님이시여! 듣고 계시나이까? 무례를 범해 면목이 없습니다. 주사 없이는 움직일 수가 없는 몸이라 이렇게 간곡히 청하나이다!"

"장로님이시여, 부디 허락해주소서!"

"알겠습니다. 진정하십시오."

유키쓰구는 목놓아 간청하는 두 사람을 가라앉히며 여유를 되찾는다. 장로에게 심취해 있으니 다루기 쉬운 망아지들이라는 확신이 생긴 것이리라.

"지금 그분의 목소리가 들렸습니다. 장로님께서 특별히 짐을 허락해주시겠노라 말씀하십니다. 하지만 10분이라는 시간은 반드시 지켜주셔야 합니다."

유키쓰구가 문손잡이를 쥐며 말한다.

"자, 들어가시지요."

문이 열린다. 도모야의 목이 심장처럼 뛰고 있다. 이윽고 그의 발이 한 발짝 내디뎌진다.

두 사람이 방으로 들어가는 것을 본 유키쓰구가 말한다.

"10분 후에 다시 오겠습니다."

유게는 문이 닫히기 직전 카메라를 그에게 돌렸다. 긴 머리카락, 가녀린 턱, 지저분한 수염. 이런 모습을 한 인물이 인생의 의미와 사용 방식에 대해 이야기한다. 그리고 그런 그에게 카메라를 들이대고 있는 자신. 마침내, 생각이 난다.

유게는 문이 닫히자 그대로 서 있다. 철컹. 자물쇠 채우는 소리와 함께 바람에 휩싸이더니 두 눈 가득 바다와 밤하늘이 펼쳐진다. 오래전 무인도에서 노인 구루메 아키히코를 촬영하던 때와 비슷하다.

"엇? 도모야? 네가 왜 여기…?"

처음 듣는 생소한 목소리가 울려 퍼진다. 유게는 보스턴백을 고정한 채 몸을 180도 회전시킨다.

2층 침대 아래 상반신만 일으켜 책을 읽는 한 청년이 보인다. 위아래로 회색 트레이닝복 차림을 하고, 턱과 뺨이 거친 수염으로 덮여 있다. 그의 얼굴은 동년배들에 비해 무척 동안이다. 이 청년이 바로 호리키타 유스케다.

"네가 왜 여기 있는 거야?"

"조용히 해."

도모야가 재빨리 쪼그려 앉아 유스케와 눈높이를 맞춘다.

"아래층에 들린단 말이야."

유스케는 못이라도 박혔는지 움직이지 않는다. 전신의 신경이 뽑혀나간 것처럼 검은 동공만이 가늘게 떨리고 있다. 유게는 그 둘의 표정을 고루 담으려고 일부러 두 사람 사이에 앉는다.

"유스케, 돌아가자."

유게는 보스턴백을 도모야 쪽에 맞춘다.

"여기 있어봤자 넌 아무 데도 갈 수 없어."

이번엔 유스케 쪽. 하루 대부분을 침대에서 보내는 것일까. 유스케는 하얀 이불과 거의 한 몸 같다.

"기센지마로 간다는 건 있을 수 없는 일이야. 유스케, 너는 그 놈에게 속고 있는 거야. 그런 말도 안 되는 일은 현실 세계에서 일어날 수 없어."

도모야는 조금만 생각해보면 알 수 있지 않냐고 사정한다. 유스케는 언성을 높이거나 난폭해지지 않는다. 대신 반박하리라는 예상과 달리 침착한 그의 모습이 놀라울 뿐이다.

"돌아가자, 응? 이런 곳에 있어봤자 아무 소용 없어."

도모야의 목소리가 점점 커진다.

"저 사람 사기꾼이야. 너, 여기서 돈 뜯겼지? 나중에 자격이 없다면서 돈만 가로채고 신자들을 내쫓는 거야. 장로의 목소리를 들을 수 있다는 둥, 기센지마와 특별한 인연이 있다는 둥. 아니, 처음부터 산족이니 바다족이니 하는 것들이 다, 모두 다 거짓말이라고!"

"거짓말 아니야."

유스케가 도모야를 똑바로 쳐다보며 말한다.

"거짓말이야."

"거짓말 아니야."

"거짓말이야."

"거짓말 아니야."

유스케가 도모야의 눈길을 피한다.

"거짓말이 아니라고 믿게 해줘…."

이번엔 도모야의 움직임이 멈춘다. 거짓말이 아닌 거라고, 그렇게 믿게 해달라고. 유스케가 지금 말하고 있다.

"그러니까 도모야, 방해하지 마."

유스케는 이해가 더딘 학생을 타이르듯 도모야에게 이야기한다.

"저 사람이 거짓말쟁이라는 것쯤은 나도 안단 말이야."

"뭐?"

도모야가 삑삑거리는 장난감 같은 소리를 낸다. 그의 입에서 나온 얼빠진 소리가 방 안을 공허하게 울린다.

"저 사람이 사기꾼인 거 나도 알고 있다잖아. 그에게 20만 엔을 뜯겼다는 것도, 기센지마에 갈 수 없다는 것도 알아. 다 알고 여기 있는 거니까 방해하지 말아줘. 부탁이야."

유스케는 그렇게 말하고 겨우 몸을 움직인다. 읽고 있던 책을 그대로 침대 위에 뒤집어놓는다. 책 제목은《산과 바다 전설의 모든 것》.

"뭐야, 하필이면 이 타이밍에…."

귀찮아 죽겠다는 듯 한숨을 내쉬는 유스케의 모습은 영락없이 어머니로부터 목욕을 재촉당하는 아이 같다.

"지금까지 내가 뭘 하든 말리러 온 적 없었잖아. 그래놓고 이제와 뭐야, 도쿄까지 와서는…."

'이건 또 무슨 소리지?' 유게는 상상을 벗어나는 전개에 정신을 차릴 수 없다. 보스턴백을 끼고 있는 겨드랑이가 조금씩 축축해진다.

호리키타 유스케가 기센지마의 존재를 맹신하지 않으면 곤란하다. 섬에 가고 싶어 안달이 난 청년과, 그의 일탈을 막으려는 친구. 바로 이 구도를 찍기 위해 적지 않은 돈을 들여 여기까지 온 것 아닌가. 유게는 두 사람의 표정을 비교한다. 모든 게 거짓이라는 걸 알고 있었다니. 게다가 기센지마에 갈 수 없다는 것도 알고 있었다니.

유게의 눈꺼풀 뒤로 이시와타리가 스쳐 지나간다. 그을린 피부가 바퀴벌레처럼 번득이는 커다란 얼굴.

"정말이지. 아, 속 터져."

유스케가 부스스한 머리카락을 쥐어뜯는다. 유게는 내가 할 소리라며 중얼대더니 보스턴백에서 카메라를 꺼내 든다. 이젠 카메라를 들켜도 상관없다. 일단 이 장면을 깔끔하게 찍어두자. 편집만 잘하면 내용은 어떻게든 짜 맞춰질 테니.

지퍼를 열어 빨간 램프가 깜박이는 카메라에 손을 뻗으려 할 때였다. 바로 옆에 있던 아이패드로 한 통의 메일이 온다.

신규 메일 - 1건

보낸 사람 - 마에다 가즈히로

제목 - 자막 포함 동영상 데이터입니다.

'자막을 포함한 동영상? 마에다로부터? 또 마에다가 잘못 보낸 거로군.' 순간, 유게는 불현듯 택시 안에서 도모야와 나누었던 대화를 떠올린다. 아키코에게 보내려던 동영상을 잘못 보낸 것이 틀림없다. 유게는 망설이지 않고 메일을 연다.

유게 님, 수고 많으십니다. 시간이 오래 걸려 죄송합니다. '삶의 보람 찾기 증후군'에 들어갈 두 명 인터뷰 말인데요. 말씀대로 자막을 넣어보았습니다. 확실히 이쪽이 훨씬 보기가 쉽네요. 그런데 하야시 피디님도 지적하셨다시피 구루메 씨 부분에 너무 시간을 할애하는 게 아닌가 싶기도 하고…. 아무것도 모르는 아랫것 주제에 건방지게 죄송합니다. 동영상은 하단 URL에 업로드했으니 확인 부탁드리겠습니다.

쿵. 심장에서 무언가가 울린다. 이건 아키코 팀의 새 기획 동영상이다. 맥박이 빨라진다. 보고 싶다.

"모두 거짓인 걸 알면서 왜 이런 데 있는 거야?"

도모야가 다시 한번 묻는다.

메일 본문에는 업로드된 동영상 URL이 떠 있다.

'보고 싶어. 보고 싶어. 보고 싶어. 보고 싶어. 보고 싶어. 보고 싶어. 보고싶어보고싶어보고싶어보고싶어보고싶어보고싶어… 봐버려.'

아이패드에 재생된 동영상이 뜬다. 소리는 들리지 않기 때문에 영상과 자막으로 내용을 이해하는 수밖에 없다.

맨 처음 화면에 나타난 것은 새하얀 침대에 누워 있는 노인의 옆모습이다. 그의 얼굴에서 생기라고는 찾아볼 수 없다. 한 사람의 시청자로서 노인이 다시 활발하게 움직이는 모습은 상상하기 어렵다.

"어쨌든 난 돌아가지 않아." 유스케가 말하고 있다.

이윽고 화면에는 의자에 걸터앉은 중년 여인이 나타난다. 그 여인은 침대에 누워 있는 노인을 말없이 내려다보고 있다. 여인의 옆얼굴 밑으로 자막이 뜬다.

구루메 준코 씨(46세).

"난 전사 실격이라고 쫓겨날 때까지 돌아가지 않아."

구루메. 익숙지 않은 편집 실력으로 이름을 써넣었던 기억이 유게의 뇌리 속에 되살아난다. 입을 놀리기 시작한 화면 속 여인의 밑으로 또 다른 자막이 떠오른다.

아버지는, 무인도에 가면 생명의 고귀함을 마주하는 유일무이한 존재가 될 수 있다고 생각했어요.

"그렇게 하면 세계 평화를 위해 죽을 각오까지 했지만 새롭게 다시 태어난 전혀 다른 인간이 되는 거라구요."

유게는 시청각이 강력한 힘에 의해 두개골 가운데서 맞물리는 것을 느낀다. 저 여인은, 구루메 씨의 딸이다. 내가 무인도에서 만났던, 그 노인의 딸.

옛날에 잠깐 TV에 나왔을 땐 세상을 등진 반항아로 비쳐지기도 했어요. 하지만 몸이 조금 안 좋아지니까 금방 다시 돌아와버리더라구요. 자, 지금은 이렇게 시설 좋은 병원에서 잘 생활하는 거 보이시죠?

재생 화면 속에서 구루메 준코의 입가가 일그러진다.

"유스케, 네가 무슨 소리 하는지 모르겠어."

"네가 알 리가 없지, 그걸."

어째서 저 노인의 딸을 촬영한 걸까, 왜 이런 영상을 마에다가 보냈을까. 유게는 아무것도 알 수가 없다.

어머니는 4년 전에 돌아가셨어요. 마지막엔 아버지도 몰라보셨지요. 그래도 아버지가 이렇게 되시기 전에 돌아가셨으니 불행 중 다행이라고 생각해요.

영상 속에서 구루메 준코의 등 뒤로 문이 열린다.

유게는 문득 자신의 뒤를 휙 돌아본다. 아키코가 어느 틈엔가 문을 열고 들어와 자신의 뒤에 카메라를 들이대는 느낌이 들었기 때문이다.

'아키코는, 내 뒤에서 다시 찍으려 하고 있어.'

유게는 그렇게 생각한다. 비가 그치면 우산을 접고, 에어컨이 켜지면 소매를 내리듯이.

아키코는 당시의 무인도 다큐멘터리를 한참 떨어진 곳에서부터 다시 찍으려 하고 있다.

"나, 생각하는 것처럼 위험한 사상에 빠져 있지 않아."

유스케의 목소리가 하나의 소음으로 유게의 고막에 부딪힌다.

"기센지마에 가서 분쟁의 씨앗을 없애겠다니. 내가 제정신으로 그럴 수 있을 것 같아?"

"그럼, 왜 여기 있는 거야?"

"왜냐니? 굳이 말하자면 20만 엔을 내고 세계 평화를 위해 몸 바치려 했던 과거를 손에 넣기 위함이랄까."

이 사람, 무인도에 가서 생명의 고귀함을 깨달았다고 하지만 사실은 달라요. 생명의 고귀함을 깨달은 사람이 되기 위해 무인도에 갔던 것뿐이에요. 순서가 거꾸로예요.

영상 속 자막이 단순한 기호로 유게의 망막에 부딪힌다.

실제 무인도에 갔던 경험으로 돈 좀 벌었거든요, 이 사람. 그 다큐멘터리가 방송을 타자마자 인터뷰와 강연 의뢰가 쏟아졌어요. 일단 강연료가 비싼 것부터 야무지게 출연하더군요. 무인도에 가서야 비로소 살아가는 이유를 찾았노라 으스대며 말했어요. 하지만 정작 그가 손에 넣은 건 일과 돈이었죠. 이렇게 말하니까 꼭 잘 만들어진 옛이야기 같네요.

유게는 이제 아이패드를 보거나 카메라를 조작하지 않는다. 도모야와 유스케 사이에 앉아 멍하니 가방 속을 들여다볼 뿐이다.

"지금, 자신이 경험한 것을 환원하고 싶다면서도 뒤로는 돈을 버는 녀석들이 우글우글해. 별 사회 경험도 없는 것들이 말이야. 잘난 척은 있는 대로 하고 있지만 이놈 저놈 결국 하는 소리는 똑같아. '가슴이 시키는 대로 살아가세요', '스스로가 하나의 채널이 되세요.' 어쩌고저쩌고하는 뻔한 소리들! 별 알맹이 없는 인간들이 전할 수 있는 메시지라는 게 딱 거기까지지 뭐. 그런데 말이야. 어쩌면 나도 할 수 있겠다는 생각이 들더라고. 내게 부족한 건, 지옥을 딛고 일어서는 경험이었어! 그 실적만 채워지면 지독한 세뇌로부터 회복되는 법? 뭐, 이런 프로 블로거가 돼서 먹고 살 수 있겠더란 말이지."

한 화면에 들어가기엔 자막이 너무 많다. 유게는 냉정하게 머릿속으로 마에다에게 충고한다.

"마침 잘돼가는 것 같았는데…."

마침 잘돼갔던 거죠.

유게는 고개를 직각으로 숙인 채 새어나가는 숨을 토한다.

"여기 와 막 실적을 채우려던 참이었는데. 한 가지는 이룬 사람이라고 들으려던 참이었는데…."

무인도에 가서야 비로소 뭔가 이룬 사람이 될 수 있었던 거죠. 삶의 의미 같은 건 그냥 평범하게 살아가며 발견할 수 있는 건데. 생명의 사용법이나 살아가는 이유 따위, 그냥 어디서든 느낄 수 있는데 말이에요.

숙이고 있는 머리가 점점 무거워진다. 무언가를 이룬 사람. 그런 사람이 되고 싶었다, 자신도. 처음 찍었던 다큐멘터리가 호평을 받았을 때처럼, 누구보다 취직자리가 빨리 결정되었던 때처럼. 말하지 않아도 지금 자신이 무얼 하고 있는지 똑똑히 알고 있는 존재로 남고 싶었다. 재능 있는 어린 후배에게 추월당하고, 심미안이 있는 상사에게 인정받지 못해도. 난 이것밖에 안되는 놈이라고 스스로를 체념하는 대신, 사리사욕에 찬 기획일지라도 냉큼 뛰어들어 이루어내는 사람. 어떻게 해서든 한 번 더 되고 싶어 견딜 수가 없었다.

"유스케."

도모야가 입을 연다.

"애초에, 왜 무언가를 이루어야만 하지?"

그 순간, 유게는 머리를 든다.

"옛날부터 생각해왔어. 유스케는 대체 맞서서 뭘 하려는 걸까 하고. 장대넘기, 단체체조, 시험 등수표, 징파부활운동, 학생자치운동…. 처음부터 뭔가를 이룬다는 게 꼭 맞서 싸우는 걸 의미하진 않잖아. 하고 싶은 일을 해내는 것, 그것도 뭔가를 이루는 거 아냐? 유스케는 늘 그럴 필요가 없는데도 억지로 싸울 대상을 만들어내는 것처럼 보여."

아버지는 옛날부터 그랬던 것 같아요. 예전에 한번 어머니가 물었던 적이 있거든요. 당신은 끊임없이 목표를 세우고, 아무것도 달성하지 못하고, 또 다른 목표를 좇아 달린다고. 과거에는 그 무모함에 끌렸다면 지금은 불가사의하게 느껴진다고. 어째서 그런 식으로밖에 살아갈 줄 모르냐고.

"나는 반대로…."
이번엔 유스케가 입을 연다.
"도모야는 어째서 그렇게 의욕이 없는 걸까 생각했어."
구루메 준코가 입을 연다.

그랬더니, 아버지가 이렇게 대답하더군요. "너랑은 달리 나는 남자이기 때문이다"라고요.

"나랑 같은 남자이면서." 유스케가 말한다.
화면 속 구루메 준코의 얼굴이 축 처진다.

전 그 말을 듣고 완전히 질려버려서….

유스케의 목소리가 축 처진다.

"나 말이야. 아직도 가끔 생각나. 어릴 때 갔던 마을 여름 축제 풍경. 남자 어른들이 가마를 메고 신사를 통과하는 순간이 하이라이트였지. 여자들과 아이들은 주위에서 흥분해 떠들어대고, 친척들은 이담에 크면 꼭 가마를 메자고 격려해줬어."

유게의 머리가 다시 무거워진다.

"그런데 사실, 난 별 관심 없었어. 단지 남자는 가마를 짊어져야 되나 보다 생각했지. 가마 짊어질 날을 손꼽아 기다리는 쪽이 되레 편하다고 말이야. 뭐, 어차피 등에 짊어질 수밖엔 없는 거잖아. 선택의 여지가 없는 거니까."

유게가 카메라를 짊어지지 않자, 유키노는 그의 곁을 떠나버렸다.

"그렇게 해야 겨우 존재감이 생겨. 여자는 가마를 짊어져도 되고 짊어지지 않아도 돼. 아니, 여자가 가마를 메면 사람들이 더 흥분해주지. 그러니까 여자는 고를 수 있어. 남자는 고를 수 없고. 가마 없는 인생을 선택한 남자는 없다는 거 알잖아. 우리 아버지는 축제 때 한 번도 가마를 멘 적이 없었대. 그래서 항상 친척들에게 바보 취급을 당했어. 그런 아버지가, 어느 날 근사한 명함을 갖고 돌아왔을 땐 정말이지 너무 기뻤는데."

아버지가 항상 말했어요. '나는 돈을 벌어야 해. 남자니까 출세해야만 해. 너는 여자니까 알리 없지.' 하지만 내 입장에서 보면 뭐랄까요. 여자들도 여자라서 강요당하는 게 많이 있거든요. 여자니까 돈을 못 벌고, 여자니까 출세를 못 하고. 아무리 봐도 아버지는 자멸해가는 걸로밖엔 보이지 않았어요.

자멸이라는 단어가 귓속을 스친 것은 채 1초도 되지 않는 시간이었다. 하지만 유게는 그 순간, 자신을 감싸고 있던 거대한 무언가가 한 마디로 표현되는 것을 느꼈다.

제가 보기에 아버지는 단지 자신과 마주할 수 없었을 뿐이에요. 누군가에게 지적을 당하면 이상적인 남자 유형에 도달하지 못했다고 자멸해버리는 거죠. 남녀를 떠나 모두가 같은 인간인데, 아니 애당초 비교를 할 수 없는 건데. 그냥 나로 살아갈 수 있는 다른 방법을 찾으면 되는데…. 어머니는 아버지가 출세하지 못했다는 사실을 지금까지 한 번도 탓한 적이 없어요.

구루메 준코는 침대 위에 잠든 아버지를 내려다보며 중얼거린다.

요즘 제 남편이 딱 그런 식이에요. 회사에서 원치 않는 전근 발령을 받은 모양인데 그냥 자기랑 눈만 마주쳐도 우습게 본다고 난리예요. 아버지가 무인도로 간 건, 지금의 남편에게서 보이는 모든 불만이 뭉쳐진 결론 같아요. 무인도라는 상식 밖의 결단을 내려버리면 상식 안에 경쟁해오던 사람들에게 복수할 수 있다고 생각했겠죠. 그거야말로 상식에 얽매인 인간들이 하는 전형적인 행동 아닌가요?

말을 하는 구루메 준코의 표정이 조금 부드러워진다.

아버지에 관해서는 동정이 가는 부분도 있어요. 특히 아버지 세대가 선택할 수 있었던 인생이란 게, 한 집안의 기둥 외에는 없었을 테니까요. 또 거기서 오는 공포심이 굉장했겠죠. 요즘에 와서야 다양성이라고 하나요? 삶을 자유롭게 선택하는 방식을 입에 올릴 수 있게 된 시점이요. 그렇다고 모두 확고한 줏대를 가질 수 있을 만큼 강하진 않잖아요. 다른 사람들과 자신을 비교하지 말아요, 당신만의 방식대로 살아가도 좋아요. 모두가 아무리 외쳐도 결국 인간은 자신을 비교할 수밖에 없는 존재라고 생각해요.

구루메 준코가 입을 다문다. 그러자 유스케의 목소리가 유게의 귓속에 꽂힌다.

"여름 축제를 떠올릴 때마다, 남자는 가마를 짊어지지 않으면 안 된다는 생각이 들어. 그러지 않으면 존재를 인정받지 못한다는 생각? 등에 짊어질 가마가 없으면 아버지처럼 바보 취급을 당하는 거야. 여자들만 득실대는 직장에서 언제 쓸모 있을지 모를 일들만 하고 또 하고…."

유게는 고개를 떨구고 기억을 되살린다.

촉망받는 감독으로 다양한 작품에서 느꼈던 어깨의 묵직함. 촬영 도구가 든 가방을 메고 하루 종일 바삐 움직이던 시절. 영락없이 가마를 짊어진 것처럼 기분 좋은 피로감이 온몸을 감쌌다. 그 묵직함과 피곤함이 정말이지 너무나 달콤했다.

담당하고 있는 작품이 줄어들면 자연히 사무실에 남아 있는 시간이 길어진다. 등에 아무것도 지고 있지 않은 자신을 무언가를 지고 있는 누군가에게 들켜버리는 시간이기도 하다. 의도하지 않아도 비교되기 시작한다. 누구도 입 밖으로 내지 않은 말들이 자신에게 상처를 입힌다. 마음이 허물어져간다.

저 녀석은 일을 잔뜩 맡아서 항상 카메라를 메고 있다. 자신은 기획을 허가받지 못해 좀처럼 카메라를 메지 않는다. 아니, 어떤 작품도 만들지 못하고 있다. 의지할 가족이 없다. 살아가는 의미도 없다. 인생은 가치 있는 것일까. 생산 없이 소비만 해도 괜찮은 삶일까.

"그래도 괜찮아."

도모야의 목소리가 귀에 닿는다. 화면 속에는 구루메 준코의 아버지가 한가득 비친다.

가마를 메고 싶지 않으면 메지 않아도 돼.

머리카락도, 눈썹도, 수염도 하얗다. 이제 유게가 그를 촬영하던 시절의 모습은 어디에도 없다.

"누구도 가마를 메라고 한 적은 없어. 너 스스로 끊임없이 비교하며 사람들이 강요한다고 느꼈을 뿐이야. 메고 싶지 않으면 메지 않아도 돼. 가마를 짊어지지 않은 자신을 인정할 수만 있다면 말이야."

"지금 그거…."

유스케가 도모야의 말을 잘라버린다.

"요즘 유행하는 말이야? 살아가는 의미 따위는 없어도 좋아요, 살아가는 것만으로 충분히 가치 있으니까. 뭐 그런 거야?"

카메라가 천천히 병실을 비춘다. 이 부분에 아키코의 내레이션이라도 들어가는지 한동안 화면에 자막이 뜨지 않는다.

"그런 건 살아가는 의미나 찾는 놈들이 하는 소리야."

유스케가 말을 마치더니 도모야에게 오른손을 내민다.

"대학원 합격 축하한다."

공중에 유스케의 손만 덩그러니 떠 있다.

"대학원생, 좋지. 실제 뭘 하는지 모르면서, 그렇다고 사회인도 아니면서. 뭔가 굉장한 일을 하는 것처럼 보이잖아. 실체는 없는데 가마 그림자만 보이는 꼴이랄까…."

유스케는 받아줄 리 없다고 판단했는지 도로 오른손을 가져간다.

"살아가는 걸로 충분하다는 소리를 하는 놈은 절대 그런 경지에 오르지 못한다고."

유게는 자그마한 신음 소리를 흘린다.

"너도 혜적기숙사 놈들이랑 똑같아. 자유가 어떻다 불합리가 어떻다 외치면서 약삭빠르게 직장은 좋은 데로 취직하고. 학생자치운동이라는 가마를 내려놓고 보니 빈털터리가 된 건 나 하나뿐이었어."

화면이 새카매진다.

"도모야 너, 아까 이런 소릴 했지."

이곳에 아마도 또 다른 영상이 들어갈 것이다. 화면 정중앙에 러닝타임이 표시된다.

"뭔가를 이룬다는 게, 꼭 맞서 싸우는 걸 의미하진 않는다고. 하고 싶은 일을 해내는 거라고."

유게는 영상이 끊기자 고개를 든다.

"난 말이야. 세상엔 세 종류의 인간이 있다고 생각해."

눈앞에서 유스케가 검지손가락을 들고 있다.

"첫 번째는 타인을 위해 살아가는 유형. 살아가는 이유가 있긴 한데 그것이 가족이나 일을 향하는 사람들이야. 이 유형이 제일 살기 쉬워. 소중한 가족이 있고 좋아하는 일이 있으니 누구도 이 사람 인생에 이러쿵저러쿵하지 않아. 미심쩍은 시선을 받을 필요도 없지. 내가 왜 살아가고 있을까 하는 뭐 이런 생각들 말이야. 그냥 매일이 저절로 흘러가니까 최고지."

이번엔 그가 가운뎃손가락을 들어 올린다.

"두 번째는 자아실현을 위해 살아가는 유형. 이 유형은 타인이나 사회를 위해 살아가지 않아. 뭐랄까, 그냥 사는 맛을 느껴. 자신이 하고 싶은 것이 있으니까. 물론 계속 이렇게 살아도 되는지 생각은 하지. 하지만 자신을 위해서 했던 일들이 결과적으로 사회에 공헌하는 케이스도 생겨. 좋아서 그림을 그리다 보니 만화가가 돼서 독자들을 즐겁게 해준다든가."

유스케가 올리고 있던 2개의 손가락을 내린다.

"세 번째는 살아가는 이유가 없는 유형. 타인을 위해 살아가는 것도, 자아실현을 위해 살아가는 것도 아닌, 그저 생명유지장치로서만 존재하는 인간."

유게는 비로소 자신이 무얼 하려 했는지 깨닫는다.

"난, 이렇게 생각해."

카메라. 카메라를 꺼내야 한다.

"괴롭고 힘든데도 몸을 움직이는 이유는 말이야. 생존을 위해서라기보다 그 세 번째 인간이 되기 싫어서일 거야. 오로지 먹고 싸고 하는 것보다는 싫은 일을 하는 쪽이 덜 미칠 것 같으니까. 그 사실을 밑바닥에서부터 알고 있었기 때문이지."

찍어야 한다.

"난 스스로를 위해 하고 싶은 일은 없어. 반대로 다른 사람을 위해 하고 싶은 일도 없지."

지금 넋 놓고 있을 때가 아니다.

"옛날처럼 정해진 룰이 없으면 난 아무것도 할 수 없어. 스스로는 아무 의욕도 생기지 않아. 초등학교 때 졸개였던 놈들도, 중학교 때 머리가 나빴던 놈들도, 나보다 수준 떨어지는 대학에 갔던 놈들도, 모두 나를 제치고 다른 룰이 지배하는 세계로 가버렸어. 도모야네 가게에서 마시던 혁명가들도 지금 새로운 삶의 의미를 찾아 활동하고 있고. 이제 이렇게 된 이상 그들과 다른 방식으로 싸우는 수밖에. 같은 곳에 계속 머물렀다가는 녀석들에게 웃음거리밖에 안 돼."

유게는 가방 입구에 손가락을 댄다.

"난 세계 평화를 위해 모든 것을 버릴 결심을 했던 인간, 게다가 수렁으로부터 벗어난 첫 번째 인간이 될 거야. 그럼 나약한 소리나 해대는 세계에서 우두머리가 되는 거지. 녀석들을 이기기 위해서는 이 길밖에 없어."

이야기가 생각대로 흘러가지 않을수록 멋진 앵글로 찍어놓지 않으면 안 된다.

"난 말이야. 죽을 때까지 역할이 필요한 것뿐이야. 내게 남아 있는 시간을 '살아도 되는 시간'으로 만들고 싶은 것뿐이라고. 아무것도 하고 싶은 게 없으니까 매 순간 맞설 상대를 날조해내지 않으면 안 돼. 그게 무엇이 되었건 간에 마찰이 없으면 체온이 사라져버리거든."

유게는 가방 입구를 완전히 열어젖힌다.

"그러니까 방해하지 말아줘. 부탁이야."

그 순간, 새카맣던 화면에 구루메 준코의 얼굴이 다시 비친다.

"유스케."

이 사람, 다큐멘터리에서 마침내 살아가는 이유를 발견했다고 말했지만.

"유스케가 찾고 있는 건, 살아가는 이유라기보단…."

실제로 발견한 건, 살아가는 이유라고 부를 수 없는 것이었죠.

"'죽을 이유'인 것 같아."

화면에서 구루메 준코가 사라진다. 동영상이 끝난 것이다.

"네가 뭘 알아!"

카메라. 유게는 가방 밑바닥에 있는 카메라에 손을 뻗는다.

"넌 두 번째 인간이라 나에 대해 아무것도 몰라. 대학 1학년 때부터 진로를 결정했던 녀석이 너야. 연구하고 싶은 게 있으니 대학원까지 간 거 아냐? 행복한 줄 알아!"

"그렇다면 유스케도…."

"몰두할 만한 뭔가를 찾으라는 소리지? 그런 거라면 나라고 왜 시도해보지 않았겠어? 몇 번이고 몇 번이고…. 찾는다고 찾아지는 게 아니라는 걸 이미 아프도록 깨달았다고. 뭘 연구하고 싶은지는 모르겠지만 그런 게 있다는 것만으로도 너는 나랑 달라. 이 세상이 전혀 다르게 보일 거라고."

카메라가 만져진다.

"하고 싶은 게 있는 놈들은 무슨 일을 하냐고들 묻지. NPO 녀석들도 그랬고, 지금 너도 그렇고. 대학에 입학하자마자 접근해서는 최근 동향이나 보고하라고 난리들이니. 뭘 어쩌라는 거야. 난 말할 게 없다고! 뭔가 보고할 게 없는 인간은 살아가면 안 되는 거야? 자, 그럼 억지로라도 뭔가 보고거리를 만들어야겠군. 이게 바로 내 입장이었어."

카메라가 싸늘하다.

"유스케, 들어봐."

전원이 들어와 있지 않다.

"내가 공대에서 생체정보코스를 선택한 건 유전자 연구를 하고 싶었기 때문이야."

유게는 한 번 더 카메라 본체를 확인한다.

"산족과 바다족에 관련된 유전자 연구 말이야."

빨간 램프에 불이 들어오지 않는다. 렌즈를 들여다봐도 앞이

깜깜하다.

"뭐?"

버튼을 누른다. 움직이지 않는다.

"전설도, 기센지마도 전부 거짓이라고 한 건 너 아냐?"

배터리가 나간 것이다. 유게는 심장이 사라져버린 느낌이다.

"기센지마는 독가스 제조에 사용됐던 섬일 뿐이야. 거기 간다고 세상의 대립이 멈춘다는 건 있을 수 없는 일이지. 물론 성스러운 전쟁이라는 것도 일어날 리 없어. 살아남은 산족과 바다족이 기센지마에 있다는 것도 당연히 헛소리고. 하지만…."

순간, 방 안에 침묵이 흐른다. 언제부터였을까. 언제부터 찍히지 않은 걸까. 배터리는 분명 풀로 충전되어 있었다.

"하지만 산족과 바다족에 관한 연구는 실제로 있어. 나는 유전자적 관점에서 두 부족에 관련된 가설이나 역사관들이 잘못됐다는 걸 증명하고 싶은 거야."

진정, 진정해야 한다. 카메라가 고장나거나 배터리가 방전되는 사고는 몇 번이고 있었다. 그리고 그때마다 지금까지 잘 극복해왔다.

"뭐라고?"

유스케가 웃는다.

"오류를 증명하고 싶다는 건, 애초에 책 내용이 사실이라는 거야?"

유스케는 이불 위에 두었던 책을 다시 손에 든다.

"《산족과 바다족의 일본사》랑 《산과 바다 전설의 모든 것》 말이야. 여기서 할 일이 너무 없어 이 책을 몇 번이나 읽었어. 터무니없는 책이라지만 꽤 잘 쓴 내용이야. 읽다 보면 '어라, 나 산족 아니야?' 하는 생각에 섬뜩한 순간도 있거든. 뭐, 이런 책이야 누가 읽어도 내 얘기다 싶을 테지만."

"그 책, 우리 아버지가 쓴 거야."

도모야가 말한다.

"뭐?"

유스케는 반문한다.

분명 보조배터리를 갖고 왔을 것이다.

"그 책, 저자가 산과바다전설연구회라고 돼 있지? 그 학회 리더가 우리 아버지야."

조용한 방 안에 유게가 가방을 휘젓는 소리만 퍼진다.

'어디 있는 걸까. 도대체 어디 있는 걸까.'

"밑도 끝도 없이 미안. 난 네가 전설에 빠져 여기까지 왔다고 생각했어. 하지만 아니라는 걸 알고 나니까 지금 굉장히 마음이 놓인다."

도모야는 살짝 부드러워진 목소리로 말한다.

"그거, 잠깐만 보여줄래?"

그러고는 유스케가 들고 있는 책을 손으로 잡는다.

"나, 철들 무렵부터 그런 소리만 질리도록 듣고 자라왔어. 인간은 산족과 바다족으로 나뉘어 있다거나, 역사는 산족과 바다족의 대립으로 성립됐다는 소리. 정말 아버지가 마음 깊이 혐오스러웠어. 산족이랑 어울려서는 안 된다고 할 때마다 너무 싫어 견딜 수가 없었어."

도모야가 책을 펼친다. 페이지에는 그렇게 적혀 있다.

산족과 바다족의 신체적 특징.

"내 눈을 봐줘."

도모야는 그렇게 말한 뒤 눈에서 무언가를 떼어낸다. 그리고 유스케를 바라본다.

"눈이, 파래…."

유스케의 목소리가 떨려온다.

유게는 가방 안을 계속 뒤진다. 그러나 깊이 때문에 내용물을 확인하기 힘들다.

"나, 쭉 컬러렌즈로 숨겨왔어. 아버지가 그러는데 내 눈이 파란 건 바다족의 특징이래. 내가 축구나 스키 같은 운동은 서툴고 수영만 잘하는 것도 다 바다족이라 그런 거라고. 정말 우습지 않아? 우리 아버지는 그런 바보 같은 소릴 진심으로 한단 말이야. 가끔 인터넷 같은 데 보면 지진 정부 조작설을 주장하는 사람들이 있는데 난 거의 같은 수준이라고 봐."

없다.

"아버지는 원래 신분제도나 부락 차별을 연구하던 사람이었어. 그런데 언제부턴가 서로 다른 특징을 가진 사람들이 있다는 생각에 사로잡힌 것 같아. 아버지의 논리대로라면, 유스케는 산족이야. 귀가 큼직하고 운동신경이 뛰어나니까. 책에도 쓰여 있었지?"

진짜 없다.

"정말로 바보 같지, 우리 아버지. 너무 정색하고 말한다니까? 유스케와 가까이하지 말라고, 두 부족은 가깝게 지내선 안 된다고. 그런 소릴 심각한 얼굴로 해. 제발 어지간히 좀 했으면 좋겠는데 말이지."

유게는 가방 밑바닥을 긁는다.

"그 책도 말이야. 그냥 좀 특이해서 주목받았던 것뿐이야."

"앗." 유게는 자신도 모르게 소리를 낸다.

"인터넷에 《제국의 법칙》이랑 산과 바다 전설이 관련됐다는 이야기도 전부 우연일 뿐이야. 정부 음모론을 펼치는 사람도 있지만 역시 말도 안 되는 소리고."

보조배터리는 바깥쪽 포켓에 들어 있다.

"유스케는 살아가는 이유가 있으니 행복한 줄 알라고 했지만…."

유게는 가방 바깥쪽에 달린 포켓을 움켜쥔다.

"난 사실, 나의 연구로 아버지를 부정하고 싶어."

지퍼를 열자 찾아 헤매던 것이 있다.

"만약 그게 살아가는 이유라면 난 그런 거 필요 없어. 네가 날조해서라도 갖고 싶어 하는 그 이유, 난 눈곱만치도 필요 없다구."

그곳에는 찾아 헤매던 것이 있다. 보조배터리.

"이상한 이름으로 인간을 갈라 세우지 않는 곳에 살게 된다면 난 그걸로 족해."

"돌아가자, 유스케."

도모야가 무언가 생각난 듯 손목시계를 본다.

"유스케, 시간이 없어. 일단 여기서…."

"나 말이야. 쭉 이렇게 생각했어."

유스케가 천천히 입을 연다.

"책 내용이 전부 사실이었으면 좋겠다고."

유게는 포켓에서 보조배터리를 꺼낸다.

"그런 만화 같은 일은 없겠지만서도 말이야. 어떤 형태로든 내가 현실 속의 인물이었으면 좋겠다고 생각했어. 그럼 살아가는 이유 따위를 찾아다닐 필요도 없을 테니까."

그리고 카메라에서 싸늘하게 식어버린 심장을 꺼낸다.

"책을 읽으면서 생각했어. 우와, 굉장하다! 이 연구, 진짜였구나. 정말 대학교수가 연구한 거였어. 그러고 보니 정말 산족에 딱 들어맞잖아. 세계 주요인물인 거야, 난. 윈클러 사령관처럼."

새로운 심장을 손에 쥔다.

"내가 징파부활운동이며 혜적기숙사운동에 막 뛰어들었지? 하지만 난 그렇게 스케일이 큰 인간은 아니었어. 내가 진짜로 맞서고 있었던 상대는 언제나 내 앞에 있던… 으악, 이런 전개도 꼭 만화 같잖아!"

카메라의 텅 빈 구멍으로 심장을 밀어 넣는다.

"유스케, 들어봐."

유게는 카메라의 전원 버튼을 누른다.

"두 부족에 관한 연구는 분명 진행되고 있어. 하지만 그건 단지 우리 아버지가 시작한 종교 비슷한 사상일 뿐이야. 진짜야. 전부 거짓말이란 말이야. 그런 일은 절대 있을 수 없어. 내가 꼭 증명해 낼게."

"도모야."

유스케가 입을 연다.

"아까 아버지를 부정하는 것이 살아가는 이유라면 그런 건 눈꼽만치도 필요 없다고 했지?"

유스케의 얼굴이 순식간에 벌게진다.

"넌 그 정신 나간 아버지 덕에 건강할 수 있었다는 사실을 알아야 해."

유스케가 천천히 일어선다.

"아버지라는 맞서기 쉬운 대상이 있었잖아. 그래서 나처럼 억지로 살아갈 이유를 날조하지 않아도 됐잖아. 아버지의 연구를 뒤집겠다는 근사한 목표를 손에 넣은 거지. 만약 아버지가 평범한 사상을 가진 사람이었다면, 네가 과연 대학원까지 가서 유전자를 연구하고 싶었을까? 다른 데 마음을 뺏기지 않고 공부에 몰두할 수 있었을까? 위험한 사상을 가진 아버지 덕에 살아가는 의미를 맛볼 수 있었던 거야."

카메라가 서서히 되살아난다.

"너도 본심은 살아 있는 것만으로 충분하다고 생각하지 않잖아."

카메라가 돌아가기 시작한다.

"왜 아무 말이 없어. 무슨 말이든 해봐."

쿵.

"일단 여기서 나가자, 유스케."

쿵쿵.

문에서 심장 소리가 울린다.

"약속한 대로 10분 넘었습니다."

유키쓰구다. 철컥. 열쇠 돌아가는 소리가 들린다.

도모야가 손을 뻗어 유스케의 손을 잡는다.

"일단 홋카이도에 돌아가서 제대로 얘기해."

유스케가 손을 뿌리치며 외친다.

"나한테 손대지 마! 이 바다족!"

유게는 녹화 버튼을 누른다.

문이 움직인다. 거칠게 손이 뿌리쳐진 도모야가 중심을 잃는다. 유게는 카메라를 들이댄다. 도모야가 뒤로 쓰러지고 있다. 기세 좋게 문이 열리며 유키쓰구가 나타난다. 열린 문에 도모야가 뒤통수를 부딪힌다. 둔탁한 소리가 난다.

유게는 렌즈를 들여다본다. 시야 한가운데에 도모야가 하늘을 보고 쓰러져 있다. 그렇게 쓰러진 채로, 움직이지 않는다.

10

나는 나의 세계를 주문한다

'죽기 직전 가장 마지막 순간까지 살아 있는 감각은 청각이다.' 아직 오감이 살아 있던 시절, 그런 말을 몇 번인가 들은 기억이 있다. 그래서 사람이 죽어갈 때 마지막까지 귀에 대고 말을 해줘야 한다든지, 반대로 유산이나 장례에 대한 이야기를 꺼내면 본인 귀에 들어간다든지. 아무튼 사실인지 아닌지 알 수 없는 이야기들이 무성했다.

도모야는 두 귀가 쓸데없어진 세계 속에서 문득 그런 이야기들을 의심했던 과거를 떠올린다.

"그럼 이건 어때?"

숨소리가 들린다.

"오늘이 뭔가 달라지기 하루 전날이라고 생각하는 거야."

유스케의 목소리다.

"달라지기 하루 전날?"

쇼타라고 불리는 남자아이가 말꼬리를 올린다.

"'내일은 반드시 소중한 친구를 만날 거야' 생각하는 거지. 그리고 또 다음 날이 되면 생각하는 거야. 내일은 꼭 만나게 될 거라고. 쿠키 반죽을 눌러 펴는 것처럼 조금씩 시간을 늘려가면 돼. 그렇게 한 번에 하루씩 살아내는 거야."

키 작은 쇼타가 물끄러미 유스케를 올려다보는 모습이 눈에 선하다.

침대에 누워 있으면 어떤 목소리도 고루 뿌려져 내린다. 도모야는 그들의 말이 흐릿한 자신의 윤곽에 스미는 것을 느낀다. 소리를 듣는다기보다는 빨아들이는 느낌이다. 그리고 그것을 일체 거부할 수 없는 처지를 다시 한번 인식한다.

유스케는 말을 잇는다.

"한 번에 하루씩…."

유스케의 이야기가 끝나자 쇼타가 목소리를 높인다. 초등학교 고학년 남자아이에게 살짝 변성기가 온 것 같다. 쇼타가 지나고 있을 몸과 마음의 변화는 불안하고 고독한 시간을 충분히 이야기해준다. 오히려 멀쩡하지 않은 지금이 사람들의 기분을 훨씬 높은 해상도로 느낄 수 있다. 도모야는 그 점이 놀랍고도 답답해 견딜 수 없다.

"그럼, 만날 수 있어?"

매달리는 쇼타의 목소리.

"다카노리 같은 친구를? 꼭?"

초등학생 남자아이의 목소리. 맞다. 그때 떠오른 것은 초등학교 시절의 유스케였다.

'그때 적어도 36일 전이었을 거야.' 도모야는 자신의 형상을 한 어둠 속에서 생각한다. 청각이 돌아왔을 때부터 "안녕히 주무셨어요?"라는 목소리를 들은 날이.

아마도 오늘로 36일째일 것이다. 청각 이외의 감각들은 작동하지 않는다는 사실을 안 순간부터 도모야는 커튼 젖히는 소리와 뒤따라 들리는 여성의 목소리를 세기 시작했다. 그렇게 하지 않으면 X축과 Y축으로 나뉜 시공간 세계에서 자신이 어느 좌표 위에 존재하는지조차 모르게 될 테니까. 그리고 그에 대한 불안과 절망은 어릴 적 미아가 되어버렸을 때 느꼈던 감정의 1억 배 정도일 것이다.

도모야는 기억의 윤곽을 뚜렷하게 살리려 노력한다. 쇼타라는 소년의 목소리를 촉매제 삼아 어둠 속에 뒤섞인 최근의 기억과 과거의 기억을.

그중 가장 새로운 기억은 이케부쿠로에 있던 유키쓰구의 맨션이다.

당시 일어서 있던 유스케는 손을 뿌리치며 외쳤다.

"내 몸에 손대지 마! 이 바다족!"

유스케의 표정은 그때와 너무도 흡사했다.

초등학교 6학년 봄, 눈이 남아 있던 교정. 체육시간에 축구를 하다 말고 이쪽으로 덤빌 듯 다가오던 표정과.

"너, 일부러 발 걸었지!"

도모야는 그때 자신이 묘하게 침착했던 것을 기억한다.

"장대눕히기에서 이기려고 일부러 날 다치게 한 거잖아. 그렇지!"

도모야가 홍군이라는 이유만으로 자신의 적이라고 여겼던 유스케.

"내 몸에 손대지 마! 이 바다족!"

도모야가 바다족이라는 사실을 안 순간, 산족인 자신의 적이라고 여겨버린 유스케. 흡사 그때와 똑같은 표정이다.

도모야는 아버지의 가르침이 뇌리를 스치며 내는 마찰음을 들었다. 그리고 오랜 시간을 들여 다져왔던 발판이 한순간 무너져 내리는 것을 느꼈다. 겨우 여기까지 왔는데 이제 와 다시 원점인 건가.

발판이 무너진다는 느낌은 단지 정신적 쇼크 때문이라고 생각했다. 하지만 그것이 실제 몸이 뒤로 넘어가고 있어서라는 사실을 깨닫는 데 긴 시간이 걸리지 않았다. 그리고 이미 그땐 어찌할 도리가 없었다. 오히려 뒤에서 문이 열렸을 땐 문손잡이가 어떻게 생겼는지 떠올릴 여유마저 있었다.

"후두부 강타로 생긴 중증 뇌좌상에 의한 식물인간 상태."

무언가를 읽는 부모님의 목소리가 들린 것은, 바로 첫 번째 "안녕히 주무셨어요!"가 들려온 뒤였다.

"오감이 살아 있어도 전신마비가 오면 식물인간으로 진단 내려지는 케이스가 있다는군."

혼란스러운 부모님을 위해 담당 의사가 서면으로 요점을 정리해준 것 같았다. 입만 열면 '산족', '바다족' 이야기를 하기 바빴던 아버지가 '전신마비'나 '식물인간' 같은 단어를 발음하는 것이 신기했다.

아버지는 숨을 크게 내쉰 뒤 말했다.

"그럼 도모야가 지금 우리 목소리를 들을 수 있는 건가?"

'듣고 있어요!'

'들린다구요!'

도모야는 자신의 모양을 한 어둠 속에서 온몸을 들썩였다. 그러나 뇌가 내린 명령들이 몸속 어딘가에서 흩어져버린다는 사실만을 깨달을 뿐이었다.

언제부턴가 아무 소리도 들리지 않는다. 방금 전까지 여기 있었던 사람들의 기척이. 이미 모두가 방을 나가버린 것일까?

도모야는 어느덧 들리는 소리만으로 병실 안의 사람 수나 그들의 관계를 가늠할 수 있게 되었다. 조금 전까지 있었던 쇼타라는 소년은 오늘 처음 방문한 사람이다. 담당 간호사와 나누는 대화 내용이나, 그녀의 목소리 톤으로 미루어 나이 차가 많이 나는 동생일 거라고 짐작해본다.

오늘은 유스케도 이만 돌아간 것일까? 그렇다면 더 이상 자신을 향한 목소리는 들리지 않을 것이다. 다음번의 "안녕히 주무셨어요!"가 들릴 때까지.

'자, 그럼 처음부터 한 번 더.'

도모야는 아무것도 변하지 않는다는 사실을 알고 있다. 하지만 지금으로선 이것밖에 할 수 있는 일이 없다. 만약 이것마저 그만둔다면 시공간의 좌표 속에 자신만 거대 우주로 떨어질 것이다.

도모야는 어둠 속에 갇힌 순간부터 지금까지의 자신을 되돌아보고 있다. 청각을 제외한 모든 감각을 잃었던 시간을 몇 번이고 훑어 내리며 말이다. 오늘도 매일같이 들리는 "안녕히 주무셨어요"를 세어본다. 언젠가 입이라도 자유롭게 되었을 때, 뇌에서 보낸 명령을 스스로의 언어로 설명할 수 있도록.

오늘이 바로 그 전날이라 생각하며 몇 번이고 몇 번이고. 도모야는 고개를 끄덕이며 심호흡한다. 실제 몸은 전혀 움직이지 않지만.

'좋아, 처음부터 한 번 더.'

어렴풋이 철이 들 무렵부터 아버지가 읽어주던 그림책이 있었다. 표지에 슈퍼 달팽이가 그려져 있는《아이 엠 마이마이》라는 책이었다. 거기엔 정의감으로 두 배 불타는 용감한 달팽이 영웅이 등장한다. 한 가지 문제가 해결되었다고 안심하고 있으면 그 해결 방법이 또 다른 원인이 되어 결코 끝나지 않는다는 내용이었다. 귀여운 그림과 친근한 문체는 어린아이라도 이해하기 쉬웠다. 하지만 해피 엔딩이 아니라는 점과 마지막에 그려진 그림이 강렬한 인상을 남겼다. 이야기가 끝나갈 무렵이면 달팽이 영웅은 굵은 땀방울에 미소를 띠며 독자들을 향해 말한다.

"모두가 사이좋게 지낸다는 건 참 어렵구나."

"우리 그런 미래를 만들기 위해 내일도 힘내자!"

그러나 해당 페이지를 넘기면 어김없이 달팽이 껍질이 그려져 있었다. 도모야는 어째서 시리즈의 마지막 장에 모두 달팽이 껍질이 그려져 있는지 궁금해 견딜 수 없었다.

아버지는 특별히 늦어지는 날이 아니면 언제나 퇴근 후《아이 엠 마이마이》를 읽어주었다. 하지만 도모야는 어느덧 싫증을 느끼고 있었다. 결국은 빙글빙글 돌아가는 달팽이 껍질로 끝나고 만다는 사실에 스트레스를 느낀 것이다. 다른 나머지 그림책, 좀 더 솔직히 말하면 책 말고 다른 놀이를 하고 싶었다. 하지만 아버지는 도모야를 그 책에서 떼어놓지 않았다. 기본적으로 하루에 한 권씩은 끝나지 않는 이야기 속에 맴돌게 했다.

유치원에 다니고 몇 개월이 지났을 무렵, 이젠 아버지랑 놀아준다는 심정으로 이야기를 건성으로 흘려듣던 참이었다. 어느 날, 책에 있는 문장들을 읽어줄 뿐이었던 아버지가 갑자기 이런 말을 하기 시작했다.

"도모야, 유치원에서 모두와 사이좋게 지내고 있니?"

어머니가 전업주부인 데다 외동아들이었던 도모야는 보육원에 다닌 적이 없었다. 같은 지역에 살고 있는 또래 집단과 지속적으로 접촉이 이루어진 것은 유치원이 처음이었다.

"네. 사이좋게 지내요."

소파 옆에 앉아 있던 아버지가 그림책을 덮었다. 그때 불어왔던 희미한 바람이 도모야의 이마를 만지고 지나갔다.

"솔직히 말해봐. 좀 싫은 아이들도 있지?"

'싫은 아이들?' 그 말을 반복하는 도모야의 뇌리에 어떤 이름이 떠오른다. 한껏 불다가 놓쳐버린 풍선이 그리는 궤적 같은 이름. 하지만 도모야는 무시하고 대답했다.

"별로 없어요."

《아이 엠 마이마이》만 읽어주는 아버지에게 반항심이 싹트고 있었던 것이다.

"그렇구나."

아버지는 책을 덮어둔 채 심호흡했다. 어떤 말이 아버지의 입가에 여울처럼 맴도는 것을 느낄 수 있었다.

"호리키타 유스케라는 아이가 있지?"

도모야의 마음속에 커다란 물결이 일었다. 가슴팍에 붙은 명찰에서 보았다. 난폭하게 쓰여 있는 '유스케'라는 세 글자. '싫은 아이'라는 말이 아버지의 입에서 나왔을 때 가장 먼저 떠올랐던 이름이었다.

"있긴 하지만 뭐, 싫진 않아요."

도모야는 거짓말을 했다.

"정말이냐?"

아버지가 말할 때마다 가슴속에 짜증이 쌓여갔다. 왜 그런 것을 캐묻는지 알 수 없었다.

"마음 어딘가에서 왠지 그 아이가 싫다고 느끼는 건 아니고?"

"가끔 그럴 때도 있지만…."

도모야는 내심 큰 목소리에 자신도 놀랐다.

"하지만 진짜로 싫지는 않단 말이에요!"

유스케는 하는 짓이 난폭해서 확실히 거부감이 느껴졌다. 하지만 그럴 때마다 도모야는 《아이 엠 마이마이》를 떠올리곤 했다. 그림책에 나오는 달팽이 영웅이 언제나 구슬땀을 흘리며 하던 말을.

"그래도 물놀이하고부터는 친해졌는걸요."

"물놀이?"

아버지가 소파에 기대고 있던 등을 벌떡 일으켰다.

"사실은 아빠 말대로 제멋대로인 데다, 항상 1등만 하려 해서 좋아하지 않았지만."

도모야도 소파에서 등을 떼고 자신의 생각을 숨김없이 이야기했다. 솔직함이 중요하다는 것도 주인공 달팽이가 자주 했던 말이었다.

"그런 애가 수영장에서는 전혀 아이들 틈에 끼질 못하는 거예요. 그래서 같이 놀자고 말을 걸어줬어요. 걔는 물을 싫어해서 목욕탕도 안 간다고 했거든요. 대신 내가 물을 좋아하니까 물장구치는 걸 가르쳐줬더니…."

유스케는 그때 도모야에게 고맙다고 말했다. 도모야는 자신이 고맙다는 말을 들을 거라고는 예상하지 못하고 있었다. 그러자 유스케가 말을 이어갔다.

"너, 쌀쌀맞은 녀석이라고 생각했는데 좋은 애였구나."

쌀쌀맞은 녀석. 남 일에 참견하기를 좋아하지 않는 모습이 유스케에게는 그렇게 보였던 모양이었다.

도모야는 대답했다.

"유스케 너도 좀 무서운 애라고 생각했는데 아니었네?"

유스케는 "무서운 애?"라고 되묻더니 쑥스럽게 웃었다. 수영장이 일으킨 물보라가 아름답게 여름 햇살을 튕겨내고 있었다.

"모두가 사이좋게 지내는 건 힘들지만 그래도 힘내자고 책에서 그랬잖아요."

"도모야."

옆에 있던 아버지가 어느 틈엔가 도모야 쪽으로 몸을 틀고 있었다.

"그 아이에 관해 아빠한테 이야기해줄 수 있겠니?"

아버지는 도모야의 양어깨에 손바닥을 얹었다. 크고 넓은 손바닥이 내는 후끈한 열을 티셔츠 위로도 확실히 느낄 수 있었다.

'아직은 괜찮아. 똑똑히 기억할 수 있어.'

도모야는 심호흡을 한다. 하지만 실제로는 직경 몇 센티미터의 튜브관이 미동도 없이 나와 있을 뿐이다.

사람들은 병실에서 사라졌지만 바깥 복도는 여전히 시끄럽다. 구두 소리, 슬리퍼 소리, 카트 소리, 금속 마찰 소리. 도모야는 그 속에서 다시 한번 기억을 캐내 자신을 채워나가는 작업을 한다.

문밖에서 어머니가 계단을 내려가는 소리가 들렸다. 도모야는 침대 위에서 몸을 돌려 누웠다. 그 바람에 이마에 붙어 있던 냉각 시트가 들춰졌다. 그 순간 왠지 자신이 오늘 아파서 유치원 졸업식에 참석할 수 없다는 현실이 달콤하게 느껴졌다.

"다들 같은 초등학교니까 괜찮아. 거기서 다시 만날 텐데 뭐."

어머니가 미소지으며 말했다. 도모야는 짐짓 슬픈 얼굴을 하고 있었다. 하지만 실상은 자신이 감기에 걸렸다는 사실을 깨달았을 때 드는 안도감이었다.

수영장 사건 이후로 도모야는 유스케와 거리를 좁히게 되었다. 하지만 그렇다고 유스케의 모든 행동이 선뜻 받아들여지는 것은 아니었다. 무조건 경쟁부터 하려고 드는 그의 성격이 도모야에겐 조금 피곤했다. 그런 유스케에게 질릴 때면 역시 아버지가 읽어주던 《아이 엠 마이마이》를 떠올리곤 했다. 그렇게 달팽이 주인공의 말을 되새기며 유스케와의 충돌을 피하고 있었다.

그런데 졸업식 전날 있던 예행연습에서 도모야는 유스케와 다투고 말았다. 메인이벤트로 한 명씩 졸업장을 받는 연습을 하고 있을 때였다. 유스케는 자신이 어울려 노는 남자아이들과 함께 누가 더 선생님 호명에 큰 소리로 대답하나 놀이를 시작했다. 제일 작게 대답한 사람은 벌칙. 유스케가 한 말은 전체를 지배하는 룰이 되어, 다른 아이들까지 엉겁결에 합류하게 만들었다.

도모야는 어제부터 목 상태가 좋지 않았다. 하지만 내일이 졸업식이기 때문에 쉰 소리로나마 연습을 하고 있었는데, 그런 도모야를 붙잡고 유스케가 떠들어대기 시작한 것이다.

"자, 오늘의 꼴찌는 도모야! 1등은 또 나! 벌칙은 뭐로 줄까나."

지금 생각해보면 그때 이미 열이 나기 시작했는지도 모른다. 평소 같았으면 《아이 엠 마이마이》를 떠올리며 참았을 터. 하지만 그 순간 자신도 모르게 이런 말을 내뱉고 말았다.

"야, 그만해. 누가 제일 크게 대답하나 이런 유치한 거. 사실은 모두 하고 싶어 하지 않는다고. 등수를 매겨 이기고 지고 할 필요가 없단 말이야."

도모야가 이야기하는 동안 유스케는 얼굴을 빤히 보고 있었다. 왠지 그 눈을 피해서는 안 된다고 생각했다. 그때였다. 한 발씩 다가오던 유스케가 지지 않으려는 도모야의 눈을 들여다보며 말했다.

"도모야만 뭔가가 달라."

"전 반대예요."

눈이 번쩍 떠졌다. 문밖에서 어머니와 아버지의 이야기 소리가 들렸다. 어느 틈엔가 잠이 들었던 모양이었다. 도모야는 눈앞에 펼쳐진 천장이 선명해지는 것을 보고 있었다.

"열도 이제 막 내렸는데 갑자기 들으면 혼란스러울 거예요."

"아니야. 이런 건 일찍부터 설명해두는 게 좋아. 유치원만 졸업하면 이야기하자고 둘이 상의했잖아. 초등학교를 가기 전에 준비 기간은 하루라도 긴 편이 좋아."

"그땐 그렇게 말했지만요. 과연 당신 연구 내용을 이야기하는 게 좋을까 싶어요."

똑똑. 문을 노크하는 소리가 들렸다.

"도모야, 들어가도 되겠니?"

문 너머로 들리는 아버지의 목소리엔 "안 돼요"라는 대답은 전혀 염두에도 없는 것 같았다.

"오늘 유치원 졸업식에 못 가서 서운하겠구나."

아버지는 침대 옆에 앉아 도모야의 앞머리를 가르며 말했다.

"이마에 붙였던 냉각 시트가 언제 떨어진 거지?"라고 생각하던 순간이었다. 아버지의 손바닥이 드러난 도모야의 이마를 덮었다. 후끈한 열을 품고 있는 커다랗고 넓은 손바닥. 그때와 똑같은 느낌이다. 도모야는 아버지에게 양어깨를 잡혔던 일이 떠올랐다.

"도모야도 이제 초등학생이 되는구나."

지금부터 무언가 중요한 이야기가 시작되려 한다. 도모야는 직감했다.

"이제부터는 말이다. 네가 친구들과 다르다는 사실을 점점 알게 될 거야."

다르다는 것.

"지금이야 여자고 남자고 다 같이 놀겠지. 하지만 이제부턴 여러 활동에서 갈리는 경우가 생길 거야. 모두가 축구를 좋아하거나 리본체조를 좋아하는 것도 아니거든. 서로 다른 점들이 점점 눈에 띄게 될 거야. 그리고 그 다름에 신경 쓰게 될 거고."

어제 들은 유스케의 목소리가 되살아났다.

"그렇게 되면 어디선가 반드시 다툼이 일어나게 돼. '다름'이 있는 곳엔 '다툼'이 생겨나는 법이거든. 종교, 빈부, 인종, 문화, 성별의 차이…. 세상에 일어나고 있는 많은 다툼은 사람과 사람의 다름이 그 원인이란다."

"도모야랑 유스케 군은 달라."

"어제도 나, 그런 말을 들었어요."

어느 결엔가 도모야는 아버지에게 이야기를 시작했다.

"'얘만 눈 색깔이 달라. 뭔가 이상해'라고."

어제 유스케가 도모야의 눈을 유심히 들여다본 뒤 말했다. 그는 패거리들을 불러 모아 모두 도모야의 눈을 보게 했다. "뭔가 파랗지 않아?", "왠지 무서워", "어쩐지 전부터 좀 이상했어", "도모야만 달라", "이상해." 서로 다른 목소리들이 점점 크게 울려 퍼졌다.

"그래서 싸웠어요."

평상시 같았으면 제정신을 잃을 만큼 화내지 않았을 것이다. 그저 언제나 흥분해 날뛰는 유스케를 달래 상황을 진정시킬 수 있었다. 하지만 유스케가 눈 색깔을 건드리던 순간, 도모야는 심장이 뒤집어지는 것 같았다. 정신을 차려 보니 선생님이 몸을 누르고 있었다. 분명 유스케에게 덤벼들려고 했던 것 같다. 도모야는 자신이 유스케처럼 행동하고 있었다는 사실이 무섭게 느껴졌다.

"역시 그랬구나."

아버지는 납득이 간다는 표정으로 중얼거렸다. 아버지에게 위로받을 거라 기대했던 도모야는 어머니에게 눈빛으로 도움을 청했다. 하지만 어머니도 응석을 받아줄 만한 상황이 아닌지 헤아릴 수 없는 표정을 짓고 있었다. 그러고 보니 지금까지 유스케의 이야기를 꺼낼 때면 어머니는 좀처럼 모습을 보이지 않았다. 이제 무언가 아주 중요한 이야기를 듣게 될지도 모른다. 도모야는 이불 속에서 심장이 있는 위치를 단단히 확인했다.

"도모야, 이건 네 부적이다."

아버지가 이렇게 말하며 무언가를 집어 들었다. 그러자 어머니가 침대로 다가와 쪼그리고 앉았다. 열이 38도를 넘었던 때보다 훨씬 걱정스러운 표정이었다.

"콘택트렌즈야."

아버지가 든 것은 액체 속에 든 작고 동그란 무언가였다.

"콘택트렌즈?"

말로 들어본 적은 있지만 그게 어떤 것인지는 몰랐다.

"보통은 눈이 나쁠 때 쓰는 거지만 도모야는 경우가 달라. 이건 도모야의 눈을 까맣게 만들어주는 마법의 스티커라고 생각하면 돼."

어머니가 도모야의 머리를 쓰다듬으며 말했다.

"오늘은 끼지 않아도 돼. 몸이 다 낫고 나면 엄마랑 같이 연습하자꾸나."

사실 콘택트렌즈는 각막 손상의 위험이 있어 초등학생이 사용해선 안 되는 것이었다.

"초등학생이 되면 서로 다르다는 사실에 지금보다 훨씬 더 민감해진단다."

언제부턴가 도모야를 쓰다듬던 손이 아버지의 손으로 바뀌어 있다.

"그리고 '다름'은 '다툼'을 낳게 돼. 이 콘택트렌즈는 그 다름을 없애주는 부적이야."

고개를 끄덕이고 싶어도, 상체를 일으키고 싶어도, 몸을 자유롭게 움직일 수 없다. 도모야는 생각했다. 지금 이 손이 내 머리를 쓰다듬고 있는 것인지, 움직이지 못하도록 짓누르고 있는 것인지.

"다름을 감추는 부적."

다름을 감춘다. 다르다는 건 모든 갈등의 원인이다. 그러니까 감추어야 한다고 아버지는 말한다.

"도모야, 너는 아직 아빠가 무슨 일을 하는지 잘 모를 거야, 그렇지?"

아버지는 머리 위에서 커다란 손을 치워주지 않는다.

"지금부터 설명해줄 테니까 침착하게 들어봐."

도모야는 말없이 고개를 끄덕였다. 어머니가 자포자기한 얼굴로 《아이 엠 마이마이》를 포함한 여러 권의 책을 꺼내 드는 것이 보였다.

아버지의 이야기는 하는 일에 관한 것에서부터 시작되었다. 침대 위에서 들었던 당시에는 내용이 거의 이해되지 않았다. 그때부터 아버지는 자신의 책과 역사 교과서를 곁들여가며 몇 번이고 끈질기게 설명했다. 그리고 도모야는 그 무렵 자신의 아버지를 기묘하고 섬뜩한 존재로 여기게 되었다.

그는 홋카이도대학에서 박사과정을 밟을 때부터 부락이나 신분제 연구에 몰두하고 있었다. 그리고 과정이 끝난 뒤에도 민간기업에 취직하지 않았다. 대신 연구 분야에 정통한 교수로부터 사사하는 형태로 아키타대학의 조교수로 취임했다. 그곳에서 부락 차별이나 신분 제도가 특정한 신체적 차이에 바탕을 둔 것은 아닐까 하는 생각에 이르게 된다. 바다에서 생활하는 민족과 산에서 생활하는 민족들은 신체적 차이가 있으며, 시대에 걸쳐 발생한 여러 가지 갈등은 그 차이가 발단이 되었을 가능성에 무게가 실린 것이다.

당시 발간되었던 학술지 〈바다 인간의 역사〉는 학계에서 거의 무시를 당했던 게 사실이다. 하지만 몇 년 뒤 그가 홋카이도의 사립대학에서 발표한 〈일본의 천재지변〉은 한층 심화된 글로 재단 학예상을 수상하게 된다. 그것은 학술서로는 이례적인 파장을 불러일으켰다. 그러자 대접받지 못했던 그의 학설이 조금씩 지지를 얻기 시작했다. 또한 분야를 초월한 연구를 지속한 결과 속속 새로운 이론들이 밝혀졌다. 산족과 바다족은 공통된 신체적 특징을 가진다는 사실과 헤이세이 시대에 두 족속을 잇는 가문이 존재한다는 내용이었다.

이 지역에서는 그것이 미나미 가문과 호리키타 가문일 확률이 높다. 인류의 역사란 모름지기 산족과 바다족의 대립이 그 시작인 까닭에서다. 이제부터 도모야와 유스케는 어떤 형태로든 대립할 운명에 놓이게 된다. 그러니까….

"그러니까, 뭐?"

그 당시 도모야는 아버지의 이야기를 이해할 수 없었다. 갑자기 현실성 없는 주인공이 되자 반발심으로 몸에 힘이 들어갔다.

"그러니까 사이좋게 지내지 말라고요? 나는 바다 인간이고 유스케는 산 인간이니까? 그런 말도 안 되는 이유로요?"

도모야는 상반신을 일으키려 애썼지만 아버지의 손이 찰흙을 주무르듯 머리를 짓눌렀다.

"도모야, 너 어제 그 아이랑 싸우지 않았니? 눈 색깔이 다르다는 소리에 이제껏 없던 충동을 느꼈다고 했지? 그리고 그런 자신이 두려웠다고 했잖아. 이대로 가다가는 앞으로 어떤 일이 벌어질지 모른다고."

그 순간 온몸을 감쌌던 더는 내가 아닌 느낌.

"도모야, 친구가 줄어드는 건 싫겠지. 그건 나도 잘 알아. 하지만…."

유스케를 처음 만났을 때 느꼈던 설명할 길 없는 불쾌함.

"산족과 바다족은 원래 그런 거라서 어쩔 수 없어."

도모야는 배에 힘을 주었다. 나 스스로 아버지의 힘을 뚫고 나가리라.

"원래 그런 거라구요?"

도모야는 유치원에서 여러 가지 그림책을 읽었다. 달팽이 영웅은 나오지 않지만 모든 그림책이 전하는 메시지는 같았다. '사이좋게, 하나 되어, 상냥하게', '다름은 감추는 것이 아니라 포용하는 것.' 그런 이야기를 달팽이 영웅이 아닌 다른 캐릭터들이 말하고 있었다.

"혹시 다툴지 모르니까 처음부터 놀지 말라는 건 이상해요."

도모야는 여러 권의 그림책을 긁어모아 필사적으로 대항했다.

"《아이 엠 마이마이》에서도 말하잖아요. 모두가 사이좋게 지내기는 힘들지만 그런 미래를 위해 힘내자구요. 처음부터 어울리지 말라는 건 아무 노력도 하지 않는 거잖아요. 어떤 그림책을 봐도 그런 소린 나오지 않아요. 다퉜다가, 화해하고, 또 다투고, 또 화해하고. 그렇게 여러 번 하다 보면 언젠가…."

"도모야."

아버지의 낮은 목소리가 도모야의 말을 뒤덮었다.

"너 이상하게 생각했잖아. 책 마지막 페이지가 늘 달팽이 껍질로 끝나는 거."

아버지는 그림책을 들고 있었다. 그러자 천천히 마지막 페이지가 펼쳐진다.

"달팽이 껍질에 그려진 소용돌이는 이걸 의미한단다."

뒤에 있던 어머니가 갑자기 고개를 숙인다.

"아무리 애를 써도 다툼은 끝나지 않는다는걸. 인간의 역사처럼 같은 일이 빙글빙글 반복될 뿐이라는 걸 말이야."

"네?"

무심코 나온 도모야의 목소리가 소용돌이무늬 중심으로 빨려 들어간다.

"조사에 의하면 이 책 작가도 살아남은 산족이나 바다족일 가능성이 커. 시리즈를 미완성으로 남겨둔 것도 인간의 끝없는 대립을 상징하는 게 아닐까 싶고."

멍해져 있던 머리가 점점 맑아지는 것을 느낀다.

"아빠, 무슨 말을 하는지 잘 모르겠어요."

아버지의 눈빛이 한층 강해진다.

"아까부터 몇 번을 말하지 않았니? 넌 바다족이고 걘 산족이라고. 너희는 대립할 수밖에 없는 운명이라는 뜻이야. 원래 그런 거야. 우리가 어쩔 수 없는 일이다. 그러니까 처음부터 거리를 두는 게 좋아."

"그럼 지금 제가 유스케랑 화해하고 싶다고 느끼는 감정은 뭐죠?"

아버지의 뒤에 있던 어머니가 그 말에 고개를 든다.

"어제 분명히 유스케랑 싸웠어요. 그래서 유치원에 가지 않아도 돼 기뻤구요. 그래도 역시 감기가 다 나으면 화해하고 싶단 말이에요. 난 아직도 모두랑 사이좋게 지내고 싶어요."

유스케에게 분명 싫은 부분이 있지만 좋은 아이라고 생각될 때도 있다. 그런 부분들이 같은 자리를 맴도는 것처럼 보여도 실은 소용돌이가 조금씩 커지는 것을 느낀다.

"유스케만 그런 게 아니잖아요. 난 아빠도 싫을 때가 있고 좋을 때가 있는걸요. 난 바다족이고 유스케는 산족이라서가 아니에요. 누구든 좋았다가 싫었다가 기분이 바뀌는 거예요. 누가 항상 좋거나 항상 싫다면 오히려 그쪽이 더 이상한 거 아니에요?"

"여보…."

아무 말 없이 있던 어머니가 돌연 입을 열었다.

"지금 하는 활동을 반대하는 건 아니에요. 당신 나름대로 역사를 펼치고 싶은 마음도 알아요. 하지만 지금은 도모야의 기분을 존중해주고 싶어요."

어머니가 아버지의 손을 잡고 있다.

"당신 말대로 두 부족이 대립해왔을 수도 있어요. 그것이 인류의 역사였다는 사실이 앞으로 명확해질지도 모르구요. 그런데 저는 오늘이 뭔가 바뀌기 바로 전날 같다는 기분이 들어요. 도모야의 세대에선 많은 것이 바뀔지도 모른다는 그런 생각이요."

너무나도 작은 어머니의 손이 지금은 누구보다 믿음직스럽다.

조용한 공기 속에 아버지의 목소리가 낮게 울렸다.

"단, 한 가지 조건이 있소."

소음이 줄어들었다. 밤이 되었나 보다. 병실 밖으로 하얀 리놀륨 위를 오가는 소리가 들리지 않는다. 청각을 제외한 어둠 속에 혼자 있노라면 시공간이 1밀리미터 떨어져 흐르는 느낌이다. 그리고 바닥을 알 수 없는 어딘가로 자꾸만 가라앉는 것 같다. 그래서 이에 저항하고 있다는 느낌을 주는 유일한 행위를 멈출 수 없다. 도모야는 이제 몇 번째인지조차 알 수 없지만 한 번 더 자신의 삶을 되돌아보려 한다. 말과 생각을 얹어가면서 하나의 작품을 완성하듯이.

초등학교를 들어가며 느낀 것은 '대립'이라는 요소가 제거되었다는 점이었다. 성적 통지표는 상대평가가 아닌 절대평가. 과거에 비해 수업은 줄어들었고, 급식은 자율화로 바뀌었다. 그뿐 아니었다. 대립이 발생할 수 있는 상황이 사라져갔다. 대신 각자의 개성을 살리려는 풍조는 강해졌다.

학교에서는 아무도 산족이니 바다족이니 하는 말을 하지 않았다. 그 안에 있으면 인류의 역사는 곧 대립이라는 아버지가 이상하게 느껴졌다. 만에 하나 자신이 바다족이고 유스케가 산족이라도 그게 무슨 의미가 있는지 알 수 없었다.

그때 아버지가 내세웠던 조건은 호리키타 유스케의 말과 행동을 매일 보고하는 것이었다. 도모야는 주사위 놀이 같은 변화 없는 나날들을 아버지에게 보고했다.

마에다 가즈히로라는 전학생과 친해졌다는 이야기, 가나가와에서 온 그가 가르쳐준 만화와 놀이, 《제국의 법칙》 덕분에 셋이 즐거웠던 에피소드, 운동회를 앞둔 유스케가 의욕이 넘친다는 우스갯소리. 유스케와 싸울 때도 있었지만 또 그만큼 화해할 때도 많았다. 그리고 그건 반 아이들을 비롯해 다른 모든 학년에게 해당되는 이야기였다. 도모야는 그런 사실을 매일 거짓 없이 있는 그대로 보고했다. 그러면 아버지는 어떤 이야기도 연구 내용에 끼워 맞추고야 말았다.

"유스케가 축구를 잘하는 건 산족의 특징에 해당된단다."

"네가 수영에 뛰어난 건 바다족이기 때문이야."

도모야에겐 그런 아버지의 모습이 기괴해 보였다. 서재로 보고를 하러 갈 때마다 도모야는 전설과 관련된 자료를 가지고 왔다. 설령 그 내용이 사실이라고 하더라도 대립을 피하기 위해 멀어져야 한다는 주장에는 수긍할 수 없었다. 하지만 반박할 만한 지식도 없었기 때문에 일단 스스로 공부를 하기로 결심한 것이다. 그 안에는 아버지의 이름이 저자로 실린 글들도 있었다.

아버지의 책들은 그 당시의 도모야가 이해하기엔 어려웠다. 초등학교 6학년 무렵 출판된 《산과 바다의 고문서》라는 책은 학술서와는 다른 형식으로 쓰여 있어 비교적 읽기 쉬웠다. 하지만 그 책도 두 부족의 대립을 부추기는 내용이어서 도모야는 그런 연구를 발표한 자신의 아버지가 부끄러웠다.

유스케가 그 책을 읽게 해서는 안 된다고 생각한 것은 운동회에서 장대넘기가 취소되었다는 소식이 발표되던 날이었다. 몸이 안 좋다며 거짓말을 하고는 그대로 방구석에 틀어박혔다. 그날 도모야는 처음으로 아버지에게 보고를 하지 않았다. 그리고 실제로 아버지가 노크했을 때도 자는 척을 했다.

"그럼 내일 얘기하자."

체념한 채 계단을 내려가는 아버지의 발소리가 들렸다. 갑자기 유스케에 관해 이야기하고 싶은 충동이 밀려왔다. 보고하기 싫은 마음보다 백배 더 강하게.

"너, 일부러 내 발 걸었지!"

아직 눈이 쌓인 운동장에 쓰러져 있던 유스케의 눈빛.

"이제 딴 팀이다 이거지? 너, 일부러 나를!"

그때 도모야는 가장 먼저 몸으로 배운 감정이 올라오는 것을 느꼈다. 유스케에게 눈 색깔을 지적당하고 다른 무언가가 되어버린 것 같은 기분. 미지의 자신이 이미 익숙한 자신을 차지해버린 것 같은 감각. 도모야는 그런 생각을 하고 있다가 어디선가 그와 비슷한 글을 읽은 기억이 났다. 그것은 《산과 바다의 고문서》였다.

> 산족과 바다족이 접견하게 되면 자신이 자신이 아닌 듯한 통제 불능의 감정에 휘말린다는 다수의 보고가 있습니다. 신체 반응으로는 피 끓는 혐오감과 스트레스를 동반하는 것이 일반적입니다.

분명 거기에 쓰여 있었다. 도모야는 마음 한가운데 심어두었던 중심축이 기우뚱하는 느낌이 들었다. 산족이니 바다족이니 말도 안 되는 소리라고 생각했다. 나와는 아무 관계 없는 일이라고 믿어왔던 것이다. 하지만 수면 위로 드러난 유스케의 난폭함이 산족이라는 말과 손을 맞잡는 기분이었다.

만일 유스케가 산족이라는 사실을 자각한다면? 도모야를 가리켜 바다족이라고 말한다면? 난폭함을 머금은 두 눈으로 이쪽을 노려본다면?

도모야는 이불을 박차고 나와 책상 아래 칸을 열었다. 그 안에는 유치원 졸업식 날 아버지에게서 받은 콘택트렌즈가 들어 있었다. 사용 기한이 훌쩍 지나 있는 것을 손에 움켜쥐고 도모야는 부적이라고 작게 중얼거렸다.

37번째 "안녕히 주무셨어요?"가 들린다. 뒤따라 아야나의 목소리가 들어온다.

"오늘 갑자기 휴강이 됐거든요."

아야나는 언제나처럼 차분한 목소리로 담당 간호사와 이야기를 나눈다.

"평일 낮에 오시다니 드문 일이네요. 대학원 생활은 역시 바쁘시죠?"

"병원 일에 비하면 아무것도 아니죠."

벌써 몇 번이고 만나서일까. 이야기를 나누는 둘의 목소리는 모난 곳 없이 편안하다. 아야나의 목소리가 밀려들자 도모야의 고막에 눈물이 찬다.

'벌써 대학원 연구가 시작된 걸까. 37번째라는 숫자가 맞다면….' 여기까지 생각하자 플러그가 뽑힌 컴퓨터처럼 흐름이 끊긴다. 도대체 이 흐름을 몇 번이나 되풀이했던 것일까. 간호사의 인사를 셀 수 있게 되기까지 며칠을 혼수상태에 빠져 있었는지 알 수 없다. 그저 청각이 부활한 날로부터 37일째 아침이라고밖에 생각할 도리가 없는 것이다.

미닫이문이 소리를 내고 나더니 한 사람의 기척이 사라졌다. 아마도 병실에서 간호사가 나간 것 같다. 순간, 아야나의 존재가 눈 깜짝할 사이에 밀실을 채운다.

"도모야."

'아야나.' 도모야는 마음으로 그녀의 이름을 부른다.

"우카이 유키쓰구, 체포됐어."

그녀의 작은 목소리에 날이 서 있다. 아까 간호사와 이야기하며 뜯겨나갔던 모서리가 다시 돌아온 것처럼.

"맨션에서 있었던 일들이 작게 신문에 났어. 젊은이들의 돈을 가로챈 자산가의 아들이라는 식으로 기사화됐더라고. 도모야의 이야기는 그중에 부상자도 생겼다는 정도로만 끝. 그날 함께 있었던 제작감독의 비디오카메라에 아주 잠깐 영상이 남아 있었던 모양이야. 그런데 그게 마침 우카이가 열어젖힌 방문 손잡이에 도모야가 머리를 부딪히는 장면이었대. 그래서 도모야의 부상에 대해서도 우카이가 책임을 추궁당하는 모양이야. 집안이 유복하니까 보상금은 충분히 받을 수 있을 거래."

아야나는 평소 입에 담을 일이 없는 단어들을 쓰는 것이 못내 힘겨운 듯했다. 목소리가 불안하게 떨리고 있다.

"기사에서는 산족이나 바다족, 장로 같은 단어들은 언급되지 않았어. 단지 젊은이들을 현혹하는 컬트 집단 개념으로 다뤄진 것 같아. 최소한 전설 신봉자들을 먹잇감으로 삼은 사건 정도로라도 보도되길 바랐는데."

도모야는 머리를 끄덕이거나 안심하는 표정이라도 보여주고 싶다. 아야나가 마음을 다잡고 있는 것이 목소리에서 아플 만큼 뚜렷하게 느껴져서다.

"그리고 말이야, 이건 좀 의외였지만…."

아야나의 목소리에 다시 작은 날이 선다.

"결정타를 찍은 감독, 유게 씨였던가? 아무튼 그 사람도 얼마 전에 체포됐어."

'유게 씨.' 도모야는 기도하듯 그의 이름을 불러본다.

"맨션 일과는 상관없이 회사에 불을 질렀대. 동료 여자 감독을 향한 질투심에 저지른 일이었다나. 아무튼 그 사람 진술이 화제가 돼서 그쪽 기사가 더 흥미 있게 실린 모양이야. 참, 진행 중이던 다큐멘터리도 백지화됐대."

도모야는 맨션 입구에서 마주 보았던 유게의 얼굴을 떠올린다. 그리고 방에 들어가 유스케와 대면한 순간, 들고 있던 가방 안에 얼굴을 파묻던 모습도. 무엇을 하고 있는 걸까 잠시 생각했지만 당시에는 자신밖에 신경 쓸 겨를이 없었다.

"그래서 그 일에 관해 얘기해줄 수 있는 사람은 호리키타 유스케밖에 없게 됐어."

아야나의 목소리가 더욱 흔들린다.

"도모야네 아버지 말이야. 이젠 유스케의 말을 믿기 시작하셔. 자신의 연구를 그렇게나 맹신하셨던 분이."

아야나의 목소리가 이토록 흔들리는 것은 그녀 스스로도 무너지고 있음을 느끼기 때문이다. 도모야는 그 떨리는 몸을 지금 당장 감싸안을 수 없는 자신이 견딜 수 없다.

우리 부모님에게 그동안의 일을 설명하는 유스케의 목소리도 지금처럼 들을 수 있었다.

도모야는 자신에게 있어 가장 소중한 친구다. 초등학교 때부터 지금까지 자신과 사이좋게 지내준 동급생은 그 하나였다. 그리고 대학에 들어와 여러 활동에 참여하며 자신이 이루고 싶은 꿈은 결국 세계 평화라는 것을 알게 되었다. 그 열망이 너무도 강한 나머지 세계의 모든 분쟁을 없앨 수 있다는 괴상한 집단에 심취해버렸다. 그런 자신을 구하러 와준 것도 역시 도모야였다. 그런데도 자신은 도모야가 사기꾼과 몸싸움을 벌일 때 도와주지 못했다. 도모야가 이렇게 된 것은 자신의 책임이다. 그러니 최소한 도모야가 눈을 뜨는 순간만큼은 곁에 있어주고 싶다. 가장 먼저 고맙다는 말을 해주고 싶다.

오열하는 유스케의 등을 어머니가 쓰다듬는 것 같았다.

“이것 보세요, 여보. 도모야가 말하던 우정이 바로 이런 거 아닌가요?”

등을 쓰다듬는 소리 사이로 어머니의 목소리가 새어 나왔다.

“전설을 믿지 않는다고 말해왔던 내가 유스케를 의심하고, 전설을 맹신하던 도모야네 아버지가 유스케를 믿게 되셨다는 게, 참 얄궂지 않아?”

아야나는 천천히 숨을 내쉰다.

“도모야….”

'어라?' 도모야는 생각한다.

"유스케 말이야. 평일 오후에만 여기 온다면서? 그건 평일 오전이나 주말에 오는 나를 피하려는 게 아닐까?"

아야나의 목소리가 조그맣게 흔들리고 있다.

"나, 지금까지 계속 도모야와 함께 봐왔잖아. 그런데 역시, 그 인간이 좋은 마음으로 드나드는 거라고는 생각되질 않아."

하지만 이상하게도 그 흔들리는 작은 목소리가 강하게 느껴진다.

"도모야, 제발…."

아야나가 손을 꼭 붙잡는 소리가 들리는 것만 같다.

"그 맨션에서 도대체 무슨 일이 있었던 거야?"

중학생이 되자 유스케는 더욱 인기가 좋아졌다. 공부도 잘하고, 운동신경도 좋고, 승부욕도 강했던 그는 이제 여자아이들 사이에서도 인기를 모으고 있었다. 같은 수영부였던 레이카가 유스케에게 마음이 있다는 것을 도모야도 금방 알아챌 수 있었다. 유스케는 여자아이들로부터 선망을 받으면서도 모르는 척 마음을 달아오르게 만드는 재주가 있었다.

도모야도 몰래 마음이 가는 여자아이가 있었다. 역시 같은 수영부의 아야나였다. 다른 여자아이들도 많이 있었지만 아야나만 보면 온몸의 세포가 떨렸다. 왜 이토록 아야나에게 끌리는 것인지 그때의 도모야는 잘 알지 못했다.

곰곰이 생각한 이유 중의 하나는 고글을 벗고 난 뒤의 동작이었다. 수영장에서 나와 고글을 벗으면 보통 얼굴부터 물기를 훔

친다. 콘택트렌즈를 끼지 않던 시절에는 도모야도 생각 없이 얼굴을 훑어 내렸다. 하지만 중학교에 들어와 수영부 연습이 시작되면서 렌즈가 어긋나지 않도록 얼굴을 닦는 손동작이 조심스러워졌다. 눈 주위를 세게 누르지 않게 조심하면서 렌즈 위치가 고정되도록 눈을 깜박여야 했다. 그런데 아야나도 도모야와 똑같은 동작을 하고 있었던 것이다.

'혹시…'라고 도모야는 생각했다. 하지만 '설마…'라는 마음이 더 강했다.

중학교 2학년 여름방학. 유스케와 레이카를 포함한 네 사람은 직장 체험을 하러 갔다. 유스케네 아버지의 회사에서 긴급 지진 경보기가 잘못 울려 그 자리에 있던 모든 사람이 몸을 숨겼다. 그 때 아야나는 우연히 유스케와 같은 책상 아래 숨게 되었다. 도모야는 그 모습을 반대편 책상 밑에서 보고 있었다. 아야나는 온몸으로 거부하며 유스케를 향해 떨고 있었다.

'혹시…'라고 생각했지만 이번에도 '설마…'라는 마음이 더 강했다.

이번엔 그 일이 있은 후, 넷이 여름 축제에 갔다. 유스케와 레이카를 따돌리고 둘이 신사 경내에 앉아 있을 때였다. 아야나가 갑자기 "아얏!" 하며 눈을 눌렀다.

"나, 태어날 때부터 눈 색깔이 좀 특이해서 말이야. 초등학교 때 남자아이들이 그걸 갖고 놀렸어. 그게 싫어서 중학교 가면서부터 까만색 컬러렌즈를 끼기 시작한 거야."

'설마…'라고 도모야는 생각했다. 하지만 이번에도 '역시…'라는 마음이 더 강했다.

유스케와 레이카가 돌아간 후, 도모야는 아야나를 불러세웠다. 축제의 잔향에 감싸인 신사에서 조심스럽게 몇 가지를 질문했다. 그녀의 대답은 도모야가 아버지 서재에서 보았던 바다족의 특징과 깔끔하게 맞아떨어지는 것이었다.

파란색 눈으로 태어날 가능성이 보통 어린이에 비해 높은 점, 어릴 때부터 목욕물에 들어가는 것을 싫어하지 않았다는 점, 누가 가르쳐주지 않았는데도 수영을 잘했다는 점, 유스케를 보며 극심한 혐오감을 느끼는 순간이 있었다는 점.

'역시…'라고 도모야는 생각했다. 한편으로는 '그런가…'라는 마음이 더 강했다.

이틀 후 도모야는 아야나를 집으로 불렀다. 만약 다른 여자아이였다면 갑자기 초대받았을 때 언짢아했을 것이다. 하지만 아야나는 순순히 그러겠다고 고개를 끄덕여주었다. 그때 도모야는 자신이 상상했던 것보다 훨씬 절박한 표정이었음에 틀림없다.

도모야와 아야나가 마주 앉았다. 마치 오래전부터 정해져 있던 것처럼 이야기가 쏟아져 나왔다. 지금까지 해본 적 없는 대화들이 아무 거리낌도 없이 말이다. 산족과 바다족에 관련된 것들이 대다수였다. 연구 내용과 맞아떨어지는 일들이 자주 일어난다는 것, 아야나의 신체 특징이 모두 바다족과 들어맞는다는 것. 그리고 그런 사람은 전체 인구의 1퍼센트밖에 되지 않으며, 부족 판단의 기준이 명확하게 확립된 바가 없다는 것.

아야나는 진지한 표정으로 이야기를 들어주었다. 아버지의 주장을 100퍼센트 지우려 할 때마다 걸리는 1퍼센트의 불편함. 가슴속에 품고 살 수밖에 없는 비밀을 공유할 사람이 지금 바로 눈앞에 있다.

도모야는 가슴이 벅차올랐다. 그러고는 이야기를 계속했다. 만에 하나 사실이라 하더라도 그들 대립의 역사는 부정하고 싶다고, 태어날 때부터 핏줄이라는 이유로 무언가가 결정되는 것은 부당하다고. 그렇기 때문에 떠나지 않고 유스케의 곁에 계속 머물고 있다고 했다.

이야기가 끝나가도록 아야나의 자세는 1밀리미터도 달라지지 않았다. 도모야가 이야기를 마치자 잠시 침묵이 흘렀다. 아야나는 불현듯 자리에서 일어섰다.

"나, 좀 걷고 싶어."

아야나가 몸을 일으키자 섬유유연제 냄새가 퍼졌다.

"생각할 거리가 있으면 산책을 해야 되거든."

아야나의 목소리가 가늘게 떨리고 있었다. 14세가 되면 성별을 이유로 목소리의 높낮이가 달라진다. 사람과 사람의 다름이 점점 더 뚜렷해져가는 것이다.

집을 나서자마자 매미 소리와 뜨거운 공기가 몸을 감싼다. 둘은 그렇게 말없이 걸었다. 자전거를 끄는 아야나에 맞춰 도모야가 보폭을 줄인다. 한꺼번에 많은 이야기를 들은 아야나가 혼란스러워하는 것은 당연했다. 비록 설명이 부실하긴 했어도 하고 싶은 이야기가 충분히 전달된 느낌이었다.

어느 순간 들려오던 자전거의 바퀴소리가 멎었다.

"우리 저기 앉자."

아야나가 가리킨 곳은 나무 그늘 아래 있는 벤치였다. 아야나는 자전거를 세우고 도모야보다 먼저 그곳에 앉았다. 아야나의 몸이 바로 곁에 있다. 그렇게 생각하던 순간 이틀 전 여름축제가 떠올랐다. 신사 경내에 단둘이 있었을 때 멀리서 들려오던 가마의 종소리. 아야나가 손을 가슴에 모으고 "저, 도모야, 나 있잖아…"라고 말하던 바로 그 순간.

"그때…."

아야나가 정면을 응시한 채 말했다.

"나에게 사랑이 아닐 거라고 했던 건, 내가 바다족일지도 모른다고 생각했기 때문이었어?"

"그건, 아마도 사랑이 아닐 거야."

축제의 밤, 도모야가 뱉었던 그 말은 신사 경내에 허망한 울림을 남겼다. 그때 도모야는 아야나에게 끌리는 건 바다족끼리 느끼는 동질감 때문일 거라고 생각했다. 분명 아야나도 느끼고 있을 그 감정을 간단히 사랑으로 치부해서는 안 되지 않겠냐며. 매일 아버지를 부정하지 못해 안달이었던 그가 왠지 그 순간만큼은 그렇게 생각해버리고 말았다.

"만약 바다 족이라는 게 있다면 난 분명 그중 하나라고 생각해. 신체적 특징도 딱 맞고 말이야. 무엇보다 유스케를 대할 때 섬뜩한 느낌이 들거든."

8월의 공원은 세상의 모든 태양이 내리쪼이는 듯하다. 벤치는 나무 그림자가 드리워져 있지만 살갗으로 땀이 줄줄 흘러내린다.

"하지만 난 단지 도모야가 같은 바다족이기 때문에 끌리는 건 아니라고 생각해. 산족이니 바다족이니 하는 것도 난 아까 처음 들었고. 솔직히 무슨 소리인지 하나도 모르겠는걸."

도모야는 아야나를 보았다. 그리고 그녀의 뺨이 달아오른 건 너무 더워서일지도 모른다고 생각했다.

"그러니까 내가 느끼는 마음은 사랑이라고 생각해."

아무도 없는 공원에선 어느 것 하나 숨길 수가 없다. 날것 그대로 쏟아지는 매미소리를 양쪽 귀로 흘리며 도모야는 발끝으로 시선을 돌린다.

"태어날 때부터 뭔가 결정된다는 건 나도 불공평하다고 생각해. 만약 내가 남자였다면 체력은 덜 신경 써도 될 텐데. 그래서 더 수영을 많이 할 수 있을 텐데. 그런 생각이 들 때면 초조해지기도 하고 체념해버릴 때도 있어. 하지만…."

아야나의 가냘픈 목에서 작은 음성이 울린다.

"뭐든 쉽게 치부하는 행동은 그만둬야겠다고 생각했어."

새 그림자가 발밑을 스치고 지나간다.

"내가 도모야를 좋아하는 마음도 마찬가지야. 그러니까 원래 그런 거라고 치부하지 말아줬으면 좋겠어."

새의 등장으로 한순간 두 사람의 그림자가 연결되었다.

"그럴게."

도모야는 발밑을 응시한 채 고개를 끄덕였다.

"나도 그러도록 할게."

둘은 그 뒤로 잠시 침묵했다. 그것은 나란히 걸을 때와는 전혀 다른 종류의 침묵이었다. 그 사람이 무엇을 생각하는지 알 수 있는 침묵도 있다는 것을 도모야는 그때 처음으로 깨달았다.

"내 생각엔 말이야."

아야나가 입을 열었다.

"유스케는 맞서 싸울 상대를 찾는데 열을 올린다고 했잖아? 그것도 그가 산족이라서 그런 게 아닌 것 같아."

"뭐?"

"생각해봐. 만약 두 부족의 대립이 반복되는 거라면 그중 어느 한쪽만 전투를 좋아한다는 게 이상하잖아. 바다족에게도 전투를 좋아할 가능성이 있어야 말이 되지. 그런데 나도 도모야도 그런 사람이 아니야. 그렇다는 건…."

아야나가 숨을 들이마신다.

"유스케는 부족과 관계없이 그저 갈등을 찾아내는 사람이 아닐까?"

아야나는 마음에 걸리는 일을 고백하듯 한숨을 쉬며 말을 이어나갔다.

"네가 몰라서 그렇지. 유스케 같은 여자아이들도 많이 있거든."

"유스케 같은 여자아이들이 있다고?"

"있어. 괜한 일에 갈등을 일으켜 존재감을 확인하는 아이들."

바람이 분다. 소매로 들어온 바람이 땀에 젖은 도모야를 스친다.

"'너, 재랑 똑같으니까 그 머리 안 하는 게 어때?', '너 지금 입은 옷 쟤랑 똑같네? 갈아입는 게 낫지 않니?', '쟤는 그런 거 싫어하니까 안 하는 게 좋을 거야', '얘가 쟤 귀찮아하는 것 같아. 멀리하는 편이 좋아'. 뭐 이런 소리만 하고 돌아다니는 아이들이 있거든. 그러면서 자기 덕분에 트러블을 막을 수 있었다고 믿지."

언제부턴가 아야나의 목소리가 조금 뒤에서 들려오는 느낌이 들었다.

"정작 본인들은 머리 따위 신경도 안 쓰면서. 그런 애들이 분위기를 들쑤시는 거야.'"

아야나는 벤치 등받이에 체중을 기대고 있다. 다리를 뻗고 있어서 아까보다 훨씬 편안해 보인다.

"그건 속내를 마음껏 털어놓고 있다는 뜻이겠지." 도모야는 아야나의 풀어진 모습에 새삼스럽게 조금 긴장했다.

"그런 애들은 이벤트가 없으면 할 일이 없어지거든. 운동회나 수학여행 같은 거 말이야. 그래서 어떻게든 타깃을 잡아 왕따를 시키는 거지. 그렇게라도 하지 않으면 살아갈 이유가 없어진다고나 할까?"

"후우." 아야나의 뺨이 나른하게 풀어진다.

"내가 전혀 다른 레이카랑 붙어 다니는 거, 이상하다고 생각한 적 없어?"

"별로…." 도모야가 작은 목소리로 대답한다.

"레이카도 그런 아이들한테 질려 나한테 내려온 거야."

내려왔다는 게 무슨 뜻인지 알 수 없었지만 도모야는 묻지 않기로 한다. 왠지 묻지 않는 편이 좋겠다는 생각이 들어서였다.

"유스케가 등수나 가마에 연연하는 것도 결국은 아니 땐 굴뚝에 연기 피우기를 좋아하는 여자아이들 심리랑 닮아 있는 게 아닐까? 연기가 피어오를 만한 곳이 없으면 자신을 어디 두어야 할지 모르는 사람처럼 말이야."

도모야는 가만히 아야나의 이야기를 듣고 있었다. 거리의 그림자란 그림자가 모두 벤치 아래로 모여드는 듯했다.

이제 단체체조와 장대눕히기는 없어졌다. 운동회는 승패를 가르지 않게 되었고, 상대평가는 절대평가로 바뀌었다. 모든 갈등이 자연스럽게 배제되어 '넘버원'보다는 '온리원'을 추구할 터였다. 즉 개성을 중시하는 풍조가 강해져 산족과 바다족의 역사도 자연스럽게 종식되는 듯했다. 경쟁하지 않고, 비교하지 않으며, 대립하지 않아도 되는 세상이 올 것이라 믿었다.

하지만 인간은 자신의 위치를 스스로 인식할 수 있을 만큼 강한 존재가 아니다. 아니, 처음부터 그 기준이라는 것도 이 세상에 존재할 수 없는 개념이다. 넘버원보다 온리원이 되자는 것은 분명 훌륭한 발상이지만 그건 다시 말해 누가 매겨주던 등수를 스스로 매기게 되었다는 뜻이기도 하다. 누군가로부터 '너는 루저야'라고 못 박히는 고통 대신, 스스로를 향해 '나는 루저야'라고 말하는 슬픔을 맛봐야 한다는 것이다.

"나, 있잖아…."

아야나가 다시 등을 세우고 똑바로 앉는다.

"중요하다고 생각해. 누군가와 대립한다는 거."

아야나는 대립이라는 말이 적당한 것 같지 않다며 한 번 말을 끊는다.

"수영을 할 때도 옆에 누가 있느냐에 따라 속도가 달라지잖아. 경쟁 상대가 있기 때문에 나도 더 분발하게 되는걸. 대회에 나가면 신기록을 갱신하기도 하고."

도모야는 고개를 끄덕인다.

"단, 중요한 건 그 마음이 서로에게 상처 주지 않는 것이라고 생각해."

한순간 매미 소리가 아득히 멀어진다.

"그러니까 유스케가 대립을 좋아한다고 해서 그 자체가 나쁘다는 생각은 들지 않아. 누군가를 헐뜯거나 상처 입히는 게 아니라면 말이야."

아야나의 목소리가 너무나 또렷하게 들려온다.

"유스케의 에너지가 학업으로 발현된다면 난 좋은 일인 것 같아. 갈등으로 생기는 마찰이 사람들을 끌어올리는 느낌이 들거든."

온몸을 휩싸고 있던 열기가 이제는 사라져버린 듯하다.

"하지만 무서운 건, 유스케가 아까 같은 부족 이야기를 믿어버리는 거야. 인터넷에도 종종 올라오잖아. TV 속 연예인의 국적이 밝혀지는 순간 마구 공격하는 네티즌들. 지금까지 아무렇지 않게 좋아했으면서 갑자기 적대감을 드러내는 사람들 말이야."

살갗으로 와닿던 여름방학의 공원이 그들로부터 점점 멀어져 간다.

"만약 유스케가 자신이 산족이라는 사실을 믿어버린다면, 원래부터 품고 있던 대립 에너지가 정당화되는 거잖아. 그래서 정말 말도 안 되는 행동을 할 것 같은 느낌이 들어. 누군가를 상처 입히고 말 것만 같아."

두 사람 사이로 불어온 바람에도 아야나의 목소리는 흩어지지 않는다.

드르륵. 미닫이문 열리는 소리가 들린다.

"아!"

잠자코 있던 아야나가 어색한 소리를 낸다.

"더 계셔야 하나 봐요? 저는 나가 있는 편이 좋을까요?"

당황해하는 아야나에게 간호사가 격식을 차려 대답한다.

"괜찮아요. 오전에 하는 건 운동 프로그램이라서 그냥 계셔도 돼요."

운동 프로그램이란, 자율신경계 기능을 향상시키기 위한 방법이다. 도모야는 청각을 제외한 모든 기능을 상실했기 때문에 어떠한 자극을 받아도 이를 표현할 방법이 없다.

"미나미 도모야 씨는 행복한 분이시네요."

"네?"

갑자기 간호사가 던진 말에 아야나가 날카로워진다.

"어머, 죄송해요. 몸을 움직일 수 없는 분한테 이런 소릴 하다니…."

간호사가 사과한다.

"전 그저 매일같이 와서 말 걸어주는 모습이 부러웠어요. 과연 나한테 이렇게 해줄 사람이 있을까 하는 생각이 들어서요."

"네에…."

아야나가 조금 피곤한 목소리로 대답한다. 얼핏 칭송하는 것처럼 들리지만 실제 아무 도움도 되지 않는 말. 아야나는 그런 식의 발들을 지금까지 수없이 들어왔다.

"전에 유스케 씨가 오늘이 뭔가 달라지기 하루 전날일지 모른다고 말씀하신 적이 있어요. 내일은 반드시 달라진다는 생각으로 하루하루를 살아가는 거라고. 제게도 과연 그렇게 뭔가를 강하게 빌어주는 사람이 있을까도 싶고. 이 일을 하다 보면 정말 이런저런 생각들이 많이 들거든요."

"그러세요?"

아야나의 목소리가 점점 차가워진다. 간호사는 눈치채지 못했는지 이야기를 계속한다.

"유스케 씨는 정말 지극정성으로 돌보세요. 식물인간 상태여도 들을 수는 있다고 했더니 올 때마다 음악을 들려주고 계세요. 도모야 씨가 어릴 때 좋아했던 음악이라던데."

"음악이요?"

'앗!'

도모야는 심장이 피부 안쪽에 닿는 것만 같다. 쿵 하는 충격음이 어둠 속에 울려 퍼진다.

"네. 초등학교 때 좋아했던 만화영화 주제가라던데…. 전학 온 친구가 가르쳐준 만화영화에 푹 빠져서 셋이 그 노래를 즐겨 불렀대요. 그 친구는 중학교 입학 무렵에 또다시 전학을 가버렸구요. 그래서 그때 기억이 남아 있다면서 도모야 씨에게 노래를 반복해 들려주고 있어요. 아, 이건 우리끼리니까 말씀드리는 건데 옆방에서 계속 같은 노래만 들린다고 불만이 접수될 정도라니까요? 그래도 그 노래가 도모야 씨를 눈뜨게 할지도 모른다고 믿는 모습을 보면 차마 그만하라는 말이 나오질 않아요."

"전학 온 친구가 가르쳐준 만화영화라구요?"

아야나가 쏟아진 이야기 가운데 단어 몇 개를 조심스럽게 골라낸다.

"네. 도모야 씨 부모님들도 미처 몰랐던 아들의 일면을 알게 되었다고 기뻐하시던걸요. 그 두 친구분과 전학생만이 아는 추억이 저는 너무 애틋하다는 생각이 들었어요."

간호사는 운동 프로그램을 준비하며 한가롭게 말을 잇는다. 아야나는 아무런 말도 하지 않는다.

'역시, 이 어둠에서 벗어나야 해. 무슨 일이 있어도 그래야만 해.'

그렇게 생각하던 순간, 도모야는 깨달았다. 자신이 무언가를 이토록 강하게 원하는 것이 참으로 오랜만이라는 사실을.

'무슨 일이 있어도 눈을 떠야 해.'

홋카이도대학에서 생체정보코스를 전공하고, 대학원에서 유전자 연구를 공부하게 되기까지. 그 순간들 가운데 도모야가 떠올린 한 장의 종이가 있었다. 바로 고등학교 2학년 때 문과와 이과를 선택하는 신청서였다. 그곳에는 출석번호, 이름, 과 정도 외에는 달리 쓸 것이 없었다. 하지만 그렇게 간단한 정보만으로도 인생의 많은 것이 결정지어진다는 사실이 무서웠다.

그때 이과를 추천해준 것이 아야나였다.

"역사학자인 아버지의 주장에 맞서려면 어느 정도 과학적인 접근이 필요하다고 봐. 예를 들어 유전자나 DNA 같은 정보? 정확한 수치로 나타낼 수 있는 관점이랄까?"

유스케가 존재감을 느끼기 위해 장소를 바꿔가며 전전할 때마다 불안해하는 도모야를 안심시켜준 것도 아야나였다.

"괜찮아. 지금은 그의 에너지가 잘 발산되고 있으니까. 이제까지 그래왔던 것처럼 그냥 지켜보기만 하자. 자신이 산족이 아닐까 의심하는 상황만 피하면 돼. 유스케 같은 사람이 누군가를 공격할 이유를 손에 넣게 되는 게 제일 두려워."

우선은 이대로 유스케의 행동에 주의를 기울이기로 했다. 도모야와 아야나는 그렇게 말을 했고 실제로도 그렇게 생각했다. 대학에 입학할 때쯤 도모야의 아버지가 도쿄로 전근을 가게 되면서 유스케와 물리적 거리감이 생긴 것도 안심하는 데 한몫했다.

그런데 전혀 계산치 못한 사건이 일어났다. 아버지가 저자로 올라 있는 책들이 히트를 치고, 관련 만화책까지 다시 붐을 일으킨 것이다.

산과 바다의 전설은 그때까지만 해도 컬트의 일종이었다. 인터넷에서나 암암리에 화제가 되는 정도여서 현실 세계에서 이야기를 꺼내면 웃음거리가 되었다. 하지만 만화 《제국의 법칙》이 인터넷 전설과 맞아떨어진다는 설이 삽시간에 퍼지면서 지명도가 솟구치고 말았다.

"이제 유스케에게 주의를 더 기울여야겠어. 그가 언제 자신을 산족이라고 믿게 될지 몰라."

도모야는 흥미의 초점이 흔들리지 않도록 신경을 썼다. 건설적으로 움직이는 징파부활운동 단체가 있다는 것을 알면서도 그 존재를 유스케에게 알려주지 않는 식이었다. 유스케가 혜적기숙사 문제에 뛰어들 때도 몰두하는 동안은 아버지의 연구에 관심을 갖지 않을 거라는 생각에 안심이 되었다. 그러는 사이에 그 붐이 지나가주기만을 바랐다.

그런데 유스케의 언동을 면밀히 지켜보다 보니, 한 개인을 넘어서 시야가 조금씩 넓어지는 느낌이 들었다. 그 느낌은 중학교 2학년이던 아야나의 목소리와 함께 점점 강해져갔다.

'유스케 같은 여자아이들도 많이 있거든.'

징파부활운동, 학생자치운동, 차례차례 대적할 상대를 바꾸어가며 싸우는 유스케.

'괜한 일에 갈등을 일으켜 존재감을 확인하는 아이들.'

사라지는 존재감을 견딜 수 없어 맞서 싸울 대상을 계속 만들어내는 마음.

'그런 애들은 이벤트가 없으면 할 일이 없어지거든.'

실제로는 정치에 관심이 없는데도 레이브를 통해 목소리를 내고 싶어 했던 청년.

'그래서 어떻게든 타깃을 잡아 왕따를 시키는 거지.'

학생 자치를 외치던 혜적기숙사생 집단. 그 맨 뒤에서 플래카드를 들고 있던 1학년생.

'정작 본인들은 머리 따위 신경도 안 쓰면서.'

도모야가 홍군이라는 이유로 자신을 넘어뜨렸다고 주장하던 유스케의 표정.

'연예인의 국적이 밝혀지는 순간 마구 공격하는 네티즌들.'

그 사람 자체가 아니라 배경에 따라 자신의 입장을 결정하는 사람들.

열네 살 아야나의 목소리가 되살아날 때마다 도모야는 생각했다.

'그럼, 나는 어떤 사람인 걸까?'

이토록 유스케에게 집착하고 있는 자신은 과연 유스케와 다르다고 잘라 말할 수 있을까?

그런 생각이 들 때면 도모야는 생각 위로 뚜껑을 덮어버렸다. 언제나 맞서 싸울 상대를 찾아다니는 유스케의 모습이 자신의 모습과 겹쳐 보였기 때문이다. 어쩌면 자신이야말로 이유가 없이는 살아갈 수 없는 인간인지도 모른다. 받아들이기 불편했지만 그것은 진실이었다.

"도모야, 이것 좀 봐."

그러던 어느 날 아야나가 휴대폰을 들이밀었다. 화면에는 유스케의 SNS 계정이 떠 있었다.

"요즘 대학 곳곳에 붙어 있는 전단 못 봤어? 혜적기숙사 존속이 결정되었다는 내용 말이야. 학교 측과 기숙사 측이 대화를 시도해 문제가 해결되었다나 봐. 그래서 지금쯤이면 왠지 유스케가 다음 상대를 찾고 있는 게 아닐까 싶더라니…."

휴대폰 화면에는 온화한 기색이라고는 없는 문장들이 떠 있다.

이 몸은 존재하는 모든 대립의 근원을 섬멸하는 전사가 되려고 합니다. 세계 평화를 위해서라면 이 한 몸 희생할 각오가 되어 있습니다.

그 바로 며칠 전에는 혜적기숙사를 절대 빼앗길 수 없다는 글이 올라와 있었다.

"대립의 근원이니 세계 평화니 말들이 많길래 혹시나 해서 다른 계정도 살펴봤거든. 그랬더니…."

아야나가 화면을 터치하자 유스케가 글을 날린 다른 계정으로 넘어간다. 그곳에는 다음과 같은 흔적이 남아 있었다.

DM 감사히 잘 받았습니다. 연락 주시기만을 기다리고 있겠습니다.

"이 계정, 장로라는 이름으로 되어 있어."

두 부족과 얽힌 연구에 밝은 사람이라면 단번에 알 수 있는 말이다. 아야나의 손가락이 장로의 프로필 화면을 가리킨다.

"이것 봐. 시작 화면에 '기센지마'나 '전투원' 같은 말들이 쓰여 있잖아. 우리가 보면 단번에 사기라는 걸 알 수 있는데 이런 데 속는 사람들이 있다니 도무지 믿기지 않아."

아야나가 침을 꼴깍 삼켰다.

"유스케의 마지막 글은 이거야."

대학을 그만두었습니다. 기센지마로 가기 위해 도쿄에서 공동생활을 시작합니다. 세계를 위해, 미래를 위해. 이것이 마지막 트윗이 될 것입니다. 그럼 이만.

"막아야 해."

도모야는 애써 눌러왔던 생각들과 마주해야 하는 순간이 왔음을 느꼈다. 유스케와는 연락이 닿지 않았기 때문에 두 사람은 장로에 관해 조사하고 그와 접촉을 시도했다. 셰어하우스 입주를 열망하기만 하면 장로와 연락을 주고받는 것은 간단했다. 물론 입주비 마련이 쉽지만은 않았다. 그렇다고 아버지에게 부탁할 수도 없는 노릇이었다. 그가 이 사실을 알게 된다면 모든 계획이 물거품이 될 게 뻔했다.

옛날 동급생 마에다에게서 연락이 온 것은 바로 그때였다. 그의 말에 따르면 지금 아르바이트를 하는 제작사에서 기센지마와 관련된 다큐멘터리를 제작 중이라고 했다.

"사전조사를 하다 보니까 왠지 유스케가 생각나더라고."

마에다의 이야기를 듣는 순간, 도모야는 마치 그것이 신의 뜻인 양 느껴졌다. 그때부터 이야기가 거침없이 진행되어 마에다의 선배 감독과 함께 셰어하우스에 들어가기로 결정했다. 그것으로 유스케의 폭주를 멈출 수 있을 뿐 아니라, 전설을 믿는 것이 얼마나 어리석은 일인지를 세상에 알릴 수 있게 된다.

도쿄로 떠나기 전날 밤, 일찌감치 짐을 챙겨 목욕물에 몸을 담갔다. 그리고 여유롭게 침대로 파고들었다. "후우" 하고 숨을 내쉬자 그 숨만큼 배가 꺼졌다. 숨을 얕게 쉬면서 졸음이 오기를 기다렸다.

도모야는 문득 지금도 문을 두드리는 소리가 들릴 것만 같다. 침대에 누워 똑바로 천장을 바라보고 있는 자신. 그것은 처음 아버지의 연구에 관해 설명을 듣던 날과 같은 느낌이었다. 그때도 도모야는 침대에 누워 있었다. 유치원 졸업식에 가지 못해 서운해하면서도, 유스케를 만나지 않아도 된다는 사실에 안도하고, 또 그러면서도 화해하고 싶다는 마음이 들었다.

도모야는 생각했다. 만약 그때 아버지에게 반감을 품지 않았더라면 지금껏 자신은 무엇에 시간과 노력을 쏟아부었을까? 만약 아버지가 특이한 사상의 연구자가 아니라 지극히 평범한 아버지였다면 과연 자신은 지금 무엇을 하고 있을까? 자신이 잘 알지도 못하는 분야에 그토록 집중할 수 있었던 건 다름 아닌 유스케와 아버지 덕분이 아니었던가?

장대높히기의 적군, 단체체조의 신기록, 시험 등수표, 징파부활운동, 학생자치운동. 자신도 그런 것들에 목숨을 걸지 않았으리라 장담할 수 없을 것이다. 해야 하거나 하고 싶은 일이 무엇 하나 없는 사람이었다면 말이다.

도모야는 황급히 눈을 감는다. 잠을 자려고 해도 도저히 생각을 멈출 수 없다. 그는 내일 유스케에게 살아갈 이유를 찾지 않아도 된다고 말할 것이다. 살아 있다고 인정받기 위해 억지로 적을 만들어내는 건 옳지 않다고 연설을 늘어놓을 것이다. 인생의 의미 따위는 생각하지 않아도 좋다고, 그저 살아 있는 것만으로 충분하다고 지껄일 것이다.

만약 유스케가 마찬가지 아니냐고 묻는다면 어떻게 대답해야 할까? 모조리 새빨간 거짓말이라고 추궁당하면 과연 나는 그를 설득할 말을 생각해낼 수 있을까? 대립 상대와 마찰이 생겼을 때 가장 달아오르는 건 어쩌면 나 자신이 아닐까? 도모야는 결국 뜬 눈으로 밤을 새운 채 도쿄로 향했다.

노크와 함께 미닫이문이 열리는 소리가 난다.

"어머!"

깜짝 놀라는 간호사의 목소리. 아야나가 아직 병실에 머물러 있다는 사실이 놀라운 듯하다. 의아하기는 도모야도 마찬가지다.

"어쩐 일로 오후까지 계시네요."

"네…."

아야나가 몸을 틀었는지 목소리의 방향이 바뀌었다.

"저, 호리키타 유스케 씨 말인데요. 혹시 오늘 몇 시쯤 오시는지…."

거기서 아야나의 목소리가 끊긴다.

"실례합니다."

낯선 목소리가 병실 입구에서 조심스럽게 들려온다.

"처음 뵙겠습니다. 저는 도모야의 초등학교 친구 마에다라고 합니다."

'가즈히로!'

도모야는 심장이 울리는 소리와 함께 침대가 흔들리는 것을 느낀다.

"아까 복도에서 이분이 도모야 씨 방 번호를 물어보셨어요. 왜 그러시냐고 물었더니 학교 다닐 때 친구였다고 하시길래. 그럼 틀림없이 아야나 씨도 아시는 분일 것 같아서…."

"저는 중학교 동창이라서 이전 친구분들은 잘…. 짐, 이리 주세요."

아야나가 말했다.

"아, 네. 감사합니다."

가즈히로가 침대 쪽으로 다가온다. 초면인 사람들에게 둘러싸여서일까. 목소리에 격식을 차린 기색이 역력하다. 하지만 그렇게 생각한 것도 한순간뿐. 가즈히로의 목소리엔 일체의 여유로움이 사라져 있다.

"아아, 도모야!"

그렇게까지 비통한 모습인 걸까?

"도모야, 네가 이렇게 되다니…."

흔들리는 목소리를 들으며 도모야는 생각한다. '그렇군. 내 몰골을 처음 보면 이렇게 반응하는군. 하긴 자주 드나드는 사람들은 튜브관이 연결된 모습에 익숙해져 있으니까. 부모님도, 아야나도, 그리고 유스케도.'

"저…."

아야나가 침착한 목소리로 말한다.

"우선 그 배낭 좀 내려놓으시는 게 어때요? 무거워 보이는데."

몇 초 후 둔탁한 소리가 난다. 도쿄에 도착하자마자 그대로 병실로 온 것인지도 몰랐다. 그 물체는 내려놓는 소리로 미루어볼 때 꽤 크고 묵직한 것이리라.

“잠깐 실례하겠습니다.”

간호사가 무언가 작업을 시작한 것 같다. 아마 하루 세 번 실시하는 구강 청소일 것이다. 음식은 관을 통해 들어오지만 정기적인 입안 청소는 필요하다. 누군가 부모님에게 그렇게 설명하는 것을 들은 기억이 있다.

“셰어하우스에 가려는 도모야를 등 떠밀었던 게 바로 접니다.”

느닷없이 이야기를 하는데도 아야나는 동요하지 않는다.

“네.”

“도모야와 정말 오랜만에 연락이 닿았어요. 그때 신세 지고 있던 선배가 찍으려던 방송 이야기가 나왔구요. 그래서 제가….”

“진정하세요. 저, 도모야가 도쿄에 가기 전에 다 들었어요.”

아야나가 다독였지만 가즈히로는 아랑곳하지 않는다.

“유게 감독이 체포되고 나서 회사는 엉망진창이 됐어요. 셰어하우스에서 붙잡힌 사기꾼 때문에 갑자기 정신이 하나도 없더라구요. 그날 이후로 도모야가 입원했다는 소식을 듣긴 했는데 좀처럼 와볼 여유가 없었어요. 하지만 그래도 한번은 보러 와야지 마음이 놓일 것 같아서….”

가즈히로는 자신만 큰 소리로 말하고 있다는 사실을 깨닫는다.

“그래도 막상 보니까 역시 무슨 말을 해야 할지 모르겠네요.”

그러고는 한층 작아진 목소리로 말한다.

“항상 같이 있는 저도 모르겠는 것투성이인걸요.”

가즈히로가 공들여 만든 리본매듭을 단번에 풀어내는 듯한 아야나의 말.

"어머, 그렇다면…."

구강 청소를 끝냈는지 간호사가 밝은 음성으로 이야기한다.

"마에다 씨, 혹시 초등학교 때 도모야 씨랑 친하게 지냈다는 전학생 아니세요?"

"전학생?"

아야나가 되묻는다.

"만약 같은 초등학교를 다니다 졸업하신 거라면 아야나 씨랑도 같은 중학교에 다니셨을 테니까요."

"전학생이라면…."

아야나의 목소리에 날이 선다.

"혹시…."

'안 돼!'

도모야는 다시 한번 쿵 하는 심장박동 소리를 듣는다.

"맞아요. 유스케 씨가 종종 이야기하던 그 친구."

'아직은 안 돼. 아직 너무 일러!'

도모야는 어둠 속에 발버둥 친다.

"유스케가 저에 관해 뭔가 말했나요?"

가즈히로의 목소리에 경계심이 깃든다.

"유스케 씨는 여기 올 때마다 도모야 씨 귓가에 추억이 담긴 노래를 틀어놓거든요."

간호사의 목소리는 환희로 가득 차 있다.

"그 노래는 초등학교 시절에 셋이 푹 빠져 있었던 만화영화 주제곡이라고 했어요."

'아아! 지금 당장 이 몸을 뚫고 나가고 싶다.'

"도모야 씨가 회복하는 데 조금이나마 도움이 됐으면 좋겠다고 하시면서요. 그 전학생분이랑 만나게 되다니 정말 놀랍네요! 아, 그러고 보니 오늘 화요일이죠? 조금 뒤면 유스케 씨가 올 시간이네요. 평일 오후에는 거의 매일 오시거든요. 정말 헌신적인 분이세요."

"저랑 셋이 푹 빠져 있었던 만화영화라구요?"

처음 "안녕히 주무셨어요"가 들리고 며칠 뒤였을까? 청각은 살아 있을지 모른다는 이야기를 듣자마자 유스케가 전혀 알지 못하는 노래를 갖고 와 틀기 시작했던 게.

그 순간 도모야는 깨달았다. 유스케가 살아가는 다음 이유로 '단짝 친구의 간병'을 선택했다는 사실을. 도모야는 어둠 속에서 더욱더 깊은 나락으로 떨어지는 것만 같았다.

"우리가 즐겨 불렀던 노래는《제국의 법칙》의 주제가였어요."

중상을 입은 친구를 성심껏 간병하는 자신. 유스케는 존재감을 손쉽게 느낄 수 있는 발판 위에 오래 머무르고 싶은 것이 아닐까. 그래서 만에 하나 살아 있을지 모를 청각을 과거와 전혀 관계없는 기억으로 채우려 드는 것은 아닐까?

"네?"

도모야가 맨션에서의 일을 발설하면 곤란하니까 그가 깨어날 때까지 곁에 맴돌고 있는 것은 아닐까. 단편적인 깨달음들이 맞아떨어질 때마다 도모야는 자신을 깨우려는 부품들이 파괴되어 가는 것을 느꼈다.

"뭐라더라? 셋이 희귀한 만화영화에 빠져 있었다고…. 어쩐지 저도 전혀 모르는 노래였어요."

간호사의 목소리가 쨍하고 울린다.

"만화영화에 빠져 있었던 건 저뿐이었는데요."

그러자 가즈히로의 목소리가 더욱 쨍하게 울린다.

"두 사람에게도 권한 적이 있었지만 거들떠보지도 않았어요. 저, 똑똑히 기억하고 있어요."

"역시…."

아야나의 목소리가 바닥으로 곤두박질친다.

"역시 그 인간은 아무것도 변하지 않았어."

'아아!'

도모야의 목소리는 아무에게도 들리지 않는다.

"도모야를 이용해 살아갈 다음 이유를 만든 거였어."

자신이 눈을 뜰 때까지 누구도 알아서는 안 되는 일이었다. 아니, 그건 자신이 눈을 뜨고 나서 밝혀져야만 하는 것들이었다. 그것들은 또다시 대립을 낳을 뿐이다. 만약 아야나가 유스케를 고발하게 된다면 결국 아버지의 주장대로 대립의 연쇄를 이어나갈 뿐이다. 그러면 아버지는 이렇게 나올 게 분명하다. 산족과 바다족은 대립에서 벗어날 수 없는 운명이라고. 어머니는 또한 입을 다물 것이다. 아이들 세대에서도 역시 변화를 기대하는 일은 무리라고. 지금 이 순간 자신이 눈을 뜨지 않으면 유치원 졸업식 날

아침과 똑같아진다.

'어서 깨어나야 해. 어서 깨어나야 해.'

'어서 눈을 떠 모두에게 전하지 않으면 안 돼.'

"너도 본심은 살아 있는 것만으로 충분하다고 생각하지 않잖아."

도쿄의 맨션에서 처음 이 말을 듣고 깨달았다. 자신도 본질적으로 크게 유스케와 다르지 않다고. 그리고 깨달았을 때부터 줄곧 어둠 속에서 쌓아왔던 말들. 어서 깨어나 전하고 싶다. 찬성해주길 바라서가 아니라 단지 대화를 하기 위해 전하고 싶다. 자신도 무언가에 시간을 쏟고 있지 않으면 불안해 견딜 수 없다는 것을. 하지만 그 말이 상대를 공격해 대립의 골을 파고든다는 뜻은 아니라는 것을.

'유스케, 내 말을 들어줘!'

꿈쩍도 하지 않는 어둠 속에서 도모야가 애원한다.

'선을 갈라 그음으로써 존재를 확인하는 것이 아닌, 그렇다고 완전히 섞여 하나의 덩어리가 되는 것도 아닌, 따로 존재하지만 함께 살아가는 방법을 강구해볼 순 없을까? 그것만으로는 살아가는 이유가 되기에 부족한 걸까?'

도모야는 유스케의 이름을 부르고 또 부른다.

'나이, 성별, 국적, 이상…. 다 열거할 수 없을 정도로 우리는 미세하게 달라. 지금 세상에서는 어쨌든 다를 수밖에 없는 누군가와 함께 살아가야 해. 그러니까 따로 또 같이 공존하는 법을 찾으며 살아간다는 게 어쩌면 대립이라는 거대한 적과 맞서 싸우는 일이 되는 것은 아닐까.

생각해봐, 유스케. 만약 정말로 맞서 싸워야 할 대상이 있다면 그건 눈앞에 있는 누군가가 아니야. 그건 마주 보고 있는 두 사람의 뒤로 펼쳐져 있는 역사야. 분명히 그렇다고 믿어. 그렇게 보면 살아가는 이유 따위는 별 볼일 없는 거야. 지금 우리를 대립시키는 원인은 보이지 않고 만질 수 없는 더 큰 어딘가에 있어. 그 어딘가에 가 닿으려는 노력이 지금 이 세상에 표현된 적 없는 커다란 시도라고 확신해.'

'그것도 결국 살아 있는 걸로 충분하다는 소리를 돌려 말한 것뿐이잖아.'

머릿속의 유스케가 대꾸한다. 하지만 도모야는 포기하지 않는다.

'그럴지도 모르지. 하지만 특별한 일을 하지 않아도 돼. 자신만 할 수 있는 일을 찾지 않아도, 커다란 영향력을 갖지 않아도 괜찮아. 나와 다른 누군가와 함께 살아가고, 대립이 생기면 대화로 풀어나가면 돼. 그걸로 충분해. 그렇게 살다 보면 대립의 원인이었던 '다름'이 실은 우리를 이어주는 '결속'이었다는 사실을 깨닫게 될 거야. 내가 유스케를 생각하면 할수록 함께 이야기하고 싶은 말들이 늘어나는 것처럼 말이야.'

'그걸론 부족해. 대충 얼버무리지 마.'

대꾸하는 유스케가 상상되어 도모야는 웃고 만다. 하지만 아직 포기하지 않는다.

"아야나 씨, 왜 그러세요? 안색이 좋지 않아요."

상황을 이해하지 못한 듯한 목소리의 간호사.

"유스케…."

일그러진 목소리로 이름을 부르는 가즈히로. 얕은 호흡을 거듭하고 있는 아야나. 불끈 쥐고 있던 주먹을 펼치는 소리가 들리는 것만 같다.

'빨리. 빨리 눈뜨고 싶어.'

'빨리 깨어나서 피폐해진 아야나의 손을 잡아주고 싶어.'

아득히 먼 복도에서 발소리가 들려온다. 유스케다.

"도모야."

아야나가 도모야의 이름을 부른다.

아까와는 다른 들어본 적 없는 목소리로.

"깨어나줘, 도모야."

울고 있다.

아야나가 울고 있다는 사실을 깨닫는 순간, 머릿속에 쌓아올렸던 말들이 한순간에 무너져내린다.

'유스케!'

도모야는 소리 지른다.

'사실을 말해줄까? 이젠 나도 지긋지긋해! 너 같은 인간이랑 대화 따윈 집어치우고 싶다고. 깨어나면 제일 먼저 너부터 한 대 갈길 거야. 그리고 다신 볼 일 없도록 최대한 크게 벽을 쌓아 올릴 거야. 왠지 기분 나빠 견딜 수 없었던 너와도, 알 수 없는 말만 반복하는 아버지와도 말이야. 될 수 있는 한 다른 세상에서 완전히 떨어져 살아가고 싶어. 그런데도 끝까지 포기하지 않았던 건 서로의 이해를 기다리는 숭고함 때문만은 아니었어. 사람들과의 대립에서 영원히 벗어날 수 없다는 사실을 알았기 때문이었지. 나를 이렇게 만든 널 용서하지 않겠다고 소리 질러봤자, 두 번 다시 얽히지 않겠다고 다짐해봤자, 우리를 대립하게 만들었던 배경은 이 세상에 계속 존재할 테니까.'

"아야나 씨, 왜 그러세요, 혹시 어디 아프신 거예요?"

눈물을 흘리는 아야나에게 간호사가 묻는다. 아야나는 대꾸하지 않는다. 가즈히로도 아무 말이 없다.

복도를 걸어오는 발소리가 가까워진다.

'선 긋고 싶은 상대를 앞에 두어야 하는 절망. 그건 오래 품고 있을수록 체력 낭비일 뿐이야. 어쨌든 우리는 그 역겨운 상대를 낳은 세상 속에 살아가야만 하니까. 그건 너도 마찬가지야.'

도모야는 가까워지는 발소리를 향해 계속 외친다.

'세상의 룰에서 벗어나려고 몸을 던져봤자 달라지는 건 없어. 과격한 사상에 빠져 섬에 가는 것도 다 절망 게임일 뿐이야. 섬에 간다고 뭐가 달라져? 잠깐 벗어나 있는 것처럼 보일 뿐 결국 지배당하고 있는 거라고. 우리는 결국 이렇게 벗어날 수 없는 세상 속에 살아갈 수밖에 없는 거야.'

발소리가 가까워진다. 도모야는 허겁지겁 무너져내린 말들을 다시 긁어모은다. 어둠 속에 갇힌 이후로 이 일을 계속 반복하고 있다. 유스케에게 전할 말들을 정성 들여 쌓아 올리고 강렬한 분노와 절망으로 모든 것을 무너뜨린다. 하지만 대립이 없는 세상으로 날아갈 수 없다는 사실을 깨닫고는 다시 말들을 주워 모으기 시작한다. 기억을 되짚어간다. 그것 말고는 할 수 있는 일이 없다.

다가오고 있는 발소리가 여름 축제에서 들었던 종소리로 바뀌어간다.

'들어봐, 유스케.'

'사는 이유가 느껴지지 않아. 인생의 의미나 자신의 가치도 모르겠어. 하지만 세상에 혼자 있는 것 같아도 우리는 반드시 누군가와 연결되어 있어. 예를 들어 축제에서 가마꾼으로 뽑히지 않으면 구경꾼이 돼서 누군가의 사기를 높여줄 수 있는 거잖아. 반대로 아무것도 하지 않으면 서 있는 자체만으로도 길을 막아버릴 수 있어. 때로는 그럴 작정으로 한 게 아닌 행동들이 더 영향력이 클 때가 많아. 지금 당장은 타인과의 마찰이 없으면 존재감을 찾지 못할 수 있겠지. 하지만 우리가 걷고 있는 길은 갈등을 극복하는 한 줄기 빛이기도 해. 어차피 세상에서 벗어날 수 없는 이상 우리는 계속 걸어야만 하는 거잖아. 그러니까 말치장 같아도 한번 내 말을 곱씹어보는 건 어때?

병실에 남자의 노크 소리가 울려 퍼진다. 아야나가 헉하고 숨을 들이켠다. 그 소리를 들으면 무력을 써서라도 위협적인 인간을 인생에서 밀어내고 싶어진다. 하지만 누구나 서로 연결되어 그들과 끝을 맺고 있다. 멀리하고 싶은 존재를 밀어낸다 해도 그 존재를 낳은 배경은 남아 있게 된다. 지금 당장 눈에 보이는 상대를 밀어내봤자, 보이지 않는 곳에서 다시 새로운 상대가 나타나는 것이다. 그리고 어쩌면 자신도 누군가에겐 아무리 애를 써도 밀어낼 수 없는 존재인지 모른다. 추락할 것만 같은 순간에도 그

거대한 연결로부터 벗어날 수 없다.

미닫이문이 마루를 굴러가는 소리가 들린다. 아야나가 다시 숨을 들이마신다. 어서 이 어둠을 찢어발기고 싶다. 도모야는 강하게 생각한다. 첫 번째 생일을 맞았던 그날처럼 어서 여기서 뛰쳐나가고 싶다.

'그래, 이 세상에 끼어들고 싶다. 한 번 더.'

병실로 들어서던 구두창이 탁 소리와 함께 멈춘다.

사람이 없는 시간만을 노려 병실을 찾아오던 유스케가 아야나가 있는 공간을 보고 발을 멈춘 것이다. 지금 그는 불편한 존재가 있는 세계에 참여하기를 온몸으로 거부하고 있다.

'장난 그만해!'

도모야는 부르짖는다.

'너도 이 세상에 끼어 살 수밖에 없어. 복잡한 것투성이인 세상 속에 평생 참견하는 수밖엔 없다고. 그걸 선택할 수 있는 인간은 어디에도 없어. 원래부터 그런 거야.'

누군가 일어서는 소리가 들린다. 지금 이 어둠에서 깨어나고 나면 대립의 역사도, 새로운 시대도, 유스케를 향한 혐오도, 아버지를 향한 불쾌감도, 그 모든 것이 연결되어 있는 세계가 있다. 각오는 되어 있다. 필요한 것은 움직일 수 있는 몸 하나뿐.

누군가 뒷걸음치는 소리가 난다. 어둠이 걷히는 소리가 들린다. 그리고 마침내 도모야의 새끼손가락이 꿈틀한다.

에필로그

물가에서 한바탕 놀고 난 소년이 남자에게로 돌아왔다.

"이것 봐, 달팽이. 오랜만에 발견했어."

나뭇잎 뒤에 있었다고 한다. 남자의 손가락이 소용돌이무늬 껍질을 만진다.

"태어날 때부터 이 소용돌이무늬를 짊어지고 있는 거란다."

"으응…."

소년은 관심 없다는 듯 대답한다. 셔츠에서 떨어지는 물방울이 여기저기 튄다. 남자는 시선을 든다. 20미터 정도 떨어진 곳에 여자들이 있다. 타고 온 스쿠터에 연료가 떨어지는 바람에 남자와 소년은 메마른 땅을 며칠이나 걸어 이곳에 도착했다. 거의 같은 시기에 그녀도 반대편에서부터 이곳에 도착했다. 소녀와 개도 함께였다. 그 옛날 도쿄터에서 온 것일까?

"왜 사이좋게 지내지 않는 거야?

소년이 묻는다. 다른 인간과의 만남은 오랜만이었다. 그들을 처음 보았을 때 남자는 흥분을 감추지 못한 채 인사를 나누었다. 이제 자신들에겐 돌아갈 곳도 없었고, 함께 살아갈 사람들도 없었다.

'함께 움직이는 것도 나쁘지 않지'라는 생각이 머릿속을 스쳐 지나갔다. 여자 쪽도 미소를 보냈다. 소녀는 소년에게 다가와 그 옛날 고래가 수십만 권의 책을 흩뿌린 이야기를 재잘대고 있다. 도쿄가 있던 시절의 이야기이리라. 아이들과 개는 한동안 물놀이를 했다. 남자와 여자는 인사를 나눌 때와 달리 서로 경계하듯 멀리 떨어졌다.

"산과 바다는 다르니까."

남자는 소년에게 대답한다. 옛날부터 내려오는 도시 전설에 따르면 지난 세기에 그 뿌리가 되는 과학적 근거도 찾았다고 한다. 도쿄가 사라지고 만 것도 산족과 바다족의 혈통 때문이라고 들었다.

"함께 있지 않는 게 좋아."

"왜?"

"서로 부딪치게 되니까."

"좋은 사람 같은데…."

남자는 대답하지 않는다.

"출발하자. 물 최대한 많이 갖고 가야 돼."

남자는 소년에게 말한다. 한 번 더 시선을 드니 여자들이 이쪽을 보고 있다.

"좀 더 여기서 쉬고 싶었지만…."

가까이하지 않는 편이 좋다며 남자는 타이르듯 말하고는 걷기 시작한다.

응애 응애 응애….

어디에선가 기묘한 아기 울음소리가 들린다. '어디지?' 남자는 주위를 둘러본다.

"어디서 태어난 걸까? 저 아이."

"우리 말고 다른 사람이 있을 것 같진 않은데…."

남자는 조금 전 산과 바다 사이에서 아이가 태어났다는 이야기가 생각난다.

'그런 일이 있을 수 있을까?'

소년이 소녀를 향해 손을 흔들고 있다. 처음엔 조심스럽게, 그러다 점점 크게 흔든다.

"이 정도는 괜찮지?"

소년이 남자를 보며 말한다. 남자는 미소를 띤 채 고개를 끄덕인다. 언젠가 부딪치게 되더라도 무언가 반드시 방법이 있을 것이다. 그러자 소녀도 마주 손을 흔들기 시작한다.

— 산과 바다의 전설 '나선'에서 발췌

* 이 작품은 각 시대를 연결하는 나선 프로젝트의 일환으로 집필되었습니다.
* 작품 주제는 일본의 헤이세이 시대(1989~2019)를 담당하고 있습니다.

옮긴이 곽세라

작가이자 번역가. 이화여대 영문과를 졸업하고 연세대학교 언론홍보대학원과 인도 델리대학교 힌두철학과에서 석사과정을 밟았다. 유명 광고회사에서 카피라이터로 일하던 중 인도로 떠나 요가와 철학, 명상을 배우는 것을 시작으로 피트니스와 웰빙의 세계에 뛰어들었다. 저서로는《영혼을 팔기에 좋은 날》,《너를 어쩌면 좋을까》,《앉는 법, 서는 법, 걷는 법》,《소녀를 위한 몸 돌봄 안내서》 등이 있고, 옮긴 책으로는《신은 여자에게 더 친절하다》,《인생에서 무엇이 가장 중요한가》 외 다수가 있다.

죽을 이유를 찾아 살아간다

2022년 3월 23일 초판 1쇄

지은이 아사이 료
옮긴이 곽세라
펴낸이 최세현 **경영고문** 박시형

책임편집 윤정원 **디자인** 박선향
마케팅 권금숙, 양근모, 양봉호, 이주형, 신하은, 유미정, 정문희
디지털콘텐츠 김명래 **해외기획** 우정민, 배혜림
경영지원 홍성택, 이진영, 임지윤, 김현우
펴낸곳 비에이블 **출판신고** 2006년 9월 25일 제406-2006-000210호
주소 서울시 마포구 월드컵북로 396 누리꿈스퀘어 비즈니스타워 18층
전화 02-6712-9800 **팩스** 02-6712-9810 **이메일** info@smpk.kr

ISBN 979-11-6534-458-0 (03830)

작품 해설 QR코드